# Foundation
# 파운데이션

종이책의 감성을 온라인으로
황금가지의
온라인 소설 플랫폼

인기 출판소설 무료 연재 중!

FOUNDATION
SERIES
01

# Foundation
# 파운데이션

Isaac Asimov
아이작 아시모프
김옥수 옮김

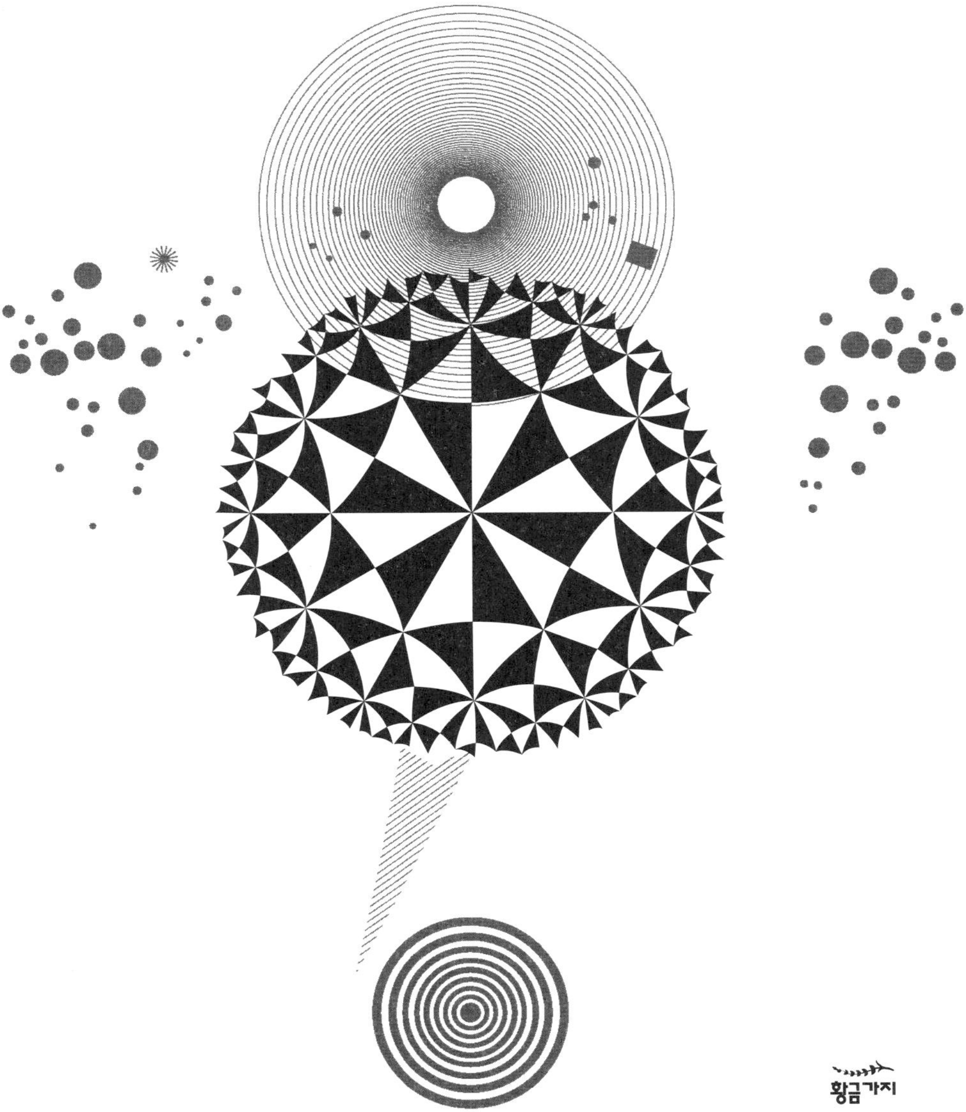

황금가지

FOUNDATION
*by Isaac Asimov*

Copyright © 1951, 1979 by the Estate of Isaac Asimov
All rights reserved.

Korean Translation Copyright © 2013 by Minumin

Korean edition is published by arrangement with
Doubleday, an imprint of The Knopf Doubleday Publishing Group,
a division of Random House, Inc., through EYA.

이 책의 한국어 판 저작권은 EYA를 통해
The Knopf Doubleday Group과 독점 계약한 ㈜민음인에 있습니다.
저작권법에 의해 한국 내에서 보호를 받는 저작물이므로 무단 전재와 무단 복제를 금합니다.

차례

제1부 **심리역사학자** ———— 7
제2부 **백과사전 편찬 위원회** ———— 52
제3부 **시장** ———— 107
제4부 **무역상인** ———— 186
제5부 **대상(大商)** ———— 217

제1부

# 심리역사학자

**해리 셸던**

은하 기원 11988년에 태어나 12096년에 죽음. 현재 일반적으로 쓰이는 파운데이션 기원으로는 파운데이션 기원전 79년에 태어나 파운데이션 기원(이하 FE) 1년에 죽음. 헬리콘 행성의 아크투루스 구역에 거주하는 중산층 가정(별로 신빙성 없는 전설에 따르면 아버지가 수경 농장에서 담배를 재배했다고 함.)에서 태어나 어린 시절부터 수학에 천재적인 재능을 발휘했다. 그의 재능에 관한 일화는 수없이 많지만 엉뚱한 내용도 없지 않다…….

……의심할 나위 없이 그가 가장 크게 공헌한 분야는 심리역사학 분야다. 셸던은 기존 심리역사 분야가 모호한 공리(公理)의 조합에 지나지 않는다는 사실을 발견하고 그 분야를 심오한 통계 과학에 토대를 둔 학문으로 발전시켰다…….

……그의 생애에 관해 지금까지 전해지는 가장 믿을 만하고 상세한 자료는 저 유명한 가알 도닉이 쓴 해리 셸던 전기이다. 가알은 청년 시절 위대한 수학자 셸던을 만났다. 셸던이 죽기 2년 전이었다. 두 사람이 만난 이야기는…….

—『은하대백과사전』*

*여기에 수록한 내용은 FE 1020년 터미너스 은하대백과사전 출판사가 펴낸 116판 『은하대백과사전』에서 인용한 것임을 밝혀 둔다.

## 1

가알 도닉이라는 이름을 가진 소년은 트랜터에 한 번도 가 본 적이 없는 시골뜨기였다. 물론 트랜터를 실제로 본 적이 없다는 말이다. 하이퍼 비디오에서나 제국 대관식과 은하 평의회 개회식 등을 방영하는 거대한 입체 뉴스를 통해서는 가끔 트랜터를 본 적이 있었다. 그는 청색 표류성운 변방에 있는 시낵스라는 항성계에서 태어나 그곳에서만 쭉 살아왔다. 그러나 문명과 완전히 격리된 것은 아니었다. 당시에는 은하계 방방곡곡 어디에나 문명의 손길이 뻗치지 않은 곳이 없었기 때문이다.

당시 은하계에는 사람이 살고 있는 행성이 약 2500만 개에 달하고, 트랜터가 수도인 제국에 모두 충성을 맹세하고 있었다. 그러나 그것은 제국이 붕괴되기 전 최후 반세기까지만 해당되는 이야기에 불과했다.

가알에게 이번 여행은 학구적인 청년 시절을 통해 가장 중대한 사건이었다. 과거에도 우주 여행을 한 적이 있기 때문에 단순히 우주를 돌아다니는 여행이란 그에게 별다른 의미가 없었다. 지금까지 그의 우주 여행 경험은 학위 논문을 작성하기 위해 유성편류 역학에 관한 자료 수집차 시낵스의 유일한 위성에 다녀온 정도였다. 하지만 우주 여행이란 의미에서 보면 80만 킬로미터를 여행하나 몇만 광년을 비행하나 전혀 다를 바 없다.

그는 초공간을 통과하는 도약에 대비하여 몸을 고정했다. 도약은 보통 행성 간 여행에서는 경험할 수 없는 특별한 현상이다. 이것은 지금까지 항성 간 여행에 필요한 유일한 수단이며 앞으로도 영원히 그럴 것으로 보인다. 대개 우주 여행에서 광속을 초월하기가 불가능하다는 이야기는 너무 오래되어 잊혀 버린 인류 역사의 여명 이래 지금까지 남아 있는 몇 안 되는 과학적 지식의 단편이었다. 이 사실은 인류가 살고 있는 가까운 행성 사이를 왕래하는 데도 몇 년이 걸린다는 점을 의미했다. 그러나 이제는 초공간(공간이나 시간도 아니며 물질이나 에너지도 아닌 뭐라고 규정할 수 없는 그야말로 상상을 초월한 영역)을 통과하여 한순간에 은하계를 횡단하는 일이 가능해진 것이다.

가알은 멀미 증세 비슷한 약간의 두려움을 느끼며 최초의 도약을 기다렸으나 약간 떨린다고 느낀 순간 진동은 곧바로 멈춰 버렸다. 약간의 구토 증세가 나타날 뿐 별다른 이상은 없었다.

그런 다음에 남은 거라곤 번쩍이는 거대한 우주선 즉, 1만 2000년에 걸친 제국의 발전을 보여 주는 놀라운 결과물, 그리고 이제 막 수학 박사 학위를 받고 위대한 해리 셀던한테 트랜터에 와서 광대하고 신비스런 셀던 프로젝트에 참여하라고 초청 받는 자신이 전부였다.

다소 실망스러운 도약을 경험하자마자 처음 보는 트랜터의 광경이 가알을 기다리고 있었다. 그는 전망대를 수없이 들락거렸다. 정해진 시각에 강철 셔터가 말려 올라갈 때마다 가알은 전망을 즐겼다. 찬란히 빛나는 별도 보았고 희미한 별 무리가 빚어 내는 별 바다도 좋았다. 그 모습은 마치 공중을 날아다니던 거대한 반딧불이 무리가 갑자기 정지한 듯했다. 한번은 우주선에서 5광년 정도 떨어진 차가운 청백색 구름 같은 가스성운이 창밖에 우유처럼 펼쳐지고 우주선 안에도 차가운 빛이 가득 들어찼으나 두 시간 뒤에 제2차 도약을 하면서 말끔히 사라졌다.

트랜터의 태양을 처음 보았을 때 그것은 수많은 별 가운데 약간 차가운 빛이 나는 그야말로 한 점의 별에 지나지 않았다. 우주선 안내원이 가르쳐 줘서야 겨우 알아볼 수 있을 정도였다. 은하계 중심부에는 별들이 빽빽하게 들어차 있었다. 그러나 도약을 거듭함에 따라 트랜터의 태양은 더욱 빛나는 반면 다른 별들은 빛을 잃고 희미해져 갔다.

일등항해사가 가알 곁을 지나며 말했다.

"이제 전망대는 목적지에 도착할 때까지 문을 닫습니다. 착륙 준비를 하십시오."

가알이 쫓아가서 그의 하얀 제복 소매를 잡아당겼다. 하얀 제복에는 제국을 상징하는 '우주선과 태양' 문장이 박혀 있었다.

가알이 말했다.

"여기에 남아 있으면 안 될까요? 트랜터를 보고 싶은데요."

일등항해사가 약간 웃음을 띠며 바라보자 가알은 얼굴을 붉혔다. 자신이 사투리를 썼다는 생각이 들었기 때문이다.

일등항해사가 말했다.

"아침이 되어야 트랜터에 도착할 겁니다."

"제 말은 트랜터를 우주에서 보고 싶다는 뜻입니다."

"그건 무립니다. 여기가 우주 요트라면 그렇게 하도록 내버려 둘 수도 있지만 지금 우리는 태양 주위를 선회하며 하강하고 있습니다. 순식간에 눈이 멀고 화상을 입고 방사선에 다치고 싶지는 않겠지요?"

가알은 발걸음을 돌렸다.

일등항해사가 그를 다시 불렀다.

"트랜터는 단지 뿌연 잿빛 덩어리에 지나지 않아요. 트랜터에 당도하면 우주 관광선을 타 보는 게 좋을 겁니다. 값도 싸니까요."

가알은 뒤를 돌아보며 말했다.

"네, 그러죠. 감사합니다."

이런 것에 실망한다는 것은 애들 같은 감정일지 모르나 어른이라도 이런 느낌을 갖는 것은 자연스러운 일이다. 가알은 무엇인가가 목에 걸린 듯 갑갑함을 느꼈다. 트랜터가 놀랍도록 광활하게 펼쳐져 있는 모습을 실물로 구경할 기회를 기다려 온 그로서는 이번에 그 기회를 놓치게 되리라고는 예상하지 못했던 것이다.

## 2

우주선은 굉장한 소음을 내며 착륙했다. 금속으로 된 선체를 스치며 잘려 나가는 대기의 '쉿' 하는 날카로운 소리가 아련히 들려왔다. 마찰열을 줄이는 온도 조절 장치가 서서히 소리를 낮추어 감에 따라 차츰 감속 엔진 소리도 조용해졌다.

아래 선실에 모여 있는 남녀의 이야기 소리, 짐 꾸러미며 우편물이며 화물 등을 우주선의 장축으로 들어 올리는 승강기 소리 등이 들려왔다. 여기에 모인 화물은 나중에 하역장으로 운반되었다.

가알은 약간의 진동을 느꼈다. 이제 더 이상 우주선이 제힘으로 움직이지 않는다는 징조였다. 우주선의 중력은 몇 시간에 걸쳐 행성의 중력으로 대치되어 간다. 수천 명의 승객은 참을성 있게 선실에 앉아 기다렸다. 선실은 급격하게 변하는 중력장을 일정하게 유지하기 위해 서서히 회전하고 있었다. 중력이 변화하는 방향에 맞추어 선실의 방향을 조절하는 것이다.

드디어 승객들은 크게 입을 벌리고 있는 기밀실을 향하여 완만한 경사로를 따라 미끄러지듯 내려왔다.

가알은 짐이 매우 적었다. 그는 입국창구 앞에 섰다. 수화물은 익숙한 손놀림에 의해 재빨리 헤쳐졌다가 원상대로 회복되었다. 입국 심사를 받고 난 후 비자에 도장이 찍혔다. 그동안 가알은 아무런 생각 없이 서 있었다.

여기가 트랜터다! 고향인 시낵스보다 공기가 좀 더 탁하고 중력이 무겁게 느껴졌다. 그러나 이 정도는 곧 익숙해질 것 같았다. 다만 자신이 이 거대한 트랜터에 익숙해질지는 의문이었다.

공항 건물은 어마어마하게 컸다. 천장은 너무 높아 보이지 않을 정도였다. 가알은 구름이 천장 아래에서 맴돌고 있지 않을까 생각했다. 건너편 벽도 보이지 않았다. 다만 사람과 책상과 바닥이 하나의 점으로 아스라이 멀어지며 끝없이 이어져 있었다.

"예, 가도 좋습니다, 도닉."

입국창구 직원이 다시 말했다. 목소리가 약간 신경질적이었다. 눈앞에 서 있는 상대의 이름을 확인하기 위해 비자를 다시 펼쳐 보아야만 했던 것이다.

"저, 어디로 말입니까?"

입국창구 직원이 엄지손가락으로 휙 가리켰다.

"택시 타는 곳은 저기서 우회전한 다음 좌측 세 번째 출구요."

가알이 그 방향으로 걸어가자 높은 허공에 대기가 굴절되어 반짝이고 있는 광경이 눈에 들어왔다. 거기에는 "이 택시는 어느 곳이든 갑니다."라고 쓰여 있었다.

가알이 발걸음을 옮기자마자 갑자기 웬 남자가 나타나 입국창구 앞으로 다가갔다. 입국창구 직원은 고개를 가볍게 끄덕거렸다. 상대편 역시 고개를 끄덕이고는 젊은 입국자를 뒤쫓기 시작했다. 그는 가알이 이야기하는 행선지를 엿들었던 것이다.


가알은 자신이 난간으로 밀리고 있는 것을 알아챘다.

'감독관'이란 작은 팻말이 눈에 띄었다. 감독관은 얼굴도 들지 않고 말했다.

"어느 방향으로 갑니까?"

가알은 망설였다. 하지만 몇 초만 꾸물거려도 뒤에 줄이 길게 늘어설 판이었다.

감독관이 고개를 들었다.

"행선지가 어딥니까?"

가알은 주머니 사정이 여의치 못했다.

그러나 오늘만 버티면 그만이었다. 내일이면 취직이 될 것이기 때문이다. 그는 태연한 체하려고 애쓰며 말했다.

"깨끗한 호텔 부탁합니다."

감독관은 무표정하게 말했다.

"모두 좋습니다. 그중 하나만 대십시오."

가알은 아무래도 좋았다.

"가장 가까운 호텔 부탁합니다."

감독관은 버튼을 눌렀다. 그러자 길바닥에 가늘고 긴 광선이 나타났다. 그 광선은 여러 가지 색조로 명암이 뚜렷한 사이를 뚫고 구불구불 이어져 있었다. 가알은 차표를 손에 쥐었다. 차표에서 희미한 빛이 흘러나왔다. 감독관이 말했다.

"1포인트 12."

가알은 허둥지둥 동전을 찾으며 물었다.

"어디로 가야 합니까?"

"저 빛을 따라가십시오. 당신이 다른 방향으로 잘못 들지 않는 한 차표에서 계속 빛이 나올 겁니다."

가알은 고개를 들고 걷기 시작했다.

거대한 길을 가로지르며 수백 명의 사람이 움직이고 있었다. 각자 자신의 행로를 따라 교차점에서 방향을 바꾸며 목적지를 향해 나아가고 있었다.

가알의 행로도 끝났다. 푸른색과 노란색이 조화를 이룬 빛나는 프레스토 직물 유니폼을 입은 한 남자가 가알의 두 가방을 받아 들었다.

"럭서로 가는 직행입니다."

가알을 쫓아오던 남자도 그 소리를 들었다. 그는 가알이 앞이 뭉툭한 택시에 오르는 장면을 지켜보았다.

택시는 수직으로 상승했다. 가알은 곡선형의 투명한 창문 밖을 물끄러미 바라보았다. 그 순간 그는 자기가 밀폐된 건축물 내부 공간을 비행하고 있다는 사실에 깜짝 놀라 순간적으로 운전석 시트를 움켜잡았다. 광활한 플랫폼이 점차 작아지고 인간들은 개미처럼 여기저기 흩어져 있었다.

창밖 풍경은 쏜살같이 뒤로 흘러갔다. 눈앞에 벽이 보이기 시작했다. 벽은 하늘 높이 솟아 오르고 위쪽 끝은 시야에 들어오지 않았다. 벽에는 벌집처럼 구멍이 뚫려 있었다. 터널 입구였다. 가알이 탄 택시는 그중 한 터널로 날아 들어갔다. 가알은 멍청하게도, 어떻게 이 운전사가 저 많은 터널 중 하나를 이처럼 쉽게 찾을까 잠시 궁금해했다.

터널 속은 암흑 자체였다. 가끔 스쳐 가는 신호등 불빛만이 어둠을 덜어 줄 뿐이었다. 대기 중에는 택시의 마찰 소리만 가득했다.

택시가 속도를 줄이자 가알은 몸을 앞으로 숙였다. 택시는 터널에서 튀어나와 이제 지상으로 하강하였다.

운전사는 "럭서 호텔입니다."라고 알려 주었다. 그는 가알이 짐을 내리는 것을 도와주고는 10퍼센트의 팁을 사무적인 태도로 받았다. 그러고는 기다리고 있던 승객을 태우고 다시 비행해 올라갔다.

우주선에서 내린 이후 지금까지 가알은 하늘을 볼 수 없었다.

## 3

**트랜터**

⋯⋯13000년대 초 이러한 경향은 절정에 달했다. 트랜터는 수백 세대에 걸쳐 제국 정부의 중심지가 되었던 곳으로서, 당시 인구가 가장 조밀하고 산업이 발전한 이 별은 여러 행성과 더불어 은하계 전체의 중심부에 있었다. 따라서 이 행성은 인류 역사상 유례를 찾아볼 수 없을 정도로 인구와 부가 집중된 곳이었다.

트랜터의 도시화는 착착 진행되어 마침내 절정에 이르렀다. 1억 9200만 제곱킬로미터에 달하는 트랜터의 육지 전체가 단 하나의 도시로 변해 버렸다. 인구가 가장 많을 때는 400억이 훨씬 넘을 지경이었다.

그 인구 대부분은 제국의 행정 사무에 종사했다. 그럼에도 그들은 자신들이 맡은 업무의 복잡성에 비해 일하는 사람 수가 부족하다고 느꼈다. 제국 말기 황제들의 지도력이 부족하여 제국의 행정이 제대로 이루어지지 못한 점이 제국 붕괴의 주된 요인이었다는 점을 기억해야 한다. 매일 수만 대의 우주선이 농작물을 생산하는 수십 개의 별로부터 생산물을 트랜터의 저녁 식탁으로 날라 왔다.

트랜터는 실질적으로 식량과 생필품 전체를 외부 세계에 의존하게 됨에 따라 외부의 포위 공격에 날로 무력해져 갔다. 제국의 마지막 1000년 동안 계속 터져 나온 반란을 통해 황제들은 차차 이 사실을 인식하게 되었다. 따라서 제국의 정책은 트랜터의 섬세한 모세혈관을 보호하는 데 치중하게 되었다.

—『은하대백과사전』

가알은 태양이 빛나고 있는지, 아니 지금이 밤인지 낮인지조차 알 수 없었다. 물어보기도 부끄러웠다. 행성 전체가 금속 건물 속에서 생활하는 것 같았다.

그가 이제 막 끝낸 식사에는 점심이라는 딱지가 붙어 있었다. 하지만 밤과 낮을 무시하고 표준시간이라는 불편한 척도에 맞추어 살고 있는 행성도 많았다. 행성의 자전 속도가 각각 다르기 때문이었다. 그러나 그는 트랜터의 자전 속도를 알지 못했다.

처음에 그는 '일광욕'이란 표지를 보고 찾아갔으나 인공 방사선을 쬐는 방에 지나지 않았다.

잠시 배회하다가 그는 럭서 호텔의 메인 로비로 되돌아왔다.

호텔 안내원에게 그가 물었다.

"행성 일주 관광 여행권을 어디서 살 수 있지요?"

"예, 바로 여기입니다."

"언제 출발합니까?"

"조금 전에 출발했는데요. 내일이나 되어야 여행할 수 있습니다. 지금 표를 사면 좌석을 예약할 수 있죠."

"이런!"

내일이면 너무 늦다. 내일은 대학에 나가야 한다.

"전망대 같은 건 없습니까? 밖이 잘 내려다보이는 곳 말입니다."

"물론 있지요. 원하면 표를 사십시오. 먼저 비가 오는지 알아봐 드리겠습니다."

안내원이 손 밑에 있는 스위치를 누르자 서리가 낀 듯한 스크린에 문자가 나타났다. 가알은 안내원과 함께 스크린 위로 흘러가는 문자를 읽었다.

"날씨가 좋군요. 그러고 보니 요즈음은 건조기로군요."

안내원은 대화를 즐기는 듯 이렇게 덧붙였다.

"나는 바깥세상에 전혀 관심이 없습니다. 외부에 마지막으로 나가 본 것은 3년 전 일이니까요. 한 번 보는 것만으로도 충분해요. 여기 표가 있습니다. 뒤편에 전용 엘리베이터가 있지요. '전망대 행'이라고 표시되어 있습니다. 그걸 타기만 하면 됩니다."

엘리베이터는 중력의 반작용으로 움직이는 최신형이었다. 가알이 들어서자 뒤로 다른 사람들이 들어왔다. 오퍼레이터가 스위치를 눌렀다. 가알은 무중력 상태에 떠 있는 듯한 기분을 느꼈다. 엘리베이터가 가속되고 상승함에 따라 다시 조금씩 몸무게를 느끼기 시작했다. 다시 속도가 줄기 시작하자 발이 바닥에서 떴다. 그는 자기도 모르게 비명을 질렀다.

오퍼레이터가 소리쳤다.

"발을 난간 아래로 넣어 주십시오. 안내문도 읽지 못합니까?"

다른 사람들은 벌써 그렇게 하고 있었다. 그가 필사적으로 벽에서 기어 내려오려고 애쓰자 모두 그를 보고 빙긋이 웃었다. 그들의 발은 바닥에 두 발을 고정할 수 있도록 나란히 뻗어 있는 크롬 난간 아래에 꽂혀 있었다. 그는 들어올 때 이 난간들을 보았으나 주의를 기울이지 않았던 것이다.

그때 누군가 손을 내밀어 그를 아래로 당겨 주었다. 엘리베이터가 멈추자 가알은 헐떡거리며 고맙다고 말했다.

그는 눈이 아플 정도로 찬란히 흰색으로 빛나고 있는 야외 테라스로 발걸음을 내디뎠다. 그에게 구조의 손길을 뻗었던 남자가 곧 그를 따라왔다.

그 남자가 친절하게 말했다.

"좌석이 많습니다."

"정말 그렇군요."

가알은 아무 생각 없이 좌석을 향해 가려다가 갑자기 발걸음을 멈추었다.

"실례가 안 된다면 저는 여기 난간에 좀 있고 싶은데요. 구경하고 싶어서요."

그 남자는 흔쾌히 괜찮다는 뜻으로 손짓을 해 보였다. 가알은 어깨높이가 넘는 난간에 몸을 기댄 채 눈 아래 펼쳐지는 광경에 빠져들었다.

땅은 보이지 않았다. 끝없이 전개되는 인공 건축물 사이로 땅이 사라져 버린 듯했다. 지평선도 볼 수 없었다. 거의 똑같은 회색으로 펼쳐진 금속 구조물들이 하늘을 배경으로 하나의 선을 그리고 있을 뿐이었다. 그는 육지 전체가 이런 모습일 것이라는 점을 깨달았다. 움직이는 것은 거의 없었다. 두세 척 유람선만이 하늘에서 천천히 움직이고 있을 뿐이었다. 그러나 행성을 뒤덮고 있는 금속 구조물 안에서는 수십억 인구가 바쁘게 움직이고 있을 것이다.

푸른 나무는 전혀 보이지 않았다. 푸르름도 땅도 없었다. 살아 있는 것이라고는 오직 인간뿐이었다. 이 세계 어딘가에 나무들과 무지갯빛 꽃들로 뒤덮인 260제곱킬로미터의 자연 흙 위에 황제의 궁전이 세워져 있다는 생각이 언뜻 떠올랐다. 그 궁전은 철강의 바다에 떠 있는 작은 섬과 같은 존재였으나 그가 있는 곳에서는 보이지 않았다. 아마 수만 킬로미터 떨어진 곳에 있는 듯했다. 물론 확실히 알고 있는 것은 아니었다. 조만간에 가 봐야 할 여행 코스였다.

그는 깊은숨을 들이마시며 자신이 마침내 트랜터에 왔다는 사실을 음미했다. 전 은하계의 중심부이며 전 인류의 핵심부라 할 수 있는 행성에 왔다는 사실이 차츰 실감 나기 시작했다. 트랜터의 약점은 전혀 눈에 들어오지 않았다. 식량을 운반하는 우주선이 착륙하는 것도 보지 못했다. 그는 트랜터의 400억 주민과 전 은하계를 연결하는 가느다란 경정맥을 깨닫지 못했다. 그가 깨달은 것은 인류의 위대한 업적뿐이었다. 마침내 전 은하계를 완전히 정복해 버린 오만스러운 모습만 그의 눈에 비쳤다.

문득 눈앞이 핑 도는 것을 느끼며 그는 뒷걸음질 쳤다. 엘리베이터에서 친절하게 굴던 친구가 자신의 옆자리를 가리켰다. 가알은 그 자리에 주저앉았다.

남자가 미소를 지으며 말했다.

"제 이름은 제릴입니다. 트랜터에 처음 오셨지요?"

"네, 제릴 씨."

"그렇게 생각했습니다. 제릴은 성이 아니라 이름이랍니다. 그냥 제릴이라 불러 주십시오. 당신에게 시적인 기질이 있다면 트랜터는 당신 취향에 잘 맞을 것입니다. 하지만 트랜터 사람들은 여기까지 오지 않죠. 그들 기분에는 맞지 않는 모양입니다. 그 사람들 신경에 거슬린다고나 할까요?"

"아니, 신경에 거슬린다고요? 참, 제 이름은 가알입니다만, 어째서 신경에 거슬린다는 말입니까?"

"주관적인 의견이라 할 수 있죠, 가알. 만일 당신이 작은 개인용 침실에서 태어나 복도에서 성장하여 작은 칸막이 방에서 일하는데, 휴가마저 사람이 북적이는 일광욕실에서 보내야 한다고 합시다. 그런데 갑자기 머리 위로 하늘밖에 안 보이는 툭 터진 공간으로 올라온다면 당신은 분명 신경쇠약 증세를 보일 겁니다. 여기서는 아이들이 다섯 살만 되면 1년에 한 번씩 이곳에 보내집니다. 글쎄, 그런 것이 도움이 되었는지는 알 수 없지요. 실제로 그 애들은 즐길 줄을 모릅니다. 처음 두세 번 올라올 때는 소리를 지르고 히스테리 상태에 빠진답니다. 그렇기 때문에 젖을 떼자마자 일주일에 한 번씩은 이곳으로 여행을 시켜야만 합니다. 물론 아무래도 좋겠지요. 바깥으로 전혀 나오지 않는다고 무슨 문제가 되겠습니까? 지하에서도 제국을 행복하게 운영하고 있는데요. 당신은 우리가 지상에서 얼마나 높이 올라왔다고 생각하십니까?"

"1킬로미터 정도?"

가알은 말하는 순간 자신의 대답이 너무 어린아이의 말처럼 들리지 않았을까 하고 생각했다.

제릴이 킥킥거리는 걸 보니 틀림없는 듯했다.

"아닙니다. 단지 150미터에 불과해요."

"뭐라고요? 하지만 엘리베이터가 올라온 거리는……"

"그건 그렇죠. 대부분이 지면까지 오르는 데 걸린 시간이랍니다. 트랜터는 2킬로미터 이상 지하로 뚫려 있답니다. 마치 빙산과 같죠. 10분의 9는 은폐되어 있습니다. 해안에서 수 킬로미터 밖 해저까지 넓게 퍼져 있죠. 사실 우리가 지하 깊숙이 파고들었기 때문에, 생활에 필요한 에너지를 전부 지상과 수 킬로미터 지하의 온도 차를 이용하여 얻을 수 있는 겁니다. 그 사실을 알고 있나요?"

"아뇨, 원자력 발전을 사용한다고 생각했지요."

"한때는 그랬죠. 지금은 이 방법이 비용이 덜 들죠."

"그렇겠군요."

"당신은 이 모든 것을 어떻게 생각합니까?"

순간 남자의 선량한 표정은 사라지고 약삭빠른 얼굴이 나타났다. 눈매가 어쩐지 간교해 보이기조차 했다. 가알은 더듬거리며 말했다.

"……멋지지 않습니까?"

남자는 다시 물었다.

"여기에는 휴가차 왔습니까? 여행? 관광?"

"꼭 그렇지만은 않습니다. 저는 늘 트랜터를 방문하고 싶었습니다만, 이번에 여기 온 것은 일 때문이죠."

"그래요?"

가알은 설명을 계속해야만 할 것 같은 기분을 느꼈다.

"트랜터 대학에서 셀던 박사의 프로젝트에 참여하려고 말입니다."

"레이븐 셀던?"

"아뇨, 제가 말하는 사람은 해리 셀던입니다. 심리역사학자 셀던이죠. 레이븐 셀던이란 사람은 전혀 모릅니다."

"해리 셀던이 바로 내가 말한 사람입니다. 모두 그를 큰까마귀라는 뜻의 레이븐이라는 별명으로 부르지요. 그가 계속 재난을 예언했기 때문에……."

"정말 그래요?"

가알은 깜짝 놀랐다.

"물론이죠. 이미 당신이 알고 있으리라고 생각했는데요."

제릴의 얼굴에서 미소가 사라졌다.

"당신은 셀던의 일을 돕기 위해 오지 않았습니까?"

"그렇긴 하지만…… 저는 수학자입니다. 왜 재난을 예언했답니까? 무슨 재난이지요?"

"당신은 무슨 재난이라고 생각합니까?"

"전혀 짐작조차 못 하겠는데…… 셀던 박사와 그의 그룹이 발표한 논문을 읽은 적이 있어요. 수학 이론에 관한 것이던데……."

"네, 물론 그들이 발표한 것이겠지요."

가알은 당혹스러웠다.

"이제 방으로 돌아가야겠군요. 당신을 만나서 반가웠습니다."

제릴은 이별의 표시로 무표정하게 손을 흔들었다.

가알이 자기 방에 돌아가자 한 남자가 기다리고 있었다. 순간 그는 너무 놀란 나머지 입이 떨어지지 않았다. "여기서 뭘 하고 있습니까?"

라는 당연한 말도 한동안 할 수가 없었다.

상대편이 일어섰다. 나이가 들어 보였고 머리는 대부분 벗어졌으며 다리는 약간 절었다. 하지만 푸른 눈은 매우 빛나고 있었다.

가알은 머릿속이 온통 뒤죽박죽되어 어디서 많이 본 듯한 얼굴의 주인공이 누구인지를 알아내려고 애썼다. 그러다 여태까지 수없이 사진으로 보아 온 얼굴임을 가알이 깨닫는 순간, 상대편이 입을 열었다.

"내가 해리 셀던일세."

## 4

**심리역사학**

……가알 도닉은 비수학적인 개념을 이용하여 심리역사학을 정의하였다. 그것은 사회적·경제적 자극에 대한 인간 집단의 반응을 다루는 수학의 한 분야가 되었다…….

……이 모든 정의는, 통계적 처리가 정당한 의미를 가지려면 다루는 인간 집단의 규모가 충분히 커야 한다는 가정을 전제로 하고 있다. 인간 집단의 크기는 셀던의 제1정리에서 규정한다……. 또 필요한 가정은, 인간 집단의 반응이 자연스럽게 이루어지기 위해서는 인간 집단 자체가 심리역사학적 분석을 의식하지 않아야 한다는 것이다…….

심리역사학의 출발점은 사회적·경제적 영향과 동일한 특성을 보여 줄 수 있는 셀던 함수를 발전시키는 것인데…….

—『은하대백과사전』

"처음 뵙겠습니다. 저, 저는……"

"오늘 만나리라는 생각은 안 한 것 같군. 하기야 평상시 같으면 만날 수 없겠지. 하나 자네에게 협력을 구한 바에야 서둘러 일해야 하지 않겠는가? 인원을 보충하는 게 점점 어려워지고 있으니 말일세."

"무슨 말씀이신지요?"

"전망대에서 어떤 남자와 이야기하지 않았나?"

"네, 제릴이라는 사람이었지요. 그에 대해서는 그것밖에 아는 바가 없습니다."

"이름은 별로 중요하지 않네. 그 남자는 '공안 위원회' 정보원이야. 자네를 우주 공항에서부터 따라다녔다네."

"하지만 왜요? 전혀 이해가 가지 않는데요?"

"전망대에서 만난 남자가 나에 관하여 뭐라고 하지 않던가?"

가알은 망설였다.

"선생님을 레이븐 셀던이라고 부르더군요."

"그 이유를 말해 주던가?"

"선생님이 재난을 예언하기 때문이라고 하던데요."

"사실 그렇다네. 자네, 트랜터를 어떻게 생각하나?"

모두가 그에게서 트랜터에 관한 의견을 듣고 싶어 하는 것 같았다. 가알은 '멋지다'라는 말 외에 달리 표현할 방법을 찾지 못했다.

"자네는 너무 아무 생각 없이 말하고 있는 것 같구먼. 심리역사학 관점에서는 어떤가?"

"심리역사학을 이 문제에 적용하게 되리라고는 전혀 생각지도 못했습니다."

"내가 계산을 마칠 즈음에는 자네도 심리역사학이 모든 문제에 응용된다는 사실을 확실히 깨닫게 될 걸세. 잘 지켜보게나, 젊은이."

셀던은 허리띠에 붙어 있는 작은 주머니에서 계산기를 꺼냈다. 그는 잠에서 깨자마자 바로 사용할 수 있도록 베개 밑에 계산기를 넣어 두는 버릇이 있다고 사람들은 말했다. 회색 광택이 나는 전자계산기는 손때가 묻어 있었다. 셀던의 손가락에는 노인답게 검버섯이 피어 있었다. 그러나 손가락은 플라스틱 계산기 위에서 춤추듯 민첩하게 움직였다.

붉은 부호가 빛을 냈다.

셀던이 말했다.

"이것이 제국의 현재 상태를 나타내고 있는 게 맞는가?"

가알은 입을 열었다.

"하지만 완전하다고는 할 수 없습니다."

"뭐, 완전하지 않다고? 내가 하는 말을 맹목적으로 받아들이지 않는 점은 기쁘네. 하지만 이것은 정리를 증명하는 데 필요한 근사치라네. 근사치라는 말은 받아들이겠나?"

"함수 도입을 나중에 확인할 수 있다면 받아들이겠습니다."

가알은 혹시 함정에 빠지지 않을까 조심하였다.

"좋아. 여기에 덧붙여 황제의 암살과 귀족의 반역에 관해서 이미 파악한 확률, 경제 불황의 반복 주기, 행성 개발의 감소 추세……."

셀던이 계속 말했다. 각 항목이 언급될 때마다 재빠르게 움직이는 손가락을 따라 새로운 부호가 나타나서 치환되며 변하는 기본 함수 속으로 녹아들었다.

가알은 단 한 번 그것을 중단시켰다.

"그런 치환 방식은 타당성이 없는 것 같은데요."

셀던이 다시 계산기를 천천히 눌렀다.

가알이 말했다.

"그것 역시 금지된 사회학적 계산법을 사용하고 있습니다."

"맞네. 꽤 날카롭군. 하지만 아직 충분하다고는 할 수 없지. 이 경우에는 금지되어 있지 않네. 자, 이렇게 계산해 보세."

이번에는 계산 과정이 훨씬 오래 걸렸다. 그러나 계산이 끝났을 때 가알이 겸손하게 말했다.

"네, 이제 알겠습니다."

마침내 셀던이 계산을 끝냈다.

"이것은 지금부터 5세기 후에 트랜터가 처할 운명일세. 자네는 이것을 어떻게 해석하겠나?"

셀던이 머리를 한쪽으로 갸우뚱 기울이며 대답을 기다렸다.

가알은 도저히 믿을 수 없다는 표정을 지으며 말했다.

"완전한 멸망입니다. 하지만…… 하지만 믿어지지 않습니다. 트랜터는 지금까지 한 번도……"

비록 육신은 늙었으나 젊은이 못지않은 기백이 셀던을 감싸고 있는 듯했다.

"저런, 이런 결론이 어떻게 도출되었는지 자네 눈으로 똑똑히 보지 않았는가? 이것을 언어로 표현해 보세. 부호는 잠시 잊어버리고."

"트랜터는 전문화가 진행될수록 점점 취약해져서 자기 방어력을 상실하게 됩니다. 더구나 '제국'의 정치적 중심지로 부상할수록 전리품으로서 트랜터의 가치는 높아지기 마련입니다. 황위 계승 문제가 불안하게 나타나고 명문가들 사이의 반목이 격화됨에 따라 사회적 책임감이 사라지게 됩니다."

"그 정도면 충분하네. 그럼 5세기 이내에 멸망할 확률은 얼마나 되는가?"

"알 수 없습니다."

"필드 미분은 분명히 할 수 있겠지?"

가알은 압박감을 느꼈다. 손에는 계산기가 없었다. 계산기는 눈앞에서 30센티미터 떨어진 곳에 놓여 있었다. 가알은 내심 불안을 느끼며 계산을 시작하였다. 이마에서 흐르는 땀이 느껴졌다.

"약 85퍼센트입니까?"

"나쁘진 않군."

셀던이 아랫입술을 삐죽 내밀며 말했다.

"하지만 좋지도 않아. 실제 수치는 92.5퍼센트라네."

"그래서 선생님을 큰까마귀 셀던이라고 부르는군요. 학술지에서는 이런 내용을 한 번도 본 적이 없습니다."

"물론 그렇겠지. 이것을 발표할 순 없으니까. 제국을 통치하는 권력 집단이 이렇게 불안정한 내용을 노출하리라고 생각하나? 그러나 이것은 심리역사학으로 간단히 증명되지. 게다가 우리가 내린 결론의 일부가 귀족들 사이에 점점 퍼지고 있다네."

"좋지 않군요."

"꼭 그렇다고는 할 수 없지. 그런 현상까지 계산에 포함되었으니까 말일세."

"그럼 제가 조사를 받은 이유도 그것 때문입니까?"

"그렇다네. 내 프로젝트에 관한 모든 것을 조사하고 있으니까."

"선생님도 위험에 처해 있습니까?"

"물론 그렇지. 내가 처형을 당할 확률은 1.7퍼센트라네. 물론 그 사실이 내 프로젝트를 중단시킬 수는 없지. 그것도 이미 계산에 들어 있거든. 그러니 걱정하지 말게. 내일 대학에서 만나기로 하세!"

"예. 내일 뵙겠습니다."

# 5

**공안 위원회**

……엔턴가(家)의 마지막 황제 클레온 1세가 암살된 후 귀족들이 권력을 장악했다. 그들은 제국 정권이 동요한 이후 수 세기 동안 나름대로 독특한 질서를 형성했다. 황제 제도는 첸 가문과 디바르트 가문으로 불리는 위대한 귀족의 지배하에서 구질서를 유지하기 위한 맹목적인 도구로 전락하였다……. 국가의 모든 권력에서 귀족이 완전히 제거된 것은 최후의 강력한 황제 클레온 2세가 황위를 계승한 후였다…….

……어떤 의미에서 공안 위원회의 쇠퇴는 파운데이션 기원이 시작되기 2년 전에 있었던 해리 셀던 재판에서 비롯되었다고 볼 수 있다. 재판 내용은 가알 도닉이 쓴 해리 셀던 전기에 묘사되어 있다.

—『은하대백과사전』

가알은 셀던과 한 약속을 이행하지 못했다. 다음 날 아침 그는 낮게 울리는 버저 소리에 잠에서 깼다. 그가 인터폰을 들자 호텔 안내원의 정중한 목소리가 나지막이 들려왔다. 안내원은 공안 위원회에서 내린 명령에 따라 그가 구금되었다는 사실을 알려 주었다.

가알은 방문을 힘껏 밀었으나 이미 문은 잠겨 있었다. 옷을 입고 기다릴 수밖에 없었다.

가알은 잠시 후 다른 장소로 옮겨졌으나 여전히 구금 상태였다. 심문관들은 가알에게 정중하게 질문을 던졌다. 그는 자신이 시낵스 주민이라는 점과 어느 학교에 다녔으며 언제 수학 박사 학위를 받았는지를 설명했다. 셀던 박사 밑에서 연구원으로 일하는 걸 희망했고 바라던 대로 되었다는 이야기도 했다. 그는 몇 차례 반복하여 그간 경위를 자세히 털어놓았다.

그들은 그가 셀던 프로젝트에 참여하게 된 경위를 집요하게 추궁했다. 셀던 프로젝트를 어떻게 알게 되었는가? 어떤 임무를 맡았는가? 어떤 비밀 지령을 받았는가? 프로젝트 목적은 무엇인가?

가알은 아무것도 모른다고 대답했다. 그리고 비밀 지령에 관해서는 전혀 들은 적도 없으며, 그는 수학자일 뿐 정치에는 관심이 없다고 말했다.

마지막으로 심문관이 정색하고 물었다.

"트랜터는 언제 멸망하게 됩니까?"

가알은 더듬거리며 간신히 말했다.

"내가 알고 있는 지식에 대해서는 말씀드릴 수 없습니다."

"다른 사람이 알고 있는 내용은 말할 수 있나요?"

"내가 다른 사람 생각을 어떻게 대신 말할 수 있겠습니까?"

가알은 얼굴이 화끈 달아 오르는 걸 느꼈다.

"누군가 당신에게 트랜터가 멸망한다고 얘기하지 않았습니까? 멸망하는 날짜를 밝히지 않았습니까?"

가알이 망설이는 것을 보며 심문관은 은근히 협박을 가했다.

"박사, 우리는 당신이 공항에 도착한 순간부터 쭉 미행했습니다. 당신이 약속 시간을 기다리며 전망대에 올라갔을 때 역시. 물론 셀던 박사와 대화한 내용도 도청했지요."

"그러면 이 문제에 관한 셀던 박사의 생각을 잘 아시겠군요."

"그렇습니다. 하지만 우리는 그것을 당신 입을 통해서 직접 듣고 싶습니다."

"선생님 견해는 트랜터가 500년 이내에 멸망한다는 것입니다."

"셀던이 그것을 에…… 수학적으로 증명했다는 말이죠?"

"네, 그렇습니다."

가알은 의기양양하게 말했다.

"당신은 셀던이 정립한 수학을 지지하지 않습니까?"

"셀던 박사가 증명한 내용이라면 정확하겠지요."

"자, 오늘은 이만하고 다음에 봅시다."

"잠깐, 나는 변호사를 부를 권리가 있습니다. 제국 시민으로서 합당한 권리를 요구합니다."

"좋습니다."

심문관이 변호사를 불렀다.

이윽고 들어온 사람은 키가 큰 남자였다. 얼굴이 매우 길쭉한 데다 볼이 너무 홀쭉하여 미소 지을 자리라도 있을지 의문스러울 정도였다.

가알은 힘없이 변호사를 올려다보았다. 가알의 몰골은 초라하고, 몹시 기가 죽어 있었다. 가알이 트랜터에 온 지 불과 서른 시간밖에 안 돼서 너무나 많은 일이 일어난 것이다.

변호사가 말했다.

"나는 로스 아바킴입니다. 셀던 박사가 당신을 변호하라고 부탁했습니다."

"그렇습니까? 좋습니다. 저는 황제에게 즉각 제소하겠습니다. 저는 부당하게 구속되었습니다. 저는 아무 죄도 없습니다. 그 어떤 죄도 말입니다. 즉각 황제의 심문을 받도록 주선해 주십시오."

가알이 흥분한 나머지 양손을 휘두르며 말했다.

아바킴은 넓적한 서류철을 책상에 조심스럽게 올려놓았다. 만일 가알이 보고자 했다면 그것은 작은 개인용 캡슐에 들어가도록 만든 얇은 테이프 상태의 금속 셀로메트로 법정 양식이라는 사실을 알아차렸을 것이며 또한 휴대용 녹음기도 시야에 들어왔을 것이다.

가알의 열변에 무관심한 표정을 보이던 아바킴이 마침내 고개를 들었다.

"말할 필요도 없겠지만 공안 위원회는 우리 대화를 도청 전파로 듣고 있습니다. 물론 위법이지만 그래도 그들은 도청 전파를 사용하고 있습니다."

가알은 이를 갈았다.

아바킴이 느긋하게 허리를 굽히며 말했다.

"그래도 내가 테이블에 놓은 녹음기는 얼핏 보면 보통 녹음기와 전혀 다를 바 없지만 기능은 매우 탁월합니다. 녹음기에는 도청 전파를 완전히 차단하는 장치가 부착되어 있습니다. 저들도 당장은 이것을 발견하지 못할 것입니다."

"그러면 마음껏 말할 수 있겠군요."

"물론이지요."

"그럼 황제의 직접 심문을 요구합니다."

아바킴은 차가운 미소를 지었다. 깡마른 얼굴도 웃음 지을 여지가 있다는 사실이 신기했다. 뺨에 주름을 지으니 웃음이 생겨난 것이다.

"당신은 지방 출신이지요?"

"하지만 제국 시민은 틀림없습니다. 당신 그리고 공안 위원회 사람들만큼이나 훌륭한 제국 시민입니다."

"물론 그렇고말고요. 다만 지방 사람이라서 당신은 트랜터의 현재 생활 양식을 이해하지 못하고 있다는 것입니다. 트랜터에 황제의 심문 같은 것은 없습니다."

"그렇다면 공안 위원회 말고 누구에게 상소하면 됩니까? 다른 절차는 없습니까?"

"없습니다. 실제적인 의미에서 방법은 없습니다. 법적으로는 황제에게 제소하는 일이 가능하지만 심문은 없습니다. 당신도 알다시피 현재의 황제와 엔턴조(朝)의 황제는 매우 다릅니다. 유감스럽지만 트랜터는 귀족 손아귀에 장악되어 있습니다. 게다가 그들이 공안 위원회를 구성하고 있습니다. 그 과정을 심리역사학에서 잘 예언하지 않습니까?"

"그렇습니까? ……그런데 셀던 박사가 500년 후에 나타날 트랜터 역사를 예언할 수 있다는 게 사실인가요?"

"그는 1500년 후의 트랜터에 대해서도 예언할 수 있습니다."

"1만 5000년 후도 가능하다고 해 둡시다. 그런 사람이 왜 오늘 아침 일을 어제 미리 내게 경고하지 못했단 말입니까? 죄송합니다. 제 말이 지나쳤나 봅니다."

가알이 주저앉더니 땀으로 젖은 두 손에 머리를 파묻으며 중얼거렸다.

"심리역사학은 통계학이기 때문에 한 개인의 미래는 정확히 예언할 수 없다는 것은 익히 알고 있습니다. 단지 제가 지금 속이 뒤틀려 있어 그렇습니다. 이해하십시오."

"하지만 당신의 말은 틀렸습니다. 셀던 박사는 당신이 오늘 아침 체포될 것이라는 의견을 밝혔습니다."

"뭐라고요?"

"불행한 일이지만 사실입니다. 위원회는 셀던 박사가 활동하는 내용에 대해 점점 더 큰 적대감을 드러내고 있습니다. 그 그룹에 새로운 인물이 가입하지 못하도록 매우 심하게 방해하고 있습니다. 우리 목적을 위해서는 사태를 지금 단계에서 절정으로 몰고 가는 게 최선책이라는 사실이 그래프에 나타났습니다. 위원회 자체 활동이 다소 느슨한 듯해서 그들을 긴장시킬 목적으로 셀던 박사가 당신을 일부러 방문한 것입니다. 그 밖에 이유는 없습니다."

가알은 숨을 죽였다.

"그럴 수가……"

"제발 이해해 주십시오. 꼭 필요한 일이었습니다. 개인적인 이유로 당신을 택한 것은 아닙니다. 셀던 박사의 계획을 이해해야만 합니다. 셀던 프로젝트는 18년 이상 발전시킨 수학에 근거하여 중요한 개연성이 있는 모든 사태를 감안한 결과 결정된 것입니다. 이번 사건도 그중 하나입니다. 제가 이곳에 온 이유는 다만 당신이 두려워할 필요가 없다는 사실을 확신시켜 주기 위해서입니다. 결국은 잘될 겁니다. 프로젝트에도 좋은 영향을 미칠 것이 분명합니다. 그리고 당신에게 도움이 될 가능성도 높습니다."

"그 수치는?"

가알이 추궁하듯 물었다.

"프로젝트의 경우는 99.9퍼센트 이상입니다."

"나 자신의 경우는?"

"확률이 77.2퍼센트라고 들었습니다."

"그렇다면 내가 징역이나 사형 판결을 받을 가능성도 5분의 1 이상이겠군요."

"사형은 1퍼센트 이하입니다."

"물론 그렇겠죠. 한 인간에 대한 계산은 아무 의미가 없습니다. 셀던 박사를 제게 보내 주십시오."

"미안하지만 그렇게는 할 수가 없습니다. 셀던 박사도 체포된 상태입니다."

가알이 벌떡 일어나서 소리를 지르려는 순간 문이 확 열렸다. 간수 한 명이 들어와서 테이블로 다가와 녹음기를 집어 들고 여기저기 살펴

보고는 주머니에 찔러 넣었다.

아바킴이 조용히 말했다.

"우리한테는 녹음기가 필요합니다."

"변호사님, 당신에게 정전장(靜電場)을 방출하지 않는 녹음기를 제공하겠습니다."

"그렇다면 면회를 여기에서 끝내겠습니다."

가알은 변호사가 떠나는 모습을 멀거니 바라보았다. 다시 혼자가 된 것이다.

## 6

재판은 책에서 읽은 것과는 판이했다. 그러나 '이런 게 재판인가 보다.' 하고 가알은 생각했다. 재판은 오래 걸리지 않았다. 재판이 시작된 지 3일째 되는 날이었다. 가알은 재판이 처음에 어떻게 시작되었는지도 기억할 수 없었다.

재판관이 가알을 들볶는 일은 거의 없었다. 주로 셀던 박사에게 집중 공격을 퍼부어 댔다. 그러나 해리 셀던은 태연자약하게 앉아 있었다. 가알에게는 셀던이 세상에 남아 있는 유일한 피난처였다.

방청객은 소수의 제국 귀족뿐이었다. 신문기자와 일반 대중은 배제되었다. 과연 일반인 가운데 셀던의 재판에 대해서 아는 사람이 몇 명이나 있을까 의심스러웠다. 법정은 피고인들에 대한 살기 어린 적대감으로 충만했다.

높은 책상 뒤에는 공안 위원 다섯 명이 앉아 있었다. 그들은 주홍색 금박 제복을 입었다. 신분을 나타내는 반짝이는 플라스틱 모자가 눈에 띄었다. 가운데 있는 사람은 공안 위원장 링게 첸이었다. 가알은 지금까지 그토록 풍채 좋은 귀족을 본 적이 없었기에 자신도 모르게 눈길이 갔다. 첸은 재판이 진행되는 동안 거의 입을 열지 않았다. 말을 많이 하면 위신이 깎인다고 여기는 듯했다.

위원회 법관이 노트를 보며 심문을 계속했다. 셀던은 증언대 앞에 여전히 꼿꼿하게 서 있었다.

문 : 셀던 박사, 당신이 지휘하는 프로젝트에 가담한 사람은 몇 명이나 됩니까?

답 : 수학자가 50명입니다.

문 : 가알 도닉 박사도 포함해서입니까?

답 : 도닉 박사는 51번째 사람입니다.

문 : 음, 그렇다면 51명이라고 할 수 있겠군요. 확실하게 기억해 보십시오, 셀던 박사. 혹시 52명, 아니 53명은 아닙니까? 아니, 그 이상 되지 않습니까?

답 : 도닉 박사는 아직 정식으로 우리 조직에 가입하지 않았습니다. 그가 정식으로 가입하면 인원은 51명이 될 것입니다. 현재는 앞에서 이야기한 대로 정확히 50명입니다.

문 : 10만 명 정도가 아닙니까?

답 : 수학자가요? 절대로 아닙니다.

문 : 수학자라고는 말하지 않았습니다. 전체 회원이 얼마냐는 말입니다.

답 : 회원 전체를 말한다면 당신이 말한 수치가 정확한 것 같군요.

문 : 같다고요? 나는 정확한 사실을 말하고 있는 겁니다. 당신의 프로젝트에는 9만 8572명이 참여하고 있습니다.

답 : 부인네와 아이도 계산에 넣었다고 생각됩니다만…….

문 : (목소리를 높이며) 본인이 말한 건 9만 8572명이나 되는 인간이 참여하고 있다는 사실입니다. 말장난하지 마시오.

답 : 그 수치를 인정합니다.

문 : (자기 노트를 들여다보며) 그러면 잠시 그 문제는 접어 놓고, 다음 문제로 넘어가서 우리가 그동안 장시간에 걸쳐 논의한 사항을 다루어 봅시다. 셀던 박사, 트랜터의 미래에 관해 당신 생각을 다시 한 번 들려주시겠습니까?

답 : 앞서 말씀드렸지만 한 번 더 되풀이해서 말씀드리지요. 트랜터는 향후 5세기 안에 폐허로 변할 것입니다.

문 : 당신의 진술이 불경스럽다고 생각하지 않습니까?

답 : 전혀 그렇게 생각하지 않습니다. 과학적 진실은 충성이나 불충을 뛰어넘는 것이라고 생각합니다.

문 : 당신 말이 정말 과학적 진실이라고 확신합니까?

답 : 물론입니다.

문 : 뭘 근거로?

답 : 심리역사학의 수학을 근거로 하고 있습니다.

문 : 그럼 그 수학이 옳다는 사실을 증명할 수 있습니까?

답 : 상대가 수학자라면 가능합니다.

문 : (미소를 지으며) 그렇다면 진실이라고 하는 것이 극히 난해하기 때문에 일반인은 전혀 이해할 수 없다는 얘기입니까? 진실이란 신비해선 안 되고 분명해야 하며, 그래서 일반인도 쉽게 이해할 수 있어야 한다고 본인은 생각하는데요.

답 : 사람에 따라서는 쉽게 이해하기도 합니다. 일반적으로 열역학으로 불리는 에너지 전환의 물리학은 신화 시대부터 인류의 전 역사를 통하여 분명

한 진리로 인식되어 왔습니다. 하지만 동력 기관을 설계할 줄 모르는 사람은 현재도 있지 않습니까? 그중에는 지능이 높은 사람도 있지요. 여기에 계신 학식 높은 위원님들이라면······.

그 순간 위원들 중 한 명이 법관을 향하여 몸을 내밀었다. 무슨 내용인지는 알아들을 수 없지만 어투는 신랄하였다. 법관은 얼굴을 붉히며 셀던의 말을 중단시켰다.

문 : 셀던 박사, 우리는 당신 연설을 듣기 위하여 여기에 모인 것이 아닙니다. 하여튼 당신이 자기 입장을 명확히 밝혔다고 생각됩니다. 결국 멸망에 대한 당신의 예언은 자신의 목적을 위해 제국 정부에 대한 일반 시민의 신뢰를 파괴하려는 의도가 있는 것 아닙니까?
답 : 그렇지 않습니다.
문 : 그러면 당신은 소위 트랜터가 멸망하기에 앞서 일정한 기간 다양한 유형의 사회 혼란이 벌어질 거란 사실을 주장하는 겁니까?
답 : 맞습니다.
문 : 그리고 단순한 예언에 따라 당신은 그런 혼란 상태가 발생하기를 바라고, 나아가 수십만 명의 군대를 장악하기를 꿈꾸고 있는 것 아닙니까?
답 : 그것은 틀린 말씀입니다. 설령 그렇다고 하더라도 조사하면 알겠지만 군대에 복무할 수 있는 나이에 있는 사람은 1만 명도 안 되고 더구나 군사 훈련을 받은 사람은 그중 단 한 사람도 없습니다.
문 : 당신은 누군가의 대리인으로 활동하고 있는 것 아닙니까?
답 : 본인은 누구에게도 고용되어 있지 않습니다, 법관님.
문 : 그렇다면 당신은 전혀 아무런 이해관계도 없이 오로지 과학을 위하

여 봉사하고 있다는 말입니까?

답 : 그렇습니다.

문 : 그렇다면 그 증거를 보여 주십시오. 미래는 변화할 수 있습니까, 셀던 박사?

답 : 물론 그렇습니다. 이 법정이 몇 시간 뒤에 폭파될 수도 있고 안 될 수도 있습니다. 만일 폭파된다면 미래가 부분적으로 변하는 것은 틀림없는 사실이겠지요.

문 : 궤변입니다, 셀던 박사. 인류의 총체적인 역사가 변하는 일이 가능하단 말입니까?

답 : 네, 변합니다.

문 : 쉽게 말입니까?

답 : 아니요. 매우 어렵습니다.

문 : 그 이유는?

답 : 한 행성 전체에서 살아 숨 쉬는 인간의 심리역사학적 추세에는 거대한 관성이 존재합니다. 그것을 변화시키기 위해서는 동일한 관성을 지닌 존재가 필요합니다. 다시 말해 그 행성의 사람 수와 동일한 사람이 투입되어야 한다는 이야기지요. 만일 투입된 사람 수가 적다면 역사를 변화시키는 데 엄청난 시간이 소요됩니다. 이해하시겠습니까?

문 : 알겠습니다. 만일 수많은 사람이 멸망을 막기 위해 노력한다면 트랜터는 멸망하지 않을 수도 있다는 얘기 아닙니까?

답 : 맞습니다.

문 : 그럼 10만 명 정도 필요하다는 겁니까?

답 : 아니요, 그것은 너무 적습니다. 말도 안 됩니다. 트랜터 인구가 400억이 넘는다는 점을 생각하십시오. 더구나 멸망해 가는 추세가 트랜터에만 국

한된 것이 아니라 제국 전체라는 사실을 상기해 보십시오. 제국에는 약 100경 명의 인구가 살고 있다는 점을 잊지 마시라는 말입니다.

문 : 알겠습니다. 그렇다면 만약 10만 명 정도의 사람과 그 자손이 500년 동안 애쓴다면 추세를 변화시킬 수 있을까요?

답 : 유감스럽지만 불가능합니다. 500년은 너무 짧은 시간입니다.

문 : 아! 그렇다면 셀던 박사, 우리는 당신의 진술에서 이런 추론을 도출할 수밖에 없군요. 당신은 10만 명을 당신의 프로젝트를 위하여 소집했지만 그 정도 숫자로는 500년 안에 트랜터 역사를 변화시키는 것이 불충분하다는 얘기지요? 달리 말하면 그들이 아무리 애를 써도 트랜터가 멸망하는 걸 예방할 수 없다는 말이지요?

답 : 불행히도 당신 말이 맞습니다.

문 : 또 한편으로는 당신의 그 10만 명에 달하는 동지들이 전혀 불법적인 목적도 가지고 있지 않다, 이거죠?

답 : 바로 그렇습니다.

문 : (천천히 그리고 만족스럽게) 그렇다면 셀던 박사, 주의 깊게 들어 보십시오. 우리는 신중한 답변을 원하고 있으니까. 당신의 동지 10만 명이 가진 목적은 도대체 무엇입니까?


법관의 목소리가 엄격해졌다. 교활하게도 그는 함정을 파고 셀던을 궁지로 내몰아 어떤 대답을 하더라도 난처해지게 만든 것이다.

법관의 질문에 웅성거리는 소리가 들리기 시작했다. 그 소리는 방청석 귀족들 사이를 지나 위원석까지 퍼져 갔다. 주홍색 금박 제복을 입은 위원들은 서로 수군댔으나 위원장만이 태연자약하게 꼿꼿이 앉아 있었다.

해리 셀던도 움직이지 않았다. 소란이 가라앉기를 기다릴 뿐이었다.

 답 : 파멸의 규모를 최소화하기 위한 것입니다.
 문 : 그게 어떤 의미인지 정확히 말해 보십시오.
 답 : 간단하게 설명해 드리자면, 닥쳐 올 트랜터의 파멸은 인류 발전의 궤도에서 벗어난 우연한 사건이 아닙니다. 이는 몇 세기 전에 시작되어 현대에 이르러 속도가 더욱 빨라지는 복잡한 드라마의 클라이맥스라고 할 수 있습니다. 여러분, 은하제국은 서서히 몰락하고 있습니다.

 웅성거리던 방청석은 시끄러운 고함으로 가득 찼다. 법관은 "감히 그런 말을 공공연히……"하고 고함을 지르려고 했으나, 방청석에서 "반역자!"라는 외침이 터져 나오자 마침 자기가 하고 싶었던 말이 대신 나와 주었기 때문에 입을 다물기로 했다.
 공안 위원장이 천천히 사회봉을 위로 올려 힘차게 내리쳤다. 그 소리는 징 소리처럼 들렸다. 여운이 가라앉자 방청석에서 일어나던 소란도 잠잠해졌다. 법관은 숨을 깊이 들이마셨다.

 문 : (극적으로) 셀던 박사, 당신은 지금 1만 2000년 동안 수많은 세대에 걸쳐 흥망성쇠를 거듭하면서도 변영을 유지해 왔으며, 1000조 이상의 인간이 애정을 가지고 있는 현재의 제국에 대해 말하고 있는 것이 분명하지요?
 답 : 본인은 제국의 현 상태와 과거 역사에 관해 잘 알고 있습니다. 본인은 이 법정에 계신 어느 누구보다 그에 관해 해박한 지식을 가지고 있다고 감히 말씀드릴 수 있습니다.
 문 : 그런 사람이 제국의 멸망을 어떻게 예언할 수 있단 말입니까?

답 : 제 주장은 수학을 통해 엄정하게 도출된 진실입니다. 도덕적 판단은 본인의 소관 사항이 아닙니다. 개인적으로는 저 역시 이런 전망을 매우 안타깝게 생각합니다. 제국의 상태가 더욱 악화된다 할지라도 몰락한 다음에 다가올 무정부 상태와는 비할 바가 아니니까요. 물론 이런 변화는 제가 예언했기 때문에 일어나는 일은 절대 아닙니다. 본인의 프로젝트가 맞서 싸울 적은 바로 이런 무정부 상태입니다. 그러나 여러분, 제국의 몰락은 거대한 흐름이라서 쉽게 해결할 수 있는 대상의 것이 아닙니다. 부상하는 관료 계급, 쇠퇴하는 창조력, 신분제 고착, 탐구심 감소 등 그 밖에 100여 가지 요인이 상호작용하여 몰락하는 겁니다. 앞에서 말한 바와 같이 이는 수 세기에 걸쳐서 진행되는 겁니다. 멈추기에는 이미 너무나 거대한 움직임입니다.

문 : 제국이 여느 때와 다름없이 강대하다는 점은 누가 보더라도 분명하지 않습니까?

답 : 외관상으로는 강력하다고 말할 수 있겠지요. 또 영원히 강대할 것처럼 보이겠지요. 하지만 법관님, 썩은 거목도 폭풍에 두 토막으로 부러지기 직전까지 예전과 다름없이 당당하게 보이는 법입니다. 지금 이 순간에도 제국의 줄기와 가지 사이로 폭풍이 몰아치고 있습니다. 심리역사학의 귀에는 가지가 삐꺼덕거리는 소리가 들립니다.

문 : (자신 없는 목소리로) 셀던 박사, 우리는 당신의 연설을 듣기 위해 여기에 모인 것이……

답 : (단호하게) 제국은 모든 장점과 더불어 소멸할 것입니다. 그간 축적한 지식은 쇠퇴하고 확립한 질서는 붕괴될 것입니다. 항성 간 전쟁은 끝없이 계속될 것입니다. 반면 항성 간 무역은 쇠퇴하고 인구는 감소할 것입니다. 여러 세계가 '은하계' 중심부와 연락이 두절될 것이며 그 상태는 오랫동안 계속될 것입니다.

문 : (장내에 무거운 침묵이 감도는 가운데 작은 목소리로) 영원히?

답 : 몰락을 예언했듯이 심리역사학은 그 후에 계속될 암흑 시대에 관해서도 예측할 수 있습니다. 여러분, 제국은 방금 말한 것처럼 1만 2000년 동안 계속되어 왔습니다. 그러나 다가올 암흑 시대는 1만 2000년보다 더욱 긴 3만 년 동안 지속될 것입니다. 그러고는 제2제국이 등장하겠지만 그동안 1000세대에 걸쳐 인류는 오랜 고통에 시달릴 것입니다. 우리는 거기에 맞서 싸워야만 합니다.

문 : (약간 원기를 회복하여) 당신 말에는 모순이 있습니다. 당신은 앞에서 트랜터의 파멸을 막을 수 없다고 하지 않았습니까?

답 : 몰락을 막을 수 있다고 말씀드리는 것이 아닙니다. 하지만 그 후에 지속되는 혼란기를 단축하는 일은 아직 안 늦었다는 말입니다. 여러분, 만일 지금 본인과 우리 그룹의 활동이 허가된다면 무정부 상태에 빠지는 기간을 1000년으로 단축할 수 있습니다. 우리는 지금 미묘한 역사적 시점에 놓여 있습니다. 앞으로 밀어닥칠 엄청나게 많은 사건 중 지극히 적은 부분만이 본궤도를 수정할 수 있습니다. 대대적인 수정은 불가능하지만, 인류 역사 가운데 2만 9000년에 걸친 고난을 제거할 수 있다는 것은 결코 적은 일이라고 할 수 없겠지요.

문 : 어떤 방법으로 그 일을 추진해 나갈 작정입니까?

답 : 인류의 지식을 보존하여 남겨 두는 방법을 통해서입니다. 인간이 지금까지 축적한 지식의 총량을 한 개인이 취급하는 것은 불가능하지요. 아니, 1000명도 부족합니다. 사회조직이 붕괴하면서 과학은 수백만 조각으로 산산이 부서질 것입니다. 개개인은 마땅히 알아야 하는 극히 작은 지식만 알게 될 것입니다. 개개인으로 고립된 인간은 무력하고 쓸모없는 존재로 전락합니다. 앞뒤 연결이 안 되는 지식의 단편은 수 세대를 경과하면서 잊히고 말

것입니다. 하지만 말입니다, 지금 우리가 모든 지식을 집대성한다면 인류의 지식은 결코 상실되지 않을 것입니다. 우리 후손은 그 지식을 이용할 것이며 다시 애써서 재발견할 필요는 없을 것입니다. 3만 년 걸릴 일이 1000년으로 줄어들 수 있습니다.

문 : 이 모든 것이……

답 : 전부 본인의 프로젝트에 포함됩니다. 3000명에 달하는 동지가 자기 아내와 자식과 함께 『은하대백과사전』을 편찬하기 위해 헌신하고 있습니다. 물론, 그들이 살아 있는 동안에는 완성되지 않겠지요. 아니, 살아 있는 동안 사전 편찬이 제대로 시작하는 모습이라도 볼 수 있으면 다행입니다. 그러나 트랜터가 몰락할 무렵에는 완성해서 은하계의 모든 주요 도서관에 사본을 배치할 것입니다.

공안 위원장이 사회봉을 올렸다가 아래로 떨어뜨렸다. 해리 셀던은 증언대를 내려와 가알 옆에 조용히 앉았다. 그리고 미소를 지으며 말했다.

"쇼를 잘 감상했나?"

"아주 잘하셨습니다. 이제부터 어떻게 됩니까?"

"재판을 중단하고 나와 개인적인 대화를 시도하려 들 걸세."

"어떻게 아십니까?"

"솔직히 말해서 나도 잘 모르겠네. 모두가 공안 위원장의 마음에 달려 있다네. 나는 그를 수년간 연구했지. 다양한 활동을 분석하려 했으나 자네도 알다시피 개인은 변덕이 심해서 심리역사학 방정식에 대입하는 것은 정말로 위험한 일이야. 그래도 희망을 품고 있다네."

## 7

아바킴이 다가와 가알에게 묵례하고는 셀던에게 몸을 굽혀 귓속말을 했다. 폐정을 알리는 소리가 울려 퍼지자 수위가 두 사람을 떼어 놓았다. 가알은 밖으로 끌려나갔다.

다음 날 심문은 완전히 달랐다. 해리 셀던과 가알 도닉 두 사람만 위원회에 출두했다. 두 사람은 한 테이블에 앉았고 다섯 명의 재판관과 두 명의 피고 사이에는 간격이 거의 없었다. 재판관들은 흘러가는 물처럼 보이는 진주색 플라스틱 상자에서 담배를 꺼내 권하기조차 했다. 상자는 감촉이 딱딱했으나 보기에는 흐르는 물 같았다.

셀던은 담배를 한 개비 받아 들었다. 가알은 거절했다.

셀던이 입을 열었다.

"본인의 변호인은 참석하지 않습니까?"

위원 중 한 사람이 대답했다.

"셀던 박사, 더 이상 재판은 없습니다. 우리는 국가의 안전에 관해 토론하기 위하여 이곳에 모인 것입니다."

"본관이 말하겠소."

링게 첸이 말하자 다른 위원들은 의자에 등을 대고 경청할 준비를 했다. 첸의 입에서 다음 이야기가 나올 때까지 잠시 침묵이 흘렀다.

가알은 숨을 죽였다. 마르고 강단 있으며 나이보다 늙어 보이는 남자는 사실상 전체 '은하계'의 황제였다. 황제의 칭호를 가진 아이는 첸이 만든 상징에 불과했다. 그러한 사례는 첸이 처음은 아니었다.

첸이 말했다.

"셀던 박사, 당신은 황제가 통치하는 영토에서 평화를 깨트리고 있소. 지금 '은하계'의 모든 별에 살고 있는 수많은 인간 가운데 지금부터 1세기 후까지 살아남을 사람은 하나도 없소. 그렇다면 왜 지금 우리가 5세기 뒤에 일어날 일까지 걱정해야 한다는 말이오?"

"본인은 앞으로 5년도 살기 어려울 것입니다. 그럼에도 이 문제는 나한테 가장 중요한 관심사입니다. 이상주의라고 불러도 좋습니다. 우리가 인간이란 용어로 부르는 신비론적 일반 가설에 나 자신도 속한다는 사실을 확인하는 것이라고 말해도 좋겠지요."

"굳이 신비주의를 이해할 마음은 없소. 내가 왜 오늘 밤에라도 당신을 처형하여 내가 결코 볼 리 없는 그 불쾌하고 불필요한 5세기 뒤의 일을 내 눈앞에서 없애 버리지 않는지 그 이유를 알고 있소?"

첸이 말하자, 셀던이 가볍게 대답했다.

"일주일 전에 각하가 그렇게 했더라면 각하가 금년 말까지 살아남을 가능성은 아마도 10분의 1 정도였을 것입니다. 하지만 오늘 그런다면 10분의 1이라는 확률은 1000분의 1도 안 되게 줄어들 것입니다."

참석한 사람들 가운데서 한숨이 터져 나오면서 약간의 동요가 일었다. 가알은 목덜미 솜털이 쭈뼛 서는 것을 느꼈다. 첸의 눈썹이 아래로 내려갔다.

"어떻게 그렇소?"

"트랜터 붕괴는 어떤 노력을 기울여도 막을 수 없습니다. 반대로 붕괴를 재촉하는 것은 쉬운 일입니다. 본인에 대한 재판이 중지되었다는 이야기는 은하계 전체에 퍼질 것입니다. 재난을 막아 보고자 하는 본인의 계획이 좌절되었다는 소식을 대중이 알게 된다면, 미래에 아무런 희망도 남아 있지 않다고 확신하게 될 것입니다. 이미 그들은 선조들이 살아가던 모습을 회상하며 부러워하고 있습니다. 그들은 정치 혁명과 무역 정체가 증가한다는 사실을 깨달을 것입니다. 그러다 보면 자기 손아귀에 들어오는 것만 가치가 있다는 생각이 은하계에 팽배하게 될 것입니다. 야심가는 기다리지 않을 것이며 무법자는 망설이지 않을 것입니다. 그들의 행위 하나하나가 세계의 몰락을 가속할 것입니다. 나를 처형하면 트랜터는 5세기 이내가 아니라 50년 이내에 멸망할 것이며, 당신 자신도 1년 안에 목숨을 잃을 것입니다."

"아이들이라면 그런 말에 겁을 먹겠지. 하지만 우리도 당신을 죽이는 것만이 능사라고 생각하지는 않소."

첸이 서류에 놓인 손을 들어 올렸다가 두 손가락으로 맨 위에 있는 서류를 가볍게 쳤다.

"당신의 활동은 백과사전을 편찬하는 일뿐이오?"

"그렇습니다."

"백과사전 편찬을 트랜터에서 해야 할 필요가 있을까?"

"각하, 트랜터에는 제국 도서관이 있으며, 또한 트랜터 대학이라는 학문적 자원이 있습니다."

"오히려 당신이 다른 장소에 있게 된다면, 예컨대 대도시의 분주함과 산만함이 학문적 사색을 방해하지 않는 행성이나 당신 부하들이 맡은 일에 완전히 몰두할 수 있는 곳에 있게 된다면 나름대로 이점이 있지 않겠소?"

"약간은 그렇겠지요."

"그와 같이 선택된 세계가 당신에게 주어진다면, 당신은 10만 명의 부하와 함께 여가를 즐기며 일할 수 있겠지. 은하계 사람들은 당신들이 '멸망'과 싸우는 줄 알고 있을 것이오. 더구나 그들은 당신들이 '멸망'을 미리 방지할 것이라고 믿게 될 것이오."

그는 음흉한 미소를 지으며 이야기를 계속했다.

"나라는 사람은 아무것이나 믿지 않기에, 당신이 '멸망'이라고 말하는 것을 믿지 않는 것이 그다지 이상한 일은 아니오. 더구나 본인은 진실을 대중에게 밝혀야 한다고 확신하고 있소. 따라서 박사, 트랜터를 더 이상 동요시키는 일은 없어야 할 것이며 황제의 평안을 훼방하는 일도 없어야 할 것이오. 그렇게 하지 않는 건 당신 스스로 죽음을 자초하는 것이며, 필요하다면 당신의 부하들까지 죽을 가능성도 있소. 앞에서 당신이 한 협박은 잊기로 하지. 죽음과 추방 중 하나를 선택할 기회를 줄 테니 5분 이내에 선택하시오."

"준비된 곳은 어딥니까, 각하?"

"터미너스라고 불리는 행성이오."

첸은 무관심한 듯 손끝으로 책상 위에 있던 서류를 셀던 쪽으로 돌려 놓으면서 말했다.

"현재는 사람이 살지 않지만 충분히 생존할 수 있으며, 학자들의 필요에 따라서 새로이 건설할 수도 있소. 약간 변방에 있기는 하지만……."

"각하!"

셀던이 말을 가로막았다.

"은하계 맨 가장자리에 있는 곳 아닙니까?"

"방금 말한 것처럼 약간 변방일 뿐이오. 하지만 당신이 일에 전념하기에는 적당한 장소일 것이오. 자, 2분 남았소."

셀던이 말했다.

"그런 여행을 준비하는 데는 시간이 필요합니다. 2만 가구가 관련된 문제입니다."

"필요한 시간은 주겠소."

셀던이 잠시 생각하는 동안 마지막 1분이 지나갔다.

그는 말했다.

"추방을 받아들이겠습니다."

그 말을 듣는 순간 가알의 심장은 잠시 멈춘 듯했다. 죽음을 면했다는 사실을 깨닫자 커다란 기쁨이 가슴에 용솟음쳤다. 하지만 깊은 안도감에 잠기면서도 가알은 셀던이 패배했다는 씁쓸한 마음을 지울 수가 없었다.

## 8

굽이굽이 수백 킬로미터 계속되는 지렁이 같은 터널을 통과하여 대학을 향해 질주하는 택시에서 그들은 오랫동안 입을 다물고 앉아 있었다. 마침내 가알이 몸을 일으키며 말했다.

"선생님이 위원들에게 말한 것은 진실입니까? 선생님을 처형하면 실제로 멸망을 재촉합니까?"

셀던이 말했다.

"심리역사학적인 발견에 관해서 나는 절대로 거짓말하지 않네. 이번 경우 거짓말은 나에게 아무런 도움이 안 되었을 걸세. 첸은 내가 진실을 말하고 있다는 것을 알고 있었지. 그는 매우 영리한 정치가고, 더욱이 정치가들이란 직업상 심리역사학적 진실에 대한 본능적인 감수성을 지니고 있기 마련이지."

"그렇다면 선생님이 추방을 수락할 필요가 있었습니까?"

가알이 물었으나 셀던은 대답하지 않았다.

차가 대학 구내로 튀어나오는 순간 가알의 몸뚱이가 자기 마음대로 움직였다. 아니, 몸뚱이를 제대로 움직일 수가 없었다. 그래서 택시 바깥으로 거의 실려나와야 했다.

대학 전체가 불꽃놀이 같은 빛으로 가득했다. 태양이 존재한다는 사실을 가알이 거의 잊고 있었던 것이다.

대학 구조물은 트랜터의 다른 건축물과 같이 딱딱한 회색 일색은 아니었다. 오히려 은색을 띠는 금속 광택이 상아색에 가까웠다.

셸던이 말했다.

"군인들 같군."

"뭐라고요?"

가알이 살풍경한 지상으로 시선을 돌리자 그들 앞에 서 있는 보초가 보였다.

그들이 보초 앞에서 발걸음을 옮기자 가까운 문에서 지휘관이 나타나 부드러운 어조로 물었다.

"셸던 박사입니까?"

"그렇습니다."

"당신을 기다리고 있었습니다. 당신과 부하들은 이제부터 계엄령하에 있습니다. 본인은 당신들이 터미너스로 출발하기 위한 준비 기간으로 6개월이 허용되었다는 점을 통지하라는 명령을 받았습니다."

"6개월이라고?"

가알은 자신도 모르게 소리를 높였으나 셸던 손가락이 팔꿈치를 부드럽게 눌렀다.

"이상이 본인이 받은 명령입니다."

지휘관은 반복해서 말했다.

지휘관이 떠나자 가알은 셀던 쪽을 보았다.

"도대체 6개월 동안에 무엇을 할 수 있겠습니까? 천천히 숨통을 죄어 죽이자는 것 아닙니까?"

"조용히, 조용히 하게나. 연구실로 가세."

연구실은 크지 않지만 완벽한 도청차단장치가 갖춰져 있었다. 이곳을 향해 방사되는 도청 전파는 아무것도 수신할 수 없었다. 다양한 어조와 목소리를 모아 놓은 거대한 대화 창고에서 무작위로 배열된 대화를 수신하는 게 전부였다.

"6개월은 충분한 시간일세."

셀던이 편안하게 말했다.

"왜 그렇습니까?"

"왜냐하면 우리는 타인의 행동을 우리가 필요한 정도에 따라서 조절할 수 있기 때문일세. 내가 자네에게 이미 말하지 않았던가? 첸의 기질에 관해서는 역사상 유례가 없을 정도로 정밀하게 조사했다는 사실을. 재판 역시 우리가 스스로 선택할 수 있는 적당한 시간과 상황에 따라서 시작된 것이라네."

"하지만 선생님……"

"터미너스로 추방되지 않도록 일을 꾸밀 수는 없었냐고? 그럴 필요가 있을까?"

셀던이 책상 어느 지점을 손가락으로 누르자 뒷면 벽 일부가 옆으로 미끄러졌다. 오로지 셀던의 손가락만이 그렇게 할 수 있도록 설계된 장치였다. 왜냐하면 셀던의 지문만이 숨겨놓은 스캐너를 작동시킬 수 있기 때문이다.

"저 안에 마이크로필름이 여러 개 있네. 그중에 T 자로 표시된 필름을 가져오게나."

가알이 필름을 가져오자 셀던은 그것을 영사기에 넣고 가알에게 안경을 건네주었다. 가알은 안경을 조정하고는 눈앞에 펼쳐지는 화면에 빠져들었다.

"하지만 그러면……."

"놀라운가?"

"2년 전부터 출발 준비를 해 오셨습니까?"

"2년 반일세. 물론 첸이 터미너스를 선택하리라는 확신은 없었지만 그렇게 되기를 바랐기에 그러한 가정 아래 활동에 착수했을 뿐이네."

"하지만 왜 그렇습니까, 셀던 박사님? 추방을 유도했다면 그 이유는 무엇입니까? 여기 트랜터에 있는 편이 여러 가지 사태를 훨씬 잘 조절할 수 있지 않습니까?"

"이유라면 몇 가지 있지. 터미너스에서 일한다면 우리가 제국의 안전을 위협한다는 위기감을 조성하지 않고 제국에게 지원을 받을 수 있을 걸세."

"하지만 박사님이 일부러 위기감을 조성하여 추방되도록 유도하지 않았습니까? 아직도 이해가 되지 않는군요."

"2만 가구나 되는 사람들이 자발적으로 은하계 끝까지 여행할 마음을 품을 수는 없을 테니까."

"그렇다면 그들을 강압적으로 그곳에 보내야 하는 이유는 무엇입니까? 이유를 알면 안 됩니까?"

"아직은 안 되네. 당분간은 자네에게 과학자의 피난처가 터미너스에 건설될 것이라는 점을 알려 주는 것으로 충분하네. 그리고 또 하나의 피난처가 은하계 반대쪽 끝, 말하자면……."

셀던이 잠시 이야기를 멈추고 미소를 지었다.

"나는 곧 죽을 테니 나머지에 관해서는 자네가 나보다 훨씬 더 많이 알게 될 걸세. 제발, 제발 그렇게 놀라지 말게. 주치의 말에 따르면 내 수명은 기껏해야 앞으로 1년 아니면 2년이라네. 하지만 그렇다고 해도 나는 내가 하고자 한 일을 살아 있는 동안 성취할 걸세. 인간으로서 이만큼 행복한 죽음이 어디 있겠나?"

"박사님께서 돌아가신 다음엔요?"

"그러면 후계자들이 생기겠지. 아마 자네도 포함될 걸세. 그리고 후계자들이 우리 계획을 최종적으로 완성하겠지. 적당한 시기에 적당한 방법으로 아나크레온 반란도 선동할 수 있을 걸세. 그 이후는 모든 일이 술술 잘 풀려 나갈 것이네."

"저는 이해할 수 없습니다."

"곧 알게 될 걸세."

셀던의 주름진 얼굴에는 평화로운 기운이 어렸다. 그러나 약간 피곤한 기색은 감추지 못했다.

"사람들은 대부분 터미너스로 갈 테지만 일부는 남겠지. 쉽게 조정할 수 있어. 하지만 나로서는……."

작은 목소리로 말꼬리를 흐렸기에 가알은 셀던이 하는 말을 거의 알아들을 수 없었다.

"이제 내 역할은 끝났다네."

제2부

# 백과사전 편찬 위원회

**터미너스**

……터미너스가 은하계 역사 가운데 부여받은 역할을 고려해 볼 때 그 위치는 기이한 느낌을 준다. 하지만 수많은 저술가가 끊임없이 지적해 왔듯이 이는 필연적인 위치라고 아니할 수 없다. 은하계 나선형 가지 최외곽에 있는 터미너스는 외떨어진 태양에 하나밖에 없는 행성으로 자원은 빈약하고 경제적 가치는 거의 없어 보였다. 행성을 발견하고 백과사전 편찬자들이 이주하기까지 500년 동안 이곳에 정착한 사람은 한 명도 없었다……

……심리역사학자들이 새로운 세대로 성장을 거듭함에 따라 터미너스가 트랜터의 단순한 부속물 이상으로 부상하게 된 것은 필연적인 현상이었다. 아나크레온의 반란, 그리고 위대한 혈통의 시조 샐버 하딘의 권력 장악과 더불어……

—『은하대백과사전』

## 1

루이스 피렌은 조명이 밝은 방 한구석에 놓인 책상에 앉아 바쁘게 일하고 있었다. 일은 협력이 중요하고 노력은 조직화가 필요하다. 직물을 잘 짜기 위해서는 실들을 잘 배열해야 한다.

50년이 경과되었다. 참가한 사람들이 능력을 계발하고 제1백과사전 파운데이션을 원활하게 기능하는 조직으로 발전시키고 자료를 수집하며 제반 준비를 갖추는 데 50년이 걸린 것이다.

해야 할 일은 이제 끝났다. 5년 후에는 은하계 역사상 금자탑이라고 할 수 있는 『은하대백과사전』 제1권을 발행하게 될 것이다. 그 이후로는 10년 주기로 규칙적으로 한 권씩 발행할 예정이었다. 아울러 흥미롭고 시사적인 사건에 관한 특별 기사도 부록으로 발간할 예정이다.

피렌은 불안한 듯 몸을 움직였다. 책상에서 버저가 신경이 거슬릴 정도로 울려 댔기 때문이다. 거의 잊어버린 약속이 떠올랐다. 피렌이 버튼을 눌러 문을 열자 어깨가 떡 벌어진 샐버 하딘이 방심한 듯한 피렌의 시선 속으로 들어왔다. 하지만 피렌은 얼굴을 들지 않았다.

하딘은 속으로 웃었다. 급하긴 하지만 피렌에게 자신이 왔음을 알리지 않았다. 일을 방해하는 상대에게 가차 없는 태도를 취하는 피렌의 성격을 익히 알고 있기 때문이다. 그래서 책상 맞은편 의자에 몸을 파묻고는 기다렸다.

피렌의 철필이 종이 위로 미끄러지면서 약하게 긁히는 소리를 내고 있었다. 그 밖에는 어떤 움직임도 소리도 없었다. 그때 하딘이 조끼 주머니에서 5크레디트짜리 동전을 꺼냈다. 동전이 빛을 반짝이며 공중에서 한 바퀴 회전하고 아래로 떨어졌다. 하딘은 동전을 받아 다시 한 번 손가락으로 튕기고서는 반사되는 빛을 물끄러미 바라보았다. 모든 금속을 수입해야 하는 행성에서 스테인리스강은 훌륭한 교환 매체였다.

피렌이 얼굴을 들고 눈을 깜빡이며 성난 듯이 말했다.

"그만하시오!"

"뭘요?"

"정나미 떨어지는 동전 던지기."

하딘은 동그란 금속을 주머니에 넣으며 말했다.

"음, 그러지요. 나랑 상대할 준비가 되면 알려 주세요. 새로운 수로교(水路橋) 계획을 표결에 부치기 전에 시 의회로 돌아가기로 약속을 했거든요."

피렌은 한숨을 쉬면서 책상을 밀어내듯 일어섰다.

"준비는 되었소. 하지만 시 문제로 나를 귀찮게 하지 않기를 바라오. 그런 문제는 당신 스스로 해결하시오. 나는 백과사전 문제만으로도 골치가 아프니까."

"뉴스는 들었나요?"

하딘이 상대방의 말을 귓등으로 흘리며 말했다.

"어떤 뉴스?"

"터미너스 시 초단파 수신기에서 두 시간 전에 수신한 뉴스 말입니다. 아나크레온 성구의 총독이 왕의 칭호를 획득했다고 하네요."

"뭐라고? 그게 어쨌단 말이오?"

"그 소식이 의미하는 바는…… 우리가 제국의 중심부에서 차단된다는 뜻입니다. 우리가 예상한 것이기는 하지만 그렇다고 해서 문제가 쉬워지는 것은 아니지요. 아나크레온으로 말할 것 같으면 산태니, 트랜터, 베가 등, 우리에게 마지막으로 남은 교역 항로를 가로막는 별이니 말이죠. 이제부터는 필요한 금속을 어디에서 들여오겠습니까? 지난 6개월 동안 철강이나 알루미늄을 출하시킨 적이 한 번도 없었어요. 이제부터는 아나크레온 왕의 허락 없이는 아무것도 손에 넣을 수 없게 된 거지요."

피렌은 성급하게 말을 되받았다.

"그럼 그 왕을 통해서 손에 넣으면 되는 것 아니오?"

"하지만 그렇게 할 수 있을까요? 잘 들어 보세요, 피렌. 파운데이션을 설립하는 데 기초가 된 헌장에 의하면 백과사전 편찬 위원회 이사회는 행정상 전권을 가지고 있지요. 따라서 당신이 나에게 허가서에 도장을 찍어 주면 나는 터미너스 시장으로서 코를 풀거나 재채기를 하는 정도의 재량권을 누릴 수 있어요. 모든 일이 당신과 이사회에 달려 있습니다. 터미너스 시는 은하계와 끊임없이 교역할 때에만 번영할 수 있습니다. 시의 이름을 걸고 당신에게 부탁합니다. 긴급 이사회를 소집해서……"

"그만! 선거 연설은 이 자리에 어울리지 않소. 하딘, 이사회는 터미너스에 시 정부의 설립을 금지하지 않았소. 50년 전 파운데이션이 설립된 이래로 인구가 증가해 왔고 더구나 백과사전 편찬에 종사하지 않는 사람들 수도 증가했으니 행정부가 필요하다는 사실은 우리도 잘 알고 있소. 하지만 그렇다고 하더라도 파운데이션의 첫 번째 목적이자 유일한 목적이 인간의 모든 지식을 집대성한 백과사전 결정판을 발행하는 것이란 사실은 전혀 변함이 없소. 우리는 국가가 지원하는 과학 연구 기관이오, 하딘. 우리가 지방 정치에 관여하는 일은 가능하지도 않고, 해서도 안 되며, 하고 싶은 생각도 없소."

"지방 정치라고요! 황제의 왼쪽 엄지발가락을 걸고 맹세하지만 피렌, 이는 생사가 걸린 문제예요. 행성 터미너스는 자체적으로 기계문명을 지탱해 나갈 수 없어요. 금속 자원이 부족한 게 가장 커다란 이유지요. 당신도 잘 알지 않습니까? 철도 구리도 알루미늄도 지표면 암석에서는 흔적조차 찾아볼 수 없고 다른 금속마저 눈 씻고 찾아봐도 없다는 것을 말입니다. 만일 자칭 아나크레온 왕이란 작자가 우리에게 압력을 넣는다면 백과사전은 어떻게 될 것인지 생각해 본 적이 있나요?"

"우리에게 압력을? 당신은 우리가 황제의 직접 통치하에 있다는 사실을 잊었소? 우리는 아나크레온 관할도 아니고 어떤 다른 통치를 받는 것도 아니라는 사실을 명심하시오! 우리는 황제가 직접 통치하는 영역에 속해 있소. 아무도 우리를 건드릴 수 없소. 제국은 자신의 영토를 보호할 능력이 있소."

"그렇다면 아나크레온 총독이 일으킨 반란은 왜 못 막았을까요? 단지 아나크레온에만 있을까요? 은하계 변경에 있는 최소한 20명에 달하는 총독이, 아니 사실은 '외곽성역' 전체가 전부 자기 마음대로 일을 꾸려 나가기 시작했어요. 솔직히 말해서 나는 제국의 미래뿐 아니라 제국이 우리를 지켜 줄 능력이 있는가에 대해서조차 지극히 회의적입니다."

"엉터리! 총독이라고 하든지 왕이라고 하든지 무슨 차이가 있겠소? 제국은 항상 다양한 정책과 제각기 다른 길로 가려는 사람으로 가득하오. 총독이 반란을 일으킨 적도 많고 암살된 적도 많소. 하지만 이런 일이 제국 자체와 무슨 관련이 있겠소? 잊어버리시오, 하딘. 우리가 관여할 일이 아니오. 우리는 머리끝부터 발끝까지 철저한 과학자이니 말이오. 우리 관심사는 백과사전뿐이오. 참, 그렇지. 거의 잊어버릴 뻔했소, 하딘."

"무얼요?"

"당신네 신문에 어떻게 손 좀 쓰지그러시오."

"《터미너스 저널》? 그건 내 것이 아닙니다. 시민 소유지요. 그런데 무슨 일이 있었나요?"

"벌써 몇 주 전부터 사람들이 파운데이션 설립 50주년을 공휴일로 하고 어울리지도 않을 기념행사를 열자고 적극 주장하고 있소."

"그러면 뭐 안 될 일이라도 있나요? 3개월 후면 라듐 시계가 유품관을 열잖아요. 대축제일이라고 불러도 괜찮지 않나요?"

"하지만 소란스러운 축제와는 거리가 먼 일이오, 하딘. 유품관 개관식은 이사회만이 관여할 문제요. 중요한 일이 있으면 시민에게 공표하겠지요. 그 밖에는 필요 없소. 이 점을 《저널》에서 분명히 밝혀 주시오."

"피렌, 미안하지만 「시 헌장」은 언론의 자유라고 알려진 사소한 권리를 보장하고 있습니다."

"그럴지도 모르지. 하지만 이사회는 보장하고 있지 않소. 하딘, 나는 터미너스에서 황제의 대리인으로 일하고 있소. 따라서 이 문제에 전권을 행사할 수 있소."

하딘의 표정은 마음속으로 열까지 세고 있는 듯했다. 그러다가 엄숙한 어조로 말했다.

"그러면 마지막으로 한 가지만 알려주지요. 황제의 대리인인 당신의 지위에 관한 뉴스입니다."

"아나크레온에 관한 문제요?"

피렌은 입술을 깨물었다. 그는 치미는 분노를 참고 있었다.

"그렇습니다. 아나크레온이 우리에게 특사를 보낸다고 합니다. 2주 후에 말입니다."

피렌은 단어 하나하나를 곱씹듯 말했다.

"특사? 이곳으로? 아나크레온에서? ……무슨 목적으로?"

하딘은 일어서서 의자 등을 책상으로 밀어붙였다.

"한 가지는 추측할 수 있지 않습니까?"

하딘은 짐짓 무심한 듯한 태도를 보이며 그곳을 떠났다.

## 2

플뤼마의 부장관 겸 아나크레온 왕의 특명 전권대사 안셀름 오트 로드릭('오트'는 귀족 출신임을 나타내고 이 밖에도 여섯 가지 정도의 직함이 따라붙는다.)은 우주 공항에서 샐버 하딘의 마중을 받았으며 국가 행사답게 성대한 의식을 갖춘 환영을 받았다.

부장관은 딱딱한 미소와 함께 가볍게 묵례하며 권총집에서 열선총(熱線銃)을 꺼내 총개머리를 앞쪽으로 하여 하딘에게 넘겨주었다. 하딘도 이번 행사를 위해 특별히 빌린 열선총을 답례로 상대방에게 건네주었다. 비록 오트 로드릭이 어깨를 거만하게 젖혔다는 사실을 눈치채긴 했지만 이렇게 우의와 친선을 다지고 있으므로 하딘은 별다른 내색을 하지 않았다.

두 사람을 태운 육상용 자동차는 전후좌우로 부하 관리들의 호위를 받으며 천천히, 그리고 위풍당당하게 백과사전 광장으로 향했다. 도로변에서는 군중이 국가 행사에 어울리는 열광적인 환호를 보냈다.

부장관 안셀름은 귀족 출신 군인 특유의 공손한 듯하나 의례적인 태도로 군중의 환호에 답했다. 그리고 하딘에게 물었다.

"이 도시가 당신네들 세계의 전부입니까?"

하딘은 주위의 시끄러움 속에서도 들릴 수 있도록 목소리를 높여 말했다.

"우리 세계는 아직 젊습니다, 각하. 우리의 짧은 역사를 통틀어 고귀하신 분들이 이 누추한 행성에 방문한 적은 세 번밖에 없습니다. 그래서 우리의 환영이 더 열렬하답니다."

'고귀하신 분'이라는 말에 포함된 빈정댐을 오트 로드릭은 눈치채지 못한 것 같았다. 그래서 생각에 잠긴 표정으로 말했다.

"50년 전에 설립되었다고요? 흠, 여기에는 개발되지 않은 토지가 꽤 많이 있겠군요. 시장님, 모든 토지를 사유지로 만드는 것을 고려해 보신 적이 없습니까?"

"지금으로서는 그럴 필요가 없습니다. 우리는 극도로 중앙집중화되어 있습니다. 백과사전 사업 때문에 그럴 수밖에 없습니다. 하지만 언젠가 인구가 증가하게 되면······."

"이상한 세계로군! 소작인도 없다는 말입니까?"

전권대사가 터미너스를 완전히 잘못 이해하고 있음을 하딘은 금방 눈치챘다. 그래서 아무렇지도 않다는 듯이 대답했다.

"저어······ 귀족 계급도 없습니다."

오트 로드릭이 눈썹을 위로 치켜올렸다.

"그러면 당신네들 지도자는? ······내가 앞으로 만날 인물은?"

"피렌 박사 말씀입니까? 네, 그분은 이사회 의장이며 황제의 대리인이지요."

"박사라고요? 그 밖의 칭호는 없습니까? 그가 시 당국보다 높은 위치에 있습니까?"

"네, 물론 그렇지요."

하딘이 시원하게 대답한 다음에 덧붙였다.

"어떤 의미에서 보면 우리 모두는 학자라고 할 수 있지요. 하여튼 여기는 하나의 세계라기보다는 오히려 과학 연구 기관이라고 할 수 있습니다. 황제가 직접 통치하는······."

마지막 말끝에 붙은 약간 강조하는 듯한 어투가 부장관의 신경에 거슬린 듯했다. 그는 '백과사전 광장'을 향하여 서서히 차가 달리는 동안 생각에 잠긴 듯 입을 열지 않았다.

그날 오후부터 저녁까지 하딘에게는 지루하기 짝이 없는 시간이었으나, 피렌과 오트 로드릭이 만나 서로 큰 목소리로 경의를 표하면서도 속으로는 서로 증오하고 있다는 사실을 알고는 약간 안심할 수 있었다.

오트 로드릭은 백과사전 광장을 시찰하는 동안 피렌이 늘어놓는 장광설을 멍청하게 들으며 바라보았다. 광활한 창고, 필름 저장실과 수많은 영사실을 통과하며 로드릭은 정중한 미소를 살짝 머금은 피렌의 빠르게 흘러가는 말에 귀를 기울이는 듯했다.

계속하여 한 층 한 층 내려가면서 식자부, 편집부, 출판부, 촬영부 등을 모두 통과한 후에야 오트 로드릭은 처음으로 의미 있는 말을 입에 담았다.

"모든 것이 아주 흥미롭습니다. 하지만 다 큰 어른들이 하는 일치고는 확실히 좀 이상한 것 같군요. 도대체 이 모든 일은 무슨 소용이 있습니까?"

피렌은 하고 싶은 말이 가득한 표정이었으나 아무런 대답도 하지 않았다. 그가 직접 답변하기에는 까다로운 질문이라고 하딘은 생각했다.

그날 저녁에 열린 만찬회는 그날 오후의 상황을 그대로 재현한 듯했다. 오트 로드릭이 대화를 독점했기 때문이다. 그는 상세한 기술 용어를 구사하며 열렬한 어조로 아나크레온과 최근 독립을 선언한 이웃 스미르노 왕국 사이에 있었던 전쟁에서 자신이 대대장으로서 세운 수많은 공적과 성과를 늘어놓았다.

부장관이 시시콜콜 늘어놓는 열변은 식사가 끝나도 여전히 계속되었다. 하급 관리들은 한 사람씩 자리를 떴다. 적의 우주선을 완전히 파괴한 데 대한 자랑이 끝난 것은 그가 피렌과 하딘을 발코니로 끌고 나가 여름밤의 더위에 지친 심신을 잠시 달랠 때였다.

부장관이 유쾌한 목소리로 말했다.

"자, 이제부터는 진지한 이야기로 들어갑시다."

"좋습니다."

하딘은 베가산(産) 긴 담배에 불을 붙이며(몇 개비 남지 않은 것을 확인했다.) 낮은 목소리로 대답했다.

은하수는 하늘 높이 떠 있고 안개 낀 렌즈 같은 모양은 지평선에서 또 다른 지평선까지 넓게 펼쳐져 있었다. 이에 비하면 우주에서 가장 머나먼 외곽에 있는 별은 희미하게 반짝이는 정도였다.

부장관이 말했다.

"서류에 서명하는 일이나 지극히 형식적이고 지루한 절차 등 공식 절차는 당연히 뭐라고 부르는지 모르겠지만 당신네 대표기관이 지켜보는 앞에서 모두 이루어집니다."

"이사회."

피렌이 차갑게 대답했다.

"이상한 이름이군. 하여튼 내일 할 일이고, 지금은 남자 대 남자로서 몇 가지 사안에 대해 얘기하도록 합시다. 어떻습니까?"

"무슨 말씀이신지……"

하딘은 상대방의 말을 재촉하듯이 말했다.

"얘기하자면 이렇습니다. 외곽성역의 정세가 바뀌어 당신네 행성의 지위가 약간 불안하게 되었습니다. 따라서 이러한 사태를 어떻게 바라볼지에 관해 서로 의견이 일치된다면 진정 좋은 일이 아니겠습니까? 시장, 담배 또 있습니까?"

하딘은 마지못해 담배 한 대를 끄집어냈다.

안셀름 오트 로드릭은 담배 냄새를 맡아 보고는 즐거워했다.

"베가의 담배라! 어디서 구했습니까?"

"지난번에 마지막 배가 들어왔지요. 이제 남은 것이 거의 없습니다. 언제 또 배가 들어와 베가산 담배를 피우게 될지 누구도 알 수가 없지요."

피렌은 얼굴을 찡그렸다. 그는 사실 담배를 피우지 않았다. 아니, 오히려 냄새도 맡기 싫어했다. 그래서 이렇게 물었다.

"각하, 말씀의 의미를 확실히 해 주십시오. 당신 임무는 단지 터미너스의 입장을 분명히 파악하는 것입니까?"

오트 로드릭은 아주 맛있는 듯 담배 연기를 깊이 내뿜으며 고개를 끄덕였다.

"그렇다면 임무를 금방 마칠 수 있습니다. 제1백과사전 파운데이션은 항상 그래 왔듯이 변함이 없습니다."

피렌이 대답하자, 오트 로드릭이 물었다.

"항상 그래 왔다는 것이 무슨 말입니까?"

"제1백과사전 파운데이션은 국가 지원 과학 연구 기관이며 또한 황제 폐하 직할령의 일부라는 말입니다."

부장관은 무표정한 얼굴로 고리 모양으로 담배 연기를 뿜어내었다.

"멋진 이론이군요, 피렌 박사. 아마 황제의 옥새가 찍힌 면허장이라도 있나 보지요? 하지만 현실은 어떻습니까? 또 스미르노에 대해서는 어떤 입장입니까? 여기는 스미르노 수도에서 50파섹(파섹은 천체 거리를 표시하는 단위. 3.26광년에 해당됨.―옮긴이)도 떨어지지 않은 거리에 있습니다. 그리고 코놈과 다리보에 대한 입장은 어떻습니까?"

"우리는 어떤 관할구와도 관계가 없습니다. 우리 소속은 황제의……"

"그들은 이제 더 이상 관할구가 아닙니다. 신생왕국이 되었지요."

오트 로드릭이 지적했다.

"좋습니다. 왕국이라고 합시다. 그런 왕국과 우리는 아무 관계가 없습니다. 오로지 과학 연구 기관으로서……"

"빌어먹을 과학! 터미너스가 언제 스미르노에 합병될지 모르는 시점에 그 미친놈의 과학이 도대체 무슨 상관이 있다는 거요?"

부장관이 뱉어 내듯 말하자 그들 사이에 갑자기 팽팽한 긴장감이 감돌았다.

"그러면 황제는? 팔짱 끼고 앉아만 계시겠소?"

피렌이 묻는 말에 오트 로드릭은 다시 냉정을 되찾고 말했다.

"피렌 박사, 당신은 황제의 영토를 존경하고 아나크레온도 그 점은 마찬가지입니다. 하지만 스미르노는 그렇지 않을지도 모릅니다. 우리가 최근에 황제와 모종의 조약을 체결했다는 사실을 잊지 마십시오. 내일 당신들 이사회에 사본을 한 통 제출하겠소. 그 조약에 의하면 우리가 황제를 대신하여 옛 아나크레온 관할구 내의 치안 유지를 책임지도록 되어 있소. 그러니 우리 책임이 무언지는 확실하지 않겠소?"

"물론입니다. 하지만 터미너스는 아나크레온 관할구에 속하지 않습니다."

"그리고 스미르노의……"

"물론 스미르노 관할구에도 속하지 않습니다. 그뿐만 아니라 어떤 다른 관할구에도 속하지 않습니다."

"스미르노가 이 사실을 알고나 있을까요?"

"스미르노가 어떻게 알고 있든 상관할 바가 아닙니다."

"우리에게는 상관이 있습니다. 우리는 최근 스미르노와 전쟁을 치렀고 그네들은 우리 편에 속한 성계(星系) 두 개를 아직도 점령하고 있소. 터미너스는 양국 간에 전략상으로 극히 중요한 위치에 있지요."

하딘은 지루했다. 그래서 두 사람이 나누는 대화에 끼어들었다.

"각하, 당신의 입장은 무엇입니까?"

부장관은 기다렸다는 듯이 단도직입적으로 말했다.

"터미너스가 자국 방위력을 갖추고 있지 못한 이상 아나크레온이 자기 방위를 위해서라도 터미너스의 방위를 맡아야만 한다는 거요. 물론 우리가 내정에 간섭할 의사는 전혀 없음을 이해해 주시오."

"흠."

하딘은 냉소적으로 콧방귀를 뀌었다.

"어쨌든 아나크레온이 이 행성에 군사기지를 세우는 것만이 최선의 방도라고 우리는 믿고 있소."

"그것이 당신네가 원하는 전부입니까? 광대한 미개발지 한편에 군사기지를 세우는 것 말입니까? 그것으로 충분합니까?"

"아니, 물론 방위군 유지비에 관한 문제가 남아 있겠지."

하딘은 의자를 똑바로 세우고 상체를 일으켰다.

"이제 문제의 핵심에 도달한 것 같군요. 쉬운 말로 이야기해 봅시다. 터미너스는 보호령이 되어 조공을 바쳐야 한다는 말씀이군요."

"조공이라기보다 세금이오. 우리가 당신들을 보호하는 대가를 당신들이 지불하는 것이오."

피렌이 갑자기 주먹으로 의자를 격렬하게 내리쳤다.

"내가 말하겠소, 하딘. 각하, 아나크레온이나 스미르노, 당신네들 지방 정치나 작은 전쟁 같은 것은 내게 녹슨 반 크레디트짜리 동전 하나만큼의 관심도 못 됩니다. 확실히 밝혀 두자면 우리는 국가의 지원을 받는 세금 면제 기관이라는 사실입니다."

"국가의 지원? 하지만 우리가 곧 국가요, 피렌 박사. 우리는 당신들을 지원하지 않소."

피렌은 화가 나서 벌떡 일어났다.

"각하, 나는 황제 폐하를……"

"직접 대표하고 있겠지요. 그러나 나는 아나크레온 왕을 직접 대표하는 사람이오. 피렌 박사, 아나크레온이 훨씬 가깝다는 사실을 잊지 마시오!"

안셀름 오트 로드릭은 신랄하게 소리쳤다.

"현실적인 문제로 돌아갑시다."

하딘이 화제를 바꾸면서 다시 물었다.

"각하, 소위 세금이라는 것을 어떤 형태로 거둘 겁니까? 물품으로? 말하자면 밀이나 감자나 야채나 가축으로 거둘 겁니까?"

부장관이 노려보았다.

"무슨 얼토당토않은 소리! 도대체 우리에게 그런 것이 무슨 소용이란 말이오. 그런 것은 넘치도록 많소. 우리에게 필요한 것은 금이오. 크로뮴이나 바나듐도 좋소. 많으면 많을수록 더욱 좋고……."

하딘이 웃으며 말했다.

"많을수록이라니! 우리에겐 철강도 충분치 않습니다. 그런데 금이라고? 우리 화폐를 보시지요."

그는 동전 하나를 전권대사에게 던져 주었다.

오트 로드릭은 동전을 받아서 한참이나 노려보았다.

"이게 무엇이오, 강철?"

"맞습니다."

"도대체 알 수가 없군."

"터미너스는 사실상 금속이 없는 행성입니다. 금속을 전부 수입하지요. 따라서 금이라고는 없으며 당신네에게 지불할 수 있는 것이라고는 감자 2000~3000부셸에 불과합니다."

"그러면 제품으로 하지."

"금속도 없는데요? 뭘로 기계를 만들죠?"

잠시 대화가 중단되었다. 피렌이 다시 입을 열었다.

"지금 우리가 하고 있는 얘기는 전부 초점을 벗어난 얘기입니다. 터미너스는 행성이 아니라 대규모 백과사전을 준비하는 과학 연구 기관이란 말입니다. 우주에 속한 인간으로서 당신은 과학에 대한 존경심이 그렇게도 없습니까?"

오트 로드릭은 눈썹을 찌푸리며 말했다.

"백과사전으로는 전쟁에서 이길 수 없소. 그렇다면 터미너스는 완전히 비생산적인 땅이로군. 그리고 실제적으로 비점유지. 그렇다면 토지로 지불해도 좋소."

"무슨 뜻입니까?"

피렌이 물었다.

"이 땅은 거의 텅 비어 있고 비점유지는 아마도 비옥할 것이오. 아나크레온에는 영지를 늘리고 싶어 하는 귀족들이 많소."

"그런 무지막지한 제안을……."

"그렇게까지 놀랄 필요는 없소, 피렌 박사. 토지는 우리 모두에게 충분히 있소. 모든 일이 잘 해결되도록 당신이 협조만 한다면 당신 쪽에도 손해가 가지 않도록 충분한 보상하겠소. 칭호는 물론 영지도 받게 될 것이오. 내가 말하는 의미를 이해하시겠소?"

피렌이 비웃으며 말했다.

"고맙군요."

그 순간 하딘이 말했다.

"아나크레온이 여기 원자력 발전소에 플루토늄을 충분히 공급할 수 있습니까? 우리는 불과 이삼 년분 정도의 비축량밖에 갖고 있지 않습니다."

피렌의 입에서 한숨이 새어 나오고 한동안 무거운 침묵이 흘렀다. 드디어 오트 로드릭이 입을 열었을 때에는 어조가 완전히 수그러들었다.

"당신네한테 원자력이 있습니까?"

"물론이지요. 특별한 일은 아니지 않습니까? 원자력은 오만 년 전부터 있었으니까요. 우리라고 원자력을 못 가질 이유가 없지 않습니까? 플루토늄을 구하는 것이 약간 어려운 일이기는 하지만요."

"네, 그렇겠지요."

전권대사는 말을 멈추었다가 머뭇거리며 덧붙였다.

"자, 그럼 여러분, 내일 그 문제를 계속 검토해 봅시다. 그럼 오늘은 이만 실례하겠습니다."

피렌은 그를 배웅하고 나서 이를 갈았다.

"오만방자한 당나귀 새끼!"

하딘이 끼어들었다.

"그렇게 신경을 곤두세울 일이 아닙니다. 그는 단지 자기가 처한 조건 속에서만 이야기한 것이니까요. '자신은 총을 가지고 있으나 상대는 총을 가지고 있지 않다'는 단순한 사실 외에는 이해하고 있는 것이 없지요."

피렌은 끓어오르는 분노를 하딘에게 쏟아부었다.

"군사기지라는 둥 조공이라는 둥 도대체 당신은 무슨 속셈으로 그런 말을 지껄여 댔소? 미쳤소?"

"아닙니다. 난 단지 그에게 미끼를 던져서 이야기하도록 만들었을 뿐입니다. 저 사람이 아나크레온의 진짜 의도, 다시 말해서 터미너스를 완전히 병합하려는 계획을 내심에 숨기고 이런 소리 저런 소리 지껄여 대는 것을 당신도 눈치챘겠지요? 물론 그런 일이 실제로 벌어지게 할 의도는 내게 전혀 없습니다."

"당신에게 그럴 의도는 없다…… 없다? 당신은 도대체 어떤 사람이오? 원자력 발전소에 대해 떠벌여 댄 의도는 그럼 뭐요? 그거야말로 우리 행성을 군사 목표로 만드는 것이 아니고 뭐겠소?"

하딘이 느물느물 웃었다.

"그렇지요. 떨어져 있기 위한 군사 목표이지요. 내가 그 문제를 끌어들인 의도가 분명해지지 않았나요? 그동안 내가 품고 있던 강한 의혹을 확인하는 계기도 되었고 말입니다."

"그게 뭔가요?"

"아나크레온은 더 이상 원자력 경제를 유지하고 있지 않다는 사실, 만일 그들이 원자력을 이용하고 있다면, 그 친구는 고대 전설에서라면 모를까 플루토늄이 발전소에서 사용된 예가 없다는 사실을 이미 알고 있어야 합니다. 또 이런 사실로 외곽성역의 다른 별들도 원자력을 소유하고 있지 않다는 점이 확실해지지 않았습니까? 분명히 스미르노도 소유하고 있지 않다고 볼 수 있어요. 그렇지 않다면 어떻게 아나크레온이 최근 전쟁에서 대부분 승리를 거둘 수 있겠습니까? 재미있지 않은

가요?"

"정말 시시한 말이군."

피렌이 이죽거리며 나가 버렸다. 하딘은 조용히 미소 짓고 있었다. 그는 담배를 던져 버리고는 끝없이 펼쳐져 있는 별 무리를 올려다보았다.

"석유와 석탄으로 돌아갔단 말인가?"

하딘이 중얼거렸다. 하지만 다음에 잇따르는 생각은 마음속에 묻어 두었다.

## 3

하딘이 《저널》을 소유하지 않다는 사실은 말 자체로는 옳다고 할 수 있었다. 그러나 하딘은 터미너스를 자치도시로 만들자는 운동을 주도하고 그 결과로 최초의 시장에 선출되었기에, 《저널》 주식 중 단 한 주도 없지만 대략 60퍼센트 정도는 간접적으로 하딘이 지배한다고 해도 과언은 아니었다. 따라서 방법은 여러 가지가 있을 수 있었다.

하딘이 피렌에게 이사회에 참석하고 싶다는 의사를 넌지시 비치기 시작했을 때 《저널》이 같은 취지의 운동을 시작하였다는 것은 우연의 일치라고 볼 수 없었다. 그리고 '국민' 정부에 '시(市)' 대표자가 포함되어야 한다고 요구하는 '파운데이션' 역사상 최초의 대규모 시민대회가 개최된 것도 마찬가지였다.

피렌은 심기가 불편하면서도 결국 그 제안을 조건부로 수락할 수밖에 없었다.

하딘은 회의 중 말석에 앉아 자연과학자들이 행정관으로는 꽤나 무능하다는 사실을 새삼 느끼며 상념에 잠겨 있었다. 아마도 확실한 사실만 익숙한 사람들이라 때로 유연함을 발휘해야 하는 일에는 익숙지 못한 탓이 아닐까 하는 생각이 들었다.

하여튼 하딘 왼편에는 토마즈 서트와 조드 파라, 오른편에는 룬딘 크래스트와 예이트 풀햄이 앉아 있었다. 피렌이 직접 사회를 보고 있었다. 물론 하딘은 그들 모두와 이미 잘 아는 사이였지만 이번에 열린 이사회는 예전보다 특별히 중대한 사안을 다루었기에 자못 엄숙한 분위기가 감돌았다.

형식상 절차가 진행되는 초기에 하딘은 반쯤 졸았으나 피렌이 앞에 놓인 물잔으로 목을 축이고 본격적으로 이야기를 시작하자 정신을 차리고 피렌의 말에 귀를 기울였다.

"본인은 본회의 석상에서 여러분께 다음과 같이 보고할 수 있게 된 것을 기쁘게 생각합니다. 지난번 회의가 열린 이후 받은 소식인데 제국의 총리 대신 도원 경(卿)이 2주 후에 터미너스에 도착할 예정이라고 합니다. 현재의 정황을 황제에게 보고하면 우리와 아나크레온 관계는 원만히 해결되어 우리 편에서 완전히 만족할 만한 방향으로 해결되리라고 기대할 수 있을 것입니다."

그는 테이블을 가로질러 맨 끝에 앉아 있는 하딘에게 웃으며 말을 걸었다.

"이에 관한 정보는 《저널》에 이미 건네주었습니다."

하딘은 슬며시 웃었다. 피렌이 감히 아무나 참가할 수 없는 이사회에 자신이 참석하도록 허락한 이유 중 하나는 분명 자신이 있는 면전에서 이러한 정보를 자랑하고 싶어서였을 것이기 때문이다.

하지만 하딘은 태연하게 물었다.

"애매모호하게 말고 딱 부러지게 말해서 도원 경이 무엇 때문에 온 다고 생각하십니까?"

토마즈 서트가 대답했다. 그는 장중한 분위기에서 상대방을 삼인칭 으로 호칭하는 나쁜 습관이 있었다.

"하딘 시장은 냉소를 즐기는 것 같군요. 황제가 개인적 권리를 침 해받고 이대로 방관하지는 않으리라는 사실을 모를 리 없는데도 말입 니다."

"그렇습니까? 권리를 침해받는다면 황제가 과연 어떻게 할 것 같습 니까?"

일순 분노로 좌중이 술렁거리는 가운데 피렌이 말했다.

"무슨 망발이오! 당신 언사는 불경스럽기 그지없소."

"그것이 본인의 질문에 대한 답변이라고 보아도 좋겠습니까?"

"물론이오. 더 이상 말할 것이 없다면……."

하딘이 여유 있게 말을 이어 갔다.

"그렇게 섣불리 결론을 내리지 마십시오. 물어보고 싶은 것이 하나 있습니다. 방금 말한 외교적 수단 외에, 이것이 얼마나 의미 있는 일인 지는 모르겠으나, 아나크레온 측의 협박에 무엇인가 구체적인 대응책 을 강구해 놓은 것이 있습니까?"

예이트 풀햄이 무시무시한 붉은 콧수염을 한 손으로 쓸면서 말했다.

"당신에게는 그것이 협박으로 보입니까?"

"당신에게는 그렇게 보이지 않습니까?"

"전혀…… 그리고 황제께서……."

하딘은 은근히 부아가 치미는 걸 느꼈다.

"이 사람 저 사람 틈만 나면 황제나 제국을 마치 마법의 주문이나 되는 양 읊조리고 있는데, 황제는 5만 파섹이나 떨어져 있으며 더구나 우리 일을 눈곱만큼이라도 생각하고 있는지 의심스럽습니다. 만에 하나 생각하고 있더라도 황제가 어떤 조치를 취할 수 있겠습니까? 일찍이 이 지역에 있던 제국 우주군 병력은 지금 네 왕국 수중에 떨어져 버렸고 아나크레온이 그중 한몫을 차지하고 있습니다. 주목해야 할 사실은 우리들이 말이 아니라 총으로 싸워야 한다는 점입니다. 그리고 이 점을 이해해 주시기 바랍니다. 우리에겐 앞으로 유예 기간이 2개월밖에 없습니다. 그나마 유예 기간을 얻을 수 있었던 이유는 아나크레온에게 우리가 원자력 무기를 소유하고 있다는 인상을 주었기 때문입니다. 하지만 우리 모두는 그것이 얼마나 과장된 거짓말인지 잘 알고 있습니다. 물론 원자력을 소유하고 있기는 하지만 단지 상업용일 뿐만 아니라 양도 극히 적습니다. 그네들도 조만간 이 사실을 알아낼 것입니다. 그들이 이대로 속아 줄 것이라고 생각한다면 크나큰 오산입니다."

"잠깐, 시장……"

"기다려 주십시오. 제 이야기는 아직 끝나지 않았습니다."

하딘은 서서히 몸이 달아오르는 것을 느꼈다. 느낌이 별로 나쁘지 않았다.

"이 문제에 어르신네들을 끌어들이는 것도 아주 좋은 방안이기는 합니다. 그러나 발사할 수 있는 대형 공성포를 몇 대 끌어들이는 것이 아마도 더욱 바람직할 것입니다. 우리들은 지난 2개월을 허송세월로 보냈습니다. 여러분, 이제는 이런 식으로 2개월을 낭비할 수 없습니다. 혹시 여러분이 생각하고 계신 대책이 있으면 제안해 주십시오."

룬딘 크래스트는 기다란 콧등에 잔뜩 주름을 잡고 노기 띤 목소리로 말했다.

"만일 당신이 '파운데이션'의 군사화를 제안하려는 것이라면 나는 한마디도 듣고 싶지 않습니다. 당신 말대로 하면 우리 행성을 개방하는 결과가 될 것입니다. 시장, 우리는 과학 연구 기관이지 그 밖에 어떤 것도 아닙니다."

서트가 덧붙였다.

"더구나 시장은 그러한 준비가 인재, 즉 '백과사전' 사업에 꼭 필요한 귀중한 인재를 차출하게 된다는 사실을 깨닫지 못하고 있습니다. 어떤 일이 있어도 그건 절대 용납할 수 없습니다."

피렌이 맞장구쳤다.

"옳으신 말씀입니다. 언제나 백과사전 사업이 우선입니다."

하딘은 가슴이 찢어지는 고통을 느꼈다. 이사회는 백과사전으로 두뇌가 마비된 것 같았다. 그래서 냉담하게 말했다.

"이사회 여러분! 당신들은 터미너스에 백과사전 사업 외에도 여러 가지 이해관계가 있을 수 있다는 사실을 단 한 번이라도 생각해 보신 적이 있습니까?"

피렌이 대답했다.

"하딘, 나로서는 파운데이션에 백과사전 사업 외에 다른 관심사가 있을 수 있다는 생각조차 할 수 없소."

"나는 파운데이션이라고 말하지 않았습니다. 터미너스라고 말했지요. 당신은 현재 상황을 전혀 이해하지 못하고 있습니다. 터미너스에는 지금 100만 명가량이 살고 있습니다. 그중 백과사전 사업에 직접 종사하는 사람은 15만 명에 지나지 않습니다. 다른 사람들에게는 여기가 바로 고국입니다. 그들은 여기서 태어나 여기서 살고 있습니다. 농장이나 공장, 가정과 비교해 볼 때 백과사전 사업은 우리에게 부차적인 문제입니다. 우리가 수호하길 바라는 것은 농장이나 가정이나……"

그 순간 다른 사람이 커다란 목소리로 그를 침묵시켰다.

"무슨 일이 있어도 백과사전 사업이 제일입니다."

크래스트도 합세했다.

"우리에게는 백과사전을 완수할 사명이 있습니다."

하딘도 같이 고함을 질렀다.

"얼어 죽을 놈의 사명! 50년 전이라면 그 말이 통했을지도 모릅니다. 하지만 지금은 세대가 바뀌었습니다."

피렌이 냉정하게 대꾸했다.

"전혀 관련도 없는 사실을 끌어대지 마시오. 우리는 과학자일 따름입니다."

이렇게 되자 하딘은 곧장 공격의 포문을 열었다.

"그래도 과학자라고 말할 수 있을까요? 정말 멋진 망상입니다. 여기에 모인 당신들이야말로 수천 년에 걸쳐서 은하계 전체를 잘못 이끌어 온 원흉이라 하지 않을 수 없습니다. 당신들은 과거 1000년간 이루어 온 과학자들의 연구 성과를 수 세기에 걸쳐 분류해 왔습니다. 당신들은 이러한 지식의 기반 위에서 그것들을 어떻게 계승하고 발전시킬 것인가를 생각한 적이나 있습니까? 지금처럼 정체된 상태에 꽤 만족하고 계시겠지요. 은하계 전체가 마찬가지입니다. 이런 정체 상태가 계속되어 온 것은 이미 오래전부터지요. 이러한 이유 때문에 외곽성역이 반란을 일으키고 통신이 두절되었습니다. 또 소규모 전쟁이 끊임없이 발발하고 있으며 대부분 혹성들이 원자력을 상실한 나머지 화학 에너지를 이용하는 야만적인 기술로 역행하고 있는 것입니다. 제 소견을 감히 말하자면……"

하딘이 잠시 멈췄다가 목소리를 높였다.

"'은하계'는 파멸할 것입니다!"

하딘이 의자에 몸을 깊숙이 파묻으며 크게 숨을 몰아쉬었다. 두세 사람이 동시에 질문을 던지려 했으나 하딘은 모른 척하고 앉아 있었다.

크래스트가 발언하기 위하여 자리에서 일어났다.

"그렇게 신경질적인 발언을 하는 것이 무슨 이익이 있습니까? 시장, 당신 이야기는 우리 토론에 건설적인 도움을 전혀 주지 못하고 있습니다. 의장님, 조금 전 발언자의 말은 온당치 못한 것으로 사료되는 바 토의가 중단된 이 시점에서 본회의를 재개할 것을 제안합니다."

조드 파라가 처음으로 토론에 끼어들었다. 지금까지 파라는 토의가 가장 격렬한 순간에도 침묵을 지켜 왔다. 하지만 이제 136킬로그램의 거구에 어울리는 육중한 저음이 그에게서 터져 나왔다.

"여러분, 우리 모두 무엇인가 잊지 않았습니까?"

"무엇을 말입니까?"

피렌이 화가 난 목소리로 반문했다.

"1개월 후에는 우리가 50주년을 축하할 것이라는 점 말입니다."

파라는 당연한 내용이라도 너무 진지하게 들리도록 말하는 재주가 있었다.

"그래서 어쨌다는 말입니까?"

파라는 침착하게 대답했다.

"그 기념일에 해리 셀던의 유품관이 개관될 것입니다. 유품관에 무엇이 있을지 생각해 보신 적이 있습니까?"

"정확히 알 수는 없지만 평범한 내용이겠지요. 기념일을 축하하는 일종의 축사 같은 내용이지요. 유품관에 특별한 의미를 부여할 필요는 없다고 생각하지만,《저널》이……."

 이 대목에서 피렌은 하딘을 노려보았다. 하딘은 그 시선을 느긋한 미소로 맞받았다.

 "이것을 화제로 부각시키려고 해서 본인이 그만두도록 했습니다."

 "하지만 피렌, 당신의 처사는 잘못된 것 같습니다. 당신은 이런 생각이 들지 않습니까?"

 파라는 잠깐 말을 멈추고는 자신의 둥글납작한 코를 매만지며 다시 말했다.

 "유품관이 매우 시기적절한 시기에 개관된다는 생각 말입니다."

 "사실 매우 시기적절치 못한 시기라는 말씀이시겠지요. 그 문제 말고도 걱정할 일이 태산 같으니까요."

 풀햄이 투덜거리며 응수했다.

 "해리 셸던의 메시지보다 더 중요한 일이 있습니까? 더 중요한 일은 생각할 수도 없습니다."

 파라는 어느 때보다 독단적으로 주장을 펼쳤다. 하딘이 그를 주의 깊게 바라보았다. 도대체 저 남자는 무엇을 알고 있는 것일까?

 파라가 유쾌한 어조로 말했다.

 "사실 여러분은 셸던이 우리 시대가 낳은 최고의 심리역사학자이며 바로 파운데이션의 창립자라는 사실을 잊어버린 듯합니다. 셸던이 자신의 학문을 가까운 미래 역사가 어떤 방향으로 나아갈 것인가를 결정하는 데 이용했다고 우리는 추정할 수 있습니다. 다시 반복해 말하지만 정말 그랬다고 볼 수 있지요. 그는 우리에게 위험을 예고하고 아마도 해결책까지 제시하는 방법까지 찾아놓았을 가능성이 아주 많습니다. 셸던에게 백과사전은 자기 생명만큼이나 중요하니까요."

순간 모두들 당혹감에 휩싸였다. 피렌이 헛기침했다.

하딘은 약간 더듬으며 말했다.

"저, 무어라고 말씀드려야 할지……. 심리역사학은 위대한 과학입니다. 하지만 현재 심리역사학자는 우리들 가운데 없다고 생각됩니다. 따라서 지금 우리는 불확실한 근거 위에 서 있는 셈입니다."

파라가 하딘 쪽으로 질문을 던졌다.

"당신은 알류딘 밑에서 심리역사학을 전공하지 않았습니까?"

하딘은 반쯤 넋 나간 상태에서 대답했다.

"네, 하지만 연구를 완전히 끝맺지는 못했습니다. 이론에 싫증이 나서요. 나는 심리기술자가 되고 싶었지만 그렇게 되기에는 시설이 부족했고 따라서 차선책으로 선택한 것이 정치입니다. 그러나 둘은 실제로 같은 일이지요."

"그렇다면 당신은 '유품관'을 어떻게 생각합니까?"

하딘은 신중하게 대답했다.

"모르겠습니다."

하딘은 그 이후부터(의제가 제국의 총리 대신에 관한 문제로 되돌아갔을 때도) 폐회할 때까지 한마디도 하지 않았다. 다른 사람들이 하는 발언에 귀를 기울이지도 않았다. 그는 새로운 생각에 여념이 없었다. 이런 저런 생각이 머리를 스치기 시작했다. 약간씩 관점을 바꾸면서 하나둘 서로서로 맞아떨어지기 시작한 것이다. 심리역사학이야말로 열쇠였다. 하딘은 그것을 확신했다.

그는 전에 배웠던 심리역사학 이론을 다시 떠올리려고 필사적으로 노력했다. 그래서 한 가지 사실을 분명히 깨달을 수 있었다.

셀던같이 위대한 심리역사학자에게는 인간의 감정과 반응을 해명하여 미래의 역사적 흐름을 광범위하게 예견하는 것이 충분히 가능하다는 사실이다. 그렇다면 그 점이 뜻하는 바는……

## 4

도원 경은 쿵쿵거리며 코담배 냄새를 맡았다. 그는 정교한 웨이브에 긴 머리를 늘어뜨리고, 거기에 인공적으로 덧붙인 솜털 같은 금발 구레나룻을 사랑스러운 듯 만지작거리고 있었다. 그러다가 입을 열었다. 지나치게 명확한 말투지만 발음은 전부 날아가 버린 듯했다.

하딘은 총리 대신 각하를 만난 순간부터 역겨움을 느꼈는데 그 이유를 곰곰이 생각할 여유는 없었다. 겉으로는 총리 대신이 무엇인가를 말할 때마다 묘하게 한 손을 움직이며 지극히 간단한 긍정을 나타낼 때에도 필요 이상으로 과장된 태도를 취한다는 점이 특이한 정도였다. 하여튼 지금 하딘에게 닥친 문제는 총리 대신을 찾아내야 한다는 사실이었다. 피렌과 함께 30분 전에 사라진 이후로는 행방이 묘연했던 것이다. 하딘은 애가 탔다.

예비 토의에 자신이 빠진 게 피렌에게 매우 좋은 기회였음이 틀림없다고 하딘은 생각했다.

피렌이 있는 곳은 이쪽 건물 2층에서 찾아낼 수 있을 터이다. 문제는 방을 하나하나 열어 보는 일이었다.

복도를 반쯤 가던 중 그는 "아!" 하고 짧은 탄성을 지르며 어두운 방으로 들어갔다. 구불구불한 머리 모양을 한 도원 경 옆모습이 밝은 스크린을 배경으로 명확히 드러나 보였다.

도원 경이 고개를 들고 말했다.

"아, 하딘인가? 자네가 우리를 찾고 있었군. 그렇지?"

그는 코담배 상자를 끄집어내(지나치게 장식이 많은 조잡한 세공품이라고 하딘은 생각했다.) 하딘에게 권하다가 거절당하자 소량의 코담배를 두 손가락으로 집어 들고는 우아하게 미소 지었다.

피렌이 얼굴을 찌푸렸으나 하딘은 완전히 무관심한 얼굴로 그의 시선을 받아들였다.

잠깐 침묵이 흐르며 도원 경이 코담배 상자 뚜껑을 찰칵 닫는 소리가 들렸다. 담배 상자를 치우며 도원 경이 입을 열었다.

"위대한 업적이로군, 자네들이 연구하는 백과사전은. 하딘, 진실로 눈부신 위업이네. 모든 시대를 통하여 최고의 업적으로 남을 것이네."

"우리도 대부분 그렇게 생각하고 있습니다, 각하. 다만 아직 완성되지 않았다는 점을 양지해 주십시오."

"파운데이션이 이렇게 효율적으로 돌아가는 모습을 보니, 나로선 그 점 역시 조금도 염려가 안 되는군."

이렇게 말하며 대신은 피렌한테 고개를 끄덕였다. 피렌은 즐거운 듯 묵례를 보냈다. '정말 잘 어울리는 한 쌍이로군.' 하고 하딘은 생각했다.

"저는 능력이 모자라는 것을 불평하는 것이 아닙니다, 각하. 오히려 아나크레온처럼 능력이 넘치는 것이 문제지요. 그들이 지닌 능력은 파괴적인 방향으로 나아가니까요."

"아아, 그렇지. 아나크레온······."

대신은 가볍게 손을 흔들며 말을 이었다.

"내가 바로 그곳에서 오는 길이오. 정말로 야만스러운 행성이더군. 그런 외곽성역에 사람이 살 수 있다고는 생각지도 못했네. 교양 있는 신사에게 필요한 기본적인 시설도 없을 뿐더러 쾌적하고 편리한 생활을 위한 필수품조차도 갖추어지지 않았다네. 그들은 철저히 황폐하고……."

하딘이 냉랭하게 말을 가로챘다.

"하지만 불행히도 아나크레온 사람들은 전쟁과 파괴에 필요한 기본적인 시설을 전부 갖추고 있습니다."

"저런, 저런!"

도원 경은 자신이 하는 말을 막아서 화난 듯 말했다.

"하지만 지금은 사무적인 일을 토론할 때가 아니네. 사실 나는 지금 다른 일에는 관심이 없다네. 피렌 박사, 2권을 보여 주려고 하지 않았는가? 자, 부탁하네."

불빛이 찰칵 나가 버린 후 30분 동안, 그들이 하딘에게 여러 가지로 관심을 기울여 주었지만 하딘은 자신이 차라리 아나크레온에 있는 편이 더 나을 것이라고 생각했다. 스크린에 비치는 책은 하딘에게 아무 의미도 없었고 하딘은 그것을 이해하려고 일부러 애쓰지도 않았다. 하지만 도원 경은 하딘과 달리 흥분하고 있었다. 그런 흥분 상태에서는 그가 명확히 R 발음을 한다는 사실을 하딘은 알아챘다.

다시 불이 들어오자 도원 경이 말했다.

"놀랍군. 정말 놀라워. 그리고 말일세, 하딘. 자네는 고고학에 흥미가 없는가?"

"네?"

하딘은 멍하니 앉아 있다가 깜짝 놀라며 대답했다.

"네, 각하. 흥미가 있다고 말씀드릴 수 없군요. 원래는 심리역사학자를 지망했지만 결국엔 정치가가 되어 버렸습니다."

"아, 그렇군. 연구해 보면 아주 흥미 있는 분야라고 생각하네. 알다시

피 나 자신도 고고학에 완전히 심취해 있다네."

도원 경이 말하면서 코담배 냄새를 깊이 들이마셨다.

피렌이 끼어들었다.

"정말 그렇습니까? 각하께서는 그 분야에 정통하십니까?"

"그렇게 말할 수도 있겠지."

총리 대신이 만족스러운 듯이 말했다.

"이 분야 학문에서는 상당한 연구를 해 왔다네. 연구라기보다는 지극히 많은 독서를 했다고나 할까? 조둔, 오비야시, 윌 등을 철저히 읽고 연구했지. 하여튼 그들의 저작 전부를 통독했다네."

"저도 그런 이름을 들은 적은 있습니다만, 아직 읽어 본 적은 없습니다."

"언젠가는 꼭 읽어야 한다네, 친구. 하여튼 읽어 보면 굉장한 보람이 있을 걸세. 내가 라메스 사본을 보러 여기 외곽성역까지 온 것도 그럴 만한 가치가 충분하기 때문이란 말일세. 믿을 수 없을지 모르겠지만 내 장서 중에는 이 사본이 한 부도 없다네. 그건 그렇고 피렌 박사, 내가 출발하기 전에 한 부를 복사해서 주기로 한 약속을 잊지 말게나."

"드리게 된 것만으로도 큰 영광입니다."

"라메스는 자네도 알아 두면 좋을 것이라고 생각하네만……."

총리 대신은 독단적인 어조로 말을 계속했다.

"발상지 문제에 관해 아주 새롭고 흥미로운 사실을 깨달을 수 있을 걸세."

"무슨 문제요?"

하딘이 물었다.

"'발상지 문제' 말일세. 인류의 발생지. 인류가 원래 태양계 하나만을 점거했다는 사실은 자네도 분명히 알고 있겠지?"

"네, 저도 그것은 알고 있지요."

"물론 그렇겠지. 그런데 그것이 어느 태양계였는지에 관해 정확히 알고 있는 사람은 아무도 없다네. 유구한 역사의 안개에 파묻혀 버렸다고나 할까. 하지만 학설은 여러 가지가 있지. 시리우스였다고 하는 사람도 있고 알파센타우리, 솔, 또는 시그니61이었다고 주장하는 사람도 있다네. 그런데 한 가지 공통되는 점은 모두 시리우스 성역에 속한다는 사실일세."

"그럼 라메스는 무엇이라고 말하고 있습니까?"

"그는 완전히 새로운 주장을 하고 있다네. 그는 아크투루스계 제3행성에 있는 고고학 유적이 우주 여행 훨씬 전부터 인류가 생존했다는 사실을 제시하고 있다는 사실을 증명하려고 한다네."

"그렇다면 거기가 인류가 발생한 행성이라는 말입니까?"

"그렇다고 볼 수 있겠지. 하지만 내가 철저하게 증거를 확인하기 전에는 확실히 무엇이라고 밝힐 수 없다네. 자신의 관찰이 어느 정도 확실한지를 점검할 필요가 있거든."

하딘은 잠시 침묵을 지키다가 다시 물었다.

"라메스는 언제 그 책을 썼습니까?"

"800년 전쯤일까? 물론 그가 한 연구도 대부분 글린이 한 연구 작업에 기초를 두고 있지."

"그렇다면 그가 한 연구에만 의존하는 이유가 뭡니까? 왜 아크투루스로 가서 유적을 직접 연구하지는 않으십니까?"

도원 경은 눈썹을 찌푸리더니 허둥지둥 코담배를 집어 들었다.

"도대체 무슨 목적으로 간단 말인가, 친구?"

"물론 생생한 정보를 직접 얻기 위해서지요."

"하지만 무엇 때문에 그렇게까지 하나? 그것은 지나치게 빙빙 돌아가는 바보 같은 방법 아닌가? 자, 들어 보게나. 내 수중에 모든 대가의 저서, 말하자면 고고학 권위자들의 연구 성과가 모두 있다네. 내가 직접 그것들을 하나하나 비교 검토하여 상이점을 고찰하고 모순된 점을 분석하여 무엇이 정확한 것인가를 결정하면 결론에 도달할 수 있는 것 아닌가? 친구, 이거야말로 과학적인 방법이라네."

그는 마치 상대방을 너그럽게 봐준다는 듯한 얼굴로 이야기를 계속 늘어놓았다.

"나는 모든 걸 이런 식으로 생각하네. 대가들이 우리가 하는 것보다 훨씬 효과적으로 이미 조사해 놓았는데 굳이 아크투루스, 또는 솔까지 가서 법석을 떠는 것은 정말 멍청한 짓 아니겠는가."

하딘은 정중하게 낮은 목소리로 말했다.

"과연 명석하십니다. 잘 알겠습니다."

과학적 방법이라니……. 젠장, 은하계가 멸망하는 것도 이상한 일은 아니군.

"어떻습니까, 각하. 이제 슬슬 돌아가시는 것이 좋을 듯합니다만……."

피렌이 말했다.

"그렇군. 이제 돌아가 볼까?"

그들이 방을 나설 때 갑자기 하딘이 말했다.

"각하, 한 가지 물어봐도 괜찮겠습니까?"

도원 경은 온화한 미소를 띠고 한 손을 우아하게 흔들며 힘주어 대답했다.

"물론 좋지, 친구. 도움이 된다면 정말 기쁘겠네. 내 빈약한 지식이 조금이라도 도움이 된다면……."

"실은 고고학에 관한 것이 아닙니다, 각하."

"아니라고?"

"네, 아닙니다. 제가 궁금한 건 이런 내용입니다. 작년에 감마 안드로메다 제5행성에서 발전소가 폭발했다는 소식을 들었습니다. 사고가 일어난 원인에 관해서 우리는 구체적인 내용을 하나도 모릅니다. 각하라면 정확히 무슨 일이 일어났는지 아실 것 같기에 이렇게 묻는 것입니다."

피렌은 못마땅한 듯 찡그렸다.

"당신은 전혀 관련 없는 문제를 끌어들여 각하의 심기를 불편하게 만드는 거요?"

도윈 경이 끼어들었다.

"아닐세, 피렌 박사. 괜찮네. 하지만 그 사건에 관해서는 별로 할 말이 없군. 발전소가 폭발한 것은 사실일세. 정말 참혹한 일이었다네, 친구. 수백만 명이 목숨을 잃었고 최소한 행성 절반은 폐허가 되어 버렸지. 사실 지금 정부는 원자력의 무분별한 사용에 대한 규제 방안을 진지하게 고려하고 있다네. 아직 일반에게 공표할 단계는 아니지만 말일세."

"알겠습니다. 하지만 그 발전소는 어디가 문제였습니까?"

도윈 경이 무관심한 듯이 대답했다.

"글쎄……. 누가 알겠는가? 몇 년 전에 기계에 고장이 났는데 그때 제대로 수리를 안 했기 때문인 듯하네. 요즈음은 동력 발전 체계에 대한 세부 사항을 기술적으로 제대로 이해하는 사람을 찾기가 매우 어렵다네."

그는 아쉬운 듯 코담배 냄새를 킁킁거리며 말했다.

"각하께서는 외곽성역 독립 왕국들 모두가 원자력을 상실했다는 사실을 알고 계십니까?"

"상실했다고? 음, 그렇다고 해도 그리 뜻밖의 일은 아니네. 야만스러운 행성들이니 말이야. 하지만 친구, 그들을 독립 왕국이라고 부르지는 말게나. 그렇지 않다는 사실을 잘 알지 않는가? 우리네가 그들과 맺은 조약이 그 점을 확실히 증명하고 있네. 그들은 황제의 주권을 인정하고 있다네. 그들로서는 인정하지 않을 수가 없는 입장이네. 그렇지 않다면 우리로서는 애초에 조약 같은 것을 맺을 이유가 없겠지."

"그럴지도 모르겠습니다만 그들은 꽤 자유로이 살고 있는 듯합니다."

"그렇다고 말할 수도 있겠지. 상당히 자유를 누리면서 살지만 그것이 뭐 그리 대수겠는가? 외곽성역이 자기네 자원만으로 살아갈 수 있다면 제국은 훨씬 더 잘 살게 될 걸세. 하여튼 현재로서는 그런 존재가 적을수록 우리에게 이롭지. 그들은 우리에게 전혀 도움이 안 되고 있네. 지극히 야만스러운 행성들이지. 문명하고는 담을 쌓은 족속들이라네."

"과거에는 문명이 꽤 발달했지요. 아나크레온은 외곽성역에서 최고로 부유한 지역 가운데 하나입니다. 베가와 비교해도 결코 뒤지지 않았다고 생각합니다."

"하지만 하딘, 그것은 수백 년 전 이야기라네. 그때 이야기로 결론을 내릴 수는 없는 일이지. 과거에는 모든 일이 지금과 달랐다네. 우리도 과거와 비교해 볼 때 변하지 않았는가? 그런데 말일세, 하딘. 자넨 참으로 별난 친구로군. 미리 말했지만 오늘 사무적인 문제는 논의하지 않기로 하지 않았는가? 피렌 박사로부터 자네에 대한 이야기를 들어 각오는 하고 있었네만……. 자네가 나를 꽤 귀찮게 굴 거라고 하더군. 하지만 나 같은 늙은이에게는 좀 심하지 않은가? 나머지 문제는 내일 다루기로 하세."

결국 하딘은 입을 다물었다.

5

이제 행성을 떠난 도윈 경과 이사들이 가진 비공식 회담을 제외한다면 이번 이사회는 하딘이 출석한 두 번째 모임이었다. 하지만 하딘은 자신한테 통보를 안 한 상태에서 한 번 또는 두세 번쯤 이사회가 열렸다는 사실을 분명히 알 수 있었다.

이번에도 최후통첩이 없었더라면 모임이 있다는 통지조차 안 했을 게 분명했다.

영상문서는 대충 훑어보면 최고 권력자끼리 교환한 우정 어린 인사말인 듯하지만 결국 최후통첩이라는 것은 명백한 사실이었다.

하딘이 진지하게 영상문서를 넘겼다. "존귀하신 아나크레온 국왕께서 친구이자 형제인 제1백과사전 파운데이션 이사회 의장 루이스 피렌 박사에게 보냅니다."라는 장황스러운 인사말로 시작하여 무엇인가를 상징하는 듯 복잡한 모양을 새긴 인장이 여러 가지 색상으로 찍혀 화려하게 끝을 맺었다.

하지만 이것이 최후통첩이라는 사실은 의심할 여지가 없었다.

하딘이 말했다.

"하여튼 우리에게 시간이 거의 없었다는 사실은 분명합니다. 처음에는 3개월 정도 시간이 있었으나 결국에는 얼마 안 되는 짧은 시간조차 그냥 허송하고 말았습니다. 이 문서에 의하면 우리에게 주어진 시간은 이제 일주일입니다. 이제 어떻게 하겠습니까?"

피렌이 곤혹스러운 듯 이마를 찌푸렸다.

"피할 방법이 분명히 있을 거요. 도원 경이 황제와 제국의 태도에 관하여 우리에게 자세히 이야기해 주셨잖소. 극단적으로 일을 처리하지는 않겠지."

하딘이 고개를 들며 말했다.

"당신은 아나크레온 국왕에게 제국의 입장을 분명히 통고했다는 말씀이로군요."

"물론 통고했소. 이 제안을 이사회의 표결에 부쳐서 만장일치로 승인을 얻었소."

"언제 그 표결을 했다는 말씀입니까?"

피렌이 간신히 위엄을 지키며 대답했다.

"그 질문에 답변할 필요는 없다고 생각하오만, 하딘 시장."

하딘은 씁쓸한 미소를 지었다.

"좋습니다. 그렇게까지 내 관심이 지대한 것은 아닙니다. 다만 내 의견으로는 이렇게 우정 어린 통첩을 받게 된 직접적인 원인은 현재 정세에 관한 도원 경의 솔직한 판단을 아나크레온 측에 알려 준 당신의 외교적 수완 덕분입니다. 그 사실을 알리지 않았더라면 그들은 좀 더 시간을 끌었을 것입니다. 물론 이사회의 태도로 미루어 보건대 시간이 있더라도 터미너스에 별다른 도움이 되지는 않겠지만 말입니다."

예이트 풀햄이 말했다.

"도대체 어떻게 해서 그런 멋진 결론에 도달하게 되었습니까, 시장?"

"간단합니다. 상식적으로 생각하면 되지요. 아시다시피 기호논리학이라는 학문이 있지요. 이는 인간의 언어에 복잡하게 얽혀 있는 허섭스레기들을 깨끗하게 제거하는 데 쓰일 수 있답니다."

"무슨 말입니까?"

풀햄이 물었다.

"바로 그것을 적용한 것입니다. 무엇보다도 바로 여기에 있는 문서에 적용했지요. 본인은 이 내용을 잘 알고 있지만, 다섯 분의 자연과학자 선생님께서는 언어보다는 기호 쪽이 설명하기가 더 쉬울 것입니다."

하딘은 서류철에서 세 권의 서류를 꺼내 펼쳐 놓았다.

"그런데 말입니다, 이것은 내가 생각해 낸 것이 아닙니다. 보시는 바와 같이 분석 보고서에는 논리학자 뮬러 호크의 서명이 있습니다."

피렌은 더 잘 보려고 상체를 테이블로 굽히고 하딘은 말을 계속했다.

"아나크레온에서 온 통고 자체가 문제입니다. 왜냐하면 통지문을 쓴 자들은 말보다는 행동이 앞서는 자들이기 때문입니다. 여기 기호로 볼 수 있는 바와 같이 말하고자 하는 취지를 쉽게 단도직입적으로 나타내는 것이 가능합니다. 기호를 언어로 대충 풀어 보면, '우리가 원하는 것을 일주일 이내에 달라. 그렇지 않으면 너희들을 쳐부숴서라도 빼앗을 것이다.'라는 말로 요약됩니다."

다섯 이사가 기호 행렬을 따라서 눈을 돌리는 동안 침묵이 유지됐다. 피렌은 상체를 의자에 파묻고는 불안한 듯 기침을 계속했다.

하딘이 말했다.

"피할 방도가 없지요, 피렌 박사?"

"그런 것 같군."

"좋습니다."

하딘은 서류들을 제자리에 놓았다.

"여기 있는 것은 제국과 아나크레온 사이에 체결된 조약문, 다시 말하면 지난주 여기에 온 도원 경이 황제를 대신해서 서명한 조약문의 사본입니다. 여기에 기호논리학으로 분석한 결과가 첨부되어 있습니다."

조약문은 다섯 페이지에 걸쳐 작은 글씨로 쓰여 있지만 분석 결과는 약 반 페이지 정도의 분량으로 휘갈겨져 있었다.

"여러분, 보시다시피 분석 결과에 의하면 조약문 90퍼센트는 별 의미가 없는 내용입니다. 결국 내용은 다음과 같이 요약될 수 있습니다. 즉 '제국에 관한 아나크레온의 의무 : 없음.', '아나크레온에 대한 제국의 지배권 : 없음.'이라고 말입니다."

다섯 이사는 주의 깊게 듣고는 다시 한 번 조약문을 세밀하게 살펴보았다. 그들이 검토를 마쳤을 때 피렌이 당혹스러운 태도로 말했다.

"정확한 것 같소."

"그렇다면 이 조약은 아나크레온 측으로서는 완전한 독립선언이며 제국 측에서는 그러한 지위를 승인하는 문건이라는 점을 시인합니까?"

"그렇다고 할 수 있겠군."

"그렇다면 당신은 아나크레온이 그것을 알아차리지 못해 자신들이 독립된 입장임을 강조한다고 생각합니까? 제국 편에서 협박의 기미를 보이면 아나크레온 편에서 화를 내는 것이 당연하다고 생각하지 않습니까? 더구나 그런 협박을 현실화시킬 능력이 제국 편에 없는 것이 확실한 마당에, 그래서 독립을 허용할 수밖에 없었던 이 마당에……"

서트가 끼어들었다.

"하지만 그렇다면…… 당신은 제국이 지지할 것이라고 도원 경이 보장한 내용에 대해 어떻게 설명하겠습니까? 도원 경이 대체적으로 만족스러운 보장을 한 것 같이 보이는데 말입니다."

하딘은 의자에 털썩 앉았다.

"그것이 여태까지 벌어진 일 가운데 가장 흥미로운 부분이지요. 나도 총리 대신을 처음 만났을 때는 '이 사람은 정말 구제할 길 없는 멍청이로구나.' 하고 생각했습니다. 하지만 실제로 그는 능숙한 외교관이며 머리가 기가 막히게 돌아가는 인물임을 깨닫게 되었지요. 총리 대신에게는 실례가 되겠지만 나는 그의 말을 전부 녹음해 두었습니다."

순간 좌중은 긴장된 분위기에 휩싸였다. 피렌이 공포에 질린 듯 입을 딱 벌렸다.

하딘은 강경한 어조로 말했다.

"그래서 어쨌다는 말씀입니까? 제가 한 짓이 사람을 접대하는 방법치고는 좋지 않다는 점과 소위 신사라면 하지 않는 일이라는 점은 잘 알고 있습니다. 또한 총리 대신이 알아차렸다면 상황이 불쾌하게 전개되었을 것입니다. 하지만 총리 대신은 끝내 알지 못했고 나는 녹음 기록을 갖게 되었습니다. 이렇게 녹음한 내용을 복사하여 호크에게 보내 분석을 시켰습니다."

룬딘 크래스트가 말했다.

"분석 결과는 어떻게 나왔습니까?"

"매우 흥미 있는 내용입니다. 이 분석은 세 가지 분석 가운데 모든 면에서 가장 어려운 것이었습니다. 호크는 이틀간 지속적으로 작업한 끝에 의미 없는 진술, 모호하고 쓸데없는 말, 필요 없이 배려하는 말을 배제하는 데 성공했습니다. 그 결과 그가 알아낸 것은 아무것도 남지 않았다는 사실입니다. 모든 것이 무로 돌아갔습니다. 여러분, 도윈 경은 닷새간 토의를 통하여 한마디도 의미 있는 말을 하지 않았으며 그 방법은 당신들이 알아차릴 수 없도록 교묘했습니다. 즉 여러분이 그토록 귀중히 여기는 제국한테 받았다는 보장은 사실 아무런 내용도 없습니다."

마지막에 한 말이 불러온 혼란은 너무나 엄청났다. 가히 초강력 악취 폭탄을 테이블에 놓았을 때 발생할 혼란보다 훨씬 크다고 할 만했다. 하딘은 잠시 혼란이 잠잠해지기를 기다렸다.

"따라서 아나크레온에 대한 제국의 행동에 관하여 여러분이 협박장(말 그대로 협박장)을 보낸 것이 당신네보다 정세를 훨씬 더 잘 아는 군주를 자극하는 결과를 가져온 것입니다. 그가 자존심이 상해서 즉각 행동을 취한 것은 아주 당연합니다. 그 결과가 바로 이 최후통첩이니까요. 이것이 바로 제가 여러분에게 말씀드리고자 하는 내용입니다. 일주일밖에 남지 않았는데 이제 어떻게 하면 좋겠습니까?"

서트가 대답했다.

"아마도 아나크레온이 터미너스에 군사기지를 건설하도록 허용할 수밖에 없을 것 같습니다."

하딘이 말했다.

"그 점은 동의합니다만, 아직 기회가 있을 때에 아예 그들을 몰아낼 방도는 없겠습니까?"

예이트 풀햄의 콧수염이 떨렸다.

"당신은 그들에 대항하여 싸워야 한다고 결심한 듯하군요."

"투쟁은 무능한 자가 찾는 마지막 수단입니다. 하지만 저는 그들한테 환영하는 카펫을 깔아주고 그들이 사용할 최상의 가구를 마련할 의사도 없습니다."

풀햄은 여전히 고집스럽게 말했다.

"그렇게 말하는 태도가 여전히 마음에 안 드는군요. 그것은 위험한 태도입니다. 더구나 최근 당신 주변에서 상당히 많은 민중이 그와 같은 당신의 언변에 매료되어 찬성의 뜻을 표하고 있다는 점에 주목해 볼 때 더욱 위험스럽기 짝이 없습니다. 하딘 시장, 이 자리에서 확실히 밝혀 두고 싶은 점은 우리 이사회가 최근 당신의 동향에 대해 전혀 모르지 않는다는 점입니다."

그가 말을 마치자 모두 찬성의 뜻을 나타냈다. 하딘은 어깨를 움츠렸다. 풀햄은 계속했다.

"만일 당신이 우리 시민을 선동하여 폭력을 행사하도록 한다면 당신 스스로 자멸의 구렁텅이를 파는 꼴이 될 것입니다. 이사회는 그러한 일이 벌어지도록 방관하지 않을 것입니다. 우리 정책에는 한 가지 기본적인 원칙이 있습니다. 그것은 백과사전입니다. 어떤 일이든지 할 것인가 말 것인가 여부는 그것이 백과사전의 안전을 수호하는 데 필요한 조치인가 아닌가 여부에 달려 있습니다."

하딘이 말했다.

"그렇다면 우리는 지금 무사안일주의를 굳건히 지키자는 캠페인을 벌여야 한다는 결론이군요."

피렌이 씁쓸한 듯 말했다.

"당신 스스로가 제국에는 우리를 구해 줄 힘이 없다는 것을 논리적으로 증명해 보이지 않았소? 나로서는 어떻게 아직도 그렇게 말할 수 있는지 이해할 수가 없다오. 만일 타협이 필요하다면……"

하딘은 아무리 오랫동안 달려도 아무 곳도 안 나타나는 악몽을 꾸고 있는 것 같았다.

"타협 같은 것은 없어요! 당신은 군사기지에 관한 터무니없는 말이 허튼소리라는 사실을 모르겠습니까? 아나크레온이 추구하는 바가 무엇인가를 오트 로드릭이 우리에게 이야기하지 않았나요? 그들은 노골적인 합병 야욕을 품고 있고 영지와 소작농과 귀족으로 구성된 봉건주의 경제 체제를 우리에게 강요하지 않았나요? 그나마 우리가 원자력을 보유하고 있기 때문에 그들이 행동을 늦추고 있지만 결국은 행동을 취하고 말 겁니다."

그는 격분하여 벌떡 일어섰고 나머지 사람들도 같이 일어났다. 조드 파라만이 앉아 있었다.

조드 파라가 드디어 입을 열었다.

"여러분, 제발 자리에 앉으십시오. 우리가 너무 지나치게 흥분했다고 생각합니다. 저런, 하딘 시장. 그렇게 화난 얼굴을 해도 아무 소용 없습니다. 여기에 있는 우리 가운데 반역을 도모한 자는 없지 않습니까?"

"그렇다는 증거를 확실히 제시해 주시지요."

파라는 부드럽게 미소 지었다.

"하딘 시장도 진심으로 그런 말을 하지 않았다는 사실은 당신 자신이 잘 알지 않습니까? 자, 이제 제가 몇 마디 하겠습니다."

파라는 작은 눈이 반쯤 감기고 반듯한 이마에는 땀이 송골송골 맺혀 번쩍거렸다.

"아나크레온 문제에 관한 실제적인 해결책은 지금부터 6일 뒤 유품관이 개관될 때 분명히 밝혀질 것이라는 게 이사회가 내린 결론입니다. 이 점을 감추려고 하는 것은 아무 의미가 없다고 생각합니다."

"이 문제에 관하여 당신들이 할 수 있는 일은 그것이 전부입니까?"

"그렇습니다."

"아무것도 하지 않고 조용히 기다리며 유품관에서 구원의 신이 튀어

나오기를 간절히 비는 길밖에 없다는 말씀입니까?"

"결국 그렇다고 할 수 있겠지요."

"명백한 도피주의로군요! 파라 박사, 정말 천재적인 발상이에요. 우리 같은 평범한 사람은 생각도 못할 일입니다그려."

파라가 관대하게 미소 지었다.

"당신의 경구에 관한 취미는 아주 재미있지만 이 장소에는 어울리지 않는군요. 하딘 시장, 본인이 약 3주 전에 유품관에 관하여 언급한 내용을 기억하고 있겠지요?"

"네, 기억합니다. 그것을 연역적 논리라는 측면에서 고려할 때 어리석은 생각이라고만은 할 수 없다는 점을 인정합니다. 당신은 이렇게 말씀하셨지요. 내가 틀리게 말하면 중단시켜 주십시오. '해리 셸던은 은하계에서 가장 위대한 심리역사학자였다. 따라서 그는 현재 우리가 처한 곤란한 입장을 예견할 수 있다. 이런 점에서 그는 우리에게 탈출구를 알려 주는 방법으로 유품관을 설립했다.'라는 내용이었지요."

"내 취지를 분명히 알고 계시는군요."

"이 문제에 관하여 지난 수 주일 동안 내가 상당히 깊이 생각했다고 한다면 놀라시겠습니까?"

"나로서는 영광스러운 일이지요. 그런데 결과는?"

"결과는 순수 추론만으로는 부족하다는 것입니다. 여기에도 역시 상식이 필요합니다."

"예를 들면?"

"셸던이 아나크레온 문제를 예견했다면 왜 우리를 은하계 중심에서 가까운 다른 행성에 정착시키지 않았을까요? 셸던이 트랜터 위원들을 조종해서 터미너스에 파운데이션을 건설하도록 만든 것은 잘 알고 있습니다. 하지만 그는 어떤 이유로 그렇게 해야만 했을까요? 통신선은 단절되고 은하계에서 고립되어 인근 행성에게 위협을 받고 있는데 말이에요. 더욱이 터미너스는 금속이 부족하여 손도 발도 묶인 상태에 있습니다. 바로 이 점이 무엇보다도 심각한 문제입니다. 이런 모든 일을 그가 사전에 알 수 있었더라면 왜 초기 정착자들에게 미리 경고하여 충분히 대비하도록 하지 않았을까요? 한쪽 발이 절벽 끝에 걸릴 지경이 될 때까지 이렇게 기다리고만 있게 하지는 않을 수 있었을 텐데요. 여러분, 이 점을 잊지 마십시오. 그가 당시에 이 문제를 예견할 수 있었더라도 우리 상황은 현재와 별로 다르지 않을 것이라는 점 말입니다. 셀던은 결코 마법사는 아니었습니다. 딜레마에서 벗어나는 방법 가운데, 그는 알 수 있지만 우리는 알 수 없는 속임수 같은 방법이란 있을 수 없다는 점을 명심하십시오."

파라가 맞받았다.

"그러나 하딘, 우리로서는 그것조차 알 수가 없답니다."

"아무런 시도조차 하고 싶지 않으니까 그렇겠지요. 우리는 한 번도 시도해 보지 않았습니다. 우리가 한 일이라고는 오직 위협이 있다는 사실을 인정하지 않으려 하면서 황제를 맹목적으로 신뢰한 것뿐입니다. 그리고 지금은 그 신뢰를 해리 셀던한테 쏟고 있습니다. 당신들은 시종일관 권위나 과거에만 의존하지, 우리들이 지닌 힘은 전혀 신뢰하지 않습니다."

하딘은 떨면서 주먹을 불끈 쥐었다.

"이는 정말 암적인 태도라 아니할 수 없습니다. 일종의 조건반사처럼 굳어졌습니다. 무엇인가 권위에 반대하는 문제가 대두되면 당신들은 자신들보다 황제가 훨씬 능력이 있다거나 해리 셀던이 훨씬 현명하다는 생각을 떨쳐 버리지 못하는 것 같군요. 이런 태도가 잘못되었다는 사실을 모르십니까?"

그 말에는 아무도 대답하려 들지 않았다. 하딘은 계속했다.

"당신들뿐만이 아닙니다. 은하계 전체가 그렇습니다. 피렌 박사는 도원 경에게 과학적 연구에 관한 얘기를 들었지요. 도원 경의 생각에 의하면 훌륭한 고고학자가 되는 방법은 그 주제에 관한 모든 책을 읽는 것이라고 합니다. 수 세기 전에 죽은 인간들이 쓴 책들을 말입니다. 또한 고고학 문제를 해결하는 방법은 서로 대립하는 견해를 비교하여 고찰하는 것이란 생각도 밝혔습니다. 피렌 박사는 이러한 말을 경청하고는 아무런 반대 의사도 표명하지 않았습니다. 박사, 그의 생각에 잘못이 있다고 생각하지 않습니까?"

하딘의 목소리는 거의 호소하는 듯한 어조로 바뀌었다. 하지만 아무도 대답하지 않았다. 그래서 다시 말했다.

"당신들뿐만 아니라 터미너스 인구 중 절반은 정말 한심하기 그지없습니다. 여기에 쭈그리고 앉아서는 백과사전이야말로 우리 존재의 전부라고 생각하고 있습니다. 과학의 최대 목적이 과거의 자료를 분류하는 것이라고 생각하는 것이지요. 물론 중요한 일입니다만 일보 전진하여 무엇인가를 이룩할 수 있지 않겠습니까? 우리네들이 퇴화하고 심지어 이룩한 업적까지도 잊어 가고 있다는 사실을 모르십니까? 외곽성역에서는 원자력이 이미 자취를 감췄습니다. 감마 안드로메다에서는 수리를 잘못해서 원자력 발전소가 폭발해 버렸습니다. 제국의 총리 대신 각하는 원자력 기술자를 점점 찾아보기 힘들다고 한탄합니다. 이런 상황에서 해결책이라고 내놓은 것이 무엇일까요? 새로운 기술자를 양성하는 것? 아닙니다. 오히려 원자력 사용을 제한하려 하고 있습니다."

여기서 그는 힘주어 말했다.

"아시겠습니까? 은하계 전체의 문제입니다. 과거에 대한 숭배, 그리하여 초래한 현실의 퇴보, 그리고 정체!"

그는 한 사람 한 사람을 노려보았다. 일동의 시선이 그를 향했다.

제일 먼저 원기를 회복한 사람은 파라였다.

"어찌 되었든 확실한 것은 신비 철학은 이제 더 이상 우리를 도와줄 수 없다는 점입니다. 구체적으로 생각해 봅시다. 당신은 해리 셸던이 심리역사학적인 방법만으로 미래의 역사적 추세를 쉽게 예견할 수 있었다는 점을 부정하는 것입니까?"

하딘이 소리쳤다.

"아니요, 물론 부정하지 않습니다. 내가 말하는 것은 우리 스스로 해결책을 구해야 한다는 사실입니다. 그에게만 의존할 수는 없으니까요. 기껏해야 셸던은 문제를 지적해 줄 수 있을 따름입니다. 따라서 해결책은 우리 스스로가 찾아야 하는 것입니다. 그가 우리를 대신할 수는 없는 일입니다."

풀햄이 돌연 입을 열었다.

"무슨 뜻입니까? 문제를 지적할 수 있다니요? 우리들은 문제가 무엇인지를 알고 있지 않습니까?"

하딘은 그를 향해 의자를 빙글 돌렸다.

"알고 있다고 생각하는 것이겠지요. 해리 셸던이 우려한 것이 아나크레온뿐이라고 생각하십니까? 결코 그렇지 않습니다. 내가 말씀드리고 싶은 점은 여러분 가운데 단 한 사람도 정말 무슨 일이 벌어지고 있는지에 관해 어렴풋하게도 모른다는 사실입니다."

"그렇다면 당신은 알고 있소?"

피렌이 적의를 품고 물었다.

"알고 말고요!"

하딘이 의자를 밀치며 벌떡 일어났다. 눈매가 차갑고 매서웠다.

"지금 분명한 것이 하나 있다면 그것은 상황 전체가 굉장히 심각하다는 점입니다. 이것은 지금까지 우리가 이야기를 나눈 어떤 것보다도 커다란 문제입니다. 가슴에 손을 얹고 잘 생각해 보십시오. 파운데이션에 최초로 정착한 사람들 가운데 보르 알류린을 제외하고는 권위 있는 심리역사학자가 한 사람도 포함되지 않았습니다. 그 이유는 무엇일까요? 그리고 알류린 자신도 기본적인 것 이외에는 제자들을 훈련시키는 일을 교묘하게 회피했습니다."

짧은 침묵이 지나간 후 파라가 말했다.

"과연 그렇군요. 왜 그랬을까요?"

"아마도 심리역사학자라면 이런 사태의 본질을 파악했을 것이고, 해리 셀던에게는 이 점이 너무 시기상조로 여겨졌던 게 아닌가 싶습니다. 이렇게 심리역사학자가 없기 때문에 우리는 진상이 무엇인지를 알지 못한 채 안갯속을 이리저리 방황하고 있는 것입니다. 하지만 바로 이 점이 해리 셀던이 바랐던 바입니다."

하딘이 날카롭게 웃더니, "여러분, 즐거운 하루가 되시기를!" 하고 말하며 성큼성큼 밖으로 걸어 나갔다.

## 6

하딘 시장은 담배 끝을 입에 물고 질근질근 씹었다. 담뱃불이 꺼졌지만 알아차리지 못했다. 지난밤에 한숨도 못 잤지만 좋은 생각이 떠올랐으니 오늘 밤도 못 잘 것 같았다. 눈빛이 그런 사실을 말해 주고 있었다.

그는 지루한 듯이 중얼거렸다.

"이것이 전부인가?"

"그렇다고 생각하네."

요한 리가 손을 턱으로 가져가며 물었다.

"어떻게 생각하나?"

"나쁘지는 않네. 뻔뻔스럽게 해치워야 하는 일일세. 잘 알고 있겠지? 망설일 필요는 없다네. 그들에게 상황을 파악할 시간을 허용해서는 안 되네. 일단 우리가 명령을 내리는 입장이 되면 마치 우리가 명령을 내리기 위해서 태어난 양 당당하게 명령을 내리는 것이 좋네. 그러면 그들 역시 복종하는 것에 습관을 들일 걸세. 이것이 바로 쿠데타의 본질이지."

"그렇게 하더라도 이사회의 결단이 없으면……."

"이사회? 그런 것은 염두에 두지 말게나. 내일 이후면 터미너스 정치에서 그들이 차지하는 중요성은 녹슨 반 크레디트짜리 동전만도 안 될 걸세."

리는 천천히 고개를 끄덕였다.

"하지만 지금까지 그들이 우리 일을 방해하려는 시도를 전혀 하지 않았다는 점은 이상한 일일세. 완전히 눈치채지 못하고 있는 것은 아닐 텐데."

"파라는 어렴풋이 눈치채고 있네. 때때로 신경 쓰게 만들지. 피렌도 내가 선출된 이후 계속 의심하고 있다네. 하지만 그들에게는 무엇이 벌어지고 있는가를 정확히 이해할 수 있는 능력이 전혀 없다네. 그들은 권위주의에 중독되어 있는 거야. 황제는 단지 황제라는 사실만으로 전지전능하다고 믿는 걸세. 그래서 이사회가 황제의 대리 역할을 수행한다는 권한 하나로는 명령을 내릴 수 없다는 사실을 망각하고 있다네. 반란이 일어날 가능성조차 모르는 무능력이야말로 우리한테 가장 좋은 동맹자라고 할 수 있지."

하딘이 의자에서 일어나 음료수 냉각기 쪽으로 향하며 덧붙였다.

"모두 좋은 사람들이지, 리. 백과사전에 집착한다는 점에서는 말일세. 앞으로도 그들은 백과사전에 집착할 걸세. 그러나 터미너스를 통치한다는 측면에서 그들은 구제 불능이야. 자, 가서 일을 진행하게나. 지금 나는 혼자 있고 싶네."

그는 책상 모퉁이에 앉아서 물컵을 뚫어지게 쳐다보았다.

아, 이렇게 겉으로 드러난 만큼만이라도 자신감이 있다면! 아나크레온 사람들은 이틀 후면 도착할 텐데, 자신이 하고자 하는 것은 50년 전 해리 셀던이 의도한 내용을 추측하는 것 뿐이다. 그는 사실 유능한 심리학자도 아니었다. 단지 빈약한 지식으로 당대 최고의 지성을 더듬더듬 이해하려고 할 따름이었다.

만일 파라 말이 옳다면, 해리 셀던이 예견했던 것이 전부 아나크레온에 관한 것이었다면, 그리고 그가 관심을 쏟은 것이 백과사전뿐이었다면, 쿠데타가 무슨 소용인가?

그는 어깨를 움츠리고 물을 한 컵 쭉 들이켰다.

# 7

유품관이 있는 방에는 여섯 개보다 훨씬 많은 의자가 준비되어 있었다. 마치 더 많은 참석자를 예상하고 있는 듯했다. 하딘은 이 점을 간파하고 다섯 이사로부터 되도록 멀리 떨어진 구석에 지친 듯 기대앉았다.

이사들은 그런 좌석 배치에 굳이 반대하지 않는 듯했다. 그들은 자기들끼리 소곤거리며 말을 주고받았다. 그러한 속삭임도 차츰 줄어들고 이내 침묵이 흘렀다. 조드 파라만이 비교적 차분한 태도였다. 그는 시계를 꺼내 들고 엄숙한 얼굴로 바라보았다.

하딘도 자기 시계를 힐긋 보고는 방의 절반가량을 차지하고 있는 속이 빈 유리관 쪽으로 이내 시선을 던졌다. 그 방에 이상한 점이 있다면 바로 이 유리관이었다. 어디선가 소량의 라듐이 서서히 소비되면서 일정한 시간이 되면 텀블러가 떨어지고 접속이 이루어지는 것 외에 방 안에서 특별히 주의를 끌 만한 것은 없었다.

그런데 갑자기 불빛이 희미해졌다!

불이 꺼지지는 않았다. 다만 노란빛을 띠며 흐려졌다. 하딘은 깜짝 놀라 벌떡 일어섰다. 깜짝 놀라 천장 조명에 시선을 던지다가 다시 내려다본 순간, 유리관이 더 이상 비어 있지 않다는 사실을 깨닫게 되었다.

안에는 한 사람이 들어 있었다. 휠체어를 탄 남자였다!

그 남자는 잠시 침묵을 지키면서 무릎 위에 있는 책을 덮고는 한가롭게 손가락으로 책을 만지작거렸다. 그러고는 빙긋이 미소를 지었다. 순간 얼굴에 생기가 돌았다.

남자가 말했다.

"해리 셀던입니다."

부드러운 노인 목소리였다.

하딘은 인사에 답례하기 위해 무심코 일어나려다가 멈칫하며 그만

두었다.

목소리는 자연스럽게 이어졌다.

"보시다시피 저는 이 의자에서 꼼짝할 수가 없기 때문에 일어나서 여러분에게 인사할 수 없습니다. 여러분의 조부모는 제가 생애를 마치기 두세 달 전에 터미너스를 향해 출발했습니다. 그들이 떠난 이후 저는 불편하기 짝이 없는 중풍이란 병에 걸리고 말았습니다. 게다가 여러분의 얼굴을 볼 수 없기 때문에 적절한 인사를 드릴 수가 없습니다. 우선 이곳에 몇 사람이나 모였는지도 알 수가 없습니다. 그러니 형식에 얽매이지 않는 편이 좋을 듯싶습니다. 혹시 서 있는 사람이 있다면 자리에 앉아 주십시오. 원하신다면 얼마든지 담배를 피워도 좋습니다. 전혀 거슬리지 않으니까요."

좌중에서 가벼운 웃음소리가 일었다.

"거슬릴 리가 있겠습니까? 사실 저는 이곳에 있지 않은걸요."

기계적으로 담배에 손이 갔으나 하딘은 생각을 고쳐먹었다.

해리 셀던이 손가락을 떼자 책은 사라져 버렸다. 그는 이야기를 이어갔다.

"파운데이션이 건설된 지 50년이란 세월이 흘렀습니다. 지난 50년 동안 파운데이션 직원들은 무엇을 목표로 일하는지도 모른 채 지내 왔습니다. 지금까지는 그래야 할 필요가 있었지만 이제 더 이상 그럴 필요가 없습니다. 백과사전 파운데이션은 속임수로 시작된 것입니다. 그것은 처음부터 속임수였던 것입니다."

하딘의 등 뒤에서 움칫거리는 소리가 들렸다. 한두 사람이 무엇에 찔린 듯 짧은 비명 소리를 냈으나 그는 뒤돌아보지 않았다.

해리 셀던도 물론 동요하지 않았다. 그는 계속해서 말했다.

"백과사전 같은 것이 한 권도 출간되지 않더라도 본인이나 본인의 동료들이 전혀 상관하지 않는다는 점에서 그것은 속임수라고 할 수 있습니다. 하지만 백과사전 계획 자체는 소기의 목적을 달성했다고 봅니다. 우리는 황제에게서 허가장을 얻었으며 계획에 필요한 10만 명을 동원할 수 있었습니다. 또한 그들을 작업에 몰두하게 만들었고 그러는 사이에 사태는 점차 진전되었습니다. 사태를 원점으로 되돌리기에는 이미 너무 늦어 버렸습니다.

이 기만적인 계획을(네, 굳이 부드러운 말로 할 필요는 없겠지요.) 위해 일해 온 50년이란 세월은 여러분들이 되돌아갈 길을 차단해 버렸습니다. 이제 여러분에게는 보다 중요한 임무를 계속 수행하는 것 외에 다른 선택의 여지는 없습니다. 사실 이것이야말로 우리의 실제 계획이었으며, 앞으로도 그러할 것입니다.

바로 그러한 목적에 따라 우리는 여러분이 더 이상 행동의 자유를 누릴 수 없게 되는 시점인 50년에 맞추어 여러분을 이곳 행성에 정착시킨 것입니다. 지금부터 수 세기 동안 여러분이 가야 할 길은 이미 정해져 있습니다. 여러분은 현재의 위기를 비롯하여 일련의 위기에 직면하게 될 것입니다. 그러나 위기 때마다, 여러분들이 취할 수 있는 행동의 자유는 극히 제한될 것입니다. 여러분은 한 가지, 단 한 가지 길만을 가지 않을 수 없을 것입니다.

우리 심리역사학이 어떤 이유 때문에 설정해 놓은 길 말입니다.

은하계 문명은 지난 수 세기 동안 정체되고 쇠퇴했습니다. 그러나 이 사실은 단지 몇 안 되는 소수만이 깨닫고 있을 뿐입니다. 지금 외곽성역은 분열되었으며 제국의 정치적 결합은 붕괴되고 있습니다. 미래 역사가들은 지난 50년의 어느 시점엔가 임의로 선을 긋고 이렇게 말할 것입니다.

'여기가 은하제국의 멸망을 나타내는 시점이다.'라고 말입니다.

그 말은 맞습니다. 그러나 앞으로 몇 세기가 흘러도 붕괴를 감지할 수 있는 사람은 극히 드물 것입니다.

멸망 이후에는 필연적으로 야만스러운 시대가 찾아올 것입니다. 우리 심리역사학에 따르면 이 시대는 일반적인 조건에서는 3만 년 동안 계속됩니다. 우리는 이 멸망을 막을 수 없습니다. 제국의 문화는 이미 한때 누렸던 생명과 가치를 완전히 상실했기 때문입니다. 하지만 필연적으로 찾아올 야만 시대를 단축할 수는 있습니다. 단지 1000년이라는 기간으로 말입니다.

이 단축화 작업에 대해서는 상세히 말할 수가 없군요. 50년 전 파운데이션에 관한 진실을 밝힐 수 없었던 것처럼 말입니다. 만약 여러분이 상세한 내용을 알게 되면 우리 계획은 실패할지도 모릅니다. 말하자면 백과사전에 관한 속임수를 훨씬 이전에 간파하였을 경우에 일어날 수 있는 상황과 똑같은 것입니다. 만약 이러한 지식을 갖게 된다면 여러분이 취할 행동의 자유는 확장될 것이며 그렇게 될 경우 도입될 변수가 증가하여 우리 심리역사학으로는 다룰 수 없게 될 것입니다.

그러나 여러분은 상세한 내용을 알 수 없을 것입니다. 그 이유인즉슨 지금까지 터미너스에 심리역사학자는 우리 동료 중 한 명인 알류린을 제외하고는 한 사람도 없었으며 현재도 없기 때문입니다.

하지만 이 점만은 말씀드리겠습니다. 터미너스와 은하계의 다른 쪽 끝에 있는 다른 파운데이션은 부활의 씨앗이며 제2의 제국을 건설할 미래의 창시자란 사실 말입니다. 현재의 위기는 터미너스로 하여금 그런 클라이맥스를 향하여 출발하도록 만들 것입니다. 그런데 이번 위기는 앞으로 닥쳐 올 많은 다른 위기와 비교해 볼 때 훨씬 간단한 것입니다. 본질만 놓고 보면 이런 내용이니까요. '여러분 행성은 아직 문명이 남아 있는 은하제국 중심부에서 한순간에 잘려나가, 힘이 훨씬 강한 이웃 행성에게 위협을 받습니다. 여러분은 과학자들로 구성된 조그만 행성인데, 주변에는 야만적으로 변하며 급속히 세력을 늘리는 행성이 가득합니다. 모든 행성이 원시적인 에너지를 사용하는 반면에 여러분 행성만 원자력을 사용합니다. 하지만 여러분 행성에서는 금속이 안 나오기 때문에 무기력한 건 어쩔수 없습니다.'

이쯤 되면 여러분은 절실한 필요에 직면하여 일정한 행동을 취할 수밖에 없다는 사실을 알 수 있을 것입니다. 그러한 행동의 성격, 즉 현재 직면한 딜레마를 해결할 방법이 과연 어떤 것일까 하는 문제는 두말할 필요도 없이 분명하겠지요."

해리 셀던의 영상이 허공을 향해 손을 뻗자 책이 다시 손에 잡혔다. 그는 책을 펼쳐 들고 말했다.

"그러나 여러분의 미래 역사가 아무리 구불구불한 길을 간다 해도 여러분은 자손들에게 항상 이 사실을 명심시켜야 합니다. 우리가 나갈 길은 완전히 정해져 있으며 마침내 새롭고 위대한 제국을 실현하게 될 것이라는 점을 말입니다."

셀던이 책으로 눈을 돌리자 모습은 갑자기 사라지면서 다시 실내는 밝아졌다.

하딘이 고개를 들자 두 눈에 비참한 빛을 띤 채 입술을 가늘게 떨며 자신을 바라보는 피렌의 모습이 들어왔다.

피렌의 목소리는 분명하지만 억양은 없었다.

"자네가 옳았던 것 같네. 오늘 밤 6시에 오면 이사회는 다음에 취할 조치들에 관해 자네와 의논하도록 하겠네."

이사들은 한 사람 한 사람씩 하딘과 악수를 나누고 돌아갔다. 하딘은 혼자 미소를 지었다. 그들은 본래 건전한 사람들이다. 자신들의 잘못을 인정할 줄 아는 과학자들인 것이다. 하지만 이미 때는 늦었다.

그는 손목시계를 들여다보았다. 지금쯤이면 모든 일이 이미 끝났을 것이다. 리의 부하들이 권력을 장악했을 것이며 이사회는 더 이상 명령을 내리지 못하게 될 것이다.

아나크레온인들은 내일 최초의 우주선단을 착륙시킬 것이다. 하지만 아무래도 좋다. 6개월 후엔 그들도 더 이상 명령을 내릴 처지가 못 될 테니까.

사실 해리 셀던이 말한 것처럼, 안셀름 오트 로드릭이 처음 아나크레온에 원자력이 없다는 말을 흘린 이후부터 샐버 하딘이 추측해 온 것처럼, 최초의 위기에 대한 해결책은 분명했다. 끔찍할 정도로 분명했다!

# 제3부

# 시장

**네 왕국**

……아나크레온 성주 가운데 파운데이션 기원 초기에 제1제국에서 분리되어 형성되었다가 단명한 독립 왕국들에 붙은 이름. 이 가운데 가장 크고 가장 강력한 왕국은 아나크레온인데, 그 판도는…….

……네 왕국의 역사 중 가장 흥미로운 것은 샐버 하딘이 통치할 때에 일시적으로 강요한 기묘한 사회현상이다.

— 『은하대백과사전』

## 1

대표단!

드디어 이들이 온다는 것을 미리 알고 있다는 사실은 샐버 하딘에게 결코 유쾌한 일이 못 되었다. 이들이 찾아왔을 때 벌어질 일을 예상하면 머리가 아팠기 때문이다.

요한 리는 비상수단을 강구하라고 주장했다.

"더 이상 시간을 낭비할 필요가 없다고 생각하네만, 하딘. 어쨌든 법률상으로는 다음 선거까지 그들이 어떤 행동도 취할 수 없을 걸세.

그러니까 앞으로 1년 안에 그들을 단번에 쓸어내 버리세."

하딘은 씁쓸한 미소를 지었다.

"리, 자네는 언제나 철이 들려나? 자네를 안 지 40년이나 됐지만 자네는 뒤편에서 슬며시 행동하는 편법을 아직도 배우지 못한 것 같네."

"그것은 내가 싸우는 방법이 아니니까."

리가 투덜거렸다.

"물론 그 점은 잘 알고 있지. 아마 그런 이유 때문에 자네는 내가 유일하게 신용하는 인물이 아닌가 싶네."

하딘은 말을 멈추고 궐련을 집어 들었다.

"리, 우리는 백과사전 학자들에 대항하여 쿠데타를 일으킨 이후 정말 머나먼 노정을 걸어왔네. 나도 이제 늙었다네. 벌써 예순두 살이지. 30년 세월이 너무 빨리 지나갔다고 생각하지 않는가?"

리가 콧소리를 내며 말했다.

"나는 전혀 늙었다는 기분이 안 드네. 내 나이 예순여섯 살인데 말일세."

"그렇겠군. 자네는 나보다 식욕이 왕성하니까."

하딘은 한가롭게 궐련을 빨았다. 젊은 시절에 피웠던 부드러운 베가산 궐련을 그만둔 지는 이미 오래였다. 행성 터미너스가 은하제국에 속한 여러 행성과 왕래할 수 있었던 시절은 모두 지나간 시절의 즐거웠던 기억으로 남고 이제 망각의 늪에 묻혀 버렸다. 그런데 망각의 늪으로 제국 자체가 돌진하고 있는 것이다. 새로운 황제는 누구인지, 아니. 황제나 제국이 있긴 하는 건지 하딘은 의문스러웠다. 광활한 우주! 은하계 변두리에 있는 이곳 터미너스에서 은하제국과 통신이 끊어진 지가 벌써 3년이다. 남은 건 터미너스 자체와 주변을 둘러싼 왕국 네 개가 전부였다.

제국이 이토록 몰락할 수 있다니……. 그렇게 많은 왕국은 어찌 되었단 말인가! 그 좋은 시절에 모든 왕국은 성구(城區)에 속했으며, 성구들은 모두 같은 성주(城主)에 속했다. 그리고 성주가 모여서 성역(城域)이 되고 성역이 모여서 상한(上限)이 되었다. 상한이 모여서 모든 것을 포괄하는 은하제국을 형성한 것이다. 이런 제국의 통제력이 지금은 은하계 주변까지 못 미치기 때문에, 뿔뿔이 흩어진 행성이 무리를 지어 왕국을 이루고 이들 왕국에서는 왕과 귀족들 사이의 무의미한 전쟁이 난무하는 가운데 비참한 생활이 계속되고 있는 것이다.

문명은 계속 쇠락하고 원자력은 소실되어 가며 과학은 신화로 변질되었다. 해리 셀던은 바로 그 때문에 파운데이션을 이곳에 건설한 것이다.

창가에 서 있던 리의 목소리가 하딘의 명상을 깨뜨렸다.

"드디어 오는군. 최신형 육상용 자동차를 타고 젊은이들이 몰려오네."

리는 문 쪽으로 몇 걸음 불안하게 내딛다 말고 하딘 쪽을 보았다.

하딘은 미소 지으며 그를 향해 손을 흔들었다.

"이곳으로 데리고 오도록 명령을 내렸다네."

"여기에? 무슨 목적으로……. 그들에게 너무 지나친 대접을 베푸는 건 아닌가?"

"시장을 만나기 위해 밟아야 할 모든 공식적 수속을 무시했다는 소린가? 그런 복잡한 절차를 다루기에는 난 너무 늙어 버렸다네. 게다가 젊은 사람을 다루는 데는 아첨이 필요하지 않은가? 그렇게 할 책임이 없는 경우에는 더더욱 그렇지."

그는 살짝 윙크를 했다.

"자, 자네는 여기에 앉아서 나의 도덕적 후원자나 되어 주게. 세르맥이란 젊은이를 상대하려면 자네 후원이 필요하니 말일세."

리가 무겁게 말했다.

"세르맥이란 녀석은 위험해. 그에게는 추종자들이 있네, 하딘. 결코 그 녀석을 과소평가하지 말게."

"여태까지 내가 누구를 과소평가한 적이 있던가?"

"그렇다면 그를 체포하게. 체포 이유야 나중에 갖다 붙여도 되지 않겠나?"

하딘은 리의 마지막 말을 무시했다.

"드디어 왔네, 리."

신호에 답하여 그는 책상 아래에 있는 페달을 눌렀다. 그러자 문이 옆으로 스르르 열렸다.

대표단 네 명이 열을 지어 들어왔다. 하딘은 그들을 향해 책상 앞에 반원형으로 놓인 소파에 앉으라고 우아하게 손짓했다. 그들은 묵례를 하고 시장이 첫마디를 꺼낼 때를 기다렸다.

하딘은 기묘한 조각이 새겨진 궐련 상자 은제 뚜껑을 딸깍 열었다. 궐련 상자는 왕년의 백과사전 학자 시대에 이사회의 소속 조드 파라가 소유했던 것으로 산태니산(産) 진짜 제국 제품이었다. 하지만 속에 들어 있는 궐련은 터미너스 제품이었다. 대표단 네 사람은 한 사람씩 엄숙하게 궐련을 받아 들고는 마치 의식을 치르듯 궐련에 불을 붙였다.

젊은이들 중 나이가 제일 어린 세프 세르맥은 오른쪽에서 두 번째 자리에 앉아 있었다. 말끔하게 다듬은 억센 황색 콧수염과 움푹 파인 야릇한 색깔의 눈이 시선을 끌었다. 그 밖에 세 명의 존재를 하딘은 거의 즉석에서 무시해 버렸다. 그들은 표정에서부터 오합지졸이라는 느끰을 여실히 드러냈다. 하딘이 주의를 집중시킨 상대는 세르맥뿐이었다. 세르맥은 이미 시 의회 초선의원 임기 중에 조용한 의회를 한 번 이상 아수라장으로 만든 경력이 있었다. 하딘이 말을 건 상대는 세르맥이었다.

"의원님, 당신을 꼭 만나고 싶었습니다. 지난달 당신의 멋진 연설을 듣고부터 더욱 그랬답니다. 우리 정부의 외교 정책에 대한 당신의 공격은 정말 날카로웠습니다."

세르맥의 눈빛이 부드러워졌다.

"그렇게 관심을 가지고 계시다니 영광입니다. 본인의 공격이 날카로운 지적이었는지는 잘 모르겠지만 정당한 지적이었음은 분명합니다."

"그럴 수도 있겠지요! 의원님이 아니면 그런 연설을 할 사람이 없으니까요, 이렇게 젊은 나이에 말입니다!"

상대는 냉정하게 대답했다.

"그것은 대부분의 사람들이 자기 생애 어느 시기쯤에 저지를 수 있는 잘못일 겁니다. 당신은 지금의 저보다 두 살 어렸을 때 시장이 되셨다는 사실을 잊으셨습니까?"

하딘은 내심 고소를 머금었다. 이 젊은 상대는 아무래도 다루기 힘든 손님이다.

"당신이 나를 만나러 온 것은 의회에서 당신을 대노하게 만들었던 외교 정책, 바로 그 문제 때문이라고 생각합니다만……. 당신은 다른 세 사람의 동료를 대변하는 것입니까? 아니면 내가 한 사람 한 사람의 말을 따로 들어야 하는 것입니까?"

네 젊은이 사이에 재빠른 시선 교환이 있었다.

세르맥이 엄숙한 얼굴로 말했다.

"저는 터미너스 시민, 다시 말하자면 의회라는 꼭두각시 기관이 현실적으로 대변하지 못하는 사람들을 대표하고 있는 것입니다."

"알겠습니다, 그렇다면 말씀을 계속하십시오."

"시장님, 문제는 이렇습니다. 우리들은 만족하지 못하고……"

"'우리'라는 말은 '시민'이란 뜻입니까?"

세르맥은 함정을 눈치채고 적의에 찬 눈빛으로 노려보았다. 그러고는 냉랭하게 대답했다.

"제 의견은 터미너스 투표자 대부분의 의견을 반영하고 있다고 믿습니다. 이 점에 동의하십니까?"

"글쎄, 그런 말이야 증거가 있어야 확실한 것이 되겠지요. 하여튼 말을 계속하시지요. 당신들이 만족하지 못하고 있다고요?"

"그렇습니다. 불가피한 외부의 공격을 앞두고 지난 30년 동안 터미너스를 무방비 상태로 방치해 놓은 정책에 만족할 수가 없는 것입니다."

"과연……. 그래서 어쨌다는 말이죠? 계속하시지요."

"그렇게 앞질러 말씀하시니 감사합니다. 그래서 우리는 새로운 정당을 결성했습니다. 아리송하기만 한 미래 제국의 '정해진 운명'이 아니라 터미너스가 당면한 급선무에 대처하기 위한 정당입니다. 우리는 당신과 당신 추종자인 유화주의자들을 시청에서 몰아낼 작정입니다. 그것도 곧 말입니다."

"그렇지 않으면? 모든 일에는 항상 '그렇지 않으면'이란 가정이 따른다는 것을 잘 알고 있겠지요?"

"이 경우만은 '그렇지 않으면'이란 가정이 그다지 필요하지 않습니다. '지금 당장 당신이 사임하지 않는다면'이라는 가정이 필요하지 않다, 이겁니다. 당신에게 정책을 변경하라고 요청하진 않겠습니다. 그럴 정도로 당신을 믿고 있지는 않으니까요. 당신의 약속이라면 그게 무엇이든 소용이 없습니다. 즉각 사임해 주십시오."

"알겠습니다."

하딘은 다리를 꼬고 의자 뒷다리를 축으로 삼아 의자를 앞뒤로 흔들었다.

"이것이 당신의 최후통첩인 셈인가요? 친절하게 경고해서 고맙군요. 하나 나로서는 그 말을 무시할 수밖에 없다는 생각이 드는군요."

"경고라고 생각지 마십시오, 시장님. 전 우리 기본 방침과 행동을 표명한 것뿐입니다. 새로운 정당은 이미 결성되었고 내일부터는 공식적인 활동을 개시할 것입니다. 타협할 여유도, 그럴 생각도 없습니다. 솔직히 말씀드려서 우리가 당신이 쉽게 사임할 수 있는 길을 제공하는 까닭은 당신이 그동안 시에서 해 온 봉사를 우리가 인정하기 때문입니다. 당신이 그런 제의를 받아들이리라고는 생각하지 않습니다. 그러나 제 양심은 깨끗합니다. 다음 선거에서는 당신이 원치 않아도 퇴진이 불가피하다는 것을 곧 깨닫게 될 겁니다."

그는 일어나면서 동료들에게도 일어나라고 손짓했다.

하딘이 손을 들었다.

"잠깐 기다리십시오. 자리에 좀 앉으시지요."

세프 세르맥이 기다렸다는 듯이 민첩하게 다시 앉았기 때문에 하딘은 내심 미소를 지었다. 말로 표현은 안 했어도 그는 이쪽 제안을 기다리고 있었던 것이다. 그 어떤 제안을.

하딘이 말했다.

"당신들은 정확히 우리 외교 정책이 어떤 방향으로 변하기를 바라고 있나요? 네 왕국을 공격하기를 바랍니까? 지금 당장 그들을 동시에 공격하자는 말입니까?"

"그런 말은 하지 않았습니다, 시장님. 당장 모든 유화정책을 중지해야 한다는 것이 우리의 단순한 제안입니다. 당신은 재임 중 네 왕국에 원조를 제공하는 정책을 수행해 왔습니다. 그들에게 원자력을 제공하고 그들 영토에 발전소를 재건하도록 도왔습니다. 그 외에도 의료 시설, 화학 연구소, 공장 등을 세워 주었습니다."

"그래서요? 그게 아니라면 당신 생각은?"

"그들의 공격을 막기 위하여 우리 터미너스는 이런 일을 해 온 것입니다. 거대한 암거래 게임에서 이러한 뇌물을 통해 철저히 바보 역할을 수행해 온 셈이죠. 그렇게 함으로써 우리는 완전히 야만인들 손에 놀아나는 신세가 되고 말았습니다."

"어떤 면에서 그렇다는 말입니까?"

"당신이 그들에게 동력을 제공하고, 무기를 주고, 사실상 그들의 우주군을 도왔기 때문에 그들은 지금 30년 전보다 훨씬 강해졌습니다. 그들의 요구는 증대하고 있습니다. 그들이 신무기를 사용하여 터미너스를 무력 합병하게 된다면 그들은 결국 자신들의 모든 요구를 만족시킬 수 있을 것입니다. 모든 암거래는 이런 식으로 끝장을 보는 것 아닙니까?"

"그렇다면 무슨 구제책이라도 있습니까?"

"뇌물 정책을 당장 그만두십시오. 그나마 그만둘 수 있을 때 말입니다. 그리고 터미너스를 강화하는 데 전력을 기울이십시오. 그래서 선제공격을 하십시오."

하딘은 젊은이의 짧은 콧수염을 유심히 관찰했다. 세르맥은 자신감에 넘쳤다. 그렇지 않으면 이렇게까지 말을 많이 하지 않을 것이다. 그의 주장은 분명히 다수(분명히 다수일 것이다.) 주민의 의견을 반영하고 있음이 틀림없었다.

하딘은 머릿속에서 일어나는 약간의 동요를 감추기 위해 거의 무관심한 태도로 말했다.

"그게 전부입니까?"

"지금으로서는 그렇습니다."

"내 뒤쪽 벽에 걸린 액자에 쓰인 좌우명이 보이나요? 한번 읽어 보시지요."

세르맥의 입술이 뒤틀렸다.

"'폭력은 무능한 자의 최후의 보루이다.'라고 쓰여 있군요. 그건 노인네의 처세술입니다, 시장님."

"그건 내가 젊었을 때 실행에 옮긴 것입니다, 의원. 그것도 성공적으로. 당신이 세상에 태어날 무렵일 겁니다. 하여튼 학교에서 그것에 관해 배운 적이 있겠지요?"

그는 세르맥에게서 눈을 떼지 않은 채 가라앉은 어조로 말을 이었다.

"해리 셀던이 여기에 파운데이션을 건설한 표면적인 이유는 백과사전 편찬이었습니다. 우리들은 50년이란 세월을 그 신기루를 쫓는 데 보내다 뒤늦게 그의 진정한 의도를 알게 되었지요. 그러나 그것을 깨달았을 때는 이미 때가 너무 늦었습니다. 옛 제국 중심부와 통신이 두절되었을 때 우리 세계는 과학자들이 밀집해 있는 도시에 불과했지요. 아무런 산업 기반도 갖추지 못한 채 적의가 충만하고 야만스러운 신생 독립 왕국에 둘러싸여 있었습니다. 우리는 야만스러운 대양에 떠 있는 원자력을 가진 작은 섬으로서 무한한 가치가 있는 전리품과도 같은 존재였습니다. 지금도 그렇지만 아나크레온은 당시에도 네 왕국 중 가장 강했고 터미너스에 군사기지 설치를 요구했으며 실제로 설치했지요. 당시 시의 지배자였던 백과사전 학자들은 군사기지 설치가 행성 전체를 장악하려는 예비적 단계에 불과하다는 사실을 분명히 알고 있었습니다. 이러한 상황이 벌어지고 있을 때 내가 실제적으로 정부를 맡게 되었지요. 당신들이라면 그런 상황에서 어떤 행동을 취할 수 있었을까요?"

세르맥이 어깨를 움츠렸다.

"아주 학구적인 질문이군요. 물론 당신이 어떤 일을 했는지는 잘 알고 있습니다."

"하여튼 지나간 일을 돌이켜 봅시다. 당신은 핵심을 잘 파악하지 못하고 있는 것 같군요. 그 당시 우리에겐 총력을 다해 싸울 용의도 충분히 있었습니다. 그것은 가장 쉬운 방법이고 자존심을 만족시키는 데 더할 나위 없이 좋은 방법이었지만 그만큼 어리석은 방법도 없었지요. 당신들이라면 그렇게 하지 않았을까요? 당신 성격으로 보나 앞서 말했던 '선제공격'에 대한 발언으로 보나 그랬을 게 분명하군요. 하지만 내가 택한 방법은 나머지 세 왕국을 하나하나 방문하는 것이었습니다. 그러고는 원자력에 대한 비밀이 아나크레온의 수중에 들어가면 그들의 숨통을 조이는 가장 빠른 길이 될 것이라 경고했습니다. 그들이 어떠한 행동을 취해야 할지를 넌지시 일러 주는 방법이었기 때문이지요. 아나크레온 군대가 터미너스에 상륙한 지 한 달 되었을 때 아나크레온 왕은 인근 세 왕국 연합으로부터 일주일 내로 터미너스에서 완전히 철수하라는 최후통첩을 받았습니다. 자, 이제 나에게 어느 대목에서 폭력이 필요했는지를 말해 주겠습니까?"

청년 의원은 궐련의 필터를 생각에 잠긴 표정으로 노려보다가 소각장으로 휙 던져 버렸다.

"나로서는 그렇게 비유하는 이유를 모르겠군요. 인슐린은 칼 없이도 당뇨병을 치료합니다만 맹장염은 수술이 필요합니다. 어쩔 도리가 없는 일이지요. 다른 방법이 모두 실패했다면 남은 것은, 다시 말해서 당신이 말한 최후의 보루는 무엇입니까? 우리가 여기까지 오게 된 것은 모두 당신 책임입니다."

"내 탓? 아, 또 나의 유화정책 탓으로 돌리는군. 당신은 우리가 근본적으로 그러한 입장을 취할 수밖에 없었던 배경을 여전히 이해하지 못하고 있습니다. 우리 문제는 아나크레온 사람들이 철수했다고 해서 끝나지 않았습니다. 문제는 그때부터 시작이었지. 네 왕국은 예전보다 더 심각하게 우리와 대립했으며 제각기 우리의 원자력을 탐냈습니다. 단지 나머지 세 왕국의 존재가 두려워 어떤 왕국도 우리 목에 칼을 대지 못했을 뿐이지요. 우리는 매우 날카로운 칼날 위에서 균형을 잡아 온 셈입니다. 조금이라도 옆으로 기울게 되면, 즉 한 왕국이 지나치게 강해지거나 아니면 두 왕국이 연합을 이룬다면 우리는 최후를 맞게 될 수밖에 없었다는 점을 이해할 수 있겠습니까?"

"물론이지요. 바로 그때가 전면적으로 전쟁을 준비해야 하는 시기겠지요."

"하지만 그 반대라고 할 수도 있지요. 그때가 사실 전면적으로 전쟁을 방지할 준비를 해야 하는 시기였습니다. 나는 그들을 각각 도움으로써 그들이 서로 대립하도록 공작했지요. 그들에게 과학, 무역, 교육, 의료를 제공한 겁니다. 나는 터미너스가 전리품이 아니라 번영하는 존재로서 더욱 가치가 있게끔 만들었습니다. 그런 식으로 지난 30년을 잘 버텨 왔지요."

"그렇군요. 하지만 당신은 과학적인 선물을 야단스러운 겉치레로 치장할 수밖에 없었겠지요. 당신은 그것을 반은 종교로, 반은 허튼소리로 만들었지요. 사제 제도와 복잡하기만 하고 아무런 의미 없는 의식 절차를 당신이 만들어 낸 것 아닙니까?"

하딘은 얼굴을 찡그렸다.

"그래서 어쨌단 말입니까? 그것이 당면한 과제와 무슨 관계가 있지요? 애초에 내가 그런 식으로 시작한 것은 야만인들이 우리 과학을 일종의 마법으로 여겼기 때문입니다. 그들에게는 과학을 마법으로 받아들이는 것이 가장 쉬운 방법이었으니까. 사제 제도는 자연히 생긴 것입니다. 만일 우리가 그것을 도왔다면 그것이 가장 저항이 적은 방법이었기 때문이지요. 하여튼 그것은 사소한 문제 아닌가요?"

"하지만 그런 사제들이 발전소를 감독하고 있습니다. 그건 사소한 문제가 아니지요."

"그렇지요. 하지만 그들을 훈련시킨 것은 우리지요. 그들이 시설에 대해 갖고 있는 지식은 순전히 경험적인 것에 지나지 않아요. 그들은 시설에 대한 야단스러운 겉치레를 굳게 신봉하고 있지요."

"만일 누군가가 그 겉치레를 간파하여 경험주의를 퇴치할 지혜를 가지고 실제적인 기술을 배워 가장 비싼 가격으로 팔기에 이른다면 어떻게 그것을 막을 수 있겠습니까? 그렇게 되면 왕국들에 대한 우리 지위는 어떻게 되는 것입니까?"

"그렇게 될 확률은 거의 없습니다, 세르맥. 당신은 표면적인 것밖에 볼 줄 모르는군요. 우리는 여러 왕국에 살고 있는 사람들 가운데 가장 우수한 인물을 뽑아 매년 이곳 파운데이션으로 데려와 사제 교육을 시키고 있지 않은가요? 그들 가운데서도 가장 우수한 자들은 이곳에 남아 연구생이 되지만, 이곳에 남은 우수한 자들이라 하더라도 과학의 기초 지식이 전혀 없고 더구나 사제라는 왜곡된 교육을 받은 사람들이 단번에 원자력이나 전자공학이나 초공간 항법이론을 이해할 수 있다고 생각한다면 당신은 과학에 대해 너무나 낭만적이고 어리석은 관념을 가지고 있는 겁니다. 그러한 과학적 지식을 얻으려면 전 생애를 통해 훈련을 받아야 할뿐더러 두뇌도 뛰어나야만 합니다."

하딘이 이렇게 말하는 동안 요한 리가 벌떡 일어나서 방을 나갔다. 그가 다시 방으로 돌아왔을 때 하딘의 이야기는 거의 끝나고 있었다. 요한 리는 하딘의 귀에 몇 마디 속삭였다. 그래서 귓속말을 주고받은 후 파란색 원통을 하딘에게 건네주었다. 그러고는 대표단을 적의에 찬 눈빛으로 노려보며 자리에 다시 앉았다.

하딘은 양손으로 원통 양쪽 끝을 잡고 빙빙 돌리며 대표단을 주시했다. 그러다가 갑자기 힘을 주어 휙 돌리자 원통이 확 열렸다. 세르맥만이 거기에서 나온 두루마리로 시선을 돌리지 않는 분별력을 지닌 듯했다.

하딘이 말했다.

"신사 양반들, 간단히 말해 정부에서는 당신들이 지금 무슨 일을 벌이는지 정확히 알고 있습니다."

그는 두루마리를 읽어 내려갔다. 난해한 부호들이 줄지어 지면을 덮었고 한구석에 연필로 쓰인 단어 세 개는 전체 메시지를 담고 있었다. 그는 한눈으로 쭉 훑어보고는 태연히 그것을 소각장으로 던져 버렸다. 그러고는 무뚝뚝하게 말했다.

"이것으로 회견을 끝내기로 하지. 여러분 모두를 만나 보게 되어 즐거웠습니다. 이렇게 와 주어서 감사하고."

그는 한 사람 한 사람 형식적인 악수를 나누었고 그들은 줄을 지어 나갔다.

하딘은 오랫동안 웃음을 거의 잊은 채 살아왔지만 그래도 세르맥과 그의 말없는 세 동료가 자기 목소리를 들을 염려가 없게 되자 쿡쿡 메마른 웃음을 터뜨리며 재미있다는 눈빛으로 리를 바라보았다.

"으름장 놓기 게임을 잘 즐겼는가, 리?"

리는 기분이 언짢은 듯이 콧소리를 내며 말했다.

"세르맥이 으름장을 놓았다고만은 생각하지 않네. 그를 만만히 다루었다가는 그 말대로 그가 다음 선거에서 이길 가능성이 크다네."

"그럴 수도 있지. 그럴 수도 있고말고. 무엇인가 사건이 벌어진다면 말일세."

"이번에는 나쁜 방향으로 일이 벌어지지 않도록 해 두게, 하딘. 다시 말하네만, 세르맥이란 친구에게는 추종자가 많다네. 그 친구가 다음 선거까지 기다려 주지 않는다면 어떤 일이 벌어질까? 자네와 나도 폭력에 호소해서 일을 성사시킨 적이 있었지. 폭력에 대한 자네의 슬로건에도 불구하고 말일세."

하딘은 눈썹을 치켰다.

"오늘 자네는 아주 비관적이로군, 리. 그리고 이상하리만치 고집을 부리는군. 웬만하면 폭력에 대한 이야기는 꺼내지도 않았을 텐데. 자네도 기억하다시피 우리가 일으킨 작은 폭동은 인명 손실 없이 수행되지 않았던가? 그것은 적당한 시기에 수행된 필요한 수단이었지. 원만히, 고통 없이, 그리고 별다른 노력 없이 저절로 이루어질 일이었기도 하고. 하지만 세르맥이 대항하려는 상대는 당시와 전혀 다르단 말일세. 자네와 나는 백과사전 학자가 아니지 않은가? 우리는 만반의 준비가 되어 있다네. 자네 부하들을 시켜 그 친구들에게 멋진 방법으로 접근하도록 해 보게나. 자기들이 감시당하고 있다는 사실을 알아차리지 못하도록 말이야. 내 말을 이해하겠지?"

리는 큰 소리를 내며 쓸쓸하게 웃었다.

"자네가 명령을 내릴 때까지 기다렸다면 나도 착한 사람이라고 할 수 있겠지? 세르맥과 그 추종자들은 벌써 한 달 전부터 쭉 감시받아 왔다네."

시장이 쿡쿡 웃었다.

"벌써? 잘했네, 하지만……."

그는 부드럽게 말을 이었다.

"베리소프 대사가 터미너스에 돌아온다네. 일시적인 귀국이 되기를 희망하지만……."

약간 걱정스러운 듯 짧은 침묵이 흘렀다. 리가 입을 열었다.

"메시지는 그것이 전부였나? 일이 결렬되었단 말인가?"

"모르겠네, 베리소프를 만나 직접 듣기 전에는 아무 말도 못 하겠네. 하지만 그럴지도 모르지. 어찌 되었든 선거 전에 마무리되어야 한다네. 그런데 자네는 왜 그렇게 심각한 얼굴을 하고 있나?"

"사태가 어떻게 진전될지 전혀 알 수가 없기 때문이야, 하딘. 자네는 마음속에 숨기고 있는 것이 너무 많아. 마음속으로 게임을 하는 것 같아."

"자네조차 그렇게 말하는가?"

하딘이 중얼거리더니, 커다란 목소리로 익살맞게 덧붙였다.

"그렇다고 자네까지 세르맥이 새로 만드는 정당에 가입하는 건 아니겠지?"

리가 자기도 모르게 웃으며 대답했다.

"됐네. 자네가 이겼네. 점심 식사나 같이 하세."

## 2

경구를 좋아하는 사람이라고 자타가 공인하는 하딘이 만들었다고 여겨지는 경구들이 많지만 대부분은 사실 출처가 모호하다. 어쨌든 언젠가 그가 했다는 이런 말이 전해진다.

"분명히 밝히는 것이 효과적이다. 당신이 내심을 감추는 사람으로 정평이 나 있을 경우에는 더욱 그렇다."

폴리 베리소프는 그런 충고에 따라 행동한 경우가 최소한 한 번 이상 있었다. 왜냐하면 그가 아나크레온에서 이중생활을 시작한 지도 14년째이기 때문이다. 이중생활을 계속하는 것은 뜨거운 양철 지붕 위에서 맨발로 춤추는 것과 같은 일이었다.

그는 아나크레온 국민에게 파운데이션을 대표해 온 대사제였다. '야만인'들이 볼 때 파운데이션은 신비의 극치였으며 과거 30년간 그들이 창출해 낸(물론 하딘의 원조가 있었지만) 종교의 실질적인 중심지였다. 이러한 배경 때문에 그는 넌더리가 날 정도의 존경을 한 몸에 받았다. 사실 그는 자신이 중심이 된 종교 의식을 지독하게 경멸하고 있었다. 그러나 아나크레온 왕(선왕과 현재 왕위를 계승한 그의 젊은 손자)에게 그는 두렵고도 부러운 강대국의 대사였다.

그가 하는 일이 대체로 기분 좋은 일은 아니었기 때문에 3년 만에 처음으로 이루어진 이번 파운데이션 나들이는 사태가 복잡해진 바람에 가능했지만, 어쨌든 그는 즐거운 휴가라도 얻은 기분이었다.

철저히 비밀 여행을 할 필요가 있는 일은 이번이 처음은 아니었기 때문에 이번에도 역시 그는 '분명히 하는 것'의 효율성에 대한 하딘의 경구를 따르기로 했다.

그는 평상복으로 갈아입고(이것만으로도 휴가 기분이 들었다.) 파운데이션행 이등 정기 여객선에 올랐다. 터미너스에 도착하자 그는 공항의 혼잡한 인파를 헤치고 나가 공중 시청전화를 찾아 시청으로 전화를 걸었다.

"나는 장 스마이트입니다. 오늘 오후 시장과 약속이 있습니다."

무표정하지만 사무 능력이 뛰어난 듯이 보이는 젊은 여자가 화면에 나타났다. 그녀는 걸려온 다른 전화에 빠른 어조로 몇 마디 하고는 기계적인 말투로 베리소프에게 대답했다.

"하딘 시장님이 30분 후에 당신을 만날 것입니다."

그리고 화면이 꺼졌다.

전화를 마치자 아나크레온 주재 대사는 《터미너스 저널》 최신판을 산 다음 천천히 시청 공원으로 걸어가 처음 눈에 들어온 벤치에 앉아서 사설, 스포츠 기사, 만화 등을 읽으며 약속 시간을 기다렸다. 30분을 이렇게 보내고 난 후 신문을 옆구리에 끼고서 시청으로 들어갔다. 이렇게 하는 동안 그는 누구한테도 수상한 눈총을 받지 않았다.

하딘이 그를 올려다보며 빙긋이 웃었다.

"궐련 하나 피우게나. 여행은 어땠는가?"

베리소프는 궐련을 피워 물었다.

"재미있었습니다. 옆 선실에 사제가 묵었는데 그는 암 치료에 필요한 방사성 합성물질을 조합하는 특별 과정을 수료하기 위해 이곳으로 오는 중이었지요."

"물론 그 남자는 방사성 합성물질이란 용어 같은 것은 쓰지 않았을 테지?"

"그럴 리가 없지요. 그에게는 거룩한 양식이니까요."

시장은 미소를 머금었다.

"계속하게나."

"그는 신학적 토론으로 들어가 나를 조잡한 유물론에서 끌어내리려고 진땀을 빼면서 애썼답니다."

"그자는 자네가 대사제라는 사실을 끝까지 몰랐는가?"

"진홍색 사제복을 안 입었는데 어떻게 알아볼 수가 있겠습니까? 더구나 그는 스미르노 사람이었지요. 하여튼 재미있는 경험이었습니다. 과학 신앙이 깊이 뿌리내렸다는 사실은 명백해요. 하던 시장, 그 문제에 관하여 제가 소논문을 썼습니다. 물론 그저 재미 삼아 썼기 때문에 출판할 정도는 아닙니다만. 그 문제를 사회학적 관점에서 보면 구제국 변방에서 진정한 의미의 과학은 없어지기 시작했다고 볼 수 있지요. 과학을 다시 받아들이기 위해서는 다른 포장이 필요했던 것입니다. 그래서 바로 그런 방식으로 일을 성사시켰고요. 기호논리학을 대입한다면 이런 사실이 그럴듯하게 증명되겠지요."

"재미있군."

시장은 양손을 목 뒤로 깍지 낀 채 불쑥 이렇게 말했다.

"아나크레온 상황에 대한 이야기를 들려주게나."

대사는 얼굴을 찡그리며 물었던 궐련을 빼냈다. 그러곤 역겨운 듯이 궐련을 바라보다 내려놓았다.

"저, 매우 악화되었습니다."

"그렇지 않다면 자네가 이곳에 올 이유가 없겠지."

"그렇고말고요. 문제는 이렇습니다. 아나크레온의 중심인물은 섭정인 위니스입니다. 레폴드 왕의 숙부지요."

"알고 있네. 하지만 레폴드는 내년이면 성년이 되지 않나? 2월이면 열여섯 살이 된다고 알고 있네만."

"그렇습니다."

한동안 침묵이 흘렀다. 베리소프는 시큰둥한 얼굴로 말을 이었다.

"만일 살아 있다면 말입니다. 선왕도 의문의 죽음을 당했습니다. 사냥하던 중 단침총알이 가슴을 뚫고 지나갔지요. 우연한 사고였다고는 하지만……."

"흠, 내가 아나크레온에 갔을 때 위니스를 만난 적이 있는 것 같아. 우리가 그들을 터미너스에서 몰아냈을 때였지. 자네가 아직 그곳으로 가기 전 일일세. 잠깐…… 얼굴이 검고 머리털도 검고 오른쪽 눈이 약간 사시 아닌가? 코는 우스꽝스럽게 휘어졌고……."

"바로 그 친구입니다. 여전히 매부리코에 사팔뜨기지만 머리털은 이제 잿빛으로 변했지요. 비열한 수단을 쓰는 자입니다. 다행히 그는 그 행성에서 제일가는 바보지요. 스스로 기민한 악당을 자처하여 자신의 어리석음을 더 두드러지게 만들고 있답니다."

"그런 인물이야 늘 그렇지."

"그는 달걀을 깨려고 원자탄을 발사하려는 작자입니다. 가령 2년 전 선왕이 죽었을 때 성전세를 만들어서 사원에 재산세를 부과하려던 조치가 그런 식이지요. 기억나십니까?"

하딘은 생각하는 표정을 떠올리다가 고개를 끄덕이고는 미소 지었다.

"사제들이 대소동을 일으켰지."

"루크레자에 있던 시장님까지 그 소식을 들었으니까요. 그 일 이후로 그는 사제들을 다루는 데 훨씬 더 신경을 쓰게 됐지만 여전히 강경한 방법을 포기하지 않고 있습니다. 어떻게 보면 그것은 우리에겐 불운한 일이지요. 그는 여전히 자신감이 넘칩니다."

"열등감을 지나치게 보상받으려는 것 같군. 왕가 자녀들은 그렇게 되기 십상이지."

"그러나 이유야 어쨌든 간에 사정은 매일반입니다. 그는 입에 거품을 물고 파운데이션을 공격하겠다고 달려들고 있습니다. 자기 속셈을 감추려고 하지도 않습니다. 군사력만 보면 사실 공격이 가능한 입장입니다. 선왕이 강대한 우주군을 증강시켰고 위니스도 지난 2년 동안 잠만 자지는 않았으니까요. 사실 앞에서 말한 성전세 사건도 원래는 군비 확충 때문에 나온 것입니다. 그게 실패로 돌아가자 그는 소득세를 두 배로 올렸답니다."

"그에 관한 불평은 없었나?"

"심각할 정도의 사건은 없었지요. 하늘이 부여한 권위에 복종해야 한다는 설교가 수 주일 동안 왕국 내에서 수도 없이 되풀이되었습니다."

"이제 상황은 잘 알겠네. 그런데 지금 무슨 일이 벌어졌다는 말인가?"

"2주 전에 아나크레온 상선이 옛 제국 우주군 순양전함을 우연히 발견하였습니다. 적어도 3세기 동안은 우주에서 표류한 게 분명한 전함입니다."

하딘은 눈이 반짝 빛났다. 그래서 똑바로 몸을 세우고 앉았다.

"그래, 그 일에 관해서는 들은 적이 있네. 선박 위원회한테서 그 배를 입수해서 연구하고 싶다는 요청을 받은 적이 있지. 배는 좋은 상태로 보존되었다고 알고 있네."

베리소프는 냉담하게 대답했다.

"아주 굉장히 좋은 상태지요. 지난주에 시장님이 그 배를 파운데이션으로 가져가고 싶다는 제안을 했을 때 위니스는 거의 발작을 일으킬 뻔했습니다."

"그 사람에게선 아직 응답이 없다네."

"응답하지 않을 겁니다, 총을 사용하지 않는 한. 아니, 그는 총을 사용하려고 생각 중입니다. 제가 아나크레온을 떠나던 날 그가 저에게 와서는 순양전함을 전투에 사용할 수 있도록 수리해서 아나크레온 우주군에 다시 돌려줄 것을 요청했습니다. 그는 또 뻔뻔스럽게 말하기를, 당신이 지난주에 보낸 통고에는 파운데이션이 아나크레온을 공격할 계획이 담겨 있다고 하더군요. 만일 수리를 거절한다면 그런 의심을 분명히 확인시키는 셈이 되니 아나크레온으로서는 자체방어 수단을 강구할 수밖에 없다는 거죠. 예, 분명히 그랬습니다. 강구할 수밖에 없다고 했어요. 그래서 제가 오게 된 겁니다."

하딘은 어이없다는 듯 부드럽게 웃었다.

베리소프도 미소를 지으며 이야기를 계속했다.

"물론 그는 이쪽이 거절하기를 바라고 있습니다. 그래야 즉각 공격할 명분이 설 테니까요."

"알겠네, 베리소프. 하여튼 앞으로 적어도 반년 정도 여유가 있겠군. 전함을 수리해서 증정하기로 하세. 애정의 표시로 '위니스호'라고 명명해서 말일세."

그는 다시 웃었다.

베리소프도 어렴풋이 미소를 띠며 대답했다.

"그것이 합리적인 방법이라고 생각합니다, 하딘. 하지만 좀 걱정이 되는군요."

"무엇이 말인가?"

"그것은 어마어마한 배입니다. 옛날에는 그런 배를 만들 수 있었나 봅니다. 크기가 어마어마합니다. 아나크레온 우주군 전부를 모아 놓은 것의 1.5배 정도는 될 겁니다. 행성 하나를 통째로 날려 버릴 수 있는 원자포가 있고, 방사선을 발사하지 않고 광선을 막을 수 있는 방패벽이 설치되어 있습니다. 너무나도 좋은 성능이 많습니다, 하딘."

"그것은 그리 중요하지 않네, 베리소프. 자네는 이미 알고 있는 일이네만, 위니스가 마음만 먹으면 현재 병력만으로도 쉽게 터미너스를 장악할 수 있다네. 이쪽에서 순양전함을 수리해 주어서 사용할 수 있게 되기 전에 말일세. 그리고 그에게 순양전함을 넘겨준들 그것이 뭐 그리 문제가 되겠나? 실제적인 전쟁은 결코 일어나지 않는다는 사실을 자네도 알고 있지 않은가?"

"저도 그렇게는 생각합니다만."

대사는 얼굴을 들었다.

"하지만, 하딘……."

"왜 말을 하다 마는가? 계속하게나."

"보십시오. 여기는 제가 속한 지역이 아닙니다만, 신문을 읽어 보면……."

그는 《저널》을 책상에 올려놓고 1면을 가리켰다.

"이게 도대체 무슨 이야깁니까?"

하딘은 태연스럽게 시선을 던졌다.

"한 무리의 의원이 새로운 정당을 구성하고 있다네."

"그 이야기는 여기에도 쓰여 있습니다."

베리소프는 안절부절못하며 말을 이었다.

"국내 사정에 관해서는 물론 시장님이 저보다 훨씬 잘 아시겠지만……. 그들은 물리적 폭력을 포함한 수단으로 당신을 공격하고 있습니다. 세력은 얼마나 됩니까?"

"아주 강하다네. 다음 선거까지 간다면 그들이 의회를 지배하게 될지도 모르지."

"그 전에 그렇게 될 가능성은 없습니까? 선거 외의 방법으로도 지배권을 획득할 수 있으니까요."

베리소프는 시장을 흘긋 곁눈질했다.

"나를 위니스에 비교하는 것은 아니겠지?"

"아닙니다. 하지만 배를 수리하는 데는 수개월이 걸리고 이후에는 필연적으로 공격해 올 것입니다. 이쪽에서 양보하면 스스로 연약함을 인정하는 셈이 되고, 제국 순양전함을 건네주면 위니스 우주군 세력은 절대적인 힘을 갖게 됩니다. 그가 공격할 것은 불을 보듯 뻔한 일입니다. 왜 위험한 다리를 건너려고 합니까? 취할 수 있는 길은 두 가지 중 하나입니다. 투쟁 계획을 의회에 통고하든지, 즉각 아나크레온에 강경책을 취하든지요."

하딘은 이맛살을 찌푸렸다.

"지금 곧 강경책을 취하라고? 위기도 닥치기 전에 말인가? 그것은 절대 해서는 안 될 일이라네. 해리 셀던 프로젝트라는 것이 있지 않은가?"

베리소프는 망설이며 웅얼거렸다.

"그럼 당신은 셀던 프로젝트가 실제로 존재한다고 확신하십니까?"

"의심할 여지가 전혀 없네."

단호한 답변이었다.

"시간 유품관 개관식에 참석했을 때 셀던의 육성 기록은 그 점을 분명히 밝혔다네."

"제 말은 그런 뜻이 아닙니다, 하딘. 저는 1000년 후 미래에 대해 미리 방향을 설정하는 게 정말 가능한지 궁금한 것입니다. 셀던이 자신을 지나치게 과대평가한 것 아닐까요?"

하딘의 아이러니컬한 미소에 베리소프는 약간 기가 죽은 얼굴로 덧붙였다.

"물론 저는 심리역사학자가 아닙니다."

"그렇지. 우리 중 심리역사학자는 하나도 없지. 하지만 나는 젊었을 때 약간의 기초 훈련을 받은 적이 있네. 비록 그 가능성을 계발하진 못했지만 심리역사학을 통해 무엇이 가능한가 하는 정도는 알고 있네. 셀던이 스스로 이룩했다고 공언한 일이라면 나는 그가 실제로 해냈으리라고 확신하네. 파운데이션은 그의 말대로, 과학 대피소로 설립되어 쇠퇴하는 제국의 과학과 문화를 보존하여 이미 시작되고 있는 야만 시대를 통과할 수 있도록, 그리고 궁극적으로는 제2제국 건설의 기폭제가 될 수 있도록 계획된 걸세."

베리소프는 고개를 끄덕였지만 여전히 의심스러운 표정이었다.

"역사가 그러한 방향으로 흘러가도록 예정되어 있다는 것은 모두가 알고 있습니다. 그러나 우리는 스스로 문명을 선택할 수도 있지 않습니까? 막연한 미래 때문에 현재를 담보로 도박을 한대서야 말이 되겠습니까?"

"그렇게 하지 않으면 안 된다네. 왜냐하면 미래는 막연한 것이 아니기 때문이지. 셀던이 미래를 확실하게 계산해서 구체적인 방향을 설정했으니 말이네. 우리 역사 속에서 계속 발생하는 위기 하나하나는 구체적으로 예측된 것이고 각각의 위기는 앞에서 일어난 위기가 얼마나 성공적으로 마무리되었는가에 달려 있다네. 현재의 위기는 그중 두 번째에 불과하고, 아무리 작은 변화라도 그 결과에 어떤 영향을 미칠지는 아무도 모른다네."

"공허한 추측에 불과한 것 같군요."

"결코 그렇지 않네. 해리 셸던은 시간 유품관에서 이렇게 말했네. 위기가 닥치는 순간마다 우리가 누리는 행동의 자유는 단 한 가지 행동만 취할 수 있도록 범위를 제한시켜야 한다고."

"그래서 우리는 계속 좁은 길만 따라가야 한다는 말씀입니까?"

"곁길로 빠지지 않기 위해서는 그렇게 해야 하네. 뒤집어 말해서 하나 이상의 행동 노선을 취할 수 있다면 그것을 진정한 위기라고 말할 수 없겠지. 우리는 가능한 만사를 되어 가는 대로 놔두어야만 하네. 그것이 바로 내가 의도하는 바일세."

베리소프는 대답하지 않았다. 그는 입을 다물고 불만스러운 듯 아랫입술을 잘근잘근 깨물었다. 하딘이 아나크레온의 전쟁 준비에 대비하고자 자신과 함께 처음으로 현실적인 문제를 토론한 지 1년밖에 지나지 않았다. 당시에도 베리소프 자신이 유화정책에 더 이상 찬성할 수 없었기 때문에 이루어진 토론이었다.

하딘은 대사의 생각을 읽는 듯했다.

"이런 말을 자네에게 하고 싶지는 않았다네."

"왜 그런 말씀을 하십니까?"

베리소프는 깜짝 놀라 자신도 모르게 소리쳤다.

"미래에 대해 정확히 이해하는 사람은 단 여섯 명뿐일세. 자네와 나와 나머지 세 대사, 그리고 요한. 셸던은 아무도 이 사실을 모르게 하려고 생각했던 것 같아."

"왜 그렇습니까?"

"셀던의 고등 심리학에도 한계가 있기 때문이지. 너무 많은 독립 변수를 취급할 수는 없었을 걸세. 그는 생존했을 때 개개인에 대한 연구 작업은 별로 하지 못했다네. 말하자면 기체 운동 이론을 분자 하나하나에 적용할 수 없는 것과 같은 이치지. 그가 취급한 대상은 군중, 즉 전 행성의 인간이었네. 다시 말하면 행동의 결과를 미리 알 수 없는 눈먼 군중이 연구 대상이었던 거지."

"무슨 말씀인지 분명히 알 수가 없군요."

"어쩔 수 없는 일이야. 과학적으로 설명할 정도로 나 자신이 심리역사학에 통달하고 있지는 않아. 하지만 이것만은 분명히 알고 있네. 터미너스에는 숙달된 심리역사학자도 없고 그 학문에 관한 수학 교과서도 없다는 걸세. 이 사실만으로 미래를 예측할 수 있는 인간이 터미너스에 없게 하려 한 셀던의 의도가 분명하게 드러나지 않은가? 셀던이 바란 것은 우리가 군중 심리학의 법칙에 따라서 맹목적으로 (말하자면 오류 없이) 앞으로 나가는 걸세. 전에도 자네에게 말한 적이 있지만 내가 처음으로 아나크레온인을 쫓아냈을 때는 우리가 어디로 가고 있는지를 나도 전혀 알 수 없었다네. 그저 힘의 균형을 유지할 생각이었을 뿐 그 이상도 이하도 아니었다네. 사건이 일정한 틀을 유지하며 일어난다는 생각이 든 것은 훨씬 나중이었지. 그러나 나는 그 지식에 기초하여 행동하려고 최선을 다해 왔다네. 그렇게 한다면 앞날의 위기를 미리 막을 수 있을 걸세."

베리소프는 생각에 잠겨 고개를 끄덕였다.

"저도 아나크레온 성전에서 시장님께서 말씀하신 것만큼 복잡한 토론을 들은 적이 있습니다. 그런데 행동을 취할 정확한 시점을 도대체 어떻게 포착할 수 있다는 말씀입니까?"

"벌써 포착했다네. 우리가 일단 순양전함을 수리하게 되면 어떤 방법으로도 위니스의 공격을 막을 수 없을 것이라고 자네는 생각하겠지? 그 점에 대해서는 어떤 대안도 없으니 말이야."

"그렇습니다."

"그렇다면 그것은 외적 변수라고 할 수 있지. 한편 내적 변수에 관해 자네는 다음 선거에서 아나크레온에 대해 적대적 행동을 취할 살기등등한 새로운 의회가 대두할 것이라고 생각하고 있겠지? 거기에 대해서도 역시 어떤 대안이 있을 수 없고."

"그렇습니다."

"아무런 대안이 없을 때 위기가 도래하지. 하여튼 나 역시 걱정이라네."

그는 말을 멈추었다. 베리소프는 기다렸다. 마지못한 듯 하딘은 천천히 이야기를 이어 갔다.

"내 생각으로는, 다만 예감일 뿐이지만, 내외의 압력이 동시에 절정에 이르도록 계획된 것이 아닌가 하네. 하지만 실제로는 몇 개월이라는 시차가 있을 수 있지. 위니스는 봄이 되기 전에 공격할 것이고 선거는 아직 1년이 남았으니까."

"그것은 그다지 중요하게 들리지 않는군요."

"나로서는 알 수 없다네. 단순히 계산상의 불가피한 착오일지도 모르고 내가 지나치게 많이 알고 있기 때문인지도 모르지. 나는 나 자신의 예측을 믿기 때문에 위니스가 간섭하도록 내버려 두진 않겠지만 결과가 어떻게 될지는 알 수 없는 일이지. 그리고 일정한 시차가 어떤 영향을 미칠지……"

그는 얼굴을 들었다.

"하여튼 단 한 가지 결심한 것이 있지."

"그것이 무엇입니까?"

"위기가 시작되려고 할 때 나는 아나크레온에 갈 걸세. 현장에 있고 싶거든. 이것으로 이야기를 마쳐야겠네. 베리소프, 너무 늦지 않았나? 밖에 나가 한잔하지 않겠나? 기분을 풀고 싶네."

"그렇다면 여기서 한잔하지요. 다른 사람들의 눈에 띄고 싶지 않습니다. 훌륭한 의원들이 결성하고 있는 새 정당에서 무슨 말을 할지도 모르니까요. 브랜디?"

하딘은 그러자고 했다. 하지만 많이 마시지는 않았다.

## 3

아득한 옛날 은하제국이 은하계 전체를 지배하고 아나크레온이 외곽성역에서 가장 부유한 성구였을 때 총독 궁전을 정식으로 방문한 황제의 수는 적지 않았다. 그리고 그들은 한 명도 빠짐없이 최소한 한 번씩은 공중 쾌주차와 단침총을 다루는 솜씨를 뽐내기 위하여 '니약'이라 불리는 날개 달린 비행 물체에 도전하곤 했다.

그런데 아나크레온의 명성은 시간이 흐름에 따라 쇠락해져 갔다. 총독 궁전은 파운데이션 인부들이 복구시킨 한쪽 날개를 제외한다면 바람이 새어 들어오는 폐허에 불과했다. 그리고 200여 년 동안 단 한 명의 황제도 아나크레온을 방문하지 않았다.

그러나 니약 사냥은 아직도 귀족들의 스포츠였고 단침총의 명수가 되는 것은 여전히 아나크레온 왕이 갖추어야 할 첫째 덕목이었다.

아나크레온 왕(변함은 없지만 사실과 동떨어진 칭호)이자 외곽 영토의 군주인 레폴드 1세는 아직 열여섯 살도 되지 않았지만 이미 여러 번 자신의 니약 사냥 기술을 과시했다. 열세 살이 될까 말까 한 나이에 처음으로 니약을 맞혀 떨어뜨렸으며, 즉위한 지 일주일이 되었을 때는 이미 열 번째 니약을 맞히는 기록을 세웠다. 그리고 그는 지금 마흔여섯 번째로 그것을 명중시키고 돌아오는 중이었다.

"성년이 되기 전까지 쉰 번째로 명중시켜야겠어. 누가 도전해 보겠는가?"

그는 득의만면해서 말했다.

하지만 대신들은 왕에게 도전하려 들지 않았다. 이기면 목숨이 위험하기 때문이다. 아무도 도전하지 않았기에 왕은 더욱 의기양양해하며 옷을 갈아입으러 들어갔다.

그 순간에 노한 목소리가 들려왔다.

"레폴드!"

왕은 그 목소리를 듣고 주춤 발걸음을 멈추고 뒤돌아보았다. 위니스가 자기 방 문지방에 서서 어린 조카를 찌푸린 얼굴로 노려보고 있었다.

"저들을 내보내. 지금 당장."

그는 급하게 손짓했다.

왕이 고갯짓을 하자 두 시종은 머리를 숙이고 계단을 내려갔다.

위니스는 왕의 사냥복을 언짢은 듯 노려보았다.

"니약 사냥보다 훨씬 중요한 일들이 있단다."

그는 등을 돌리고 책상으로 뚜벅뚜벅 걸어갔다. 나이가 들면서, 급격한 대기 압박이나 니약이 날개 치며 내려올 때의 위험한 급강하나 한쪽 발로 조작하는 공중 쾌주차의 회전 급상승을 감당할 수 없었기 때문에 그는 그 스포츠를 역겨워하고 있었다.

레폴드는 숙부의 이런 태도(자신이 손에 넣을 수 없는 것을 나쁘게 여기는 태도)를 알아차리고 있었다. 약간 악의적인 어조로 짐짓 열렬하게 그는 말문을 열었다.

"숙부님, 오늘 우리와 같이 갔으면 좋았을 뻔했어요. 새미아 황원에서 우리가 추격한 것은 괴물이었지요. 하여튼 굉장한 노획물이었어요. 두 시간 동안 최소한 180제곱킬로미터는 추격했답니다. 그런 다음 선워즈에 도착했지요."

왕은 마치 공중 쾌주차에 타고 있는 듯 손짓 발짓을 하며 말을 이어 나갔다.

"그러곤 원을 그리며 급강하했어요. 그 녀석이 떠오르는 순간 왼쪽 날개 아래를 직통으로 사격했지요. 그 녀석은 비스듬히 몸을 기울이더니 미친 듯이 돌진하는 거예요. 나도 그 녀석을 향해 돌진하면서 왼쪽으로 방향을 돌려서 그 녀석이 곤두박질치기를 기다렸지요. 물론 곤두박질해서 떨어지더군요. 내가 움직이기도 전에 그 녀석은 날개가 잡힐 정도로 접근해 왔어요. 그래서……"

"레폴드!"

"그 순간 녀석을 명중시켰지요."

"그 말 잘 알아들었어. 이제 내 말을 들어주겠니?"

왕은 어깨를 으쓱하고는 탁자 옆에 주저앉아 전혀 왕다운 기품이라곤 없이 레라 열매를 날름거리며 먹어 댔다. 그는 감히 숙부와 눈을 맞출 수 없었다.

위니스는 본론을 꺼냈다.

"나는 오늘 그 배를 보고 왔다."

"무슨 배요?"

"배라고 하면 하나뿐이잖니? 그 배 말이야. 파운데이션이 우리 우주군을 위해 수리하고 있는 배, 옛 제국의 순양전함 말이야. 이제는 무슨 배인지 분명히 알겠니?"

"그 배요? 그렇지요. 파운데이션에 수리를 부탁하면 분명히 해 줄 거라고 내가 말한 적이 있지요. 그들이 우리를 공격하려 한다는 숙부의 이야기는 모두 허튼소리에 지나지 않아요. 만일 그들이 공격하려 한다면 왜 배를 수리해 주겠어요? 말도 안 되죠."

"레폴드, 너는 바보로구나!"

레라 열매 껍질을 던져 버리고 새로 하나를 더 입으로 가져가려던 왕은 얼굴을 붉혔다.

"말 다 했어요?"

화난 목소리였으나 여전히 투정 부리는 듯한 어조가 남아 있었다.

"앞으로는 짐에게 그렇게 말해서는 안 돼요. 자신의 분수를 잊지 마세요. 2개월 후면 짐은 성년이 된다고요."

"그렇지. 넌 왕의 책임을 완수해야 할 중요한 위치에 있지. 네가 니약 사냥에 사용하는 시간의 반만이라도 정부에 할애한다면 나도 아무런 미련 없이 섭정의 지위를 떠나겠다."

"어떻게 해도 상관없어요. 그 문제는 이 문제와 전혀 관계가 없으니까요. 숙부가 섭정을 하고 짐의 숙부일지라도 짐은 왕이며 숙부는 여전히 짐의 부하인 거예요. 짐을 바보라고 부르는 일은 용납할 수 없어요. 그리고 짐의 면전에서 앉는 일 역시 마찬가지예요. 숙부는 짐의 허락을 구한 적이 없잖아요? 주의해서 행동하지 않는다면 짐에게도 생각이 있어요. 조만간······."

위니스의 시선이 차가워졌다.

"그러면 폐하라고 불러 드릴까요?"

"그렇게 해요."

"좋습니다. 당신은 바보입니다, 폐하!"

위니스가 반백의 눈썹 아래서 검은 눈동자를 번쩍이자 어린 왕은 천천히 자리에 앉았다. 잠시 섭정의 얼굴에 조소하는 빛이 떠올랐으나 곧 사라졌다. 그는 미소를 지으며 두터운 입술을 벌렸고 한 손은 왕의 어깨에 올렸다.

"신경 쓰지 마세요, 레폴드. 심하게 말하지 말았어야 하는데. 상황이 이렇게 긴박하면 때때로 예의 바르게 행동하는 것이 어렵습니다. 특히 현재 상황 같은 경우에는. 이해해 주시겠지요?"

비록 말투는 부드러웠지만 눈빛은 부드럽지 않았다.

레폴드가 자신 없게 말했다.

"그렇죠. 국사가 곤경에 처해 있는 것 같더군요."

그는 스미르노와의 교역 문제, 또는 '레드 코리더' 성역에 흩어진 여러 국가와의 장기간에 걸친 분쟁 등에 관한 무의미한 이야기를 또 지루할 정도로 듣게 되지 않을까 걱정했다.

위니스는 다시 이야기를 시작했다.

"폐하, 이 일은 훨씬 전부터 폐하에게 말씀드리려고 했던 것입니다. 벌써 말씀드려야 했는지도 모르겠습니다. 다만 폐하가 젊어서 세세한 국사까지 다루는 건 지루해하는 것 같아서 말씀드리지 못했지요."

레폴드가 고개를 끄덕였다.

"괜찮아요."

왕의 숙부는 자못 엄숙하였다.

"하지만 폐하는 앞으로 2개월이면 성인이 됩니다. 더구나 앞으로 닥쳐 올 어려운 시기에 폐하는 책임 있게 적극적인 역할을 해야만 합니다. 그렇게 할 때만이 폐하가 진정한 왕이 되는 것입니다, 레폴드."

레폴드는 다시 고개를 끄덕였다. 하지만 표정에는 생기가 없었다.

"전쟁이 일어날 것입니다, 레폴드."

"전쟁이라고! 스미르노와 휴전을 맺지 않았나요?"

"스미르노와 하는 전쟁이 아닙니다. 파운데이션과 하는 전쟁입니다."

"하지만 숙부님, 그들은 배를 수리하기로 동의하지 않았습니까? 숙부님이 말하기를……"

그는 숙부의 입술이 뒤틀리는 것을 보고 목소리를 죽였다.

"레폴드."

그의 목소리에서 친밀함이 사라졌다.

"우리는 남자 대 남자로서 말하고 있는 것입니다. 배가 수리되든 안 되든 간에 파운데이션과 전쟁을 할 것입니다. 사실 배가 현재 수리 중에 있기 때문에 전쟁은 더 빨리 일어날 것입니다. 파운데이션은 힘과 권력의 근원입니다. 아나크레온에 있는 위대한 모든 것, 다시 말하면 아나크레온의 배, 도시, 국민, 상업의 전부가 파운데이션이 던져 준 부스러기 힘에 의존하고 있습니다. 나는 아나크레온 도시에서 석탄과 석유로 불을 폈던 시기를 기억합니다. 거기에 대해서는 신경 쓰지 않아도 됩니다. 폐하는 생각해 낼 수 없는 일이니까요."

왕은 수줍게 말했다.

"우리는 감사해야만 한다고 생각합니다만……"

"감사해야 한다고?"

위니스가 고함쳤다.

"단지 찌꺼기에 불과한 것을 주고 생색을 내는 그들이 자신들을 위해서 무엇을 감춰 두고 있는지는 아무도 모릅니다. 또 그들이 무슨 목적을 품고 있는지도 모릅니다. 물론 결국은 그들이 은하계를 지배하겠다는 속셈이겠지만 말입니다."

그의 손이 조카의 무릎으로 내려왔고 눈은 가늘어졌다.

"레폴드, 당신은 아나크레온의 왕입니다. 당신의 자손과 그 자손의 자손은 우주의 왕이 될 수도 있습니다. 파운데이션이 감추고 있는 힘을 폐하가 손에 넣게 된다면 말입니다!"

"일리가 있는 말이로군요."

레폴드의 눈이 빛나면서 등이 꼿꼿해졌다.

"도대체 그들이 무슨 권리로 그 힘을 독점한단 말인가요? 공평하지 않아요. 아나크레온도 권리가 있는데 말이지."

"드디어 이해하기 시작했군요. 그런데 폐하, 만일 스미르노가 자국의 이익을 위하여 파운데이션을 공격하여 모든 힘을 손에 넣는다면 어떻게 되겠습니까? 우리가 속국이 되는 것을 피할 수 있겠습니까? 폐하가 언제까지나 왕좌를 지킬 수 있다고 생각합니까?"

레폴드는 흥분하기 시작했다.

"맞다! 맞아요. 숙부님이 말씀하신 것이 전부 옳습니다. 우리가 먼저 공격해야만 합니다. 그것만이 유일한 자기 방어입니다."

위니스는 미소 지었다.

"더구나 당신 조부의 치세 초기에는 아나크레온이 파운데이션 행성 터미너스에 사실상 군사기지를 설치한 적도 있습니다. 우리는 그 기지를 포기하도록 강요당했습니다. 그것도 몸에 귀족의 피 한 방울 흐르지 않는 간교한 학자이며 파운데이션의 지도자였던 자의 책략에 의해서 말입니다. 이해하시겠습니까, 레폴드? 당신 조부는 그 비천한 자에게 모욕을 당했던 것입니다. 나는 그자를 잘 기억하고 있습니다. 그자가 악마의 미소와 지혜를 품고 아나크레온에 왔을 때 그는 나보다 나이가 많지도 않았습니다. 그자는 우리의 위대한 아나크레온에 대항하여 비열한 연맹을 맺은 다른 세 왕국의 힘을 등에 업고 이곳에 온 것이었습니다."

레폴드는 안색이 붉어졌고 눈에서 불꽃이 타올랐다.

"그럴 수가! 짐이 조부였더라면 그러한 상황이었을지라도 싸웠을 텐데."

"아닙니다, 레폴드. 우리는 기다리기로 결정했습니다. 더 적당한 시기를 기다려 그 수치를 앙갚음하기로 한 것입니다. 당신 부친이 뜻하지 않게 목숨을 잃기 전에 바랐던 것은……."

위니스는 잠시 고개를 돌렸다가 복받치는 듯 격한 어조로 말했다.

"그분은 나한테 형님이었습니다. 그런데 그분의 아들이 만일……."

"그렇습니다, 숙부님. 짐은 아버지의 유지를 받들겠습니다. 짐은 결심했습니다. 아나크레온이 간악한 놈들의 근거지를 소탕하는 것은 지극히 정당합니다. 즉각 해치워야 합니다."

"아닙니다. 당장은 안 됩니다. 우선 순양전함의 수리가 끝날 때까지 기다려야만 합니다. 그들이 기꺼이 전함의 수리를 맡기로 한 사실만으로도 그들이 우리를 두려워하고 있다는 것을 알 수 있습니다. 그 바보들이 우리를 회유하려고 하지만 우리는 이미 택한 길을 돌이키지 않을 것입니다. 그렇지요?"

레폴드는 주먹으로 다른 쪽 손바닥을 쳤다.

"짐이 아나크레온의 왕인 한 그런 일은 있을 수 없어요."

위니스의 입술이 냉소적으로 뒤틀렸다.

"더구나 우리는 샐버 하딘이 도착하기를 기다려야만 합니다."

"샐버 하딘!"

왕은 갑자기 눈을 둥그렇게 떴다. 수염도 없는 앳된 얼굴에 그때까지 주름을 그리던 엄숙한 표정이 사라졌다.

"그렇습니다, 레폴드. 파운데이션 지도자가 폐하 생일에 아나크레온으로 직접 올 것입니다. 아마 달콤한 사탕발림으로 우리를 구슬리려 들겠지요. 하지만 우리는 까딱없습니다."

"샐버 하딘!"

국왕이 가느다란 신음소리를 뱉어냈다.

위니스가 얼굴을 찌푸렸다.

"그 이름이 두렵습니까? 그자는 전에 이곳을 방문했을 때 우리로 하여금 코를 땅에 박도록 만든 바로 그 샐버 하딘입니다. 폐하는 왕가에 대한 끔찍한 모욕을 잊지 않았겠지요? 평민 주제에, 그것도 인간쓰레기가 그런 모욕을 주다니!"

"결코 잊지 않을 것입니다. 결단코! 어찌 잊을 수가 있겠습니까! 그에게 반드시 앙갚음할 것입니다. 하지만…… 하지만 두렵습니다. 조금은요."

"두렵다고? 무엇이? 무엇이 두려워! 이 어린……"

섭정이 벌떡 일어섰다.

"행여나 신성 모독은 아닐까요? 말하자면 파운데이션을 공격하는 것은……."

왕은 입을 다물었다.

"계속 말하십시오."

섭정이 다그치자, 레폴드는 혼란스러운 듯이 말했다.

"말하자면 만일 은하령이 실제로 존재한다면…… 아니 영이란 형태는 결코 존재할 수가 없겠지요. 어떻게 생각합니까?"

"존재한다고 생각하지 않습니다."

딱딱한 대답이었다. 위니스는 다시 자리에 앉고 입술은 이상야릇한 미소를 띠며 일그러졌다.

"그런데 폐하는 정말로 은하령 때문에 골머리를 썩고 있습니까? 무엇이든 마음 내키는 대로 했기 때문에 그런 문제가 생기는 것입니다. 폐하는 베리소프가 하는 이야기를 너무 귀담아들은 것 같습니다."

"그는 여러 가지를 설명해 주었어요."

"은하령에 관해서요?"

"그래요."

"저런, 저런. 철부지 애송이 같으니라고……. 베리소프 자신도 그런 허튼소리를 나만큼이나 믿지 않을 겁니다. 나는 그걸 손톱만큼도 믿지 않습니다. 그런 이야기는 헛소리라고 몇 번이나 말해 주어야겠습니까?"

"그건 알고 있지만 베리소프가 말하기를……"

"베리소프란 말만 들어도 지긋지긋해요. 모두 허튼소리예요."

반항적인 짧은 침묵이 흐른 뒤 레폴드가 말했다.

"모든 사람이 그렇게 믿고 있습니다. 예언자 해리 셀던에 관한 이야기, 그가 언젠가는 파운데이션에 '지상낙원'을 다시 세우라는 계율을 실천할 것을 명했다는 것, 계율에 복종하지 않는 자는 영원히 멸망할 것이라는 이야기를 믿고 있어요. 내가 축제를 주관한 적이 있기 때문에 그런 사실을 알고 있지요."

"네, 사람들은 그렇게 믿고 있습니다. 우리는 믿지 않지만. 하나 그 점을 폐하는 감사해야 할 것입니다. 그 어리석은 이야기에 따르면, 당신은 신에게 왕권을 받아 신성을 지녔다고 하니까요. 매우 편리한 이야기지요. 반란이 일어날 가능성을 모두 제거하고 절대적인 복종을 보장하니까요. 그런 이유에서라도 레폴드, 폐하는 파운데이션에 대한 선전 포고에서 적극적인 역할을 수행해야만 하는 것입니다. 나는 단지 섭정에 불과하고 평범한 인성만을 지닌 인간이지만 당신은 국왕이며 신성을 지니지 않았습니까? 적어도 사람들이 보기에는요."

"하지만 짐은 정말로는 그렇지 않다고 생각해요."

왕은 반사적으로 말했다.

"그렇지요, 정말로 신이 아니지요. 하지만 폐하는 평범한 인간에게 신입니다. 파운데이션 사람들을 제외하고요. 알아듣겠습니까? 파운데이션 이외의 인간에겐 당신은 신입니다. 따라서 그들을 제거하면 폐하가 신이 아니라고 부정할 사람은 아무도 없습니다. 잘 생각해 보십시오."

"그렇게 되면 우리 스스로 성전의 발전기, 또는 인간 없이 비행하는 배, 암을 비롯한 모든 병을 고치는 성스러운 양식을 마음대로 운영할 수 있겠군요. 베리소프 말대로라면 은하령에게 축복받은 자만이……"

"그렇지, 베리소프는 그렇게 말했지요. 베리소프는 폐하한테 샐버 하던 다음가는 최대의 적입니다. 하지만 내가 옆에 있으니 걱정하지 마십시오. 레폴드, 우리 함께 힘을 모아서 아나크레온 왕국뿐만이 아니라 은하계 수십억에 이르는 대제국을 재건합시다. 이렇게 하는 것이 입으로만 말하는 지상낙원보다 훨씬 나은 것이 아닙니까?"

"네……."

"베리소프가 이보다 더 많은 약속을 해 주었습니까?"

"아니요."

"좋습니다. 이것으로 문제는 해결되었다고 봅니다."

목소리가 거만했다. 애초에 대답을 들으려고 물은 것도 아니었다.

"자, 가십시오. 나는 나중에 가겠습니다. 잠깐, 한 가지만, 레폴드."

젊은 왕은 문지방에서 돌아섰다.

위니스는 만면에 미소를 띠기는 했지만 눈빛만은 쌀쌀했다.

"니약 사냥에 나가서는 조심하십시오. 선왕이 불운한 사고를 당한 후로 나는 폐하의 운명에 대해 불길한 예감을 갖고 있습니다. 단침총의 단침이 공중에 가득 차는 그런 혼란 속에서는 무슨 일이 벌어질지 아무도 알 수 없습니다. 앞으로 조심하십시오. 그리고 파운데이션에 관해서는 내가 말한 대로 하실 거죠?"

레폴드는 눈이 커지며 숙부의 눈에서 시선을 돌렸다.

"네, 물론이지요."

"좋습니다."

그는 무표정하게 조카를 배웅하고는 자기 책상으로 돌아왔다.

한편 레폴드는 그 자리를 나오면서 불길한 생각을 했다. 어쩌면 파운데이션을 굴복시키고 위니스가 말한 힘을 획득하는 것이 최선의 방법일지도 모른다. 하지만 전쟁이 끝나고 왕위가 확고하면……. 순간 그는 위니스와 그의 거만한 두 아들이 왕위 계승권을 가지고 있다는 사실을 뼈저리게 깨달았다.

그러나 그는 왕이었다. 왕이면 국민에게 총살을 명할 수 있는 것이다.

비록 숙부와 사촌이라 할지라도.

*4*

루이스 보르트는 의견이 다른 사람들을 포섭하여 나날이 활기를 띠어 가는 행동당으로 규합하는 일에 세르맥 다음으로 적극적인 사람이었다. 하지만 그는 약 반년 전에 샐버 하딘을 방문한 대표단에 끼지는 않았다. 그가 대표단에 포함되지 않은 것은 그의 노력이 인정받지 못했다기보다는 오히려 그 반대 이유 때문이었다. 사실 그때 그는 아나크레온의 수도에 가느라 빠진 것이었다.

그는 시민의 자격으로 아나크레온을 방문했다. 공직자도 만나지 않았으며 어떤 중요한 일도 하지 않았다. 단지 그는 이 활발한 행성의 후미진 부분을 이리저리 관찰하고 이 구석 저 구석 냄새를 맡으며 돌아다녔을 뿐이다.

그는 구름으로 시작하여 눈으로 끝나는 짧은 겨울 낮이 저물 무렵 터미너스로 돌아왔다. 그리고 한 시간도 못 되어 세르맥의 집에 있는 팔각형 테이블 앞에 앉았다.

그가 한 첫마디는 내리는 눈 속에서 깊어지는 창밖의 황혼 탓인지 이미 상당히 가라앉은 좌중의 분위기를 더욱 가라앉게 만들었다.

"우리의 입장은 보통 멜로드라마적인 표현을 빌리자면 '잃어버린 목적'이라고 할 수 있지."

"그렇게 생각하나?"

세르맥이 우울한 표정으로 말했다.

"생각이라고 할 수도 없는 일이지, 세르맥. 다른 의견을 가질 여지가 없다네."

"준비는……"

도코르 왈토가 참견하는 듯한 어투로 말을 시작했으나 보르트가 곧 말을 가로챘다.

"잊어버리게. 그것은 옛날얘기일세."

그리고 일동을 둘러보았다.

"내가 말하는 것은 아나크레온 국민에 관한 걸세. 우리가 일종의 반역을 조장하여 파운데이션에 좀 더 호의적인 인물을 왕위에 올려놓자는 계획이 바로 내 머리에서 나온 아이디어라는 점을 인정하겠네. 하지만 그 아이디어는 실현 가능성이 없다는 단점이 있네. 그 위대한 샐버 하딘이 불가능하도록 만든 걸세."

세르맥이 퉁명스럽게 말했다.

"보르트, 자세한 내용을 설명해 주게."

"자세한 내용이라고? 그런 것은 없어. 그렇게 간단한 문제가 아니야. 아나크레온 전체 상황이 문제일세. 파운데이션이 만들어 낸 바로 그 종교 때문이지. 효과가 만점이라네."

"저런!"

"그 종교가 얼마나 효력을 발휘하는지는 눈으로 직접 보지 않은 다음에야 짐작도 못 할 걸세. 여기서 볼 수 있는 것은 사제를 양성하는 커다란 학교나 순례자를 위해 도시 한구석에서 가끔 열리는 특별 쇼 등에 지나지 않네. 그것이 전부지. 그런 일은 우리에게 전혀 영향을 미치지 못하지. 하지만 아나크레온에서는 다르네."

렘 타키가 짧고 뾰족한 턱수염을 손가락으로 매만지면서 목청을 가다듬었다.

"어떤 종교인가? 하딘이 말하기로는 우리네 과학을 의심 없이 받아들이도록 하기 위해 아무렇게나 갖다 붙인 허튼소리라고 하던데. 자네도 기억하지 않나, 세르맥. 그날 그가······"

세르맥이 주의를 환기시켰다.

"하딘이 말하는 것을 액면 그대로 받아들이면 안 된다네. 그런데 대체 어떤 종교인가, 보르트?"

보르트는 생각에 잠기다가 대답했다.

"윤리적으로 보면 훌륭하지. 구제국이 지녔던 여러 가지 철학과 거의 다를 바가 없다네. 높은 도덕적 기준 같은 것들이야. 그런 관점에서 본다면 불평할 것이 전혀 없다네. 종교는 역사의 위대한 교화적 영향의 하나라고 볼 수 있고, 그런 점에서 보더라도 이것은 아주 훌륭하게······"

세르맥이 성급하게 끼어들었다.

"그 점은 알고 있다네. 요점을 이야기하게나."

보르트는 내심 당황했지만 겉으로 드러내지는 않았다.

"요점을 말하자면, 그 종교는······ 사실 파운데이션이 만들고 성장시켰지만······ 엄밀히 말하자면 독재 체제 위에 세워진 것이라네. 우리가 아나크레온에 제공한 과학 기계를 독점적으로 지배하고 있는 것은 사제 계급이지. 하지만 사제들도 과학 기계들을 단지 경험에 의존해서만 다룰 수 있게 배운다네. 그들은 이 종교를 전적으로 믿을 뿐 아니라 그들이 다루는 힘의 영적인 가치를 믿고 있다네. 예를 들면 2개월 전에 어떤 바보 같은 녀석이 테살레키안 성전의 발전소를 잘못 다루었다네. 말할 것도 없이 그자 때문에 도시 다섯 개 블록이 폭파되어 날아가 버렸지. 그런데 이 사건은 사제를 포함하여 모든 사람에게 신의 징벌로 받아들여졌다네."

"기억하네. 당시에 신문은 멋대로 기사를 써서 보도했지. 자네가 말하려고 하는 의도는 무엇인가?"

보르트가 딱딱한 투로 대답했다.

"자, 들어 보게. 사제 계급은 조직을 형성하고 있는데 정상에는 일종의 신으로 간주되는 왕이 존재한다네. 왕은 왕권신수설에 입각하여 절대군주로 군림하고 국민은 마음속 깊이 그것을 믿으며 사제들도 그렇게 믿고 있다네. 그런 왕을 제거하는 건 불가능한 일일세. 이제 내 말을 이해하겠나?"

그때 왈토가 끼어들었다.

"잠깐! 그것이 모두 하딘의 공작이라고 말한 것은 어떤 의미에서인가?"

보르트가 빈정대는 듯한 표정으로 질문자를 노려보았다.

"파운데이션이 이러한 현상을 주도면밀하게 조작한 걸세. 이런 짓궂은 장난의 배후에는 과학적인 뒷받침이 있다네. 축제가 열리면 왕은 방사성 영기(靈氣)를 몸 전체로 발산하고 머리 위로 보석 왕관 같은 빛을 발하면서 그 축제를 주관하네. 왕을 만지는 사람은 심한 화상을 입지. 왕은 결정적인 순간에 신성한 영의 인도를 받아 자유롭게 공중을 날아다닐 수도 있다네. 왕이 한 번 손짓을 하면 성전을 온통 진주색 광채로 채울 수 있지. 우리가 왕을 위해 이런 식으로 조작하는 단순한 속임수는 헤아릴 수 없을 만큼 많네. 그런데 사제들은 자신들이 속임수를 쓰면서도 그것을 믿고 있는 걸세."

세르맥은 입술을 깨물며 소리쳤다.

"엉터리! 정말 울고 싶은 심정일세, 시청 공원에 있는 분수대처럼 말일세."

보르트는 진심으로 말했다.

"우리가 놓쳐 버린 기회들을 생각해 보세. 하딘이 파운데이션을 아나크레온의 손아귀에서 구한 30년 전 상황을 생각해 보세. 당시 아나크레온 사람들은 제국이 쇠락하고 있다는 사실을 분명히 깨닫지 못하고 있었지. 그들은 제오니스의 반란 이후 다소 자치적으로 국사를 다루고 있었네. 그런데 통신망이 끊어진 이후 레폴드의 조부가 스스로 왕이라 칭했던 걸세. 그런 가운데서도 아나크레온인들은 제국이 사멸하고 있다는 사실을 전혀 깨닫지 못했다네.

그때 황제에게 용기가 있었더라면 두 대의 순양함과 당시 필연적으로 발생할 수밖에 없었던 내란을 이용하여 아나크레온을 다시 점령할 수 있었을 걸세. 그리고 우리도, 우리들도 똑같은 일을 벌일 수 있었겠지. 그러나 하딘은 그렇게 하지 않았고 대신 군주숭배 사상을 심어 놓았던 거지. 개인적으로 나는 그것을 이해할 수 없다네. 도대체 왜 그랬을까? 왜?"

자임 오르시가 갑자기 질문했다.

"베리소프는 지금 무엇을 하고 있지? 그는 과거엔 진보적인 행동당원이었는데. 지금은 아나크레온에서 무엇을 하고 있을까? 그 역시도 맹목적인가?"

"모르겠네."

보르트가 짤막하게 대답하고는 설명을 덧붙였다.

"그는 아나크레온에서 대사제일세. 내가 아는 한 그는 기술적인 세부 사항에 관하여 사제로서 고문 역할을 수행하고 있네. 허수아비지, 빌어먹을 허수아비!"

좌중에 침묵이 흐르고 모든 사람이 세르맥을 주시했다.

젊은 지도자는 신경질적으로 손톱을 물어뜯다가 갑자기 큰 소리로 말했다.

"일이 꼬이는군. 뭔가 수상해!"

세르맥이 주위를 돌아보다가 훨씬 강력한 어조로 말했다.

"그렇다면 하딘이 그렇게 멍청한 바보란 말인가?"

"그럴지도 모르지."

보르트가 어깨를 으쓱하며 대답하자, 세르맥이 반박했다.

"결코 그렇지 않네! 뭔가 잘못되었어. 이렇게 철저하게, 어떻게 손을 쓸 수 없을 지경으로 우리 목을 조르려면 보통 어리석어서는 안 되지. 나는 하딘이 바보라고 생각지 않네. 설혹 그가 바보라 하더라도 이렇게까지 일을 꾸밀 수는 없네. 한편으로는 내란 가능성을 모두 제거해 줄 종교를 확립시키면서, 다른 한편으로는 아나크레온을 다양한 무기로 무장시킨다? 도저히 알 수가 없네."

"문제가 다소 모호하다는 점은 나도 인정하네. 하지만 그게 바로 지금의 사실일세. 그 밖에 어떤 다른 생각을 할 수 있겠나?"

보르트의 설명을 듣던 왈토가 돌연 입을 열었다.

"즉각적인 모반이지. 하딘은 이 모든 것에 대한 대가를 치러야 할 걸세."

그러나 세르맥은 머리를 가로저으며 성급히 말을 막았다.

"그렇게는 생각지 않네. 모든 게 무의미해. 보르트, 자네는 아나크레온 우주군이 사용하도록 파운데이션이 수리하고 있다는 순양전함에 관해 뭔가 들은 적이 있나?"

"순양전함?"

"옛 제국의 순양전함 말일세."

"아니, 들은 적이 없네. 그렇지만 그것이 무슨 큰 의미가 있나? 우주군 기지는 일반인이 절대로 들어갈 수 없는 종교적인 성역일세. 우주 함대에 관한 어떤 이야기라도 들은 사람은 아무도 없다네."

"그래도 소문은 흘러나온다네. 우리 당이 그 문제를 의회로 가져간 적이 있지. 하딘은 부정하지 않더군. 그의 대변인이 무책임하게 정보를 흘린 사람을 비난했지만 그저 흐지부지 끝나고 말았다네. 그 일에 어떤 의미가 있을 걸세."

보르트가 말했다.

"다른 정보와 맞아떨어진다네. 그게 사실이라면 완전히 미친 짓이지. 이 이상 사태가 악화될 수는 없을 걸세."

오르시가 말했다.

"하딘이 무엇인가 비밀 병기라도 숨기고 있다고 생각하지 않나? 만일 그렇다면……"

세르맥이 심술궂게 말했다.

"그렇다면 심리적인 절호의 찬스를 포착해서 늙은 위니스의 간담을 서늘하게 할 만한 요술 상자라도 있단 말인가? 파운데이션이 비밀 병기에 의존해야 할 처지라면, 차라리 자폭하여 모든 번민에서 벗어나는 것이 낫지 않을까?"

오르시가 황급히 주제를 바꾸며 말했다.

"그런데 문제의 핵심은 바로 이 점일세. 앞으로 시간이 얼마나 남아 있느냐 하는 것 말일세. 그렇지 않나, 보르트?"

"그렇지, 그것이 문제야. 하지만 내 얼굴을 보진 말게. 나도 잘 알지 못하니까. 아나크레온 언론은 파운데이션에 대해서는 전혀 언급하지 않고 있네. 앞으로 있을 기념행사에 대한 기사만 가득하지. 레폴드는 다음 주면 성년이 되네."

왈토가 그날 저녁 처음으로 미소를 지었다.

"그러면 앞으로 몇 개월은 남았군. 그럼, 시간이 있지!"

보르트가 이를 갈며 성마르게 말했다.

"시간이 있다고? 그 왕은 신이라고 말하지 않았는가? 그런 자가 국민을 선동하려고 캠페인을 벌일 필요가 있을까? 파운데이션이 침략하고 있다고 비난하며 값싼 감상주의에 호소할 필요가 있을까? 공격할 시기가 오면 레폴드는 명령을 내리고 국민은 싸울 걸세. 그것이 바로 절대군주 체제일세. 신에게 의문을 제기할 수는 없어. 그는 내일이라도 명령을 내릴 수 있네. 그런데도 자네는 편히 앉아 궐련을 피우고 있겠나?"

사람들이 한꺼번에 입을 열어 떠들기 시작하자 세르맥은 테이블을 두드리며 조용히 하라고 했다. 그때 정면에 있는 문이 열리며 레비 노래스트가 뚜벅뚜벅 걸어 들어왔다.

"이것을 보게!"

레비는 차가운 눈이 녹아 얼룩진 신문을 테이블에 던지고는 소리쳤다.

"영상 방송도 모두 떠들고 있네."

신문을 펼쳐 놓고 다섯 명이 고개를 숙이고 읽었다.

세르맥이 낮은 목소리로 말했다.

"저런, 그가 아나크레온에 간다니…… 아나크레온으로!"

타키가 갑자기 흥분하여 소리쳤다.

"반역이다. 나는 체포당할 걸세. 그자가 우리를 적에게 팔아넘기고 자신의 몫을 챙기러 가는 거야."

세르맥이 일어났다.

"이제 선택의 여지가 없네. 내일 의회에서 하딘의 탄핵을 요청할 걸세. 만일 그것이 실패한다면……."

5

눈은 그쳤지만 내린 눈은 높이 쌓여서 얼었다. 광택이 나는 육상용 자동차가 인적 없는 거리를 힘들게 미끄러져 갔다. 미명의 흐린 회색빛은 시적인 의미에서만이 아니라 글자 그대로 차가웠다. 그래서 파운데이션의 불안한 정치 상황에도 불구하고 행동당이든 친하딘파든 아나크레온으로 떠나는 하딘을 보려고 이렇게 아침 일찍부터 거리에 나서려는 열성파는 없었다.

요한 리는 그런 것이 못마땅했다. 그래서 투덜거렸다.

"눈이 이렇게 오는데 떠난다는 것이 보기 좋진 않군, 하딘. 사람들은 자네가 몰래 떠났다고 비난할 걸세."

"말하고 싶은 대로 내버려 두게나. 그들이 뭐라고 하든 나는 아나크레온에 가야만 하고 또 조용히 가고 싶어. 그런 점에서 지금 이대로가 아주 좋지 않은가, 리?"

하딘은 의자 깊숙이 몸을 묻고 가늘게 몸을 떨었다. 난방이 잘된 차 안은 결코 춥지 않았다. 그러나 눈 덮인 세계는 창문을 통해서만 보는데도 춥게 느껴졌다. 그 점이 하딘의 신경에 거슬렸다.

하딘은 생각에 잠기며 말했다.

"언젠가 여유가 생기면 터미너스의 기후조절에 신경을 써야겠네. 기후조절은 충분히 가능하니까."

리가 대답했다.

"나는 그 전에 몇 가지 하고 싶은 일이 있네. 예를 들면 세르맥의 기후조절은 어떤가? 1년 내내 섭씨 25도로 조절된 건조한 독방으로 말일세."

"그렇게 되면 나한테도 진짜 경호원이 필요하겠지. 지금 옆에 있는 두 사람 정도가 아니라."

그는 운전사와 함께 옆자리에 앉은 두 경호원을 가리켰다. 두 경호원은 인적 없는 거리로 날카로운 시선을 던지며 원자총을 손에 쥔 채 경계 태세를 취하고 있었다.

"자네는 확실히 내란이 일어나기를 원하는 것 같네."

하딘이 말하자 리가 대답했다.

"내가? 내가 원하지 않더라도 불 속에 이미 많은 장작이 들어 있어서 특별히 뒤섞지 않아도 활활 탈 걸세. 자, 내 말을 들어 봐."

리는 짧고 굵은 손가락을 꼽으며 덧붙였다.

"첫째, 세르맥은 어제 시 의회에서 대소동을 피우며 자네에 대한 탄핵을 요구했네."

"그에게는 그렇게 할 수 있는 완벽한 권리가 있지. 더구나 그의 탄핵안은 206표 대 184표로 부결되지 않았는가?"

하딘이 냉정하게 대답했다.

"그렇지. 표차가 최소한 60표는 될 거라고 예상했지만 실제 표차는 22표에 불과했네. 그 사실을 부정하진 않지?"

"아슬아슬했지."

하딘이 인정했다.

"좋아. 둘째, 투표 후 행동당 소속 의원 쉰아홉 명이 회의장에서 모두 퇴장해 버렸네."

하딘은 침묵을 지켰다. 리는 이야기를 계속했다.

"셋째, 회의장을 떠나기 전에 세르맥은 이렇게 소리쳤네. '당신은 반역자다. 파운데이션을 팔아넘기려고 아나크레온에 가는 것이다. 탄핵을 부결시킨 의원은 그 반역 행위에 가담하고 있다. 행동당이란 이름은 단지 간판으로 걸어 놓은 것이 아니다.'라고. 그런 말을 어떻게 생각하나?"

"골칫거리로군."

"그런데 지금 자네는 새벽에 마치 범죄자처럼 몰래 떠나고 있네. 그 자들과 정면으로 부딪쳐야만 해, 하딘. 필요하다면 계엄령이라도 선포하게나, 제발!"

"폭력은 무능한 자들이……"

"……쓰는 최후의 보루이다. 어이가 없군."

"우선 내 말부터 주의 깊게 듣게나, 리. 그러면 깨닫게 될 걸세. 30년 전 파운데이션 창립 50주년 기념일에 시간 유품관이 개관되었지. 그때 해리 셀던의 녹화상이 나타나 우리에게 처음으로 실제 벌어지고 있는 일이 무엇인가를 가르쳐 주었지. 기억하나, 자네?"

"기억하고 있네. 그날이 바로 우리가 정권을 장악한 날이기도 하잖은가."

리는 반쯤 미소를 띠고 옛날을 회상하듯 말했다.

"그렇다네. 우리가 최초로 직면한 커다란 위기였지. 이번은 두 번째 위기라고 할 수 있고 오늘부터 3주 후면 파운데이션 창립 80주년이 되네. 이 사실이 매우 의미심장하다고 생각되지 않나?"

"셀던이 다시 나타나기라도 한다는 뜻인가?"

"아직 내 이야기는 끝나지 않았네. 셀던은 다시 모습을 나타내는 문제에 대해 전혀 언급하지 않았지. 그러나 그것조차 셀던이 세운 계획의 일부라고 할 수 있네. 그는 항상 우리에게 예비 지식을 감추기 위해 최선을 다하고 있다네. 그리고 라듐 자물쇠가 유품관을 앞으로 또 개관하도록 설계되어 있는지는 알 수가 없는 일이지. 그리고 만일 자물쇠를 부수려고 한다면 유품관 자체가 파괴되도록 만들어져 있는지도 모른다네. 나는 셀던이 최초로 출현한 이래 혹시나 하는 마음으로 기념일마다 항상 유품관을 방문했다네. 그가 모습을 나타내지는 않았지만 정말로 위기가 도래한 것은 셀던이 첫 번째로 출현한 이후 이번이 처음 있는 일 아닌가."

"그렇다면 나타날지도 모르겠군."

"그럴지도 모르지. 하여튼 나는 모르겠네. 하지만 바로 이 점이 중요해. 오늘 의회에서 자네는 내가 아나크레온을 향해 출발했다고 발표한 후 이어서 이렇게 발표해 주게나. 오는 3월 14일 해리 셀던의 녹화상이 다시 나타나서 최근에 성공적으로 마무리된 위기에 관해 매우 중대한 메시지를 발표할 것이라고 말일세. 이것은 매우 중요한 일이라네, 리. 어떤 질문 공세를 받아도 자네는 그 이상 아무 말도 덧붙이지 말게."

리는 하딘을 물끄러미 쳐다보았다.

"그들이 믿으려 할까?"

"그건 문제가 안 되네. 그들을 혼란에 빠뜨리는 것이 내가 원하는 바니까. 그것이 사실인지 아니면 다른 꿍꿍이가 있는지 궁금해하며 그들은 3월 14일까지 행동을 보류하기로 결정할 걸세. 나는 그보다 훨씬 전에 돌아올 것이고."

리는 자신 없는 표정을 지었다.

"그러니까 '성공적으로 마무리된 위기'라는 어구는 허풍이로군."

"사람을 혼란스럽게 만드는 허풍이지. 벌써 공항에 도착했군."

대기하고 있던 우주선이 희미한 어둠 속에 칙칙한 모습을 드러내고 있었다. 하딘은 눈을 밟고 우주선으로 뚜벅뚜벅 걸어가 열려 있는 기밀실 앞에서 돌아서며 손을 번쩍 들었다.

"자, 다녀오겠네. 자네를 이렇게 골치 아픈 상황에 남겨 두고 가는 것이 안됐지만 자네밖에는 믿을 사람이 없지 않은가? 제발 위험한 일은 피하게나."

"걱정하지 말게. 분부대로 거행할 테니."

그가 뒷걸음질 치자 기밀실은 닫혔다.

## 6

샐버 하딘은 행성 아나크레온(아나크레온 왕국이라는 명칭은 행성 이름에서 유래한 것이다.)으로 곧장 가지 않았다. 그가 도착한 것은 대관식 바로 전날이었다. 아나크레온에 도착하기 전에 그는 왕국의 매우 큰 여덟 성계를 비행 방문하여 잠깐씩 머물면서 파운데이션 지방 대표들과 회담을 나누었다.

여행을 통해 그는 왕국의 광대한 규모를 몸소 확인할 수 있었다. 그 왕국은 한때 은하제국 중에서 유명한 지방이었지만 상상을 초월할 만큼 광대한 옛 은하제국과 비교하면 작은 파편이나 보잘것없는 부유물에 불과했다. 그러나 조그만 행성에서, 그것도 인구가 희박한 행성에서 오랫동안 살아온 사람에게는 아나크레온의 방대한 규모와 인구는 어마어마했다.

옛 아나크레온 성구의 경계선을 따라서 항성계 25개가 산재하고 그중 여섯 성계는 인간이 사는 행성을 하나 이상씩 가지고 있었다. 190억 인구는 제국 전성기에 비하면 훨씬 줄었지만, 파운데이션의 도움을 입어 고고학이 발전하면서 급속도로 증가하고 있었다.

하딘은 그제야 자신이 맡은 중대한 임무에 압도되는 것을 느낄 수 있었다. 30년의 세월 동안 수도 행성에서 모든 동력을 사용했다. 외곽에는 미처 원자력을 재도입하지 못한 광대한 지역이 펼쳐져 있었다. 이런 미미한 진보조차도 아직 이용 가능한 제국의 유물이 없었더라면 불가능했을 것이다.

하딘이 수도 행성에 도착했을 때 일상적인 업무는 모두 완전히 정지된 상태였다. 외곽에서도 여전히 축하 행사가 열리고 있었다. 그러나 아나크레온에서는 신왕 레폴드가 성인이 되었음을 알리는 열광적인 종교 제전에 적극적으로 참가하지 않는 사람이 하나도 없었다.

하딘은 또 다른 성전에서 축제를 주최하기 위해 황급히 나서는 자국 대사 베리소프에게 단 30분만 할애받을 수 있었다. 하지만 그 30분은 매우 유익한 시간이었다. 하딘은 그날 밤 열리게 될 불꽃놀이에 아주 만족스러운 기분으로 참여할 준비를 했다.

모든 일에서 그는 배석자로서 행동했다. 만일 자기 신분에 알맞게 행동하려고 한다면 반드시 종교적인 임무를 수행해야 하는데, 그런 건 비위에 맞지 않았기 때문이었다. 그래서 궁전 무도회장이 왕국에서 가장 신분이 높고 우아하며 휘황찬란한 귀족 무리로 가득 찼을 때, 그는 완전히 무시당한 채 아무도 알아보는 사람 없이 벽에만 기대고 있었다.

그는 기다랗게 줄지어 서서 왕을 알현하려는 사람들 속에 있다가 레폴드에게 소개되었다. 왕은 무시무시한 방사선 광채에 뒤덮여 외롭고 초연한 모습으로 다른 사람들로부터 안전거리를 두고 떨어져 있었다.

그러고는 한 시간도 채 안 되어 바로 그 왕이 보석을 박고 금을 입힌 로듐-이리듐 합금으로 된 거대한 왕좌에 앉자 왕좌 자체가 장엄하게 공중으로 떠올라 커다란 창문 앞에서 천천히 배회했다. 창문 사이로 왕의 모습이 보이자 거대한 평민의 무리는 기절할 듯 소리를 질러 댔다. 물론 왕좌 가운데 원자 모터를 집어넣지 않았더라면 왕좌는 그렇게 위대하게 보이지 않았을 것이다.

시간은 11시를 넘었다. 하딘은 안절부절못하면서 발꿈치를 들고 더 잘 보려고 애썼다. 그는 의자 위에 올라서고 싶은 충동을 억제했다. 그때 위니스가 군중을 뚫고 자신을 향해 다가오는 모습이 보였다. 그제야 그는 긴장을 풀었다.

위니스는 걸음이 느렸다. 조부를 도와 왕국을 세우는 데 공헌한 대가로 작위를 수여받은 귀족들과 거의 한 사람 한 사람씩 다정스레 인사를 나누어야 했기 때문이다.

제복을 입은 마지막 귀족한테서 드디어 해방된 그는 하딘에게 가까이 왔다. 얼굴에 머금은 미소는 일그러져 조소가 되었으며 검은 눈은 회색빛 눈썹 아래에서 만족스러운 빛을 띠며 상대방을 응시했다.

위너스가 낮은 목소리로 말했다.

"친애하는 하딘, 자신의 신분을 드러내고 싶지 않다면 지루한 것쯤은 각오해야 합니다."

"지루하지 않습니다. 이런 광경은 터미너스에서는 결코 볼 수 없으니까요."

"그렇지요? 내 방으로 들어가실까요? 거기에서 다른 사람의 방해를 받지 않고 사적인 대화를 나눌 수 있을 겁니다."

"좋습니다."

두 사람은 팔짱을 끼고 계단을 올라갔다. 몇몇 귀부인이 놀란 표정을 하고 오페라글라스를 들어 올려 섭정 전하에게서 그러한 영예를 입고 있는 평범한 복장과 재미없는 얼굴의 이방인이 도대체 누구인가 하고 뚫어지게 쳐다보았다.

위니스의 방에서 하딘은 완전히 편안한 기분이 되어 섭정이 감사의 뜻으로 손수 따라 주는 술잔을 받아 들었다.

"로크리스 포도주입니다, 하딘. 왕실 저장실에서 가져온 진품이지요. 200년 된 포도주입니다. 제오니스 반란이 일어나기 10년 전에 가져다 놓은 거죠."

"정말 귀중한 왕실의 술이로군요."

하딘이 정중히 동의를 표시하자 위니스는 건배를 제의했다.

"아나크레온의 왕, 레폴드 1세를 위하여!"

한 모금 들이켠 위니스는 기분 좋은 듯 덧붙였다.

"그리고 곧 외곽성역의 황제가 되실 분을 위하여, 아니 그 이상이 될지도 모르지요. 은하계가 언젠가는 다시 통일될 수도 있으니 말입니다."

"그럴 수도 있겠지요. 그런데 아나크레온이 통일시키는 겁니까?"

"물론이지요. 파운데이션이 도와준다면 외곽성역 다른 지역에 대한 우리의 과학적 우위는 논쟁할 여지가 없으니까요."

하딘은 빈 잔을 내려놓고 말했다.

"그렇습니다. 하지만 파운데이션은 과학적 원조를 청하는 모든 국가를 도울 의무가 있다는 점을 감안하셔야 합니다. 우리 정부의 높은 이상과 창립자 해리 셀던의 도덕적 의지를 존중하기에 우리는 한쪽만을 편애할 수는 없는 것입니다. 이 점을 양지하시기 바랍니다, 전하."

위니스의 얼굴에 미소가 번졌다.

"말하자면 '은하령'은 스스로 돕는 자를 돕는다는 거지요? 파운데이션이 모른 척하며 결코 도와주지 않으리라는 점은 나도 잘 알고 있습니다."

"그런 뜻으로 말씀드린 것은 아닙니다. 파운데이션은 귀국을 위해 제국 순양함을 수리했습니다. 우리 우주항쟁 위원회가 연구 목적으로 그 배를 원했지만 말입니다."

섭정은 마지막 말을 빈정대며 반복했다.

"연구 목적이라……. 과연! 내가 전쟁을 일으키겠다고 위협하지 않았더라면 결코 수리하지 않았겠군요."

하딘은 애원하는 듯한 제스처를 했다.

"저는 모르겠습니다."

"나는 알고 있습니다. 그래서 그런 위협은 늘 효력이 있지요."

"지금도 효력이 있습니까?"

"지금은 위협을 이야기하기에 너무 때가 늦었습니다."

위니스는 슬쩍 책상 위에 있는 시계로 시선을 던졌다.

"이보시오, 하딘. 당신은 전에 아나크레온에 온 적이 있지요? 그때는 당신도 젊었고 나 역시 젊은이였습니다. 하지만 그때도 우리 두 사람은 서로 다른 관점을 가졌죠. 당신은 소위 평화주의자가 아닙니까?"

"그렇게 말할 수도 있겠지요. 하여튼 폭력은 목적을 달성하는 데는 비경제적인 방법이라고 생각합니다. 폭력을 대신할 방법은 항상 있기 마련이지요. 비록 멀리 돌아가는 방법만 남을 때가 많기는 하지만 말입니다."

"그래요. 나는 당신의 유명한 격언을 들은 적이 있습니다. '폭력은 무능한 자의 최후의 보루이다.'라는 격언 말입니다."

섭정은 짐짓 방심한 모습을 보이려는 듯이 귀를 긁적였다.

"하지만 나는 스스로를 문자 그대로 무능한 자라고 생각지는 않습니다."

하딘은 정중히 고개를 끄덕였으나 아무 말도 하지 않았다. 위니스의 말이 계속되었다.

"그럼에도 나는 항상 직접적인 행동을 믿어 왔습니다. 목적지까지 곧바로 길을 뚫어서 그 길로 가는 것이 내 방식입니다. 그러한 방법으로 나는 많은 것을 성취했고 앞으로도 더 많이 성취하리라고 기대하고 있습니다."

"알고 있습니다."

하딘이 상대방 말을 중단시킨 다음에 계속 말했다.

"전하께서 자신과 자손들을 위하여 길을 뚫고 있는 것은 잘 알고 있지요. 전하의 형님인 선왕께서 최근에 당한 불운한 죽음과 왕의 건강 상태를 고려할 때 왕좌로 가는 곧바른 길을 뚫고 계시는 게 분명하니 말입니다. 왕은 건강 상태가 위험하지요, 그렇지 않습니까?"

위니스는 상대방의 공격에 얼굴을 찡그렸다. 그리고 딱딱한 목소리로 말했다.

"이보시오, 하딘. 할 말이 있고 못 할 말이 있다는 점을 기억하는 편이 좋을 겁니다. 당신은 터미너스 시장으로서…… 분별력 없는 말을 마구 내뱉어도 되는 특권이 있다고 생각하는 것 같군요. 그런 생각은 버리는 편이 좋을 겁니다. 나는 말 따위로 겁먹을 위인이 아니니까. 곤경은 과감히 맞설 때 사라진다는 것이 내 인생철학입니다. 나는 어떤 곤경에도 등을 돌린 적이 결코 없습니다."

"그렇겠지요. 저 역시 그 점은 전혀 의심하지 않습니다. 그런데 현재

전하께서는 도대체 어떤 곤경에서 등을 돌리지 않겠다는 말입니까?"

"파운데이션을 설득해서 협력하도록 만드는 것이 어려울까요, 하딘? 당신의 평화주의는 적의 대담성을 과소평가한다는 이유 하나로 심각한 잘못을 저질러 왔습니다. 모든 사람이 당신처럼 직접적 행동을 두려워하는 것은 아니니까."

"예를 들면?"

하딘이 물었다.

"예를 들면 당신은 혼자 몸으로 아나크레온에 와서 내 방까지 들어오지 않았습니까?"

하딘이 주변을 둘러보았다.

"그게 뭐가 잘못됐습니까?"

"잘못된 것은 없지요."

섭정이 말했다.

"이 방 밖에 완전무장하고 언제라도 발포 태세를 갖추고 있는 호위병이 다섯 명이나 버티고 있을 뿐입니다. 당신은 이 방에서 마음대로 나갈 수 없습니다, 하딘."

시장이 눈썹을 치켜 올렸다.

"지금 떠나고 싶은 마음은 없습니다. 전하께서는 제가 그렇게 두렵습니까?"

"조금도 두렵지 않아요. 단지 내 결심이 어느 정도인지를 잘 깨달을 수 있게 하기 위한 것이지요. 이런 것을 제스처라고 하던가요?"

"좋은 대로 부르십시오. 뭐라고 부르든 전 별로 곤란할 게 없으니까요."

"그런 태도는 시간이 지나면서 변하리라고 믿습니다. 한데, 당신은 또 다른 심각한 잘못을 저질렀습니다. 행성 터미너스는 완전한 무방비 상태에 가까운 것 아닙니까?"

"물론 그렇지요. 우리가 무엇을 두려워하겠습니까? 우리는 누구의 이권도 침해하지 않으며 모두를 평등하게 대해 왔으니까요."

"단순히 무방비 상태에 있는 것이 아니라 우리 준비를 도와주었지요. 특히 우리 위대한 우주군의 발전을 도왔잖습니까. 사실 제국 순양전함을 기증받게 되면서 우리 우주군은 완전히 무적의 군대가 되었습니다."

"전하께서는 지금 시간 낭비를 하고 계시는군요."

하딘은 의자에서 일어나며 계속 말했다.

"만일 전하께서 전쟁을 선포할 생각이고 지금 저에게 그 사실을 통지하는 것이라면 제가 우리 정부에 통보하도록 허가해 주십시오."

"앉으세요, 하딘. 나는 선전포고 같은 것은 하지 않습니다. 더구나 당신이 당신 정부에 통보할 필요도 없습니다. 전쟁을 하게 되더라도 포고는 하지 않습니다. 그냥 싸우는 것이지요. 파운데이션은 어느 정도 시간이 흐르면 전쟁이 일어났다는 사실을 알게 될 것입니다. 제국 우주군의 순양전함이었던 기함 위니스호에 아나크레온 우주군이 탑승하여 내 아들의 지휘를 받으며 원자 공격을 하게 될 바로 그때 말입니다."

하딘은 얼굴을 찡그렸다.

"그런 일은 언제 벌어지나요?"

"정말 관심이 있다면 가르쳐 드리지요. 아나크레온 함대는 정확히 50분 전 11시에 이곳을 떠났습니다. 그래서 터미너스를 발견하는 순간에 발포를 시작할 터인데, 아마 내일 정오 즈음이 될 것입니다. 당신은 자신을 전쟁 포로라고 생각해도 될 거예요."

"그렇지 않아도 그렇게 생각해야 할 것 같습니다. 하지만 실망했습니다."

하딘은 여전히 얼굴을 찡그린 채였다.

위니스가 경멸하듯이 낄낄 웃었다.

"할 말이 그것밖에 없소?"

"그렇습니다. 저는 대관식을 시작하는 순간, 즉 자정이 함대를 발진하기에 적합한 시간이라고 생각했지요. 확실히 당신은 아직 섭정 지위에 있을 때 전쟁을 시작하기를 원했군요. 그렇지 않았으면 훨씬 더 극적이었을 텐데 말입니다."

섭정이 노려보았다.

"도대체 지금 무슨 이야기를 하는 겁니까?"

하딘이 부드럽게 말했다.

"이해를 못하겠습니까? 저는 반격하는 시각을 정확히 영시에 맞추어 놓았답니다."

위니스가 의자에서 벌떡 일어났다.

"괜히 허세 부리지 마시오. 반격 같은 것은 없을 겁니다. 다른 왕국의 원조를 기대하고 있다면 잊어버리시오. 그들이 갖고 있는 우주군을 전부 합쳐도 우리와는 상대가 안 될 겁니다."

"알고 있습니다. 포격을 시작하겠다는 의미는 아닙니다. 오늘 밤 영시를 기해서 행성 아나크레온이 금제(禁制)하에 있게 될 것이라는 포고가 일주일 전에 나왔다는 뜻입니다."

"금제?"

"그렇습니다. 만일 이해를 못하겠다면 설명해 드리지요. 아나크레온에 있는 사제들 전부가 내가 명령을 취소하지 않는 한 파업에 들어갈 것입니다. 그리고 내가 이곳에 감금되어 외부와 연락이 단절된 상태에 놓인다면 불행히도 취소 명령을 내릴 수 없습니다. 그렇지 않더라도 취소 명령을 내릴 의사는 없지만 말입니다."

하딘이 앞으로 몸을 굽히며 갑자기 활기를 띠었다.

"알고 있습니까, 전하? 파운데이션에 대한 공격은 일급 신성모독이라는 사실 말입니다."

위니스는 애써 자제하려는 표정이 역력했다.

"그런 말은 나한테 통하지 않소, 하딘. 우매한 군중에게나 통할 말일랑 아껴 두는 게 좋을 겁니다."

"친애하는 위니스 전하, 내가 도대체 누구를 위해 이 말을 아껴 두었다고 생각합니까? 벌써 30분 전부터 아나크레온의 모든 사원에서는 군중이 이 문제에 관하여 사제의 열정적인 설교를 듣고 있을 것입니다. 자신들의 정부가 불온하게도 자기들 신앙의 중심지에 무차별 공격을 가했다는 사실을 모르는 사람은 아나크레온에 한 사람도 없습니다. 자정 영시가 되려면 4분밖에 남지 않았습니다. 당신은 무도회장으로 내려가 사태가 어떻게 돌아가는지 살피는 편이 나을 겁니다. 저는 호위병이 문밖에서 지키는 이곳에 안전하게 기다릴 테니 말입니다."

말을 마친 하딘이 의자에 몸을 기대며 로크리스 포도주를 손수 따라 들이켜고는 지극히 무관심한 표정으로 천장을 응시했다.

위니스는 악담을 내뱉으며 황급히 방을 나갔다.

왕좌로 통하는 길은 넓게 열려 있었으며 무도회장에는 귀족들이 숙연한 분위기에 싸여 있었다. 레폴드는 팔짱을 꽉 낀 채 얼굴을 높이 들고 굳은 표정으로 왕좌에 앉아 있었다. 거대한 샹들리에 불빛이 흐려지고 아치형 천장에 매달린 작은 아토모 전구에서 가지각색 빛이 널리 퍼지면서 왕 주위에 장엄한 후광을 형성하다가는 불타는 왕관 모습이 되어 왕의 머리 위로 떠올랐다.

위니스는 계단에서 걸음을 멈추었다. 그를 바라보는 사람은 없었다. 모든 시선이 왕좌를 향했다. 그는 주먹을 불끈 쥐고 그 자리에 섰다. 하딘의 허세에 눌려 어리석은 행동을 저지르면 안 된다는 생각이 들었다.

그 순간 왕좌가 움직였다. 소리 없이 공중으로 떠올라 떠다니기 시작했다. 그러다가 단을 따라서 천천히 계단을 내려와, 바닥이랑 5센티미터 되는 지점에서 수평으로 미끄러져서는 열려 있는 거대한 창문을 향해 움직였다.

그때였다. 자정을 알리는 그윽한 종소리가 울린 순간 사건이 벌어졌다. 왕좌가 갑자기 창문 앞에 멈추어 서더니 화려한 후광이 사라져 버린 것이다.

얼어붙은 듯한 일순간, 왕은 놀라움에 일그러진 표정으로 미동도 하지 않았다. 후광을 상실한 왕은 단지 한 인간에 지나지 않았다. 그때 왕좌가 동요하며 5센티미터 아래 바닥으로 쿵 떨어졌다. 동시에 궁전의 모든 조명이 꺼졌다.

비명과 혼란 속에서 위니스 목소리가 커다랗게 울려 퍼졌다.

"횃불을 밝혀라. 횃불을 밝혀!"

그는 무리를 헤치고 입구를 향해 돌진했다. 궁전 호위병이 어둠을 뚫고 밀려들었다.

횃불이 무도회장을 밝혔다. 대관식이 끝난 후 대로에서 횃불 대행진을 할 때 쓰려고 한 횃불이었다.

호위병들이 횃불을 들고 무도회장으로 속속 들어왔다. 청, 녹, 적의 흔들리는 불빛이 두려움에 싸여 곤혹스러운 표정을 한 얼굴들을 비추었다.

위니스가 소리쳤다.

"별다른 해는 없습니다. 자기 자리로 돌아가세요. 곧 불이 들어올 것입니다."

그러곤 뻣뻣한 자세로 호위대장을 바라보았다.

"무슨 문제가 있나?"

"네, 전하. 군중이 궁전을 포위했습니다."

"뭐라고? 그들이 원하는 것이 무엇인가?"

위니스가 고함쳤다.

"사제가 선두에 섰습니다. 대사제 폴리 베리소프입니다. 그는 샐버하던 시장을 즉시 석방하고 파운데이션에 대한 전쟁을 중지할 것을 요구하고 있습니다."

군인 특유의 무감각한 어투로 보고하는 호위대장의 눈동자가 불안하게 움직였다.

위니스가 소리쳤다.

"어떤 폭도라도 궁전에 침입하는 즉시 사살하라. 지금 내리는 명령은 그것뿐이다. 궁전 밖에서라면 마음껏 악쓰도록 내버려 두어라. 내일 처치하기로 하지."

횃불이 여기저기서 빛을 발하자 무도회장은 다시 환해졌다. 위니스는 아직 창가에 떨어진 채 널브러져 있는 왕좌로 달려가 충격을 받아 백지장처럼 하얗게 질린 레폴드를 일으켜 세웠다.

"나와 함께 갑시다."

그는 창밖을 흘긋 보았다. 도시는 암흑에 휩싸여 있었다. 아래에서 군중의 거친 고함이 들려오고 아골리드 사원이 있는 우측에만 빛이 머물러 있었다. 그는 화가 잔뜩 나 욕설을 내뱉으며 왕을 끌고 나갔다.

위니스가 자기 방으로 급히 발걸음을 옮기자 다섯 호위병이 곧 뒤를 따랐다. 레폴드는 겁에 질린 듯 눈을 동그랗게 뜨고 말없이 그들 뒤를 따랐다.

시장은 상대를 무시했다. 옆에 놓인 아토모 전구의 진주색 불빛 가운데 조용히 앉아 있었다. 얼굴에는 약간 냉소가 어려 있었다. 그는 레폴드에게 인사했다.

"좋은 아침입니다, 폐하. 대관식을 축하합니다."

위니스가 다시 소리쳤다.

"하딘! 사제들에게 자기 위치로 돌아가도록 명령하시오."

하딘이 냉정한 표정으로 올려다보았다.

"당신이 그들에게 직접 명령하세요, 위니스. 누가 진짜 실력을 발휘하는지 알아보시지요. 지금 이 순간 아나크레온에는 바퀴 하나도 돌아가지 않습니다. 성전을 제외하고는 전등 하나도 밝혀져 있지 않고 수돗물도 전혀 나오지 않고 있습니다. 아나크레온 행성의 반은 지금 겨울이지만 1칼로리의 열도 없고 병원은 더 이상 환자들을 받아들이지 못합니다. 발전소는 폐쇄되고 모든 우주선은 지상에 정박되어 있습니다. 이런 일이 마음에 들지 않는다면 당신이 사제들에게 일자리로 돌아가라고 명령하시지요. 나는 그러한 명령을 내리고 싶은 마음이 별로 없으니까."

"흥! 좋아, 그럼 내가 해 보지. 어디 버티려거든 버텨 봐. 당신 사제들이 과연 군대에 대항할 수 있을지 두고 보자고. 오늘부터 이 행성에 있는 모든 성전은 군대의 감독하에 놓일 것이야!"

"하하, 좋지요. 하지만 어떻게 명령을 하달할 작정입니까? 행성 전역에서 모든 통신망이 단절되었습니다. 라디오도, 텔레바이저(Televisor)도, 초전파도 전혀 작동되지 않을 겁니다. 사실 이 행성에서는 통신기가 단 하나만 작동하고 있습니다. 물론 성전 이외의 장소에서 말입니다. 그것은 이 방에 있는 텔레비저입니다. 수신만 가능하도록 내가 맞추어 놓았으니까요."

위니스가 숨이 찬 듯 헐떡거렸으나 하딘은 계속 말했다.

"궁전 바로 밖에 있는 아골리드 성전으로 당신 군대를 투입해 그곳의 초전파기를 사용하여 행성의 다른 지역과 연락을 취하려 해 볼 수도 있을 겁니다. 하지만 그러한 일을 저지르게 되면 파견대는 폭도들에 의해 갈가리 찢길 것입니다. 그렇게 되면 궁전은 누가 지키지요, 위니스? 그리고 당신의 목숨은요?"

위니스가 쉰 목소리로 말했다.

"오늘 하루만 버티면 된다. 폭도들이 울부짖어도, 전력이 나가도 상관없어. 우리는 버텨 낼 테니까. 파운데이션이 함락되었다는 소식이 들려오면 네가 믿고 있는 폭도들은 자기들 종교가 얼마나 공허한 것인가를 깨닫게 될 것이다. 그러면 너희 사제들을 쫓아내고 등을 돌릴 것이야. 하딘, 네가 희희낙락할 수 있는 시간도 내일 정오까지야. 네가 아나크레온의 전력을 끊을 수는 있지만 우리 함대를 정지시킬 수는 없을 테니까."

그는 쉰 목소리로 승리감에 도취한 듯 장담했다.

"함대는 목적지를 향해 돌진하고 있어. 네가 수리하라고 명령한 대순양전함을 선두에 세우고 말이야."

하딘이 가볍게 응수했다.

"그렇죠, 하하. 순양전함은 내가 내 방식대로 수리했답니다. 위니스,

초전파 중계장치라고 들어 본 적 있어요? 아니, 들어 본 적이 없을 거예요. 하지만 약 2분 후에는 그것이 어떤 위력을 발휘하는지 알게 될 것입니다."

하딘이 말하는 동안 텔레비저에 불이 들어왔다. 그러자 그는 다시 말을 이었다.

"아니, 2초 후가 되겠네요. 앉으시죠, 위니스. 그리고 잘 들어 보시지요."

## 7

테오 아포랫은 아나크레온에서 신분이 가장 높은 사제 가운데 한 사람이었다. 서열만 보더라도 수석 사제, 즉 기함 위니스호의 종군사제로 임명받을 자격이 있었다.

그러나 이 임명은 계급이나 서열만 가지고 이루어진 것이 아니었다. 그는 누구보다도 우주선에 관해 잘 알고 있었다. 그는 우주선을 수리할 때 파운데이션에서 온 성자들의 명령에 따라 모터를 살펴보았다. 텔레비저를 다시 배선했고 통신장치를 개선했으며 구멍 난 선체를 판금으로 입히고 갑판을 가로지르는 들보를 보강했다. 더구나 그는 너무나 신성하기 때문에 지금까지 어떤 다른 우주선에도 설치한 적이 없는, 단지 이 거대한 함선에만 설치하도록 만든 초전파중계장치를 설치할 때 파운데이션 현자들을 돕도록 특별한 허가를 받았다.

이 신성한 우주선이 악용되는 데 대하여 이 사제가 가슴 아프게 여기는 것도 무리가 아니었다. 그는 베리소프가 그에게 한 말, 즉 이 우주선은 끔찍하게도 사악한 목적에 쓰일 것이며 우주선에 부착된 포(砲)

는 위대한 파운데이션에 공격을 퍼부을 것이라는 말을 전혀 믿으려고 하지 않았다. 그가 어린 시절부터 훈련받은 바에 의하면 파운데이션은 모든 축복의 근원이었다. 그런데 그곳을 향해 포문을 열다니!

하지만 제독의 이야기를 들은 지금은 더 이상 의심할 여지가 없었다.

신에게 축복받은 왕이 어떻게 이런 끔찍스러운 행위를 허락할 수가 있겠는가? 정말 왕이 그러한 명령을 내렸을까? 왕이 알지 못하는 사이에 저주받을 섭정 위니스가 저지른 일이 아닐까? 5분 전에 그에게 이런 말을 한 제독은 바로 위니스의 아들이었다.

"사제는 기도와 축복에만 전념하시오. 나는 우주선에 전념할 테니."

아포랫은 조소를 머금었다.

'나보고 기도와 축복에 전념하라고? 저주도 내 마음대로 할 수 있다고. 레프킨 왕자, 당신은 곧 울음을 터뜨릴 거요.'

그는 총지령실로 발걸음을 옮겼다. 부하가 앞서 갔지만 근무 중인 두 사관은 그들의 발걸음을 막지 않았다. 수석 종군사제는 우주선 전체를 자유롭게 출입할 권리가 있는 것이다.

"문을 닫아라."

아포랫은 명령을 내려 정밀 측시기(精密測時機)를 보았다. 12시 5분 전이었다. 이 정도면 시간에 잘 맞추어 온 것이었다.

그는 숙련된 솜씨로 재빨리 모든 통신망을 여는 작은 지레를 움직였다. 그러자 3킬로미터가 넘는 우주선 곳곳에 그의 목소리와 모습이 전달되었다.

"기함 위니스호의 전 병사에게 알린다. 나는 수석 종군사제다!"

자신의 목소리가 우주선 맨 앞까지 울려 퍼지리라는 것을 그는 알고 있었다.

"여러분이 탄 우주선은 신성모독을 저지르고 있다. 여러분이 알지 못하는 사이에 여러분은 모두 영혼이 우주의 영원한 냉동 지옥으로 떨어질 끔찍한 행위를 저지르고 있다. 모두들 잘 들어라! 여러분의 지휘관은 이 우주선을 파운데이션으로 보내 그곳에 있는 모든 축복의 원천을 폭파하려는 죄를 저지르려 하고 있다. 나는 은하령의 이름으로 그런 사악한 목적을 가진 지휘관에게서 지휘권을 박탈하는 바이다. 은하령의 축복을 받지 못하는 지휘권이란 있을 수 없다. 신성한 왕도 은하령의 수호 없이는 왕위를 유지할 수 없는 것이다."

그의 목소리는 점점 더 무게를 더해 갔다. 부하는 외경심을 가지고 듣고 있었으며 두 사관은 공포에 질려 떨고 있었다.

"이 우주선이 악마의 사명을 수행하려 하기 때문에 은하령의 가호는 이곳을 떠나 버렸다."

그는 엄숙히 팔을 올렸다. 선내에 있는 1000대 가까이 되는 텔레비저 앞에는 병사들이 몸을 움츠리고 있었다. 수석 종군사제의 엄숙한 영상이 이야기를 계속했다.

"은하령과 예언자 해리 셀던, 그리고 파운데이션에 있는 모든 성자의 이름으로 나는 이 우주선을 저주한다. 우주선의 눈인 텔레비저여, 눈이 멀지어다. 우주선의 팔인 닻이여, 마비될지어다. 주먹인 원자포여, 움직이지 말라. 심장인 모터는 고동을 멈출지어다. 통신장치는 입을 다물고 환기장치는 막힐지어다. 영혼인 조명이여, 빛을 잃을지어다. 은하령의 이름으로 나는 이 우주선을 저주하노라."

마지막 말이 끝남과 동시에 자정을 알리는 종이 울렸다. 그 순간 몇 광년 떨어진 아골리드 성전에서 어떤 손이 초전파 중계장치 스위치를 켰다. 그러자 찰나적인 초전파의 속도로 기함 위니스호에 있는 또 다른 초전파 중계장치 스위치들도 켜졌다.

그리고 우주선은 죽었다.

과학 종교의 주요한 특징은 실제로 효과를 발휘한다는 데 있다. 따라서 아포랫의 저주는 매우 치명적이었다.

아포랫은 암흑이 우주선을 휩싸도록 했다. 그는 멀리서 들리던 모터의 부드러운 고동 소리가 갑자기 멈추는 것을 들었다. 그는 환희에 차서 기다란 사제복 호주머니에서 자가발전의 아토모 전구를 꺼냈다. 전구에서 나오는 진주색 빛이 방을 채웠다.

그는 두 사관을 내려다보았다. 그들은 의심할 여지 없이 용감한 병사들이지만 극한 공포감에 싸여 무릎을 꿇고 온몸을 떨고 있었다.

"우리 영혼을 구제해 주소서, 사제님. 우리는 윗사람의 죄를 알지 못했던 불쌍한 인간입니다."

한 사람이 울부짖었다.

"따라오라. 너희 영혼은 아직 버림받지 않았다."

아포랫은 엄숙히 말했다.

우주선은 어둠 가운데 혼란에 빠져 있었다. 공포감이 엄습해 왔다. 독기 어린 냄새가 날 정도였다. 아포랫과 그를 감싸는 둥그런 빛이 지나가는 곳마다 병사들이 무리를 지어 몰려들어 옷자락이라도 만지려고 애쓰며 한 조각 자비라도 베풀어 달라고 애원했다.

그의 대답은 똑같았다.

"나를 따르라!"

그는 제독 레프킨 왕자가 사관실 구역을 더듬더듬 돌아다니며 불이 나간 것에 대해 큰 소리로 저주하는 모습을 발견했다. 제독은 수석 사제를 증오에 찬 눈으로 노려보았다.

"아포랫, 자네 거기 있었군!"

레프킨의 푸른 눈은 어머니에게 물려받았지만 매부리코와 사팔눈은 위니스의 아들임을 분명히 보여 주는 표시였다.

"무슨 의도로 자네는 반역 행위를 저질렀나? 우주선의 불을 밝혀라. 이곳 지휘관은 나다."

"더 이상 지휘관이 아니오."

아포랫은 음울하게 말했다.

레프킨은 광기 어린 눈초리로 주위를 둘러보았다.

"저자를 체포하라. 명령을 듣고도 체포하지 않는 자는 한 사람도 남김 없이 발가벗겨 기밀실에서 쫓아낼 것이다!"

그는 숨을 몰아쉬며 절규했다.

"명령을 내리고 있는 나는 너희들의 제독이다! 체포해라!"

그는 완전히 이성을 잃은 상태였다.

"너희들은 이 사기꾼, 이 협잡꾼에게 우롱당하고만 있을 거냐? 뜬구름 잡는 허황된 종교에 아첨이나 하다니! 이자는 사기꾼이다. 이자가 말하는 은하령은 상상으로 만들어 낸 것……"

아포랫이 분명한 음성으로 그 말을 중단시켰다.

"저 신성모독자를 체포하라. 저자의 말을 듣는 자는 영혼이 버림받게 될 것이다."

아포랫의 말이 떨어지자마자 왕족 제독은 수십 명의 손아귀에 붙들렸다.

"그자를 끌고 나를 따라오라."

아포랫이 등을 돌리자 레프킨이 뒤에서 끌려갔다. 어둠에 싸인 복도는 밀려든 병사로 발 디딜 틈이 없었다.

통신 지령실로 들어선 그는 작동하는 유일한 텔레비저 앞에 제독을 세우도록 했다.

"모든 함대의 진격을 중지하고 아나크레온으로 귀환하도록 명령하시오."

복장이 엉망진창으로 된 레프킨은 두들겨 맞아 피를 흘리고 반쯤 정신이 나간 상태에서 시키는 대로 했다.

아포랫은 근엄하게 말했다.

"이제 초전파로 아나크레온과 연락하겠다. 내가 명령을 내린 대로 말하시오."

레프킨은 거부하는 듯한 몸짓을 했다. 그러자 실내와 복도에 몰려든 병사들이 잡아먹을 듯이 으르렁거렸다.

"말하시오."

아포랫의 말이 이어졌다.

"아나크레온 우주군은……."

레프킨의 입이 열리기 시작했다.

## 8

레프킨 왕자의 영상이 텔레비저에 나타났을 때 위니스의 방은 완전히 침묵에 싸여 있었다. 자기 아들의 핼쑥한 얼굴과 여기저기 찢어진 제복을 보자 섭정은 헐떡이며 의자에 주저앉았다. 얼굴은 놀라움과 공포로 일그러져 있었다.

하딘은 양손을 무릎 위에 가볍게 깍지 끼고는 무심한 표정으로 레프킨의 말을 듣고 있었다. 방금 전에 즉위한 레폴드 왕은 가장 어두운 구석에 움츠리고 앉아 있었다. 그는 금술이 달린 소맷자락을 발작적으로 물어뜯었다. 병사들조차도 군인 특유의 무감정한 자세를 잊고 문가에 늘어서서 원자총을 거머쥔 채로 텔레비저에 비치는 영상을 몰래 들여다보았다.

레프킨은 마지못해 피곤한 목소리로 말했다. 마치 뒤에서 불러 주는 대사를 따라 하듯이 중간중간 말을 끊으며 이야기하는 식이었다.

"아나크레온 우주군은…… 사명이 무엇인가를 알고…… 끔찍한 신성모독 행위에…… 가담할 것을 거부하여…… 아나크레온으로 귀환한다……. 그리고 모든 축복의 근원인…… 파운데이션과…… 은하령에 대하여…… 불경스러운 폭력을 행사하려 했던…… 죄인에 대해서는…… 다음과 같은 최후통첩을 보낸다……. 진실한 신앙에 대항하는…… 모든 싸움을 멈추고…… 우리 우주군에게 합당한 방법으로…… 이런 전쟁을…… 결코 일으키지 않겠다고…… 보장하라. 또한……."

여기서 오랫동안 말이 끊어졌다가 다시 이어졌다.

"또한 전 섭정 위니스를…… 투옥하고…… 그가 범한 죄를…… 종교재판에 의하여…… 재판할 것을 보장하라. 그렇게 하지 않는다면…… 왕국 우주군은 아나크레온으로 귀환해…… 궁전을 폭파할 것이며…… 인간 영혼을…… 멸망시키는 자들의 은신처를…… 파괴할 것이다."

그 음성은 반쯤 울먹이듯이 끝나고 손가락이 아토모 전구를 재빨리 스치자 화면이 꺼지면서 지금까지 섭정이었던 남자와 왕과 병사들은 희미한 빛 가운데 안개 같은 윤곽을 띤 그림자로 남게 되었다. 그 순간 후광에 둘러싸인 하딘의 모습이 나타났다.

그 후광은 왕의 특권인 눈부신 빛보다는 눈에 덜 띄고 덜 인상적이지만 어떤 면에서는 더 효과적이고 유용했다.

한 시간 전만 해도 하딘을 전쟁 포로로 만들고 터미너스를 파괴할 것이라고 으름장을 놓았던, 그리고 지금은 잔뜩 움츠러들어 입을 꽉 다문 채 초라한 모습을 한 위니스에게 말을 건네는 하딘의 음성은 부드러우면서도 냉소적이었다.

"오래된 우화가 있지. 아마 인류 역사만큼이나 오래되었을 거야. 왜냐하면 그것을 수록한 가장 오래된 기록은 오랫동안 사람들의 머릿속에 있던 것을 기록한 복사본에 지나지 않으니까 말일세. 하지만 자네에게는 흥미로운 이야기일 걸세. 그 이야기는 이렇다네. 늑대란 놈이 힘세고 위험한 적이기 때문에 말은 항상 목숨에 위협을 느끼며 살았다고 하네. 그런 상태로 사는 것이 너무나도 절망스러운 나머지 말은 강한 친구를 구하기로 마음을 먹고 인간에게 다가가 늑대가 인간의 적이라는 사실을 지적하며 동맹을 맺을 것을 요청했네. 인간은 즉석에서 서로 협력할 것을 약속하면서 만일 말이 인간보다 빠른 속도를 인간이 원하는 대로 제공해 준다면 늑대를 금방 죽일 수 있을 거라고 제안했지. 말은 기꺼이 인간이 자기에게 안장과 고삐를 매는 것을 허락했고, 인간은 말을 타고 늑대를 쫓아가 죽였네. 일이 끝나자 말은 기뻐서 인간에게 감사하며 이렇게 말했다네. '이제 우리 적이 죽었으니 안장과 고삐를 풀어서 자유롭게 해 주시오.' 이 말을 들은 인간은 크게 웃으며 이렇게 대답했다네. '무슨 바보 같은 소리야? 결코 쉴 수 없어, 이 게으름뱅이야!' 그러면서 말에게 박차까지 달지 않았겠나, 하하!"

한참 동안 침묵이 흘렀다. 위니스의 그림자는 전혀 움직이지 않았다.

하딘은 조용히 말을 계속했다.

"내가 무슨 말을 하는지 알겠지? 국민을 영원히 지배하기 위해서 네 왕국의 왕들은 자신을 신성시하는 과학 종교를 받아들였던 것이라네. 과학 종교가 그들의 고삐이자 안장이었던 셈이지. 왜냐하면 그것은 원자력이라는 생명의 피를 사제 계급의 손에 쥐여 주었기 때문이네. 사제들은 명령을 자네들이 아니라 우리에게 받고 있네. 자네들은 늑대를 죽였어. 하지만 인간의 손아귀는……"

위니스가 벌떡 일어났다. 퀭한 눈이 광기를 발하고 있었다. 그는 쉰 목소리로 횡설수설했다.

"그래도 나는 너를 생포하겠다! 너는 도망 못 가! 여기서 썩게 될 거야! 우리를 폭파하려면 폭파해 봐. 모든 것을 폭파해 보란 말이야! 하지만 너 역시 죽을 거야. 내가 너를 해치울 테니 말이야! 병사!"

그는 미친 듯이 소리쳤다.

"저 악마를 쏴라. 쏘라고! 쏴!"

하딘은 의자에 앉은 채 병사들을 바라보며 미소 지었다. 한 병사가 원자총을 조준했으나 곧 내려놓았다. 다른 병사들은 전혀 미동도 하지 않았다. 부드러운 후광에 싸여 확신에 찬 미소를 보내는 터미너스의 샐버 하딘. 그 앞에서 아나크레온의 모든 권력이 무릎을 꿇었다. 금속성 비명을 질러 대는 미치광이의 명령을 병사들은 도저히 따를 수가 없었다.

위니스는 저주를 퍼부으며 가장 가까이 있는 병사에게 비틀거리며 걸어갔다.

그는 병사 손에서 원자총을 빼앗아 하딘을 겨냥했다. 하딘은 꼼짝도 하지 않았다. 방아쇠가 당겨졌다.

연속적으로 원자총에서 발사된 광선이 터미너스 시장을 감싸고 있는 역장에 부딪쳐 중화 흡수되며 무력화되었다. 위니스는 더 세게 방아쇠를 잡아당기면서 흐느끼듯 웃어 댔다.

하딘은 여전히 미소를 띠고 있었으며 역장의 후광은 원자총 에너지를 흡수하며 빛을 잃었다. 구석진 곳에 있던 레폴드는 얼굴을 가린 채 신음했다.

절망의 외마디 소리를 내며 위니스는 총부리를 자기 머리로 돌렸다. 머리가 산산조각으로 부서지며 몸뚱이가 바닥에 쓰러졌다.

하딘은 참혹한 광경에 질린 듯이 중얼거렸다.

"최후까지 직접 행동을 취하는 인간이로군. 이런 행동을 최후의 보루라고 자랑하다니……."

## 9

'시간 유품관'은 만원이었다. 좌석 수보다 훨씬 많은 사람이 몰려들어 좌석이 없는 사람은 뒤편에 세 줄로 늘어서야만 했다.

샐버 하딘은 어마어마한 인파와 30년 전에 처음으로 해리 셸던이 모습을 나타냈을 때 모인 소수의 무리를 비교해 보았다. 그때는 단지 여섯 명뿐이었다. 지금은 이미 죽어 버린 연로한 백과사전 학자 다섯 명과 명목상의 젊은 시장이었다. 바로 그날, 그는 요한 리의 도움을 받아 명목상의 시장이라는 오명을 벗어 버렸다.

지금은 완전히 상황이 달라졌다. 모든 점에서 달라졌다. 시 의회 전원이 해리 셸던의 출현을 기다리고 있었다. 하딘은 여전히 시장이었지만 지금은 전권을 행사하고 있었다. 더구나 아나크레온을 전멸시킨 이후 그의 인기는 절정에 달했다. 그가 아나크레온에서 위니스의 사망 소식과 공포에 질린 레폴드에게 받아 낸 새로운 조약을 가지고 귀환함으로

써 그는 만장일치로 재신임을 얻어 냈다. 그와 더불어 그 밖에 세 왕국과 각각 비슷한 조약, 즉 아나크레온을 영구히 저지할 권한을 파운데이션에 부여하는 조약이 체결되었을 때, 터미너스의 모든 도시에서 대로마다 횃불 대행진을 벌였다. 해리 셸던이란 이름이 이때만큼 큰 소리로 연호된 적도 없었다.

실내 건너편에서는 세프 세르맥과 루이스 보르트가 활발히 토론을 벌이고 있었다. 최근에 벌어진 사건에도 불구하고 그들의 열의는 조금도 식지 않은 것 같았다. 그들은 신임투표에 참석하여 연설을 통해 공개적으로 자신들의 잘못을 인정하고 지난번 토의 석상에서 적절치 못한 어휘를 사용한 것에 대해 사과했다. 그리고 자신들은 단지 이성과 양심에 따라 행동했을 뿐이라고 교묘히 변명했다.

그러고는 곧 새로운 행동당 캠페인을 시작했다.

요한 리가 하딘의 소맷자락을 끌어서 자신의 손목시계를 의미심장하게 가리켰다. 하딘이 올려다보았다.

"아! 자넨가, 리? 아직도 뾰로통한 얼굴이군. 무슨 문제라도 있나?"

"이제 5분 후면 해리 셸던이 나타날 것 아닌가?"

"그럴 거라고 생각하네. 지난번에는 정오에 나타났지."

"그가 나타나지 않는다면 어쩔 텐가?"

"자네는 평생 동안 조바심으로 나를 지치게 만드는군. 나타나지 않을 거라면 나타나지 않겠지."

리가 얼굴을 찡그리며 천천히 고개를 가로저었다.

"만일 해리 셸던이 안 나타난다면 우리는 또 다른 곤경에 빠질 걸세. 우리가 한 일을 셸던이 지지하지 않는다면 세르맥은 새로이 우리에 대한 공격을 시작할 것이네. 그는 네 왕국의 즉각적인 합병과 파운데이션의 확장을 원하네. 필요하다면 무력을 행사해서라도 실현시킬 거야. 이미 그런 캠페인을 벌이고 있지 않은가?"

"알고 있어. 불을 먹는 마술사는 불을 먹어야만 산다네. 자기 자신이 불에 탈지라도 말일세. 그리고 리, 자네는 항상 뭔가를 걱정해야만 하는 사람일세. 걱정거리를 만들기 위해서 목숨을 바칠지라도 말일세, 하하."

대답하려는 순간 조명이 노랗게 변하며 흐려지고 리는 숨을 죽였다. 그는 실내 절반을 점령하고 있는 유리관을 가리키고는 한숨을 내쉬며 의자에 털썩 주저앉았다.

하딘은 유리관 가운데 나타난 인물을 보고 몸을 꼿꼿이 일으켜 세웠다. 휠체어에 앉은 모습! 해리 셀던이 수십 년 전 바로 그 모습으로 처음 나타났던 그날을 회상할 수 있는 사람은 하딘밖에 없었다. 그때 그는 젊었다. 그러나 유리관 속 인물은 늙었다. 그러나 이후에도 유리관 속 인물은 전혀 나이를 먹지 않았으나 하딘 자신은 나이를 먹어 버렸다.

해리 셀던 영상이 앞을 똑바로 응시했다. 손은 무릎에 놓인 책을 만지작거렸다.

해리 셀던 영상이 입을 열었다.

"나는 해리 셀던입니다."

부드러운 목소리였다.

숨죽인 침묵이 실내를 가득 채웠다. 해리 셀던은 대화하는 듯한 어조로 이야기를 계속했다.

"내가 여기에 나타난 것은 이번이 두 번째입니다. 첫 번째로 내가 나타났을 때 여러분 가운데 누가 여기에 있었는지 물론 나는 알 수 없습니다. 사실 여기에 누가 있는지 없는지 감지할 능력조차 내겐 없습니다. 하지만 누가 있든 없든 전혀 상관없는 일이지요. 만일 제2의 위기를 무사히 극복했다면 여러분이 이곳에 모였겠지요. 그것은 필연적인 일입니다. 만일 여러분이 이곳에 오지 않았다면 제2의 위기가 여러분이 감당해 내기에 너무 벅찼다고 말할 수밖에 없을 겁니다."

해리 셀던이 사람의 마음을 사로잡는 미소를 지었다.

"하지만 그러한 일은 벌어지지 않았을 것이라고 생각합니다. 내 계산에 의하면 최초 80년 동안은 프로젝트로부터 중대한 편차가 생기지 않을 확률이 98.4퍼센트가 되기 때문입니다. 계산에 의하면 여러분은 지금 파운데이션 주변 가까이에 있는 야만스러운 왕국들을 지배하게 되었을 겁니다. 최초의 위기 때 여러분은 '세력 균형'의 법칙을 이용하여 그들을 몰아낼 수 있었을 것입니다. 제2의 위기 때는 세속 권력에 대해서 영력을 이용하여 지배권을 획득하게 되었을 것입니다.

그러나 여기서 여러분이 지나치게 자만하지 않기를 경고합니다. 여기에 기록된 것에 따라 모두에게 예비 지식을 주자는 것이 내 의도는 아닙니다. 그러나 지금부터 지적하는 것은 여러분에게 도움이 될 것입니다. 당신들이 현재 이룩한 것은 단순히 새로운 균형에 불과합니다. 이런 균형을 통해 여러분은 훨씬 유리한 고지를 차지하게 되었습니다. 세속 권력의 공격을 막아 내는 데는 영력이면 충분하지만 이쪽에서 공격을 가하기에는 충분치 않을 것입니다. 지역주의 또는 국가주의라는 이름으로 반대 세력이 끊임없이 성장하는 상황에서 영력이 늘 우세할 수는 없는 일입니다. 내가 여러분에게 말하는 것이 전혀 새로운 얘기는 아니라고 확신합니다.

내가 이렇게 막연하게 이야기하는 것을 용서해 주기 바랍니다. 내가 사용하는 단어는 단지 근사치에 지나지 않는 것입니다. 그러나 여러분 가운데 심리역사학의 기호론을 진정 이해할 수 있는 사람이 없을 것이므로 나로서는 최선을 다해 설명할 도리밖에 없습니다. 현재 파운데이션은 '새로운 제국'으로 향하는 여정의 출발점에 있을 뿐입니다. 이웃 왕국들은 당신들과 비교해 볼 때 인적·물적 자원 측면에서 여전히 압도적으로 강력한 존재들입니다. 그 밖에 외곽에는 은하계 전역으로 광대한 야만의 밀림이 끊임없이 펼쳐지고 있습니다. 그중에 제국의 잔존 세력이 아직 남아 있습니다. 비록 쇠락하긴 했지만 이들은 아직 비교적 강력한 힘을 가지고 있습니다."

여기서 해리 셀던이 책을 펼쳤다. 표정이 엄숙했다.

"그리고 80년 전에 설립한 또 하나의 파운데이션, 즉 은하계 맞은편에 있는 또 다른 '파운데이션'을 결코 잊어서는 안 됩니다. 여러분, 당신들 앞에는 920년이란 계획이 펼쳐져 있습니다. 모든 문제가 여러분 손에 달려 있습니다. 자, 이제부터 시작입니다."

해리 셀던이 시선을 책 위로 떨어뜨린 순간에 그의 모습이 사라졌다. 그리고 조명이 다시 밝아졌다. 실내 전체가 웅성거렸다. 리는 하딘의 귀에 속삭였다.

"언제 다시 나타날지 그는 말하지 않는군."

하딘이 대답했다.

"그렇군. 하지만 자네나 나나 이 세상을 떠나 편히 쉬기 전까지는 결코 다시 안 나타날거라는 사실만큼은 확실하네."

제4부

# 무역상인

**무역상인**
……그들은 파운데이션을 정치적으로 제패하기 전에 끊임없이 방대한 외곽성역을 넘나들며 미약하나마 발판을 쌓아 왔다. 터미너스로의 귀환은 몇 개월, 아니 몇 년에 한 번 있을 정도였다. 그들의 우주선은 대부분 자가 수리를 하거나 임시로 급조한 것들이었다. 그들은 도덕성이 결코 높다고 할 수 없으나 진취성은……. 이리하여 그들은 네 왕국의 유사 종교적 전제 국가보다 더 영속적인 제국을 건설하기 위한 기틀을 서서히 다지고…….
이들의 강인하고 고독한 성향에 대한 여러 가지 이야기가 오랫동안 전해 내려온다. 그들은 샐버 하딘의 말을 빌려 진담 반 농담 반으로 이런 모토를 내걸고 있다.
"올바른 일을 수행하면서 도덕적 감정을 개입시키지 말라!"
어떤 이야기가 진짜고 무엇이 가짜인지 오늘날에는 판별하기 힘들다. 약간의 과장도 있을 수 있으며…….

—『은하대백과사전』

## 1

림마 포네츠는 온몸이 비누 거품투성이였다. 그때 수신기에서 호출 신호가 울렸다. 옛날부터 있었던 케케묵은 이야기, 즉 목욕할 때마다 울리는 장거리 통신에 관한 이야기가 어둡고 거친 은하계 외곽성역에서도 통용됨을 증명하는 것 같았다.

다행히 자유계약 무역선의 욕실에는 잡다한 상품이 쌓여 있지 않았기 때문에 아주 아늑했다. 폭 60센티미터, 길이 1.5미터의 작은 방이었지만 샤워기가 있고 뜨거운 물이 나왔으며 조종석까지는 3미터 정도였다. 포네츠는 수신기가 달그락거리며 울리는 연속음을 뚜렷이 들었다.

비누 거품과 욕지거리를 동시에 털어 내면서 그는 수신기 음성 출력을 조정하기 위해 욕조 밖으로 나갔다.

이윽고 세 시간 후, 무역선 한 척이 옆으로 다가왔다. 두 우주선 사이에 놓인 에어튜브를 통해 한 청년이 싱글거리며 들어왔다. 포네츠는 가장 좋은 의자를 앞으로 밀어 주고 자신은 조종사용 회전의자에 앉았다.

포네츠가 불쾌한 듯이 물었다.

"지금까지 뭘 한 거야, 고엄? 파운데이션에서 쭉 뒤쫓아 왔나?"

레스 고엄은 담뱃갑을 뜯어 한 개비 꺼내 들고 단호히 고개를 저었다.

"내가요? 천만에. 나는 그저 우편물이 배달된 다음 날 우연히 글립탈 제4행성에 착륙한 얼간이일 뿐인걸요. 이걸 당신에게 전해 주라고 나를 보냈으니까요."

작고 빛나는 구슬을 건네주며 고엄이 덧붙여 말했다.

"비밀 문서입니다. 극비지요. 서브 에테르라든가 그런 통신에는 맡길 수가 없어요. 이건 개인 캡슐이라서 당신 외에는 누구도 열 수 없어요."

포네츠는 지겨운 얼굴을 하고 캡슐을 바라보았다.

"알겠네. 하지만 이런 데 담겨 있는 건 거의 다 그다지 쓸 만한 소식이 아니야."

그는 손으로 뚜껑을 열고는 얇고 투명한 테이프를 마지못해 뜯었다. 그리고 서신을 재빨리 훑어보았다. 테이프를 거의 다 뜯어 끝부분만 남았을 때 앞부분은 벌써 갈색으로 쭈글쭈글해지더니 1분도 채 안 되어 검게 변하며 분해되었다.

포네츠는 갑자기 충격을 받은 듯 소리쳤다.

"오, 맙소사!"

레스 고엄이 조용히 말했다.

"내가 도울 수 있을까요? 아니면 그야말로 극비?"

"자네는 조합 사람이니까 말해도 괜찮겠군. 나는 아스콘에 가야만 하네."

"그곳에? 무슨 일로?"

"거기서 무역상인이 한 사람 투옥되었다고 해. 자네만 알고 있어야 하네."

고엄이 갑자기 노기를 띠었다.

"투옥이라니! 그건 협정 위반이에요."

"지방 정치에 대한 간섭도 협정 위반이지."

"허! 그 친구가 그런 짓을 했어요?"

고엄은 골똘히 생각하더니 말을 이었다.

"그 무역상인이 누구죠? 내가 아는 사람이에요?"

"아니야!"

포네츠는 날카롭게 말했다. 고엄은 강력한 반발을 깨닫고 더 이상 질문하지 않았다.

포네츠는 일어서서 영상판을 어두운 눈으로 바라보았다. 은하계의 몸체를 이루는 안개처럼 생긴 렌즈 모양에서 멈춘 그는 낮고 강하게 중얼거리다가 냅다 소리를 질렀다.

"빌어먹을! 할당량은 언제 소화하라고."

고엄은 아차 하는 생각이 들었다.

"참, 아스콘은 폐쇄 구역이죠?"

"맞아, 아스콘에서는 주머니칼 하나도 팔 수 없어. 원자력 부속품 같은 건 일절 팔 수 없지. 밀린 화물을 잔뜩 떠맡고 거기로 가게 되다니, 이 녀석은 살인자야."

"그만둘 수는 없어요?"

포네츠는 건성으로 머리를 흔들었다.

"사건에 연루된 사람을 알고 있는걸. 친구를 내버려 둘 수는 없지. 아무려면 어때! 나는 은하령 손에 맡겨진 사람이야. 은하령이 가리키는 대로 어디든지 기쁘게 가겠어."

고엄은 어이가 없었다. 포네츠는 상대방을 보고 짧게 웃었다.

"허허, 깜빡 잊었군. 자네는 영혼에 관한 책을 읽은 적이 없나?"

"들어 본 적도 없어요."

고엄은 무뚝뚝하게 말했다.

"자네도 종교 훈련을 받으면 그렇게 될 거야."

"종교 훈련이라뇨? 성직자를 위한 겁니까?"

고엄은 상당히 쇼크를 받은 모양이었다.

"그런 식으로 말하지 마. 이건 내가 은밀히 감추고 싶은 부끄러운 비밀이야. 나는 스승님이 감당할 수 없는 인간이었어. 세속 교육이나 받아야 한다는 이유로 나는 파운데이션에서 보기 좋게 쫓겨났지. 자, 이제 그만 슬슬 출발하는 게 좋겠네. 자네는 올해 할당량이 얼마나 되나?"

고엄은 담배를 비벼 끄고 모자를 고쳐 썼다.

"마지막 화물을 보내면 돼요. 일이 잘된 편이죠."

"운이 좋은 친구야."

포네츠는 레스 고엄이 떠난 후에도 몹시 어두운 얼굴로 한참 동안 돌처럼 움직이지 않고 앉아서 명상에 잠겼다.

맙소사, 아스콘에 있는 게 고로브라니. 게다가 지금 감옥에 들어가 있다니!

안타까운 일이다. 실제는 나타난 현상보다 상황이 나쁜지도 모른다. 호기심 많은 청년에게는 적당히 문제를 얼버무리고 쓸데없이 참견하지 말라고 쫓아 버리긴 했지만 정작 이 문제를 곰곰히 생각하니, 이건 완전히 차원이 다른 문제였다.

왜냐하면 림마 포네츠는 에스켈 고로브가 무역상인이 아니라 완전히 다른 직업, 즉 파운데이션 스파이라는 사실을 우연히 알게 된 몇 사람 가운데 하나였기 때문이다.

## 2

2주가 지나갔다. 아니, 2주를 낭비했다!

항해 일주일 만에 아스콘에 들어서자마자 경비 중이던 우주 함대들이 그를 잡기 위해 떼를 지어 일제히 몰려왔던 것이다. 그들의 탐색망이 어떤 것인지는 몰라도 하여간 그 탐색망이 효과적으로 작동한 것 같았다.

그들은 신호 하나 보내지 않고 일정한 간격을 유지하면서 서서히 아스콘 중심에 위치한 태양 쪽으로 그를 사정없이 몰아붙였다.

포네츠는 꼭 필요하면 우주선들을 처리할 수 있었다. 모두가 이미 사라져 버린 은하제국에서 넘겨받은 유품으로, 전함이 아니라 스포츠용 유람선에 불과했다. 원자력 병기 같은 것이라곤 전혀 장착되지 않은 우주선이라 겉보기와는 달리 별로 쓸모없는 무기력한 타원체였다. 하지만 에스켈 고로브는 그들에게 붙잡혀 있었다. 그리고 그를 그냥 죽게 내버려 둘 순 없었다. 아스콘인은 분명 그 사실을 알고 있었다.

그 후 일주일은 대군주를 외부 세계와 격리시키는 구름 같은 벼슬아치들과 접촉하는 지긋지긋한 시간이었다. 비서관보 같은 하찮은 무리까지 비위를 맞추어야 했다. 높은 사람을 만나기 위한 형식적인 서명을 받기 위해서는 단계마다 속이 메스껍지만 꾹 참으며 떡고물을 던져 주어야 했다.

무역상이란 신분증명서가 쓸모없는 건 이번이 처음이었다.

마침내 양쪽으로 호위병이 지키는 금박 문 너머로 대군주가 있는 곳에 당도하는 데에만 2주가 지나가 버렸다.

고로브는 여전히 포로 상태이고 포네츠의 뱃짐은 선창에서 무용지물로 썩고 있었다.

대군주는 몸집이 작은 남자였다. 반들반들한 머리와 몹시 주름진 얼굴, 그리고 어처구니없이 커다란 모피 깃 무게에 눌려 움직임이 몹시 둔해 보였다.

대군주가 손가락을 까딱거리자 무장한 병사들이 뒤로 물러나 길을 열고 포네츠는 성큼성큼 걸어서 왕좌 발치로 나아갔다.

"말하지 마라."

대군주가 싸울 듯이 말했기 때문에 포네츠는 말하려다 말고 입을 꽉 다물었다.

"좋아."

아스콘의 지배자는 눈에 띄게 느슨해졌다.

"쓸데없이 지껄이는 건 참을 수 없어. 협박도 아부도 나한텐 안 통해.

이러니저러니 불평을 늘어놓는 것도 안 돼. 아스콘에서는 너희가 가져온 악마의 기계 같은 게 전혀 필요하지 않다고 몇 번이나 경고했는지 아나?"

"대군주님."

포네츠는 착 가라앉은 어조로 그를 불렀다.

"저는 그 무역상인을 두둔할 생각이 없습니다. 무역상인은 자신을 원하지 않는 곳에 억지로 침입하는 행동을 안 하니까요. 다만 은하계가 워낙 넓기 때문에 자신도 모르게 경계를 침범하는 일은 가끔 생기기도 합니다. 이번 일도 정말 착오입니다."

대군주는 갑자기 째지는 소리를 냈다.

"통탄할 일이야, 정말로! 그런데 착오라고? 저 발칙한 악당 놈을 붙잡은 지 두 시간 뒤부터 지금까지 쭉 너희 글립탈 제4행성 사람들로부터 교섭 공세를 받고 있다. 네가 여기에 온다는 사실도 사람들에게서 몇 번이나 통고받았어. 꽤 조직적으로 구원 활동을 하는군. 모두 예상했던 것이야. 통탄스러운 일, 억울한 일, 사고라고 하기엔 좀 지나치지 않나?"

아스콘인은 검은 눈에 조소를 머금고 계속 윽박질렀다.

"게다가 너희 무역상인은 정신 나간 작은 나비처럼 이 행성에서 저 행성으로 미친 듯이 바쁘게 날아다니고, 마치 타고난 권리라도 있는 양 이 별의 중심인 아스콘 최대 행성에 착륙했다. 그런데 무심코 경계를 착각했다는 게 말이나 되나? 어떤가, 그렇다고는 할 수 없겠지?"

포네츠는 엉겁결에 기가 죽었지만 겉으로 나타내진 않았다. 그는 집요하게 물고 늘어졌다.

"대군주님, 이번 교역의 시도가 만일 고의였다면 이건 저희 조합에서 가장 엄격히 지키고 있는 규칙을 위반한 대단히 분별없는 짓입니다."

아스콘인이 차갑게 말했다.

"맞아, 분별없는 짓이야. 그래서 네 동료는 그 대가로 목숨을 잃게 될 거야."

포네츠는 어깨가 굳어졌다. 이제는 주저할 필요가 없었다.

"대군주님, 죽음은 절대적이며 돌이킬 수 없는 행위입니다. 그 대신 다른 조처를 취해 주셨으면 합니다."

잠시 시간이 흐른 뒤 다소 신중한 대답이 되돌아왔다.

"파운데이션은 부유하다고 들었는데……."

"부유하다고요? 네, 확실히 그렇습니다. 그러나 저희가 가지고 있는 재물은 대군주께서 받아들이시지 않는 재물입니다. 원자력을 이용한 저희 상품은 가치가……"

"그건 선조의 축복이 부족하다는 점에서 가치가 없어. 선조들께서 금하셨으니 사악한 것이고, 그래서 저주를 받는 거지."

그는 억양을 넣어서 말했다. 판에 박힌 문구의 반복이었다.

한동안 침묵이 계속된 후 대군주는 눈을 내리깔고 의미심장하게 다시 물었다.

"내게도 가치 있는 건 없나?"

무역상인은 고개를 갸우뚱거렸다.

"모르겠습니다. 바라시는 게 무엇입니까?"

아스콘인은 두 손을 쫙 폈다.

"너는 나하고 흥정하고 싶다고 하면서도 내가 뭘 원하는지 가르쳐 달라고 하는군. 그렇게까지 하고 싶은 마음은 없어. 네 동료는 아스콘의 법률에 따라 신성모독에 대한 처벌을 받게 될 거야. 가스 사형이지.

우리는 공정한 민족이네. 같은 사건을 그 사람이 가난한 나라 국민이라고 해서 더 가혹하게 처벌하진 않아. 비록 내가 불이익을 받게 된다 해도 절대 다르지 않아."

포네츠는 절망적으로 우물거렸다.

"대군주님, 죄인과 면회하도록 허락해 주실 수 있습니까?"

그러나 대군주는 냉담하게 말했다.

"아스콘 법률에 따르면…… 사형수와 만나는 건 허용할 수 없어."

포네츠는 숨을 가다듬었다.

"대군주님, 한 사람이 이제 육체를 잃어버릴 최후의 순간에 이르고 있습니다. 제발 그 영혼에 자비를 베풀어 주세요. 그는 생명이 위기에 처한 이후 지금까지 영혼의 위로도 받지 못했습니다. 지금도 그는 마음의 준비도 없이 모든 것을 주관하시는 은하령의 품으로 돌아가려 하고 있습니다."

대군주는 의심을 품은 음성으로 천천히 말했다.

"너는 영령의 수호자 가운데 한 사람인가?"

포네츠는 깊이 머리를 조아렸다.

"예, 그렇게 훈련을 받아 왔습니다. 막막한 대우주에서 정처 없이 떠돌며 상업과 세속적인 행위에 빠져 생활하는 무역상인에게 부족하기 쉬운 인생의 정신적인 면을 우리 같은 인간이 돌봐 줄 필요가 있기 때문입니다."

아스콘의 지배자는 생각에 잠겨 아랫입술을 빨았다.

"인간은 누구나 선조의 영령 앞으로 떠날 때 자기 영혼을 정리해야 하지. 어쨌든 너희들 무역상인의 신앙심이 깊다는 건 정말 의외로군."

*3*

림마 포네츠가 강화문을 열고 들어오자 에스켈 고로브는 침대의자에서 바스락거리며 한쪽 눈을 떴다. 등 뒤에서 문이 거대한 소리를 내며 닫혔다. 고로브는 뭐라고 중얼거리며 일어났다.

"포네츠! 자네가 온 건가?"

포네츠는 쓸쓸하게 말했다.

"순전히 우연이지. 아니면 나한테 악마가 씌었거나. 첫째로 자네가 아스콘에서 곤란한 일을 저지른 점, 둘째로 내 판매 루트가 때마침 같은 성계 50파섹 내에 있었고 그 사실을 상업 회의소가 알고 있었다는 점, 셋째로 우리가 전에 함께 일한 적이 있으며 그 사실도 회의소가 알고 있었다는 점, 이런 조건이면 대답은 자판기에서 나온 것처럼 당연하지 않겠는가? 꼼짝 못하게 된 거지."

그 말을 듣고 있던 고로브가 주의를 주었다.

"조심해. 듣는 사람이 있을 거야. 전자장 왜곡기 갖고 있어?"

포네츠가 손목에 찬 장식용 팔찌를 보여 주자 고로브는 숨을 내쉬며 안심했다.

포네츠는 주위를 휙 둘러보았다. 독방에는 아무것도 없지만 넓기는 했다. 냄새도 나지 않았다.

"나쁘진 않군. 퍽 신사적으로 다루는데?"

고로브가 그 말을 뿌리치듯 말했다.

"도대체 자넨 여기까지 어떻게 오게 된 거야? 나는 벌써 2주나 독방에 격리되어 있어."

"그러면 내가 여기에 온 이후 계속이군. 그 능구렁이 영감도 약점은 있어. 내 깊은 신앙심 연설에 기울어진 거지. 그래서 자네를 만날 기회를 얻게 된 거야. 나는 자네 영혼의 상담 역으로 여기에 왔어. 저렇게 신앙심이 깊은 치들은 어딘가 남다른 데가 있단 말이야. 자기 편한 대로 태연하게 사람 숨통도 끊어 놓지만 소위 영혼처럼 비물질적이고 불확실한 것을 위협할 때는 주저한다고. 어차피 경험적인 심리학 문제에 불과한데. 무역상인이라면 뭐든지 조금씩은 다 알아야 해."

고로브는 비꼬는 듯이 웃었다.

"하하, 게다가 자네는 신학교를 다닌 경험도 있으니까. 자네가 옳아, 포네츠. 자네가 와 준 건 기쁘군. 그런데 여기 대군주는 내 영혼만 특별히 사랑하진 않겠지. 몸값 이야기는 안 했나?"

무역상인은 눈을 가늘게 떴다.

"암시하더군, 아주 조금. 그리고 나서 가스 처형이라고 협박했어. 나도 잘 둘러대서 적당히 돌려놓았어. 함정일지도 모르니까. 도대체 그놈이 바라는 게 뭐지?"

"금이야."

포네츠는 얼굴을 찌푸렸다.

"금덩어리? 무엇 때문에?"

"금이 저놈들 교환 수단이거든."

"그래? 그런데 그 금을 어디서 구할 수 있지?"

"어디에서든……. 자, 잘 들어 봐. 여기가 중요한 대목이야. 이곳 대군주가 금 냄새를 맡는 한 내 몸은 안전할 거야. 녀석에게 약속해 줘. 요구하는 만큼 지불하겠다고. 필요하면 파운데이션으로 돌아가서 구해 줘. 내가 석방된다면 나를 데리고 이 성계를 떠나는 거야. 거기서 자네와 나는 또 헤어지겠지만 말이야."

포네츠는 못마땅한 표정으로 물끄러미 보았다.

"그런 뒤에 자네는 또 되돌아와서 다시 시도하겠지."

"아스콘에 원자력 기계를 파는 게 내 임무야."

"1파섹도 가기 전에 다시 붙잡히겠군. 그런 사실은 자네도 알고 있겠지?"

"몰랐어. 하지만 그래도 상관없어."

"그때야말로 죽겠군."

고로브는 어깨를 움츠렸다. 포네츠가 조용히 말을 이었다.

"내가 다시 이곳 대군주와 교섭하려면 경위를 죄다 알아야 하네. 지금까지는 무턱대고 해 온 거야. 겨우 두세 마디쯤 던졌는데 아슬아슬하게 대군주의 신경을 건드렸어."

"단순한 거야. 이곳 주변에서 파운데이션을 보호하려면 우리가 할 수 있는 건 종교가 지배하는 상업 제국을 건설하는 길밖에 없어. 우리 힘은 아직 너무 약해서 정치적 지배를 확보할 수 없어. 네 왕국을 잡아 두는 게 최선이라는 뜻이지."

포네츠는 끄덕거렸다.

"그건 알고 있어. 그리고 원자력 기계를 받아들이지 않는 성계는 절대로 우리의 종교적 지배 아래 들어오지 않는다는 사실도 말이야."

"따라서 독립과 적대의 초점이 될 수도 있다는 거야."

포네츠가 눈을 돌렸다.

"됐어, 이론은 그쯤이면 돼. 그런데 거래를 방해하는 건 실제로 뭐지? 종교? 여기 대군주도 넌지시 그런 뜻을 비치던데."

"선조 숭배의 한 형태야. 그들 전설에 의하면 과거에 아주 불길한 사건이 있었는데 고결한 영웅이 나타나서 모두 해결했다는 거야. 그 전설을 부풀려서 1세기 전에 제국 군대를 내쫓고 독립 정부를 수립했던 거지. 진보한 과학, 특히 원자력은 그들에게는 생각만 해도 공포스러운 구제국 시대의 유물이 되어 버렸어."

"그런가? 그렇지만 그들은 꽤 훌륭한 우주선을 갖고 있던데. 2파섹이나 떨어진 데서 나를 정지시켰어. 아무래도 원자력 기관을 가지고 있는 냄새가 나는데?"

고로브는 어깨를 으쓱해 보였다.

"그 우주선은 제국의 유물이야, 틀림없어. 아마 원자력 기관을 갖추고 있을 거야. 기왕에 있는 것이니까 지키려는 거겠지. 문제는 그들이 기술 혁신을 하지 않는 데다가 국내 경제에는 원자력이 전혀 개입되지 않는다는 점이야. 우리가 뜯어고쳐야만 하는 게 바로 그 점이지."

"어떤 식으로 할 셈인가?"

"어떤 한 분야에서 저항을 깨부수는 거야. 쉽게 말해서, 내가 역장을 지닌 작은 칼을 한 귀족한테 팔면 그 귀족에게는 그 칼을 사용할 수 있도록 법률을 뜯어고치는 게 이익이겠지? 좀 허황되게 들릴지도 모르지만, 이건 심리학적으로 확실한 거야. 전략적인 판매를 하기 위해 궁정 내에 원자력 찬성파를 만드는 거지."

"자네가 온 목적이 바로 그거군. 그러니까 나는 단지 자네 몸값을 지불하러 왔을 뿐이니까 곧 돌아가고, 자네는 같은 시도를 계속한다는 건가? 그럼 일종의 위반 아닌가?"

"어떤 점에서?"

고로브가 경계하듯 물었다.

포네츠는 갑자기 화를 냈다.

"이봐, 당신은 외교관이지 무역상인은 아니야. 무역상인이라고 불릴

뿐이지 진짜 무역상인은 될 수 없다고. 이런 사업은 판매를 전문으로 하는 사람이 할 일이야. 우주선에 가득 실린 화물이 썩어 문드러지는 지경인데도 지금 내가 여기에 있는 거라고!"

"그럼 자기 임무도 아닌 일에 나서서 생명을 걸고 있는 건가?"

고로브는 희미하게 웃었다.

그러자 포네츠가 말했다.

"자네가 말하고 싶은 게 뭐야? 이건 애국심의 문제고 무역상인에게는 애국심이 없다는 말을 하고 싶은 건가?"

"안타깝지만 사실이야. 개척자는 애국심이 없지."

"좋아, 그건 인정하지. 나는 파운데이션, 아니 누구를 도와주기 위해서 우주를 돌아다니는 게 아니야. 돈을 벌기 위해서 떠난 것이고 바로 지금 둘도 없는 기회를 맞은 거야. 그런데 동시에 파운데이션에도 도움이 된다면 일석이조가 아닌가? 나는 이제껏 가능성이 더 적은 일에도 생명을 걸어 왔네."

포네츠가 일어나자 고로브도 동시에 일어났다.

"이제부터 뭘 할 작정이지?"

무역상인은 웃었다.

"그건 알 수 없지, 고로브, 지금으로선 말이야. 그러나 판매가 문제라면 나야말로 가장 적임자일세. 도대체 자부심이란 건 내 성격에 어울리지 않지만 이 한 가지만은 말할 수 있지. 난 아직까지 할당량을 처리하지 못하고 끝낸 적이 한 번도 없어."

그가 노크하자 거의 동시에 독방 문이 열리고 간수 둘이 문 양쪽으로 정렬했다.

## 4

"구경거리라고?"

대군주가 험악한 목소리로 말했다. 그는 모피 옷 깊숙이 몸을 파묻고 야윈 손에 지팡이 대신 사용하는 철 곤봉을 쥐고 있었다.

"그리고 금도 있습니다, 전하."

"금이라, 음······."

대군주는 별로 관심이 없다는 투였다.

포네츠는 상자를 내려놓고 최대한 자신만만한 태도로 열었다. 그는 불안했다. 처음 우주 공간에 나왔을 때 맛보던 그런 느낌이었다. 콧수염을 기른 고문관들이 위압하듯 그를 반원형으로 에워싸고 못마땅한 눈초리로 쏘아보고 있었다. 펄은 그중 한 명이었다. 대군주에게 신임을 받는 갸름한 얼굴의 남자는 완고한 적의를 띤 채 대군주 옆자리에 앉아 있었다. 포네츠는 전에 한 번 그를 만났고 그때부터 그를 제1의 사냥감으로 주목하였다.

밖에서는 만일의 사태에 대비하여 1개 소대가 배치되었다. 포네츠는 우주선과 완전히 격리당한 상태에서 한 점의 무기도 갖고 있지 않았다. 남은 일은 뇌물을 바치는 한 가지 방법뿐이었다. 고로브는 아직도 인질 신세였다.

그는 일주일이나 골똘히 생각해서 만든 아주 볼품없고 기괴한 장치를 마지막으로 점검했다. 그리고 안쪽을 납으로 싼 석영 반응로가 강한 압력을 견디게 해 달라고 다시 한 번 기원했다.

"그건 뭐지?"

대군주가 물었다. 포네츠는 뒤로 물러나면서 말했다.

"이것은 제가 손수 조립한 변변찮은 장치입니다."

"그건 알고 있다. 내가 알고 싶은 건 그런 게 아니야. 어차피 너희 세계에 있는 꺼림칙한 흑마술 중 하나겠지?"

"당연히 원자력을 사용한 물건입니다."

포네츠는 엄숙하게 인정하고는 곧 말을 이었다.

"그렇지만 아무도 손댈 필요가 없고 별로 상관할 내용도 없습니다. 저 혼자만 관계한 것이니까 뭔가 꺼림칙한 게 있다 해도 그 책임은 제가 집니다."

대군주는 손에 든 곤봉으로 위협하듯 기계를 향해 치켜들고 입속으로 재빠르게 몸과 마음을 정결하게 하는 주문을 외웠다. 오른쪽에 있던 갸름한 얼굴의 고문관이 대군주에게 몸을 내밀자 그의 붉은 콧수염 끝이 대군주 귀에 닿을락 말락 했다. 대군주는 신경질적으로 움츠려 수염을 피했다.

"이 악마의 도구와 너희 나라 사람의 생명을 구할지도 모를 금이 어떤 관계가 있다는 거지?"

포네츠는 중앙에 살짝 한 손을 얹고 옆을 단단히 두른 원통을 어루만졌다.

"이 기계를 사용해서 저는 당신이 던져 넣는 철을 가장 질 좋은 금으로 바꿀 수 있습니다. 저희가 아는 한 이 기계만이 대군주께서 앉아 계신 의자나 이 건물의 벽을 지탱하고 있는 저 보기 흉한 쇠를 반짝반짝 빛나는 아름다운 황금으로 바꿀 수 있습니다."

포네츠는 스스로도 서투른 말솜씨라고 생각했다. 늘 하는 사업상의 대화라면 유창하고도 그럴싸하게 말했을 텐데 지금은 자신의 우주 화물선처럼 시시하기만 했다. 그렇지만 대군주의 관심을 산 것은 말솜씨가 아니라 그 내용이었다.

"그래? 연금술에서 이야기하는 변성이군. 아직까지도 그것이 가능하다고 주장하는 바보들이 있지. 그놈들은 신성을 모독한 대가를 톡톡히 치르고 있어."

"그들이 성공했나요?"

"아니, 금 제조에 성공하는 건 범죄일 뿐, 그 자체를 응징하는 해독제가 작동할 것이다. 그런 시도가 실패하면 반드시 치명적인 일이 벌어질걸? 자, 이 지팡이를 가지고 한번 해 보겠나?"

대군주가 지팡이로 바닥을 꽝 쳤다.

"전하, 죄송하지만 제가 만든 이 기계는 작은 것이기 때문에 그 지팡이는 좀 깁니다."

대군주의 작고 빛나는 눈이 주위를 둘러보다가 멈췄다.

"란델, 네 버클을 이리 줘. 필요하면 두 배로 돌려줄 테니까."

버클은 죽 늘어앉은 궁정 신하들의 손에서 손으로 전해졌다. 대군주는 손으로 정성스레 무게를 쟀다.

"여기."

대군주는 버클을 바닥에 내던졌다. 포네츠는 그것을 집어 들고 원통을 힘껏 잡아당겨 열었다. 그는 집중하기 위해 눈을 가늘게 뜨고 양극으로 나뉜 칸막이 중앙에 버클을 놓았다. 나중에 더 여유 있게 할 수 있겠지만 지금은 절대로 실패하면 안 된다.

그가 만든 변성장치는 10분가량 버석버석 이상한 소리를 내더니 잠시 후 주변에 오존 악취를 조금씩 풍기기 시작했다. 아스콘인들은 뭐라고 중얼거리면서 뒷걸음질 쳤다. 또다시 펄이 대군주 귀에 대고 뭔가 급히 속삭였다. 대군주 얼굴은 거의 무표정했다. 그는 꼼짝도 하지 않았다.

마침내 버클은 황금으로 변하고, 포네츠는 그것을 대군주에게 내밀었다.

"전하!"

그러나 노인은 망설였다. 잠시 그로부터 멀어지려는 듯한 몸짓을 하던 대군주의 시선이 다시 변성장치에 머물렀다.

포네츠가 재빨리 말했다.

"여러분, 이건 금입니다. 황금 중에서도 진짜 황금이죠. 그 점을 증명하고 싶다면 알고 있는 모든 물리적·화학적 테스트를 해 보시기 바랍니다. 천연의 금과 조금도 차이가 나지 않을 겁니다. 철이라면 어떤 것이든 똑같이 처리할 수 있죠. 녹슬어도 괜찮습니다. 다른 금속이 다소 섞여 있어도……."

포네츠가 지껄인 건 공백을 메우기 위해서일 뿐이었다. 그는 버클을 손바닥에 얹어 내밀었는데 이 황금이야말로 그의 대변자였다.

대군주가 망설임 끝에 천천히 손을 뻗자 펄이 일어나 말했다.

"전하, 그 금은 불결한 것에서 나왔습니다."

포네츠가 그 말을 되받았다.

"장미는 진흙에서도 자랄 수 있습니다, 전하. 대군주께서는 이웃나라와 거래하여 온갖 종류의 물건을 사실 수 있습니다. 금이 은혜로운 조상님들께 축복받은 정통의 기계에서 얻어진 것이든 어딘가 멀리 떨어진 곳에서 만들어진 발칙한 기계의 산물이든 출처를 일일이 탐색할 필요는 없습니다. 저는 결코 기계를 바치려는 게 아닙니다. 제가 바치려는 건 바로 황금입니다!"

펄이 말했다.

"전하의 승낙도 없이 이방인들이 벌인 죄에 대해서는 전하께 아무런 책임이 없습니다. 그렇지만 전하의 승인하에 쇠로 만든 저주스러운 가짜 금을 받게 되면 이는 성스러운 선조의 살아 계신 영령을 욕되게 하는 일입니다."

대군주는 미심쩍은 투로 말했다.

"하지만 금은 금이야. 그리고 중죄인 이교도와 교환하는 것뿐이야. 펄, 자넨 너무 시끄럽군."

대군주가 손을 거둬들이자 포네츠가 말했다.

"전하, 전하께서는 지혜의 샘과 같은 분이십니다. 한 가지 점만 생각해 주십시오. 이교도 한 사람쯤 넘겨준다고 해서 조상님들께서 잃을 건 없습니다. 반대로 손에 쥐고 계신 황금은 조상님들의 성스러운 영혼을 기리는 사원을 아름답게 장식할 수 있습니다. 사악한 황금이라고 해도 그런 존엄한 목적에 사용된다면 악은 곧 사라져 버릴 게 당연하지 않겠습니까?"

"음, 그래! 나의 조부님께 맹세코, 하하."

대군주는 뜻밖에도 단호하게 말하고는 큰 입을 열고 째지는 소리로 웃었다.

"펄, 너는 이 젊은이를 어떻게 생각하느냐? 말하는 게 타당성이 있어. 내 조상님들이 하는 말과 거의 비슷해."

펄은 기분 나쁜 목소리로 말했다.

"그렇게 생각할 수도 있습니다. 타당성이란 것이 '악의 영혼'이 책략을 부리는 것만 아니라면 말입니다."

이때 포네츠가 불쑥 끼어들었다.

"더 훌륭하게 해 보이겠습니다. 우선 이 황금을 인질 대신 받아 주십시오. 이것을 조상님의 제단에 바친 후 저를 30일 동안 구금하십시오. 그 기한이 끝나도 아무런 불상사가 일어나지 않으면, 어떤 재앙도 일어나지 않으면 그거야말로 공물이 받아들여진 증거겠지요. 공물로서 이 이상의 물건이 있을까요?"

대군주가 일어나더니, 반대하는 사람이 있는지 휙 둘러보았다. 앉아 있는 사람들은 너 나 할 것 없이 찬성을 표명했다. 펄조차 삐죽삐죽 자라난 콧수염 끝을 씹으며 무뚝뚝하게 고개를 끄덕였다.

포네츠는 미소를 지으며 종교 교육을 활용하면 어떨까 하고 곰곰이 생각했다.

5

펄과 만나기까지 또다시 일주일이 걸렸다. 포네츠는 바싹 긴장했다. 육체적인 무력감은 이제 익숙했다. 그는 감시가 붙은 상태에서 시 경계를 빠져나와 펄의 교외 별장으로 들어갔다. 다른 곳은 어깨 너머로 살피는 것조차 허락되지 않았지만 시키는 대로 할 수밖에 없었다.

원로들이 모인 자리에서만 보다가 혼자 있는 그를 따로 만나니 키도 훨씬 크고 나이도 젊었다. 평복 차림으로 있으면 도저히 원로로 보이지 않았다.

펄이 당돌하게 말했다.

"자네는 묘한 친구야."

미간을 찌푸려서 그런지 눈이 가늘게 떨리는 것 같았다.

"지난 일주일 동안, 특히 지난 두 시간 동안 자네는 아무것도 하지 않았어. 단지 내가 금을 원하는지 떠볼 뿐이었지. 쓸데없는 노력 아닌가? 금을 원하지 않는 자가 있겠나? 그럼 왜 얘기를 한 걸음 더 진척시키지 않는 거지?"

포네츠는 신중하게 말했다.

"단지 금만의 문제가 아닙니다. 단순히 금만은 아니죠. 금화 한두 닢의 문제가 결코 아니죠. 그 뒤에 숨어 있는 모든 것이라고 말하는 편이 낫겠죠."

펄은 비웃음을 띠며 정색했다.

"그럼 금의 배후에 뭐가 있다는 건가? 확실히 이번에는 저번의 서투른 서론과는 다르군."

"서투른?"

포네츠는 살짝 눈살을 찌푸렸다.

펄은 두 손을 모아 턱을 가볍게 찔렀다.

"아, 서툴고말고……. 자네를 비난하는 건 아니야. 일부러 그랬다는 것쯤은 알고 있어. 그 동기까지 알았더라면 내가 전하께 충고해 드렸을 텐데 말이야. 그런데 만일 내가 자네라면 우주선에서 금을 제조해 놓고 금만 바쳤을 거야. 그렇게 했으면 수선을 피우면서 적의를 불러일으키지도 않았을 테니 말이야."

"그렇군요. 그러나 나는 내 방식대로 한 것입니다. 굳이 적의까지 사 가며 그렇게 행동한 이유는 모두 당신의 주의를 끌기 위해서였습니다."

"그런가? 그것뿐인가?"

펄은 상대방을 놀리는 것을 즐기는 듯한 표정을 숨기려 하지 않았다.

"자네가 30일이라는 기간을 제안한 건 뭔가 더 본질적인 것에 주의를 돌릴 시간을 벌 셈이었겠지. 하지만 만일 금이 순수하지 않다고 판명되면 어쩔 셈인가?"

포네츠는 답답하다는 표정을 지었다.

"그 판정을 금이 순수하기를 가장 바라는 사람들이 내리는 거라면요?"

펄은 눈을 들어 무역상인을 물끄러미 쳐다보았다. 놀라움과 동시에 만족을 느끼는 듯했다.

"현명한 지적이군. 이제 어째서 내 관심을 끌려고 했는지 말해 주겠나?"

"그건 나도 꼭 말하고 싶은 점입니다. 내가 이곳에 온 지 얼마 안 되어 당신과 관계있는 흥미로운 사실 몇 가지를 알아냈습니다. 예를 들면 당신은 종교 회의 멤버로서는 아주 젊고, 게다가 신흥 가문 출신이더군요."

"내 가문을 비판하려는 건가?"

"당치도 않습니다. 당신의 선조는 위대하고 신성한 분들입니다. 그점은 누구나 인정하지요. 하지만 당신이 5대 부족 출신이 아니라고 말하는 사람도 있습니다."

펄은 비스듬히 기대어 앙심을 품은 표정을 숨기지 않고 되받았다.

"5대 부족 사람들한테는 물론 충분한 경의를 표하지만 그들의 육체는 쇠약하고 혈통도 뒤섞였어. 생존한 5대 부족 출신은 50명도 안 돼."

"그러나 아직도 국민들은 5대 부족 출신이 아닌 사람은 대군주가 될 수 없다고 말합니다. 아무리 대군주의 마음에 들더라도 당신처럼 젊고 진보적인 사람은 중신들 사이에 강력한 적을 만들 수밖에 없을 것이라는 소문도 있죠. 대군주도 나이가 드셨으니 머지않아 돌아가실 테고, 그러면 당신을 계속 보호할 수 없겠지요. 그때가 되면 당신의 적 가운데 한 사람이 전하의 유지를 해석할 것입니다."

펄은 얼굴을 찡그렸다.

"외국인치고는 지나치게 많은 소문을 들었군. 그런 것까지 들을 필요는 없어."

"그건 나중에 판단하셔도 됩니다."

펄은 자리에 앉은 상태에서 초조하게 몸을 뒤틀었다.

"짐작컨대 자네는 우주선에 싣고 온 악마 같은 기계로 나에게 부와 권력을 제공하려는 거지, 그렇지?"

"그렇다고 합시다. 그렇다고 거기에 이의를 제기할 이유가 뭐죠? 단지 당신들이 가진 선악의 기준과 맞지 않는다는 이유 때문입니까?"

펄은 머리를 흔들었다.

"아니, 그렇지 않아. 자, 이방인 친구. 자네들 이교도의 불가지론에서 보면 우리가 그렇게 보이겠지. 그렇지만 난 전적으로 이 나라 신화를 맹신하는 건 아니야. 그렇게 보일지도 모르지만 말이야. 난 교육을 받은 인간으로서 시야가 트여 있는 셈이지. 우리 나라에서 종교적 관습이 윤리적인 면보다 깊이가 있는 건 그것이 대중을 위한 종교이기 때문이야."

"그럼 당신이 반대하는 건 뭐죠?"

포네츠는 완곡하게 재촉했다.

"바로 그거야. 대중! 나 개인은 자네와 기꺼이 거래할 마음이 있네만, 자네의 작은 기계가 얼마나 쓸모 있을지가 문제야. 자네들이 무엇을 판다고 했지? 그래, 그래. 예를 들면 면도칼 같은 것 말이지? 그것을 내가 아주 비밀리에 쉬쉬하며 쓴다고 해 보세. 도대체 나에게 뭐가 주어진다는 건가? 내 턱을 청결하고 깨끗하게 면도한다고 해서 부자라도 된다는 건가? 또 내가 그놈을 쓰다가 들키면 가스실행이거나 폭도한테 습격을 받을 텐데?"

포네츠는 어깨를 으쓱했다.

"말씀하신 대로입니다. 해결책은 당신 자신의 실질적인 이익과 국민의 편익을 위해서 원자력 기기를 사용하도록 대중을 교육하는 게 되겠죠. 물론 그것도 아주 대단한 일입니다. 그 점을 결코 부정하진 않습니다. 그러나 그 이익은 아주 막대하죠. 더구나 이건 당신에게만 관계되고 당분간 나와는 전혀 관계없는 일입니다. 왜냐하면 면도칼이든 나이프든 또는 자동오물 처리기든 그런 것을 제공하려는 건 아니기 때문입니다."

"그럼 자넨 무엇을 제공하려는 거지?"

"금 자체입니다. 지금 당장 말이죠. 지난주에 제가 만들어서 보여 드린 기계를 드릴 수도 있어요."

그 말을 듣자 펄은 전신이 굳어지고 얼굴 근육이 움찔했다.

"변성장치를?"

"그렇습니다. 그렇게 되면 당신은 지금 가지고 있는 철과 똑같은 양의 금을 가지게 되지요. 그것만 있으면 무슨 일에도 대응할 수 있겠지요. 대군주 지위를 확보하는 데도 충분합니다. 나이가 젊다든가 적이 있어도 전혀 문제 되지 않습니다. 게다가 안전하죠."

"어떤 방법으로?"

"비밀주의! 당신이 원자력 기기 사용에 대한 유일한 안전책이라고 했던 비밀주의가 바로 이 장치를 사용하는 핵심입니다. 가장 멀리 떨어진 당신의 영지에서 가장 튼튼한 성, 가장 깊은 지하실에 변성장치를 묻어 두세요. 그러면 당신은 금방 부자가 됩니다. 당신이 사려는 것은 기계가 아니라 '금' 아닙니까? 금을 제조했다는 흔적은 어디에도 없습니다. 어쨌든 천연의 금과 아무런 차이도 없으니까요."

"그러면 기계를 누가 조작하지?"

"당신 자신입니다. 5분이면 필요한 방법은 모두 알 수 있습니다. 아무 데나 원하시는 곳에 기계를 설치해 드리겠습니다."

"그 대가는?"

포네츠는 주의 깊게 말했다.

"글쎄요……. 값을 이야기하지요. 꽤 비쌉니다. 저는 그걸로 생활하고 있으니까요. 가만있자…… 아주 소중한 기계이니…… 금을 만드는 분량만큼 연철을 주는 건 어떻습니까?"

펄의 웃음소리에 포네츠는 얼굴이 빨개졌다. 그래서 굳은 목소리로 덧붙였다.

"만일을 위해 말씀드리지만 그 정도는 두 시간 내에 회수할 수 있습니다."

"그래, 그러나 한 시간도 되기 전에 자네는 사라지고 기계는 갑자기 쓸모없어지겠지. 나는 보증이 필요하네."

"제 말을 믿어 주십시오."

"좋은 이야기군."

펄은 빈정대며 고개를 끄덕였다.

"하지만 자네가 있어 준다면 훨씬 확실하겠지. 기계를 받고 일주일이 지나도 계속 착실히 가동하면 지불한다고 서약하지."

"그건 받아들일 수 없습니다."

"받아들일 수 없다고? 자네는 나에게 뭔가 팔고 싶다고 말한 것만으로도 충분히 사형감이야. 아니면 내일 아침 가스실로 보내지거나."

포네츠는 무표정했지만 눈은 반짝 빛나는 것 같았다.

"그건 저에겐 부당한 거래입니다. 적어도 계약은 서류로 하는 게 좋겠지요?"

펄은 만족한 듯이 기쁜 얼굴로 웃었다.

"그래서 당신과 함께 처형당하라는 건가? 그럴 순 없지! 말도 안 돼! 나는 그런 멍청이가 아니라고."

무역상인은 작은 소리로 말했다.

"좋습니다. 원하시는 대로 하지요."

# 6

고로브는 투옥된 지 30일 만에 석방되었다. 227킬로그램의 순수한 황금을 몸값으로 넘겨주고, 그와 함께 기피 대상으로 손끝 하나 대지 않은 채로 잡혀 있던 우주선도 넘겨받았다. 그리고 아스콘 성계에 들어왔을 때와 마찬가지로 반짝이는 작은 우주선 부대에 이끌려 성계를 빠져나갔다.

포네츠의 눈은 한 점 얼룩처럼 아련히 태양에 비춰지는 고로브의 우주선을 지켜보았고 동시에 변조된 에테르 빔에 실린 가늘지만 뚜렷한 고로브 목소리를 들었다.

고로브는 힐책하듯 말하고 있었다.

"그들이 요구한 건 그게 아니야, 포네츠. 변성장치를 주지 말았어야 했어. 그런데 그건 어디서 찾아냈나?"

포네츠는 참을성 있게 대답했다.

"찾아낸 게 아니야. 식품 열선 조리실을 재료로 해서 어설프게 만든 거야. 어쨌든 아무 쓸모도 없는 건 아니지. 대규모 동력의 소비는 금지되어 있어. 파운데이션이 중금속을 구하려고 은하계를 돌아다니는 대신에 사용하던 변성장치야. 이건 무역상인들이 흔히 사용하는 사기술이지. 철을 금으로 바꾸는 건 나도 본 적 없지만 말일세. 어쨌든 상대방한테 감명을 주었고 일이 잘 풀리고 있잖나. 극히 일시적이겠지만."

"그래. 하지만 그런 이상한 사기술은 좋지 않아."

"당신을 지겨운 곳에서 구출했는데도?"

"어처구니없이 헛다리를 짚는군."

"어째서?"

고로브의 목소리는 초조했다.

"그건 자네 스스로 정치가에게 말하지 않았나. 변성장치는 목적을 달성하기 위한 수단일 뿐 그 자체는 가치가 없다는 자네의 판매 전략에 입각한 것이지. 상대방 또한 금을 샀을 뿐이지 기계를 산 건 아니야. 심리학으로서는 훌륭해. 어쨌든 잘되었으니까 말이야. 그러나……"

"그러나?"

포네츠는 뒷말을 독촉했다. 수신기 소리가 시끄럽게 삐삐거렸다.

"그러나 우리가 팔고 싶은 건 그 자체로서 가치가 있는 기계야. 그들이 공공연히 쓰고 싶어 할 그런 기계, 사리사욕을 위해 원자력 기술을 꼭 도입할 수 있도록 하는 그런 거 말이야."

"그건 알고 있네. 전에도 설명해 주었잖나. 하지만 내 판매 방법에서 뭔가 반짝이는 걸 모르겠나? 변성장치가 가동하는 한 펄은 황금을 만들어 내겠지. 그리고 기계는 그가 다음 선거를 매수할 수 있을 만큼은 지탱할 거야. 지금 대군주 자리에 있는 노인네도 살 날이 얼마 안 남은 것 같던데?"

"자네는 당선에 대한 사례를 바라는 건가?"

고로브는 냉정하게 물었다.

"아니, 이익을 계산할 줄 아는 지혜를 바라는 걸세. 변성장치는 선거를 이기게 할 것이고 그 뒤를 이어 다른 기계가……"

"아니, 아니야! 전제가 틀려. 그가 믿는 건 변성장치가 아니야. 구태의연한 황금이지. 이 점을 자네에게 말해 주고 싶었네."

포네츠는 빙긋 웃으며 아주 기쁜 얼굴로 이렇게 생각했다.

'좋아, 좋아. 가엾게도 고로브를 심하게 괴롭힌 꼴이 됐군. 고로브 목소리가 조급하게 변했으니 말이야.'

"조급하게 굴지 말게, 고로브. 이야기는 아직 끝나지 않았어. 다른 장치도 이미 빈틈없이 끌어들였네."

잠시 침묵이 흘렀다. 고로브 목소리가 침묵을 깨뜨렸다.

"다른 기계장치란 뭐지?"

포네츠는 무심코 몸짓을 해 보였지만 상대방이 알 리 없었다.

"자네를 호위하는 우주선이 보이나?"

고로브는 쌀쌀맞게 대답했다.

"보이네. 이봐, 지금 무슨 이야기를 하는 거야? 그보다 기계장치 이야기를 하라고."

"듣고 싶다면 얘기해 주지. 우리를 호위하는 건 펄 개인의 공군이야. 대군주가 녀석에게 각별히 베풀어 준 영예지. 숨겨 왔던 거지만 말일세."

"그래서?"

"그가 우리를 어디로 데려간다고 생각하나? 아스콘 변두리에 있는 광산, 그의 사유지로 가는 거라고. 들어 봐!"

포네츠가 갑자기 열을 내며 계속 말했다.

"내가 이번 일에 몸을 던져 행동한 건 '돈'을 벌기 위해서지 전 세계를 구제하려는 게 아니라고 말했지? 그래, 나는 무료로 변성장치를 팔았어. 받은 것은 가스실로 갈 위험뿐이고, 이번 할당량을 어떻게 소화할 것인지 따윈 생각하지도 않았어."

"광산인지 뭔지 하는 얘기로 돌아가세, 포네츠. 그것과 이번 일이 무슨 관계가 있지?"

"이익을 볼 수 있지. 우리가 주석을 몽땅 끌어모으는 거야, 고로브. 이 고물 우주선에 실을 수 있을 만큼 싣는 거야. 당신 우주선에도. 나는 펄과 함께 아래로 내려가서 모을 테니까, 당신은 총이란 총은 모두 다 겨누어 위에서 나를 엄호해 주게. 그놈이 얘기를 번복할 경우에 대비해서 말이야. 그 주석이 바로 이익이지."

"그게 변성장치의 대가인가?"

"내 우주선에 있는 원자력 기계 전부에 대한 대가지. 두 배 가격에 덤을 얹어서 말이야."

포네츠가 미안한 듯 어깨를 움츠리며 덧붙였다.

"속임수를 쓴 건 인정하지만 나도 할당량을 채워야 하니까, 그렇지 않나?"

고로브는 확실히 어리둥절해하는 것 같았다. 그래서 가냘픈 목소리로 물었다.

"이봐, 조금만 더 설명해 주지 않겠나?"

"설명할 게 뭐 있어? 명백한 거야, 고로브. 자, 봐. 저 약은 자는 나를 감쪽같이 함정에 빠뜨릴 셈이었지. 대군주에게 내가 말하는 것보다 자기가 말하는 편이 더 낫다는 이유로 말이야. 녀석은 변성장치를 손에 넣었어. 이건 아스콘에서는 일급 범죄야. 하지만 녀석은 문제가 되면 언제든지 발뺌할 수 있지. 자신은 순수한 애국적 동기에서 상인의 꾐에 빠져 덫에 걸렸다고 말일세. 그런 다음 나를 불법 상품 판매자로 고발하면 되니까."

"그건 확실해."

"확실하지. 하지만 단순히 말만 주고받은 건 아니야. 하여튼 펄이란 놈은 마이크로필름 레코더 같은 건 생전 들어 본 적도, 생각해 본 적도 없을걸?"

고로브가 갑자기 웃음을 터뜨리자 포네츠의 음성은 더욱 유쾌해졌다.

"그래, 녀석은 유리한 위치에 있어. 나는 녀석을 적당히 들볶아 주었지. 꼭 매 맞은 개처럼 순순히 변성장치를 설치하면서 그때 거기에 녹음기를 붙여 두었다가 다음 날 검사할 때 떼었어. 녀석의 성스럽고 깊숙한 담장 내부의 동정을 완벽하게 기록한 거지. 가엾게도 펄 녀석은 스스로 변성장치를 최대 출력으로 조작해서 황금 한 조각이 처음 나오니까 마치 방금 알을 낳은 닭처럼 기뻐하지 뭐야?"

"자네는 그 결과를 보여 주었나?"

"이틀 후에. 딱하게도 그 얼간이는 색채 음향이나 입체 영상 같은 건 본 적이 없었어. 자기는 미신을 믿는 사람이 아니라고 열심히 우겨 댔지만 그때 무서워하는 녀석의 꼴이란! 나는 이런 기계를 시 광장에 설치해 두었다, 대낮에 열광적인 아스콘 군중이 지켜보는 데서 공개할 것이다, 그렇게 되면 그대는 갈가리 찢길 것이다, 이렇게 이야기하자 녀석은 1초도 되기 전에 내 앞에 무릎을 꿇고는 입도 다물지 못했어. '원하는 대로 거래를 하겠습니다.'라고 말할 차례였지."

"정말 그렇게 했나?"

고로브는 웃음을 참으면서 대답을 재촉했다.

"정말 시 광장에 설치했냐니까?"

"아니, 하지만 그건 문제가 아냐. 녀석이 거래를 했으니까. 내가 가지고 온 기계류 전부와 당신 것 전부까지, 그것을 우리가 운반할 수 있을 만큼의 주석과 교환하는 내용이었어. 그때는 내가 무슨 짓을 할지 모른다고 생각했는지, 문서로 계약을 하더라고. 녀석과 함께 지하에 내려가기 전에 내가 복사본을 한 통 자네에게 줄 걸세. 방심은 금물이니까."

"그러나 자네는 그에게 상처를 입혔어. 그런데도 그가 그 기계들을 사용할까?"

"왜 안 써? 녀석으로서는 그것이 손실을 메울 유일한 방법이고, 돈이 벌리면 자존심도 위로받겠지, 뭐. 이렇게 해서 그가 다음번 대군주가 된다면 우리 일은 성공 아닌가?"

고로브는 감탄했다.

"과연! 아주 훌륭한 상술이군. 그렇기는 하지만 별로 유쾌하지 못한 상술인 건 틀림없네. 자네가 신학교에서 쫓겨난 것도 이상한 일이 아니야. 자네는 도덕이라는 게 없나?"

그러나 포네츠는 전혀 개의치 않고 말했다.

"그런 건 아무래도 상관없어. 당신도 샐버 하딘이 도의감에 대해서 한 이야기를 알고 있지 않은가?"

## 제5부
# 대상(大商)

**무역상인**

……심리역사학의 필연성에 이끌려 파운데이션의 경제적 지배력은 날로 증대했다. 무역상인은 재물을 손에 넣고 재물은 그들에게 권력을 주었다.

호버 말로가 평범한 무역상인으로 첫발을 내디던 사실을 기억 못할 사람은 있겠지만 그가 최초의 대상인으로 생애를 마감한 사실은 누구도 못 잊을 것이다…….

— 『은하대백과사전』

## 1

조레인 서트는 정성스레 손질한 손을 깍지 끼며 말했다.

"이건 수수께끼 같은 거야. 사실 극비지만 말이야. 해리 셀던이 말한 위기 가운데 하나일지도 몰라."

상대방 남자는 스미르노식 짧은 윗도리 주머니를 뒤적거려 담배를 꺼냈다.

"그건 알 수 없지, 서트. 정치가는 시장 선거 때만 되면 언제나 셀던 위기에 대해 떠들곤 하니까."

서트는 피식 웃으며 말했다.

"나는 선거운동을 하는 게 아니야, 말로. 우리는 원자력 병기에 직면했는데 그게 어디서 온 건지도 몰라."

스미르노 출신 무역상인 호버 말로는 잠자코 담배를 피웠다.

"계속해 보게. 더 할 말이 있으면 말이야."

말로는 파운데이션 사람한테 필요 이상으로 겸손하게 대하는 실수는 결코 하지 않았다. 그는 변방인이지만 사내대장부로서 조금도 자신을 비하하는 일이 없었다.

서트는 테이블 위 입체 지도를 가리켰다. 서트가 장치를 조절하자 항성계 절반을 포함한 천체도가 붉게 빛났다.

"저것이 코렐 공화국이야."

서트가 조용히 말하자 무역상인은 끄덕였다.

"나도 가 봤어. 더러운 쥐의 소굴이야! 자네라면 그곳을 공화국이라고 부르겠지만 제1시민으로 뽑히는 건 매번 아르고 일족 출신이야. 그게 자네 마음에 들지 않는다면 자네한테 일이 생길 걸세."

그는 입술을 삐죽이며 되풀이했다.

"내가 그런 곳에 다녀왔다고."

"그러나 자네는 무사히 돌아왔어. 항상 그렇진 않아. 작년에 무역선 세 척이 이 공화국 영토에서 행방불명되었지. 조약을 준수했는데도 말이야. 이 배들은 일반적인 핵폭탄과 역장 방어막을 모두 갖추고 있었다네."

"배에서 온 마지막 통신은 뭐였지?"

"흔히 있는 보고였어. 다른 건 아무것도 없었지."

"코렐에서는 뭐라고 했는데?"

서트의 눈에 냉소가 어렸다.

"물어볼 수가 없었어. 외곽성역 전체에서 파운데이션은 힘이 세다는 평판을 받고 있어. 그런 마당에 우리가 배를 세 척이나 잃고서 상대편한테 그 이유를 '물어볼 수 있다'고 생각하나?"

"그렇군. 그런데 그게 도대체 나랑 무슨 상관이 있는 건가?"

조레인 서트는 쓸데없이 허둥지둥하며 시간을 허비하는 인물이 아니었다. 시장 비서관으로서 그는 지금까지 야당 평의원, 구직 희망자, 개혁가, 그리고 해리 셀던이 해석한 것처럼 본래의 역사 진로를 전면적으로 해명했다고 자처하는 미치광이들을 딱 잘라 무시해 왔다. 이런 일에 훈련되어 있었기 때문에 작은 일에는 결코 힘들어하지 않았다. 그는 순서에 따라 이야기했다.

"좋아, 말하지. 요컨대 같은 해 같은 구역에서 배를 세 척 잃은 건 사고라고 할 수 없어. 또 원자력은 그 이상의 위력을 가진 원자력에 의해서만 정복되지. 바로 이 점에서 의문이 생겨. 만일 코렐이 원자력 병기를 가지고 있다면 어디서 구한 걸까?"

"어디서 구한 거냐고?"

"두 가지 가능성이 있어. 코렐에서 독자적으로 제조했거나……"

"도저히 생각할 수 없어!"

"그래, 그러나 이제 남은 한 가지 가능성은 누군가 우리를 배신했다는 거야. 그 때문에 곤란을 겪는 거겠지."

"그렇게 생각하나?"

말로의 목소리는 냉정했다. 비서관이 조용히 말을 이었다.

"그런 일이 생길 수 있다는 건 전혀 놀랄 일이 아니야. 네 왕국이 파운데이션 조약을 수락한 이래 우리는 의견을 달리하는 주민을 수없이 상대했어. 각각의 왕국에는 왕위를 노리는 자나 예전 귀족들도 있어. 이들은 파운데이션을 사랑하는 척 꾸미는 데 그다지 능숙하진 못해. 그중 몇 사람이 활동을 시작한 것 같네."

말로는 약간 기분 나쁜 기색을 나타냈다.

"알았네. 그런데 도대체 나한테 말하고 싶은 게 뭔가? 나는 스미르노 출신이야."

"알아. 스미르노인이지…… 네 왕국의 하나인 스미르노 출신이지. 자네는 파운데이션인이지만 그건 교육에 의해서일 뿐이야. 출생지로 보면 자넨 변방인이고 외국인이야. 당시 자네의 조부는 아나크레온과 로리스를 상대로 싸운 남작이었지. 세프 세르맥이 토지를 재분배했을 때 자네 일족은 영지를 깨끗이 몰수당했고."

"아니, 전혀 틀려! 내 조부는 신분이 낮은 우주의 철새였어. 파운데이션으로 오기 전에 굶어 죽기 딱 좋은 임금이라도 어떻게 받아 보려고 석탄을 나르다가 돌아가셨어. 나는 과거의 제도에서 아무런 덕도 보지 않았어. 그러나 나는 스미르노에서 태어났고 스미르노도 스미르노 출신이라는 사실도 전혀 부끄럽지 않아. 자네가 배신 운운하며 암시했다고 해서 내가 당황해서 파운데이션에 알랑거릴 일도 없어. 이제 자네가 할 수 있는 건 나한테 명령을 내리든 비난을 하든 둘 중 하나겠지. 어느 쪽이든 상관없네."

"여보게, 무역상인. 나는 자네의 조부가 스미르노 왕이든 행성에서 제일가는 가난뱅이든 조금도 신경 쓰지 않아. 내가 자네의 출생이나 선조에 대해서 시시한 이야기를 끄집어낸 건 그런 일에 전혀 흥미가 없다는 걸 자네한테 보여 주기 위해서였어. 아무래도 자네는 초점을 놓치고 있는 것 같군. 자, 처음부터 다시 하지. 자네는 스미르노인이야. 또

한 무역상인이고. 아주 우수한 상인이지. 자네는 코렐에 간 적이 있고 코렐인을 알고 있어. 그런 이유에서 자네가 코렐에 가 주기를 바라는 걸세."

말로는 깊이 한숨을 쉬었다.

"스파이로 말인가?"

"당치도 않아. 무역상인으로 가는 걸세. 단, 눈을 똑바로 뜨고 있어야해. 원자력의 출처를 밝혀낼 수만 있으면……. 자네가 스미르노인이니까 지적해 두겠는데 실종된 무역선 두 척에는 스미르노인 승무원이 타고 있어."

"언제 떠날 수 있나?"

"자네 배는 언제 출발 준비를 마칠 수 있지?"

"6일 이내에."

"그럼 그때 출발하지. 상세한 내용은 우주군 본부에서 알려줄 걸세."

"알았네!"

무역상인은 일어나 힘주어 악수하고는 성큼성큼 나갔다.

서트는 잠시 기다렸다. 어찌나 손이 아프던지 손가락을 살살 펴서 문지른 후 시장실로 들어갔다.

시장은 영상판 스위치를 끄고 의자에 앉아 있었다.

"자네는 어떻게 생각하나, 서트?"

"배우 노릇을 훌륭하게 잘할 겁니다."

서트는 이렇게 말하고 생각에 잠겨 앞을 응시했다.

## 2

그날 저녁 하딘 빌딩 21층에 있는 조레인 서트의 독신자 아파트에서 퍼블리스 만리오는 천천히 포도주를 마시고 있었다.

늙어 가면서 점점 야위고 있지만 파운데이션의 두 요직을 겸한 그였다. 그는 시장의 내각에서는 외무대신이고 파운데이션을 뺀 외부의 모든 항성계에서는 수석 대주교였다. 그는 '성스러운 양식의 제공자' 또는 '신전의 지배자' 등등 어마어마한 직함을 가진 사람이었다.

"시장은 자네가 무역상인을 파견하는 데 동의했어. 그건 아주 중요한 일이라고."

"하지만 극히 작은 일입니다. 즉시 성과가 나오는 일도 아니고요. 이 일은 전술적으로 아주 졸렬합니다. 마지막 결과를 명확히 파악한 게 아니니까요. 어딘가에 함정이 있으리라고 예상하면서도 그저 줄을 풀고 있는 거나 마찬가지입니다."

"자네 말이 맞아. 말로는 유능한 사람이야. 만일 그가 쉽게 속지 않는다면 어떻게 하지?"

"무슨 일이 있더라도 지금이 기회입니다. 만일 배신자가 있다면 관련자들은 상당히 유능한 인물일 겁니다. 만일 배신자가 없다면 우리에겐 진상을 밝혀내는 데 유능한 사람이 필요하겠죠. 그때는 우리가 말로를 보호할 겁니다. 잔이 비었군요."

"됐어, 고마워. 이제 충분하군."

서트는 자신의 잔에 포도주를 따르면서 곰곰이 생각에 잠기는 상대방의 다음 말을 잠자코 기다렸다. 아무리 생각해도 결론은 나지 않는 모양이었다. 수석 대주교가 갑자기 큰 소리로 물었기 때문이다.

"자네가 노리는 건 뭐지, 서트?"

서트의 얇은 입술이 벌어졌다.

"말씀드리죠. 우리는 지금 셀던 위기에 처해 있습니다."

만리오는 눈을 동그랗게 떴지만 담담하게 말했다.

"자네가 그걸 어떻게 알아? 셀던이 시간 유품관에 또다시 나타난 건가?"

"그럴 필요까진 없을 겁니다. 자, 잘 생각해 보세요. 제국은 외곽성역을 포기하면서 우리도 원자력으로 버텨 나가라며 방출했죠. 그 후로 우리는 원자력을 지닌 상대와 한 번도 부딪히지 않았습니다. 그러다가 최근에 와서 처음으로 상대를 만난 겁니다. 우리가 버티고 있는 것만도 대단히 의미가 있다고 생각합니다. 그런데 문제는 그것만이 아닙니다. 70여 년 만에 처음으로 우리는 중대한 국내 정치 위기에 직면하고 있습니다. 나라 안팎에서 동시에 두 가지 위기가 일어났다는 건 셀던 위기가 도래하고 있음을 뜻한다고 생각합니다."

만리오는 눈을 가늘게 떴다.

"그것뿐이라면 아직 충분한 건 아니군. 과거 두 번이나 셀던 위기가 있었어. 두 번 다 파운데이션이 통째로 날아갈 위험에 직면했네. 그런 위기가 다시 오기 전에는 어떤 것도 세 번째 위기라고 할 수 없어."

서트는 내심 초조하지만 결코 겉으로 드러내지 않았다.

"그런 위험이 다가오고 있습니다. 위기가 오면 바보 천치라도 알 수 있겠죠. 그러나 국가에 대한 진정한 봉사는 위기가 닥치기 전 단계에 미리 그것을 알아내는 일입니다. 만리오, 우리는 계획된 역사에 따라 나아가고 있는 겁니다. 우리는 해리 셀던이 미래의 역사적 개연성을 계산해 놓은 걸 알고 있습니다. 또한 언젠가 우리가 제국을 재건하게 된다는 사실도 이미 알고 있고요. 그것이 1000년 정도 걸리고, 그 사이에 결정적인 위기를 맞게 된다는 사실도 알고 있습니다. 그런데 최초의 위기는 파운데이션이 건설된 지 50년 후에 찾아왔습니다. 두 번째는 그로부터 30년 후였죠. 그 이래로 70년이나 지났습니다. 지금이 바로 그때예요. 만리오, 지금이라고요."

만리오는 불안하게 코를 만졌다.

"그러면 자네는 그 위기에 대처할 계획을 세웠나?"

서트는 고개를 끄덕였다.

"그리고 그 계획에 내가 한몫 끼는 걸로 돼 있나?"

서트가 다시 고개를 끄덕였다.

"다른 나라에게 원자력 위협을 당하기 전에 우리는 나라 안을 정리해야 합니다. 우선 무역상인들을……"

"오호!"

대주교는 몸을 빳빳하게 세우면서 눈을 날카롭게 떴다.

"그렇습니다. 무역상인들입니다. 그들은 쓸모 있긴 하지만 지나치게 성격이 강하고 우리 손에서 너무 벗어나 있습니다. 그들은 종교를 별로 대수롭지 않게 여기는 교육을 받은 변방인입니다. 우리는 그들에게 지식을 주면서, 우리 스스로 가장 강력한 지배력을 잃어버리고 있는 겁니다."

"그들이 배신했다는 사실을 증명할 수 있겠나?"

"만일 증명할 수 있다면 직접 간단하게 처리하는 것으로 충분하겠지요. 그러나 그건 아무런 의미도 없습니다. 그들은 반역을 일으키지 않더라도 우리 사회에 어떤 의심스러운 요소를 만들 것입니다. 그들은 우리랑 다릅니다. 애국심도 없고 조상도 다르며 종교적인 경외심도 없습니다. 외곽성역은 비종교적인 상인들에게 영향을 받아 셸던 시대 이래 우리를 성스러운 별로 받들어 온 관습을 금방 벗어던질 겁니다."

"그건 알아. 하지만 대책은……"

"셸던 위기가 절박해지기 전에 서둘러 치료해야 합니다. 만일 밖에서는 원자력 병기가 위협하고 있고 안에서는 정치 불만이 쌓이는 사태가 벌어지면 위험부담이 너무 커집니다."

서트는 손에 든 빈 잔을 내려놓고 다음 말에 힘을 주었다.

"이건 분명 당신이 처리할 일입니다."

"나?"

"저는 할 수가 없어요. 제 직위는 임명직일 뿐 행정상의 지위는 없으니까요."

"시장은……"

"불가능합니다. 시장은 성격이 너무 소극적입니다. 책임을 회피하기에만 급급하죠. 만일 독립 정당이 나타나 재선을 위협하면 시장은 그 정당으로 들어갈 사람입니다."

"하지만 서트, 나는 실제 정치에는 자신이 없어."

"그건 저한테 맡겨 주십시오. 아무도 모르는 일입니다, 만리오. 샐버하던 시대 이래 한 인간이 대주교직과 시장직을 한꺼번에 움켜쥔 적은 결코 없었습니다. 하지만 이제 그런 일이 벌어질 수도 있지요. 당신이 일만 잘 처리한다면 말이죠."

3

한편 호버 말로는 도시 변두리에서 두 번째 사람을 만나고 있었다. 그는 상대방 이야기를 오랫동안 듣다가 조심스럽게 입을 열었다.

"그래, 자네가 무역상인 대표를 종교 회의에 진출시키려고 동분서주하고 있다는 이야기는 들었어. 그런데 어째서 나를 주목했나, 튜어?"

제임 튜어는 누가 묻지 않아도 자기는 파운데이션에서 비종교적인 교육을 받은 변방인이 최초로 만든 그룹의 일원이라고 이야기하는 사람이었다. 튜어가 빙긋이 웃었다.

"나는 내가 무슨 일을 하는지 잘 아는 사람이야. 작년에 우리가 처음 만났을 때를 기억하나?"

"무역상인 대회였지."

"그래, 자네가 대회를 주재했지. 자네는 잔소리꾼들을 자리에 앉히고 다짜고짜 회의를 진행했어. 그래서 파운데이션 사람들에게도 자넨 평판이 좋아. 자네에겐 불가사의한 매력이 있지. 어쨌든 자네가 한 모험은 널리 알려졌어."

말로는 냉담한 어조로 말했다.

"그래, 알았어. 그런데 어째서 지금이지?"

"지금이 절호의 기회야. 교육 비서관이 사표를 제출한 건 알고 있나? 아직 공표하지 않았지만 조만간 발표되겠지."

"어떻게 자네가 그런 걸 알지?"

"하하, 그건 신경 쓰지 말게. 어쨌든 그렇게 될 거야. 행동당은 둘로 분열되고 있어. 이제 곧 숨통을 끊을 수 있을 거야. 무역상인에게 동등한 권리를 주자는 문제를 단도직입적으로 끄집어내서 말이지. 말하자면 민주주의와 반민주주의라고나 할까?"

말로는 의자에 느긋하게 기대어 자신의 굵은 손가락을 바라보았다.

"정말 안됐네, 튜어. 나는 다음 주에 일 때문에 외부에 나갈 거야. 다른 사람에게 부탁하게."

튜어는 물끄러미 상대방을 보았다.

"일? 무슨 일인데?"

"극비야. 어느 것보다도 중요한 일이지. 그것밖에 말할 수 없어. 시장 비서관과 약속했기 때문이야."

"뱀 같은 서트하고?"

제임 튜어는 흥분하기 시작했다.

"함정이야. 그 녀석은 자네를 쫓아 버리려는 거야, 말로!"

"그만둬!"

말로는 손으로 상대방이 꽉 쥔 주먹을 잡았다.

"그렇게 흥분하지 마. 그게 함정이라면 다시 돌아왔을 때 해결하지. 만일 그렇지 않다면 자네가 말한 뱀은 우리 뜻대로 놀아나는 거야. 들어 봐, 셀던 위기가 다가오고 있다고."

말로는 반응을 기다렸지만 전혀 아무런 기색도 없었다. 튜어는 단지 멍청하게 보고 있을 뿐이었다.

"셀던 위기라는 건 뭐지?"

"이런, ……특별한 거야!"

말로는 맥이 빠지는 것을 느끼며 자신도 모르게 목소리를 높였다.

"자네는 학교에서 도대체 무얼 배운 거야? 어떻게 그런 멍청한 질문을 할 수 있나?"

나이가 그보다 많은 튜어는 기분이 상한 듯 눈살을 찌푸렸다.

"설명해 주겠나?"

긴 침묵이 흐르고 나서 말로가 짧게 대답했다.

"설명하지."

그리고 눈을 내리깔며 천천히 이야기를 시작했다.

"은하제국이 주변부에서 멸망하기 시작하여 끝내 야만적으로 변하면서 사라지기 시작할 때, 해리 셀던과 그 무리가 바로 여기에 식민지, 즉 파운데이션을 건설했다는 거야. 그래서 예술, 과학, 기술을 보존하여 제2제국의 핵심이 된다는 거지."

"아아! 그래, 그렇지!"

무역상인은 쌀쌀맞게 말했다.

"아직 끝나지 않았어. 파운데이션의 미래는 심리역사학에 의해 설계되어 있어. 일련의 위기를 거치면서 고도로 발전하게 되지. 그렇게 해서 우리는 싫든 좋든 미래 제국을 향한 장도를 따라 급속히 떠밀려가게 되지. 셀던이 예상한 위기는 우리 역사에서 획기적인 사건이 되는 거야. 현재 우리는 바로 그런 위기에 접근하고 있어, 세 번째 위기 말이야."

튜어는 어깨를 으쓱해 보였다.

"그래, 맞아! 기억이 나는군. 너무 오래 전에 학교를 나와서 말이야……. 자네보다도 오래되었네."

"그렇겠지. 어쨌든 좋아. 문제는 지금 이런 위기가 한창 진전되는 시점에서 내가 밖으로 나가게 되었다는 사실이야. 다시 돌아왔을 때 어떻게 해야 할지에 대해서는 지금 뭐라고 말할 수 없어. 그러나 종교 회의 선거는 매년 있네."

튜어는 올려다보았다.

"그럼 뭔가 실마리가 있나?"

"아니."

"계획은 결정했어?"

"전혀 아무것도."

"그런데……."

"그래, 아무것도 없어. 하딘은 이런 말을 했지. '계획만으로 성공할 수는 없다. 임기응변도 필요하다.'라고 말일세. 나도 그렇게 할 거야."

튜어는 걱정스럽게 머리를 흔들었고 두 사람은 얼굴을 마주 보며 일어섰다.

"어떤가, 함께 가지 않겠나? 그렇게 노려보지 말라고. 정치 쪽이 더 좋다고 결정하기 전까지는 자네도 무역상인이었어. 어쨌든 그렇게 들었네."

"어디로 가지? 말해 주게."

"와샐리언 리프트를 향해서. 우주 밖으로 나가기 전까지는 자세하게 이야기할 수 없어. 어떤가?"

"서트가 눈이 닿는 곳에 나를 두고 싶어 하면 어쩌지?"

"그럴 리는 없을 거야. 그가 나를 쫓아 버리고 싶어 한다면 자네도 마찬가지 아닐까? 더구나 무역상 가운데에서 부하 승무원을 마음대로 고를 수 없다면 나도 생각이 있어. 나는 내 마음에 드는 사람을 고를 거야."

튜어의 눈이 야릇하게 빛나더니 말로의 손을 잡았다.

"좋아, 가지. 3년 만에 첫 여행이야."

말로는 손을 잡고 흔들었다.

"좋아, 아주 좋아. 자, 이제부터 나는 승무원을 빨리 끌어모아야 해. 파스타호의 정박소가 어디인지는 알고 있지? 자, 그럼 내일 보세. 잘 가게."

*4*

코렐과 같은 체제는 역사에 종종 나타난다. 공화국 통치자는 독재자의 온갖 특성을 모두 지니고 공화국이라는 말은 이름뿐이었다. 그래서 그 나라는 정통 독재국가에 있는 두 가지 조절 수단, 즉 왕이라는 '체면'과 궁정 의례에도 속박받지 않는 전제정치를 마음껏 펼치고 있었다.

물질적인 면에서 그 나라는 번영 정도가 낮은 수준이었다. 제국 시대는 이미 지나간 과거였다. 오직 기념비와 부서진 건물만이 유적으로 말없이 남아 있었다. 파운데이션 시대는 아직 오지 않았다. 그곳의 통치자 콤도 아스퍼 아르고는 무역상인을 엄중히 제한하고 선교사는 더욱 강력하게 통제한다는 결정을 내렸기 때문에 파운데이션 시대는 결코 올 것 같지 않았다.

낡고 쇠퇴한 우주 공항을 보자 파스타호 승무원들은 울적한 기분이 들었다. 노후한 격납고는 폐허라는 느낌을 더했다. 제임 튜어는 짜증을 내면서 혼자 트럼프를 치고 있었다.

호버 말로는 생각에 잠긴 채 말했다.

"이곳엔 좋은 거래거리가 있어."

그는 전망창에서 조용히 밖을 내다보고 있었다. 이제까지는 코렐에 관해 이야기할 게 아무것도 없었다. 여행 자체는 무사하고 평온했다. 파스타호를 막기 위해 날아오른 코렐의 비행 중대는 영광스러운 고대의 보잘것없는 유물에 불과한, 작고 볼품없는 폐선이었다. 그들은 파스타호를 경계하듯 일정한 거리를 유지하였고 지금도 역시 마찬가지였다. 말로가 지방 정부에 면회를 요청했으나 지금껏 일주일이 지나도록 일체 반응이 없었다.

말로는 되풀이했다.

"여기서 좋은 거래를 할 수 있어. 이곳은 처녀지라고 해도 좋을 정도야."

제임 튜어는 초조하게 얼굴을 들며 카드를 옆으로 놓았다.

"도대체 무슨 일을 할 작정인가, 말로? 승무원들은 불평불만이고 장교들은 걱정하고 있어. 나도 의심스럽고 말이야."

"의심스러워? 뭐가?"

"지금 상황 말이야. 자네에 대해서도. 우린 뭘 하고 있는 거지?"

"기다리고 있는 거야."

튜어는 코를 킁킁거리며 벌컥 화를 냈다.

"자네는 무턱대고 말하고 있어, 말로, 공항은 경비대가 포위하고 머리 위에는 우주선이 있어. 그들이 대지의 구멍 속으로 우리를 두들겨 처넣을 준비를 하고 있다면?"

"벌써 일주일이나 됐다고."

"지원군을 기다리는 건지도 몰라."

튜어의 눈초리는 날카롭고 험상궂었다.

말로는 불쑥 앉았다.

"그래, 나도 그 점에 대해 생각해 보았지. 자네는 꽤 심각한 문제로 보는 모양이군그래. 우선 첫째로 우린 아무 탈 없이 여기에 도착했어. 그리고 작년에 300척 이상의 배 가운데 단 세 척이 사라진 건 아무것도 아닐 수 있어. 그러나 그건 또 그들에게 원자력을 갖춘 배가 조금밖에 없기 때문에 수가 늘어나기 전에는 불필요하게 굳이 밖으로 나오려 하지 않는다는 뜻일 수도 있어. 또는 그들이 전혀 원자력을 갖고 있지 않다는 뜻일 수도 있겠지. 어쩌면 가지고 있으면서도 우리가 알까 봐

숨기는 것일 수도 있고……. 어쨌든 그 일은 가볍게 무장한 무역선을 서툴게 약탈한 것이고 이번에는 파운데이션의 정식 외교사절을 우롱하고 있는 거야. 외교사절이 왔다는 사실 자체가 파운데이션이 그들을 점점 더 의심하고 있다는 걸 나타내는 것일 수도 있지. 이런 사실을 종합하면……"

"기다려 봐, 말로. 기다려."

튜어는 두 손을 치켜들었다.

"그렇게 한꺼번에 이야기하면 뜻을 이해할 수 없어. 무슨 말을 하려는 건가? 중간은 생략해도 돼."

"중간 과정이 필요해. 그렇지 않으면 이해할 수 없어, 튜어. 저쪽이나 우리나 여기서 모두 기다리고 있는 거야. 저들도 내가 여기에 뭘 하러 왔는지, 나도 저들이 뭘 노리고 있는지 몰라. 물론 내 입장이 불리해. 이쪽은 혼자고 상대는 이 별 전체니까 말일세. 어쩌면 원자력도 갖고 있는지 모르지. 그렇다고 내가 진짜 약해진 건 아니야. 위험하다는 건 확실해. 정말 땅에 구덩이를 파고 기다리고 있는지도 모르지. 하지만 그럴 것이란 사실은 처음부터 알고 있었잖아? 이런 상황에서 달리 무엇을 할 수 있지?"

"모르겠어. 저건 누구지, 뭐야?"

말로는 초조한 듯 얼굴을 들고 수상기를 조정했다. 영상판에 당직 부사관의 예민한 얼굴이 나타났다.

"말하시오, 부사관."

부사관이 말했다.

"말씀드리겠습니다. 부하가 파운데이션 선교사를 승선시켰습니다."

"뭐라고?"

말로는 얼굴이 흙빛으로 되었다.

"선교사입니다. 입원 치료를 해야 합니다."

"이 일로 입원할 사람은 한 사람으로 끝나지 않을 거다, 부사관. 전원 전투 위치로."

승무원실은 거의 비어 있었다. 명령을 내리고 5분 만에 비번까지도 전원 총 앞에 앉았다. 외곽성역의 성계 사이에서는, 무정부 지대에서는 속도가 모든 것을 말한다. 그리고 무역상인이 인솔하는 승무원의 가장 뛰어난 점은 바로 속도였다.

말로는 천천히 들어가서 선교사를 위에서 아래까지 찬찬히 바라보았다. 그가 틴터 중위를 훑어보자 중위는 불안한 듯 옆으로 섰다. 그다음에 그의 눈은 당직 부사관 데멘에게 옮겨졌다. 부사관은 무표정한 얼굴로 탄탄한 몸을 똑바로 세운 채 중위와 나란히 서 있었다.

무역상인은 튜어 쪽으로 돌아서서 잠시 생각했다.

"튜어, 어서 부사관들 모두를 여기로 집합시켜 주게. 종합통제 사관과 탄도 사관은 빼고. 병사는 별도의 지시가 있을 때까지 각자 자리를 지키도록 하고."

5분 정도 침묵이 흘렀다. 말로는 그 사이에 화장실 문을 모두 발로 차서 열고 창살 뒤를 살핀 뒤 두꺼운 창에 모조리 커튼을 쳤다. 30초 동안 방을 그런 상태로 해 놓고 되돌아왔을 때 그는 자신도 모르게 콧노래를 부르고 있었다.

사관들이 열을 지어 들어왔다. 튜어가 따라 들어오고 문을 조용히 닫았다. 말로는 급하게 말했다.

"도대체 누가 내 명령 없이 이 사람을 받아들였나?"

당직 부사관이 앞으로 나왔다. 모두의 눈이 집중되었다.

"말씀드리겠습니다. 특정한 한 사람이 한 게 아닙니다. 우리끼리 의견 일치를 본 것입니다. 이 사람은 우리 동포입니다. 당신이 말씀하셨듯이 이곳에 외국인들이……"

말로가 말을 가로막았다.

"자네들 감정이나 기분은 충분히 이해할 수 있다, 부사관. 병사들은 자네 부하인가?"

"네, 그렇습니다."

"이 일이 정리되면 병사들은 일주일간 자기 방에 구금한다. 자네 지휘권도 마찬가지로 일주일간 박탈한다. 알았나?"

부사관은 안색이 변하지 않았지만 어깨가 조금 처졌다. 그러나 팔팔한 목소리로 대답했다.

"알았습니다!"

"돌아가도 좋다. 모두 자기 자리에 앉아!"

문이 닫히자 방 안은 약간 술렁거렸다.

튜어가 말참견을 했다.

"왜 처벌한 거지, 말로? 코렐인은 선교사를 붙잡으면 죽여 버린다는 걸 모르나?"

"내 명령을 거역한 것 자체가 잘못이야, 그 행위를 변호해 줄 만한 이유가 있다 해도. 어떤 자도 허가 없이 배에서 나가거나 들어오게 해서는 안 돼."

틴터 중위가 반항적으로 중얼거렸다.

"7일 동안이나 아무것도 하지 않았습니다. 이런 상태로는 규율을 유지할 수 없습니다."

말로는 차갑게 말했다.

"나는 할 수 있어. 이상적인 상황에서 규율은 아무 가치도 없어. 나는 죽음에 직면한 상태라도 규율을 지키길 원하는 거야. 그렇지 않으면 쓸모없어. 선교사는 어디로 간 건가? 데리고 오게."

무역상인은 자리에 앉았다. 주홍색 법의를 걸친 사내가 정중히 앞으로 걸어 나왔다.

"이름이 무엇입니까, 선교사?"

"예?"

주홍색 법의를 걸친 사내는 몸을 돌려 말로 쪽으로 돌아섰다. 그는 얼이 빠져 있었다. 한쪽 관자놀이에 상처가 있었다. 말로가 아는 한 성직자는 지금까지 말을 시키지 않으면 한마디도 하지 않았다.

"그게 당신의 이름입니까, 선교사?"

선교사는 달려들 듯이 두 손을 앞으로 내밀었다.

"내 아들이여, 그대들에게 언제나 은하령의 가호가 함께하길."

튜어가 앞으로 나왔다. 당혹스러운 눈빛에 목까지 쉬어 있었다.

"이 사람은 병자야. 누가 좀 침대로 데려가게. 말로, 그를 침대에 눕히고 간호하라고 명령하게. 상처가 아주 심해."

말로는 굵은 팔로 튜어를 제자리로 돌려보냈다.

"방해하지 마, 튜어. 안 그러면 밖으로 내보내겠네. 선교사, 당신의 이름은?"

선교사는 갑자기 애원하듯 두 손을 모았다.

"그대들은 교화된 사람들이니 나를 이교도에게서 구해 주오."

그의 요청은 더욱 간절해졌다.

"야만인들과 신을 두려워하지 않는 자들에게서 나를 구해 주오. 그들은 나를 채 가려 하고 죄악으로 은하령을 괴롭히려 하고 있소. 나는 아나크레온에서 온 조드 파마요. 파운데이션에서 교육받은 사람이오. 나는 파운데이션에서 모든 신비를 습득한 영의 옹호자이고 영의 부름을 받아 이 지방에 온 것이오."

그는 숨을 헐떡였다.

"나는 교화되지 못한 자들의 손아귀에서 온갖 고생을 했소. 그대들은 영의 아들이니 영의 이름으로 나를 지켜 주시오."

비상경보 박스에서 금속성 경보음이 나더니 앞쪽에서 갑자기 큰 소리가 났다.

"적이 떼거리로 나타났습니다. 명령을 내려 주십시오!"

모든 시선이 위쪽 스피커에 일제히 집중되었다.

말로는 욕설을 퍼부어 대더니, 스피커 스위치를 반대로 넣고 고함쳤다.

"감시를 계속해라, 이상!"

그는 스위치를 끄고 두꺼운 커튼 쪽으로 다가서서 휙 열어젖히고 엄숙하게 밖을 바라보았다.

적의 무리! 수천 명의 코렐인은 한 사람도 빠짐없이 폭도로 변해 있었다. 폭도들이 날뛰며 공항을 온통 에워싸고 있었다. 싸늘하고 강한 마그네슘 불빛 아래서 제일 앞줄에 선 사람이 접근해 왔다.

무역상인은 뒤도 돌아보지 않고 외쳤다.

"틴터! 외부 스피커를 작동시키고 그들의 요구를 알아내라. 그들 중에 당국자가 있는지 물어봐. 어떤 약속도 협박도 하지 말게. 명령을 거역하면 자네는 사형이야."

틴터는 등을 돌리고 사라졌다.

말로는 어깨에 놓인 거친 손길을 느끼고 뿌리쳤다. 튜어였다. 그의 목소리는 말로의 귀에 성난 울림처럼 들렸다.

"말로, 자네는 이 사람을 보호할 의무가 있어. 그 방법 외에는 체면과 명예를 유지할 길이 없네. 이 사람은 파운데이션 사람이야. 더구나 어쨌든 성직자야. 밖에 있는 야만인은……. 내 말 듣고 있는 건가?"

"듣고 있어, 튜어. 나는 선교사를 보호하기 위해 여기에 온 게 아니야. 다른 일이 있다고. 이봐, 나는 하고 싶은 일을 할 거야. 어떤 식으로든 나를 말리려 한다면 목구멍을 찢어 주겠어. 방해하지 마, 튜어. 그렇지 않으면 지금이 자네의 마지막이 돼."

말로의 목소리는 신경질적이었다.

튜어는 약간 뒤로 떨어졌다.

"파마 사제! 파운데이션 선교사는 조약에 의해 코렐 영역에 들어와서는 안 된다는 걸 알고 있습니까?"

선교사는 떨고 있었다.

"내 아들이여, 나는 영이 인도하시는 대로 왔을 뿐이오. 만일 신의 은혜를 모르는 자가 교화를 거부한다면 그것은 더욱더 교화가 필요하다는 증거가 아니오?"

"그건 문제가 아닙니다. 당신이 여기에 있는 건 코렐과 파운데이션 쌍방의 법률을 위반한 겁니다. 나는 법적으로 당신을 보호해 줄 수가 없소."

선교사는 다시 두 손을 위로 올렸다. 허둥대는 모습은 이제 없었다. 배의 외부 통신장치가 가동되기 시작하자 요란한 소리가 났다. 뒤이어 성난 군중의 술렁거림이 들려왔다. 그 소리를 들은 선교사의 눈에는 광기가 어렸다.

선교사는 거칠게 말을 쏟아 놓았다.

"저 소리가 들리는가? 왜 그대는 내게 법률을 이야기하는가? 인간이 만든 법률 따위를! 더 높은 율법이 있는 걸세. 은하령은 이렇게 말하지 않았나, '동포의 고통을 간과하지 말라.'라고. 그리고 또 이렇게 말하지 않았나, '가장 천하고 보호받지 못하는 자에게도 네게 이루어진 것과 같이 행하라.'라고. 총이 없나? 배가 없나? 당신 뒤에 파운데이션이 없나? 그런데도 당신은 무얼 망설이는 거지? 우주를 총괄하시는 영혼이 없다는 건가?"

그는 말을 멈추고 크게 숨을 몰아쉬었다.

그때 파스타호 바깥에서 큰 소리가 그치고 틴터 중위가 당혹스러운 얼굴로 되돌아왔다.

"말하게!"

말로는 무뚝뚝하게 말했다.

"저들은 조드 파마의 신병 인도를 요구하고 있습니다."

"건네주지 않으면?"

"온갖 협박을 하고 있습니다. 저들은 너무나 드세고 완전히 미친 사람들 같습니다. 이 지방을 다스리고 경찰력을 갖고 있다는 자가 있지만 그자 역시 마음대로 할 수 없는 게 명백합니다."

"마음대로 할 수 없다면?"

말로는 어깨를 으쓱하고는 말을 이었다.

"그자는 법률을 대표하는 사람이야. 군중에게 알려. 지사든 경관이든 아무튼 그 남자가 혼자 우주선에 들어온다면 조드 파마를 넘겨준다고 말이야."

말을 잠시 멈추고 말로가 갑자기 총을 집어 들더니 이렇게 덧붙였다.

"나는 불복종이 어떤 건지 몰라. 아직 그런 경험을 한 적이 없으니까 말이야. 만일 나한테 그걸 가르쳐 주려고 생각하는 자가 있다면 반대로 내가 해독제를 가르쳐 주지."

총은 천천히 움직여 튜어를 겨누고 멈췄다. 늙은 무역상인은 얼굴이 일그러지면서 손을 축 떨어뜨렸다. 그리고 거친 숨을 내뱉었다. 틴터가 나가고 5분도 지나지 않아 군중 속에서 작은 사람이 걸어 나왔다. 그는 주저하듯 천천히 다가왔다. 공포와 불안으로 바들바들 떨고 있었다. 그는 두 번이나 돌아서려 했지만 두 번 다 괴물 같은 군중이 위협하며 그를 다그쳤다.

"좋아."

말로는 들고 있던 소형 전자총으로 조드 파마를 가리켰다.

"그룬과 업셔, 선교사를 데리고 나가."

선교사는 비명을 질렀다. 두 손을 올리고 뻣뻣한 손가락을 펴자 소매가 흘러내리면서 가는 혈관이 툭툭 불거진 팔이 나타났다. 순간 희미한 빛이 비쳤다가 사라졌다. 말로는 못 본 체하며 거만스럽게 재촉했다.

선교사는 두 사람한테 붙들려 발버둥 치며 절규했다.

"동포를 버리고 악마와 죽음을 따르는 배신자에게 저주 있으라! 힘없는 자의 탄원을 듣지 않는 귀는 귀머거리가 되리라! 결백한 자를 보지 않는 눈은 멀게 되리라! 암흑과 함께 하는 영혼이여, 영원히 암흑 속에 가라앉으리라!"

튜어는 두 손으로 귀를 꽉 눌렀다.

말로는 전자총을 거두었다.

"각자 위치로 돌아가라!"

가라앉은 목소리가 계속 이어졌다.

"군중이 해산한 뒤 여섯 시간 동안 엄중히 감시해라. 그 후 48시간은 배치를 두 배로 해. 그 뒤에 다른 지시를 내리겠다. 튜어, 나와 함께 가지."

그들은 말로의 방으로 돌아와 둘만 있게 되었다. 말로가 의자를 가리키자 튜어는 마지못해 앉았다. 그는 큰 몸뚱이가 위축된 듯이 보였다.

말로가 말했다.

"튜어, 나는 실망했어. 자네는 3년간의 정치 생활에서 무역상인 기질을 잃어버린 모양이군. 상기시켜 주고 싶네. 나도 파운데이션으로 돌아가면 민주주의자일지 몰라. 하지만 내가 생각한 대로 배를 움직이기 위해선 독재를 할 수밖에 없어. 나는 아직까지 부하에게 전자총을 들이댄 적은 한 번도 없었어. 자네가 지나치게 행동하지 않았다면 이번에도 그럴 필요는 없었겠지. 튜어, 자네에겐 공식 자격이 없어. 단지 내가 불러서 여기에 온 거야. 나는 자네에게 할 수 있는 한 예의를 다하겠네, 사적으로는 말이야. 그러나 부하 장교나 병사 들 면전에서는 내게 경칭을 붙이게. 이름만 부르는 건 허락하지 않겠어. 그리고 명령을 내리면 받들고 병사들보다 더 빨리 움직여 주게. 안 그러면 즉각 선창에 처넣겠어. 알겠나?"

정당의 영수는 무표정하게 화를 참고 있었다. 그리고 마지못해 말했다.

"미안하네."

"받아들인 거로군. 악수하지 않겠나?"

튜어의 가는 손가락이 말로의 큰 손바닥 안에 싸였다.

튜어가 말했다.

"나는 순수한 동기에서 그런 것이네. 린치를 당할 줄 알면서도 사람을 쫓아 낼 순 없었네. 그 구부정한 관리인지 뭔지 하는 남자는 그를 구할 수 없어. 이건 살인이야!"

"어쩔 수 없었네. 솔직히 말하면 이 사건은 너무 수상해. 자네는 알아차리지 못했나?"

"알아차리다니, 뭘?"

"공항은 마을에서 멀리 떨어진 한적한 장소 한복판에 있어. 그런데 갑자기 선교사가 도망쳐 왔어. 어디서? 게다가 선교사는 여기로 왔어. 우연의 일치일까? 그리고 엄청난 군중이 몰려왔지. 어디서? 여기서 가장 가까운 도시라 해도 160킬로미터 이상 떨어져 있어. 그런데 그들은 30분도 채 안 돼서 도착한 거야. 어떻게 그럴 수 있지?"

"어떻게 그럴 수 있지?"

튜어가 똑같이 반복했다.

"자, 선교사를 미끼로 삼으려고 여기에 데리고 와서 놓아주었다고 한다면 어떻겠나? 우리 친구 파마 사제는 이성을 상당히 잃은 상태였어. 정신이 멀쩡하지가 않았단 말이야."

"지독한 방법이군……"

튜어가 딱하다는 듯 중얼거렸다.

"그러나 그럴 수 있어! 우리가 기사도 정신이나 용기를 발휘해 이 남자를 보호하기만 노렸겠지. 그가 여기에 온 건 코렐이나 파운데이션의 법률 모두에 어긋나는 것이야. 만일 내가 그를 보호했다면 코렐에 대한 도발이 되었을 거고, 그 순간 파운데이션에게 보호받을 법적 권리를 상실하는 거야."

"그건, 그건 너무 지나친 생각이야."

스피커에서 큰 소리가 나와 막 대답하려던 말로의 말을 막았다.

"공식 연락을 받았습니다."

"즉시 보내!"

희미하게 빛나는 원통이 딸그락 소리를 내며 가늘고 긴 구멍에서 나왔다. 말로는 그것을 열고 속에 들어 있는 은으로 된 얇은 조각을 흔들어서 꺼냈다. 그리고 그것을 엄지와 집게손가락 사이에 넣고 비비며 기쁜 듯이 말했다.

"수도에서 직접 전송한 거군. 콤도의 전용 편지야."

그는 내용을 대충 훑어보고 나서 짧게 웃었다.

"이래도 내 생각이 너무 지나치단 말인가?"

그는 편지를 튜어에게 던져 주며 덧붙였다.

"우리가 선교사를 넘겨준 후 30분 뒤에 마침내 지극히 정중한 초대장을 받았네. 이제 겨우 콤도의 어전에 문안 드릴 수 있게 된 거야. 7일 동안 기다린 끝에 간신히 시험에 합격한 것 같군."

5

콤도 아스퍼는 자신을 '인민의 벗'이라고 자찬했다. 뒷머리에 조금 남은 백발은 어깨에 모양 없이 늘어지고 셔츠는 꾀죄죄했다. 그는 코를 훌쩍거리며 말했다.

"여기서는 겉치레를 할 필요가 없소, 무역상인 말로. 쓸데없는 겉치레는 하지 않지. 나를 보시오, 나는 단순히 이 나라의 제1시민일 뿐이오. 콤도란 그런 뜻이지. 내 직함은 그것뿐이오."

그는 그런 사실 모두가 아주 만족스러운 것 같았다.

"사실, 코렐과 자네 나라의 유대가 아주 강고한 건 바로 이 점 때문이라고 생각하오. 내가 듣기에는 그 나라 국민도 우리처럼 공화제의 혜

택을 누린다고 하던데."

말로는 속으로는 콤도의 비교에 저항감을 느끼면서도 정중하게 말했다.

"그렇습니다, 제1시민이여. 그것이야말로 양국의 평화와 친선을 굳건히 해 준다 생각합니다."

드문드문 난 콤도의 흰 콧수염이 찡그린 얼굴을 따라 씰룩거렸다.

"평화, 아아! 외곽성역에서 나만큼 마음에 평화의 이상을 품고 있는 사람은 없을 것이오. 까놓고 얘기하면 내가 유명한 아버지의 뒤를 이어 나라를 지도하면서 평화로운 통치를 깨뜨린 적이 없소. 내 입으로 이렇게 말하긴 어색하지만."

그는 가볍게 기침했다.

"내 국민, 아니 동료 시민들은 나를 사랑하는 아스퍼라 부른다오."

말로는 구석구석 잘 손질한 정원을 이리저리 살폈다. 낯선 모습의 키 큰 남자들이 그로서도 한눈에 알 수 있는 위험한 무기를 휴대하고 잠복해 있었다. 그들은 만일의 경우를 생각하여 이따금 주변을 배회하고 있을지도 모른다. 그건 이해할 수 있었다. 하지만 궁전을 둘러싼 강철 대들보와 벽은 분명 최근에 수리하여 보강한 것으로, 이렇듯 국민의 사랑을 받는 아스퍼에게는 어울리지 않아 보였다.

말로가 말했다.

"교섭 상대가 당신인 건 진실로 다행입니다, 콤도. 이웃 나라의 독재자나 제왕은 진취적인 행정이 가져오는 이점을 몰라서 국민에게 사랑받을 자질이 결여된 경우가 종종 있습니다."

"예를 들면?"

콤도는 주의 깊게 물었다.

"예를 들면 국민의 최대 행복에 대한 통치자의 관심 같은 겁니다. 당신이라면 이해하실 거라고 생각합니다."

두 사람은 유유히 걷고 있었지만 콤도는 자갈길에 눈을 떨어뜨린 채 두 손을 뒤로 돌려 비비고 있었다.

말로는 막힘없이 계속해서 말했다.

"지금까지 우리 두 나라는 무역이 두절되어 있었습니다. 귀하의 정부가 우리 무역상인을 제한하고 있기 때문입니다. 제한 없는 무역에 대해 이미 잘 알고 계시겠지만……."

"자유무역!"

콤도가 입속에서 중얼거렸다.

"그렇습니다, 자유무역입니다. 그것이 쌍방 모두에게 이익이라는 사실을 아셔야만 합니다. 저희가 원하는 걸 당신이 갖고 있기도 하고 당신이 원하는 걸 저희가 갖고 있기도 합니다. 번영을 위해 교환을 하고 싶다는 뜻입니다. 당신처럼 이해심 많은 지배자, 국민의 벗, 국민의 '일원'인 당신께 그 이유를 상세히 말할 필요는 없겠지요. 저희 쪽에서 뭔가 먼저 제안해서 당신의 지성을 모욕하고 싶진 않습니다."

그는 약간 처량한 목소리로 말했다.

"맞아, 무슨 말인지 알겠소. 그럼 어떻게 하자는 거요? 자네 쪽 사람은 언제나 너무 불합리하더군. 나는 우리 경제가 허락하는 한 전면적인 무역을 하고 싶소. 하지만 자네들 조건대로는 할 수 없소. 이곳의 주인은 나 혼자가 아니니까."

그는 소리를 높였다.

"나는 여론을 따르는 심부름꾼일 뿐이오. 우리 국민은 강제적인 종교를 수반하는 상품을 받아들이지 않소."

말로가 갑자기 정색했다.

"강제적인 종교 말입니까?"

"그래, 그건 언제나 효과를 발휘했소. 당신도 분명 20년 전 아스콘 사건을 기억하겠지. 처음에 자네들은 아스콘인들에게 상품을 팔았소. 그리고 포교의 완전한 자유를 요구했지. 상품을 적절히 쓰기 위해서 필요하다는 이유로 말이야. 또한 사원을 세울 것을 요구했소. 그러고 나서 종교 학교를 짓고 종교 관계 간부 전원의 자치권을 요구했어. 그것이 어떤 결과를 가져왔나? 이제 아스콘은 파운데이션을 구성하는 일원이고 대군주는 자신이 입고 있는 속옷조차 자기 것이라고 말할 수 없는 꼴이 돼 버렸소. 오! 안 돼, 안 돼! 독립 국민의 존엄성은 그런 일을 결코 용납할 수 없소."

"제가 말씀드리는 건 당신이 말씀하시는 것과 전혀 다릅니다."

말로가 끼어들었다.

"달라?"

"다릅니다. 저는 무역상인입니다. 돈이 저의 종교입니다. 선교사들의 신비주의나 주문 따위는 귀찮기 짝이 없습니다. 당신이 그걸 받아들이지 않는 건 유쾌한 일입니다. 이제 점점 말이 통하는군요."

콤도는 경련을 일으키듯 요란스럽게 웃었다.

"하하, 좋은 말이오! 파운데이션은 좀 더 일찍 자네처럼 능력 있는 사람을 보냈어야 해."

그는 무역상인의 솟아오른 어깨에 친근하게 손을 얹었다.

"그러나 자넨 반밖에 말하지 않았소. 좋지 않은 게 뭔지는 말했으니 이번에는 뭐가 좋은 일인지 말해 보게."

"콤도, 좋은 일을 말하자면 그건 당신이 막대한 부를 얻는다는 점뿐입니다."

그는 콧소리를 냈다.

"그래? 그러나 내가 부를 얻어 무엇을 하지? 진정한 부는 국민의 사랑이오. 내게는 그게 있어."

"당신은 둘 다 가질 수 있습니다. 한 손으론 금을 모으고 다른 손으론 사랑을 모을 수 있습니다."

"젊은이, 그럴 수만 있다면, 가능하기만 하다면 흥미 있는 일이겠지. 어떤 식으로 하려는 건가?"

"여러 가지 방법이 있습니다. 어려운 건 그중에서 어떤 걸로 할까 골라내는 것입니다. 예를 들면 사치품 같은 것이 있지요."

말로는 안주머니에서 평평하고 윤기가 나는 금속 사슬을 점잖게 꺼내며 말했다.

"예를 들면 이런 겁니다."

"그게 뭐지?"

"시범을 보이겠습니다. 아가씨를 한 사람 불러 주실 수 있습니까? 젊은 아가씨라면 어느 분이라도 좋습니다. 그리고 전신 거울이 필요합니다."

"좋아. 그런 것은 집에 있지."

콤도는 자신이 사는 곳을 집이라고 불렀다. 국민들은 틀림없이 궁전이라 부를 것이다. 말로의 눈에도 솔직히 요새처럼 특별하게 보였다. 그것은 수도가 내려다보이는 언덕 위에 자리 잡고 있으며 성벽은 두껍게 보강되어 있었다. 그곳으로 통하는 길에는 보초가 있고 건축양식은 방어에 주안점을 두었다. 속으로 말로는 사랑받는 아스퍼에게 꼭 알맞은 곳이라고 심술궂게 생각했다.

젊은 여자가 들어와 콤도에게 최고의 경의를 표했다.

"이 여자는 제1시민 가운데 한 사람이야. 이 여자면 되겠나?"

"좋습니다."

콤도는 말로가 여자 허리에 사슬을 짤각 채우고 나서 뒤로 물러나는 모습을 물끄러미 지켜보았다.

콤도는 쿵쿵거렸다.

"이제 다 된 건가?"

"커튼을 내려 주시겠습니까, 콤도. 아가씨, 버튼 바로 옆에 작은 손잡이가 있습니다. 그걸 위로 움직여 주시겠습니까? 자, 해 보세요. 괜찮습니다."

여자는 말한 대로 했다. 그러고 나서 자신의 두 손을 바라보며 탄성을 질렀다.

"아!"

여인이 허리에서 희미하게 움직이는 물결 같은 차가운 광선 속에 잠겨 있었다. 그러면서 광선이 기어 올라가 머리에서 반짝이는 액체처럼 빛나는 장식이 되었다. 마치 누군가 오로라를 하늘에서 떼어 와 망토에 박아 넣은 것 같았다.

여자는 거울로 걸어가 황홀한 듯 바라보았다.

"자, 이걸 받으십시오. 목에 걸어 보십시오."

말로는 희미하게 빛나는 작은 돌 목걸이를 건네주었다.

여자는 시키는 대로 했다. 그러자 각각의 작은 돌이 차가운 광선에 닿아 진홍색과 황금색 빛을 발하며 하나하나 불꽃처럼 타올랐다.

"마음에 드십니까?"

말로가 물었다. 여자는 대답하지 않았지만 눈동자는 황홀감에 빠져 있었다.

콤도가 몸짓으로 그만두라고 신호하자 여자는 내키지 않는 듯이 손잡이를 내렸다. 그러자 찬란한 빛은 사라지고 여인은 물러갔다. 황홀한 기억을 품고.

말로가 말했다.

"이것을 바치겠습니다, 콤도. 부인께 드리십시오. 파운데이션의 조그만 선물이라고 생각해 주시기 바랍니다."

"흐음."

콤도는 무게를 재 보듯 벨트와 목걸이를 손바닥에 놓고 뒤집어 보았다.

"이건 어떻게 만든 건가?"

말로는 어깨를 으쓱했다.

"그건 기술자가 아니면 대답할 수 없습니다. 하지만 성직자의 도움을 빌리지 않아도 사용할 수 있습니다."

"오호, 그렇지만 어차피 여성을 위한 시시한 장식이 아닌가. 이것으로 뭘 할 수 있지? 돈이 어디서 들어온다는 건가?"

"무도회, 피로연, 만찬회, 뭐 그런 것들이 있겠지요?"

"음, 물론이지."

"귀부인들이 저런 보석을 얼마 정도 주고 사는지 아십니까? 최소한 1만 크레디트지요."

콤도는 놀란 듯했다.

"그래?"

"이 물건의 동력은 6개월 이상 지속하지 않기 때문에 자주 바꿔야 하지요. 1000크레디트 상당의 연철과 교환하는 조건으로 당신이 원하는 만큼 이것을 팔겠습니다. 당신에겐 900퍼센트의 이익이 돌아갑니다."

콤도는 콧수염을 잡아당기면서 놀랄 만한 액수를 암산하는 눈치였다.

'돈 가진 미망인이 앞다투어 손에 넣으려고 하겠군. 공급을 적게 해서 입찰을 시키는 거야. 물론 모두 알게 되면 재미없으니까 내가 직접 개인적으로…….'

말로가 말했다.

"만일 원하신다면 제조회사를 설립하는 방법도 설명해 드리겠습니다. 한발 더 나가서 저희의 가전제품도 취급하시면 좋습니다. 저희가 만든 접을 수 있는 스토브는 아무리 질긴 고기라도 2분 안에 맛있고 부드럽게 굽지요. 갈지 않아도 되는 칼도 있습니다. 작은 찬장에 넣을 수 있는 세탁기, 이건 전자동이죠. 마찬가지로, 식기 세척기, 바닥 청소기, 가구 광택기, 먼지 처리기, 채광기……. 당신이 좋아하는 거라면 뭐든지 있습니다.

만일 국민이 이런 물건을 구입할 수 있도록 해 준다면 당신 인기가 얼마나 높아질지 생각해 보십시오. 900퍼센트의 이익을 붙여 정부 전매로 하면 당신과 사회의 자산이 얼마나 증가할지 생각해 보십시오! 대중은 그 대금의 몇 배나 가치 있게 그 물건들을 쓸 것입니다. 게다가 그들에게 당신이 사들인 원가를 알려 줄 필요는 없습니다. 당신만 괜찮다면 어떤 것이든 가능합니다. 그리고 성직자의 감독은 필요 없습니다. 이렇게만 된다면 모두가 행복해지는 겁니다."

"자네만 빼고는 모두 행복할 것 같군. 자네는 뭘 얻지?"

"파운데이션의 법에 따라 어느 무역상인이나 얻는 정도입니다. 저와

제 부하는 거둬들인 이익의 절반을 갖는 거지요. 당신은 제가 팔고 싶은 것을 살 뿐이고 그것으로 우린 서로 좋은 거지요, 매우!"

콤도는 자신의 생각을 즐기고 있었다.

"무엇으로 지불받고 싶다고 했나, 철인가?"

"그렇습니다. 그리고 석탄과 보크사이트, 담배, 후추, 마그네슘, 단단한 목재입니다. 모두 이 나라에 풍부한 것들입니다."

"그거 잘됐군."

"저도 그렇습니다. 아참, 다른 쪽으로 생각이 드는 것이 있습니다, 콤도. 당신의 공장을 재정비할 수 있을 겁니다."

"응? 어떻게?"

"우선 제강소의 예를 들어 보죠. 저는 강철을 간단하게 처리할 수 있는 작은 장비가 있습니다. 이것을 쓰면 생산비를 종래의 1퍼센트 수준으로 낮출 수 있습니다. 판매가를 반으로 내려도 막대한 이윤을 제조업자들과 나누어 가질 수 있지요. 제가 그것을 실제로 시험해 볼 수 있게 해 주신다면 제 말이 무슨 뜻인지 분명하게 보여 드릴 수 있습니다. 이 도시에 제강소가 있습니까? 오래 걸리지 않을 겁니다."

"준비해 주게, 무역상인. 하지만 내일, 내일 하지. 오늘 저녁엔 식사나 같이 하겠나?"

"제 부하가……"

콤도가 말로의 말을 막았다.

"그들 모두 오라고 하게."

콤도는 큰 배포를 보였다.

"양국한테 친선의 상징 아닌가. 우호적인 대화의 기회를 제공할 거야. 하지만 한 가지만 분명히 하지."

콤도는 갑자기 엄한 표정을 지었다.

"자네들의 종교는 모두 쓸데없는 짓거리야. 이번 일이 선교사 입국의 발판이 될 거라 생각하지는 말게."

말로가 무미건조하게 말했다.

"콤도, 종교는 저의 이익을 갉아먹을 거라는 약속의 말씀을 드리겠습니다."

"지금은 그것으로 충분하네. 자네를 우주선까지 호위해 줌세."

## 6

콤도라는 남편보다 훨씬 젊었다. 얼굴은 창백하고 차가운 인상이었다. 검고 부드러운 머리카락은 풍성하게 어깨로 흘러내렸다.

그녀의 목소리는 신랄했다.

"완전히 끝났나요? 훌륭하고 거룩한 내 남편이여, 아주 완전히? 내 기분대로라면 지금 정원에 나가고 싶군요."

"여보, 리시아, 이제 연극을 할 필요는 없어."

콤도가 부드럽게 말했다.

"오늘 밤 젊은 남자가 만찬에 참석할 거야. 당신이 하고 싶은 말을 그 남자와 해도 좋고 아니면 내 이야기를 즐겁게 들어도 좋아. 만찬장 근처에 그의 부하들을 위해 방을 마련해 둘 거야. 몇 명 안 되기를 바라지만."

"아마도 틀림없이 그들은 고기를 통째로, 술을 병째로 먹어 치우는 대식가들일 거예요. 그 비용을 다 계산하려면 두 밤은 족히 새워야 할 걸요?"

"글쎄, 아마 그렇게 되겠지. 당신 생각과는 다르게 만찬은 초호화판이 될 예정이야."

그녀는 경멸의 눈초리로 쏘아보았다.

"오, 그래요? 당신은 야만인들에게 대단히 친절하시군요. 아마도 그것이 내가 당신의 대화에 끼어들지 못하게 된 이유겠죠. 당신의 옹졸하고 메마른 마음은 우리 아버지의 뜻과 반대되는 일을 꾀하고 있군요."

"전혀 그렇지 않아."

"그래요, 나라고 그렇게 믿고 싶겠어요? 나는 정략의 희생물로 억지 결혼 생활을 하는 불쌍한 여자예요. 비록 진흙탕이나 뒷골목이라 하더라도 내 고국이라면 훨씬 나은 남자를 고를 수 있었을 텐데."

"좋아, 그렇다면 내가 제안 하나 할까? 굳이 원한다면 고국으로 돌아가도 좋아. 내가 제일 좋아하는 당신의 일부를 기념품으로 남겨놓는다면. 우선은 당신 혀부터 잘라내는 거야. 그다음……"

그는 생각에 잠기듯 머리를 옆으로 눕혔다.

"마지막으로 당신의 미모를 돋보이게 하는 두 귀와 콧날."

"이런! 할 테면 해 봐요. 우리 아버지가 당신의 장난감 같은 나라를 유성 먼지처럼 갈가리 찢어 놓을 거예요. 사실 당신이 저 야만인들과 벌이는 짓을 내가 아버지에게 말씀드리면 아버지는 반드시 그렇게 할 거예요."

"음……. 그래, 협박할 필요는 없어. 오늘 밤 당신은 그 남자에게 무엇이든 질문해도 좋아. 그때까지는 마담, 더 이상 혀를 나불거리지 마시지."

"명령인가요?"

"이걸 몸에 걸쳐. 그리고 조용히 해."

벨트가 그녀의 허리에, 그리고 목걸이가 그녀의 목에 걸렸다. 그는 손잡이를 밀고는 뒤로 물러났다.

콤도라는 손을 내밀어 조심스럽게 벨트와 목걸이를 어루만지며 숨을 헐떡거렸다. 콤도는 완전히 만족하여 두 손을 비볐다. 그리고 말했다.

"오늘 밤 그것을 몸에 걸치면 좋겠어. 그러면 내가 더 많이 해 줄게. 자, 이제 조용히 하자고."

콤도라는 침묵을 지켰다.

## 7

제임 튜어는 초조한 듯 왔다 갔다 하며 물었다.

"왜 얼굴을 찌푸리고 있지?"

호버 말로는 생각에서 막 벗어난 듯 대답했다.

"나 말인가? 아닐세."

"어제 틀림없이 무슨 일이 있었군. 말하자면, 연회 말고도."

갑자기 확신이라도 생긴 듯 튜어가 다시 물었다.

"말로, 사고가 있었지, 그렇지?"

"사고? 아냐. 그 반대야. 사실은 내가 잔뜩 조심하며 문을 두드렸더니, 문이 한순간에 활짝 열리는 거야. 제강소에 아주 쉽게 들어갈 수 있게 되었다고."

"덫이 있다고 의심하는 거야?"

"오, 제발 멜로드라마 같은 말은 그만둬."

말로는 조바심을 삼키고 대화를 하기 위해 덧붙였다.

"쉽게 들어갈 수 있게 되었다는 말은, 말하자면 아무것도 볼 만한 것이 없다는 뜻이지."

튜어가 조용히 생각해 보았다.

"원자력 말이야? 내가 생각하기에 코렐에는 원자력 경제의 흔적이 없어. 원자력과 같은 기본적인 기술은 모든 것에 영향을 미치기 때문에 흔적을 모조리 숨기기가 매우 어려운 일이거든."

"하지만 막 도입하기 시작했거나 전쟁경제에 응용하는 중이라면 그럴 수도 있을 거야, 튜어. 그 흔적을 찾는데에는 조선소와 제강소가 제일 좋아."

"거기서도 흔적을 못 찾으면 그때는⋯⋯."

"그러면 그들은 가지고 있지 않거나 숨기고 있거나 둘 중 하나겠지. 동전을 던져 정하거나 추측을 하는 수밖에."

튜어가 머리를 흔들었다.

"내가 어제 자네와 같이 갔으면 좋았을 텐데."

말로가 무겁게 말했다.

"나도 그렇게 생각하네. 나는 정신적인 도움을 반대하지 않아. 불행하게도 면담 조건을 정한 사람은 내가 아니라 콤도였어. 이번에는 콤도의 자동차가 찾아와서 우리를 제강소까지 태워다 주겠지. 장비는 준비했나?"

"다 준비했네."

## 8

제강소가 크기는 하지만 표면적인 수리로는 감출 수 없는 붕괴의 흔적이 남아 있었다. 콤도와 그의 관리들이 자주 방문하지는 않는 것 같앉다. 공장은 아무도 없으며 이상하리만치 조용했다.

말로는 되는 대로 강철판을 집어 들어 지지대에 올려놓았다. 그리고 튜어가 내민 공구를 받아 납 덮개 안에 있는 가죽 손잡이를 잡았다.

"이 도구는 위험합니다. 하지만 전기톱도 마찬가지죠. 손가락이 걸리지 않도록 조심해야 합니다."

이렇게 말하면서 그는 도구가 튀어나온 부분을 재빠르게 기다란 강철판 쪽으로 갖다 댔다. 그러자 강철판은 소리도 없이 순식간에 두 개로 잘렸다.

모든 것이 한꺼번에 일어났기 때문에 말로는 만족스럽게 웃었다. 그는 조각 하나를 주워 무릎에 올려놓았다.

"이것은 절단 길이를 0.25밀리미터 정도까지 조절할 수 있습니다. 5센티미터 두께 강판도 마찬가지로 쉽게 가를 수 있습니다. 두께를 정확하게 계산하면 강철판을 나무 탁자에 올려놓아도 나무에는 아무런 손상을 입히지 않고 자를 수 있습니다."

말로는 설명하면서도 원자 절단기를 계속 움직이고, 실내 여기저기에 잘려 나온 강판이 쌓였다.

"이것이 강철을 자르는 칼입니다."

그는 절단기를 거두었다.

"그 밖에 대패도 있습니다. 판의 두께를 얇게 하거나 불규칙한 면을 고르게 하거나 녹을 제거할 때 쓰는 거지요. 한번 해 볼까요? 그럼, 자, 보십시오!"

아까 잘라 낸 강철판에서 15센티미터, 20센티미터, 30센티미터짜리 얇고 투명한 박편이 나와 흩날렸다.

"이 드릴? 이것도 원리는 같습니다."

그들은 죽 둘러선 사람들을 쳐다보았다. 마치 거리의 마술사가 우스운 연극을 이용해서 물건을 강매하는 것 같았다.

콤도 아스퍼는 강철 파편을 손가락으로 집어 보았다. 정부 고위관리들이 발꿈치를 든 채 어깨를 맞대고 속삭이고 있었다. 그사이 2.5센티미터 두께의 철판에 말로의 원자 드릴이 닿을 때마다 깨끗하고 아름다운 구멍이 생겼다.

"하나만 더 해 보겠습니다. 누가 좀 짧은 파이프를 두 개만 가져다주시겠습니까?"

비서인 듯한 남자가 너무 열중하고 흥분한 나머지 벌떡 일어나 노동자처럼 기꺼이 자신의 두 손을 더럽히며 건네주었다.

말로는 파이프 두 개를 위로 세워 절단기로 그 끝을 한 번 돌려서 깎은 후 깎인 쪽을 서로 맞추었다. 그러자 파이프가 한 개로 변했다! 새로 깎인 면은 원자 배열이 균일하여 둘을 이어 붙이자 완전히 하나가 된 것이다!

말로는 얼굴을 들어 관객을 쳐다보고는 말을 더듬다가 입을 다물었다. 가슴은 뛰었지만 위장 밑바닥은 차가워졌다.

혼란스러운 가운데 콤도 경호원이 앞줄로 끼어들었다. 덕분에 말로는 처음으로 가까이서 그들의 낯선 휴대용 무기를 자세히 살펴볼 수 있었다.

원자력 병기였다! 틀림없었다. 폭약으로 탄알을 발사하는 무기는 그와 같은 모양을 한 총신이 불가능했다. 하지만 그것은 중요하지 않았다. 아니, 전혀 문제가 되지 않았다. 총 개머리판에는 금을 입힌 '우주선과 태양' 문장이 선명하게 새겨져 있었다!

파운데이션이 착수하여 아직 끝내지 못한 방대한 분량의 원본 백과사전에 권마다 찍혀 있는 '우주선과 태양' 문장과 똑같았다. 수천 년을 통해 은하제국의 국기 문장에 있던 것과 똑같은 '우주선과 태양'!

말로는 그것을 염두에 두면서 계속 말했다.

"이 파이프를 테스트해 보십시오! 이것은 하나의 파이프입니다. 완전하지는 않죠. 물론 수작업으로는 이렇게 할 수 없습니다."

더 이상의 마술은 필요 없었다. 말로가 할 일은 다 끝났다. 바라는 것을 다 손에 넣었다. 머릿속에는 한 가지 생각밖에 없었다. 금빛의 공 모양과 거기에서 나오는 광선, 그리고 굽은 시가 모양의 우주선.

제국의 '우주선과 태양' 문장!

제국! 제국! 한 세기 반이 지났는데도 여전히 제국은 은하계 깊숙한 어딘가에 남아 있었다. 제국은 다시 일어나 외곽성역으로 뻗어 나갈 것이다.

말로는 미소를 지었다!

9

파스타호가 우주에 나온 지 이틀이 지났다. 호버 말로는 자기 방에서 드로트 대위에게 봉투와 마이크로필름 한 통 그리고 은색 공을 넘겨주었다.

"지금부터 한 시간 후, 대위 자네가 파스타호 선장 역할을 해야 하네. 내가 돌아올 때까지, 아니 영원히 못 돌아올 수도 있겠지만."

드로트가 놀라 일어서려고 했으나 말로가 절박하게 손을 저어 그를 앉혔다.

"조용히 내 말을 듣게. 이 봉투에는 자네가 가야 할 행성의 정확한 위치가 들어 있네. 거기서 두 달 동안 나를 기다려야 하네. 그런데 두 달이 되기 전에 파운데이션이 자네를 찾아내면, 이 마이크로필름에 내 탐사 보고서가 담겨 있으니 넘겨주게. 하지만 만약……."

그의 목소리는 어두웠다.

"내가 두 달이 되어도 돌아오지 않거나 파운데이션 우주선이 자네를 찾아내지 못하면 터미너스로 떠나게. 그리고 이 타임캡슐을 보고서로 제출하게. 알겠나?"

"예, 알겠습니다."

"어떠한 경우에도 자네나 다른 부하들이 내 공식 보고서를 영사해서 보는 일은 없어야 하네."

"질문을 받으면 어떻게 할까요?"

"모른다고 대답하게."

"네."

면담은 끝났다. 50분 후 구명정 한 대가 파스타호 옆을 조용히 빠져나갔다.

## 10

오넘 바는 공포를 느끼기에는 너무 나이를 먹어 버린 노인이었다. 마지막 동란 이후 그는 폐허에서 건져 낸 책들과 함께 벽지에서 외롭게 혼자 살아왔다. 그에게는 해질 대로 해진 여생을 제외한다면 더 이상 아무것도 잃을 것이 없었다. 따라서 그는 비굴한 모습을 보일 필요도 없이 떳떳하게 침입자를 대했다.

"문이 열려 있군요."

이방인이 말했다.

그의 억양은 발음을 생략하는 듯한 느낌을 주었고 거칠었다. 바는 놓치지 않고 상대 허리춤에 꽂혀 있는 낯선 청동색 개인화기를 눈여겨보았다. 어슴푸레한 작은 방에서 바는 상대의 주위를 감싸고 있는 역장 방어벽 백열광을 발견할 수 있었다.

바가 피로한 기색으로 말했다.

"문을 닫아 둘 이유가 없으니까. 나한테 원하는 것이 있소?"

"그렇습니다."

이방인은 여전히 방 한가운데 버티고 서 있었다. 키가 크고 몸집도 당당했다.

"근방에는 당신 집밖에 없더군요."

"이곳은 아주 외진 곳이오. 하지만 동쪽에는 마을이 있지. 원한다면 당신에게 길을 가르쳐 줄 수도 있소."

"잠깐만 앉아도 되겠습니까?"

"의자가 당신 체구를 감당할 수 있다면."

노인이 무거운 목소리를 내뱉었다. 방에 있는 의자도 한결같이 낡아빠진 것뿐이었다. 모두가 젊은 시절의 흔적이었다.

이방인이 다시 입을 열었다.

"내 이름은 호버 말로입니다. 아주 먼 곳에서 왔어요."

바는 고개를 끄덕이며 미소를 지었다.

"당신 말투를 보니 아주 오래 전에 쓰던 어투가 분명하군. 나는 사이웨나의 오넘 바요. 한때는 제국의 귀족이었지."

"그렇다면 여기가 바로 사이웨나란 말인가요? 나는 낡은 지도 한 장밖에는 의지할 데가 없는데……."

"그 지도는 너무 낡아 이미 쓸모없는 물건이 되어 버렸을 것이 확실하오. 왜냐하면 별들의 위치가 잘못되어 있을 테니까."

바는 아무 말도 없이 앉아 있었다. 그동안 이방인의 눈은 명상에 빠져 이리저리 흔들리고 있었다. 그는 이방인의 주위를 둘러싸고 있던 원자력 역장 방어벽이 사라져 버린 것을 깨달았다. 바는 이제 더 이상 이방인이 위험한 존재가 아니라고 자신에게 타일렀다. 그가 좋은 사람이든 나쁜 사람이든 위험한 적으로 생각되지 않았던 것이다.

노인이 입을 열었다.

"우리 집은 가난해서 가진 것이 별로 없소. 검은 빵이나 말린 옥수수라도 괜찮다면 함께 드십시다."

그러자 말로는 고개를 흔들었다.

"괜찮습니다. 나는 이미 식사를 했으니까. 그리고 여기 더 머무를 시간도 없습니다. 지금 내게 필요한 것은 중앙정부로 가는 방향을 아는 것뿐입니다."

"그거야 어려울 것 없소이다. 비록 내가 가난하긴 하지만 그걸 가르쳐 준다고 더 배가 고픈 건 아니니까. 그런데 중앙이라면 이 행성의 수도를 말하는 거요, 아니면 제국 행정구를 말하는 거요?"

그러자 젊은이는 눈을 가늘게 뜨고 이렇게 물었다.

"두 군데가 같은 곳이 아니란 말예요? 여기가 사이웨나라면서요?"

늙은 귀족은 천천히 고개를 끄덕거렸다.

"물론 사이웨나요. 하지만 이제 사이웨나는 노만 성역의 수도가 더 이상 아니오. 당신의 낡은 지도가 결국은 당신을 혼란시켰구먼. 별은 수 세기가 지나도 변하지 않지만 정치적인 경계선은 너무도 자주 변한다오."

"그것 참 안된 일이군. 아니, 무척 고약한 일이야. 그렇다면 새로운 수도는 여기서 멀리 떨어져 있나요?"

"그것은 오샤 제2행성에 있소. 여기에서 20파섹 떨어진 거리지. 당신이 가진 지도로도 찾아갈 수 있을 거요. 그런데 그 지도는 얼마나 오래된 거요?"

"150년."

노인은 한숨을 내쉬었다.

"그렇게나 오래된 거요? 그 후 역사는 다사다난했지. 그사이 벌어진 일들에 대해 아는 것이 있소?"

말로는 느릿느릿 고개를 가로저었다.

바가 말을 이었다.

"당신은 행운아요. 스태널 6세의 통치가 아니었더라면 이 지방은 악의 시대가 계속되었을 거요. 그런데 그는 50년 전에 죽고 말았소. 그가 죽고 나자 그때부터 반란과 파괴, 그리고 또다시 파괴와 반란이 계속되었소."

바는 혹시 자신이 너무 말이 많은 것이 아닌가 싶어 말을 멈추었다. 그동안 이곳에서 너무 외롭게 살아 다른 사람과 이야기를 나눌 기회가 거의 없었던 것이다.

말로는 갑자기 날카로운 어조로 되물었다.

"파괴라고요? 당신 말을 듣자하니 마치 이 지역 전체가 황폐해졌다는 의미로 들리는데요?"

"물론 모든 지역이 완전히 다 파괴된 것은 아니지. 25년 동안이나 일급 행성의 지위를 유지한 이곳에서 물리적 자원이 완전히 고갈되려면 오랜 시간이 걸리겠지. 부자가 망해도 3년은 간다고 하지 않소? 하지만 지난 100년 동안 누려 왔던 풍요와 비교한다면 우리는 엄청난 몰락의 길을 걸어온 셈이오. 게다가 아직까지 전혀 회복의 기미가 보이지 않으니……. 그런데 왜 당신은 이런 일들에 관심을 보이는 거요, 젊은 친구. 당신은 기운이 넘쳐 보이고 눈빛도 생생한데 말이야!"

노인의 시든 눈이 그의 눈을 뚫어지게 쳐다보자 무역상인은 얼굴을 붉혔다. 노인의 눈에는 미소가 담겨 있는 듯했다.

말로가 말했다.

"내 말을 들어 보세요. 나는 아주 먼 곳에서 온 무역상인이에요. 나는 돈을 벌기 위해서라면 은하계 끝까지 갑니다. 그런데 낡은 지도를 한 장 찾아낸 거지요. 나는 그 지도를 보고 새로운 시장을 개척하기 위해 여기까지 왔다고요. 그러니 황폐해져 버린 지방에 대한 이야기가 내게는 아무 가치도 없는 게 당연하지 않겠어요? 당신이라도 돈이 없는 곳에서 돈을 벌어 보겠다는 생각은 품지 않겠지요. 그러니 내게 도움이 되는 이야기를 해 주세요. 지금 이곳 사이웨나는 형편이 어떻습니까?"

노인은 몸을 앞으로 숙였다.

"그건 말할 수 없소. 아니, 아직 말할 수 없다는 편이 더 정확하겠지. 그런데 당신이 무역상인이라고? 내가 보기에는 군인처럼 보이는데? 지금도 당신 손은 총 옆에 놓여 있고 턱에는 상처가 보이는데?"

말로는 급히 머리를 뒤로 젖혔다.

"내가 떠나온 곳은 법을 잘 지키는 곳이 아니랍니다. 전투와 상처는 무역상인이 치러야 할 대가 같은 겁니다. 하지만 전투란 어쨌든 돈을 목적으로 할 때만 의미가 있는 거지요. 싸우지 않고도 돈을 얻을 수 있다면 더 좋고. 이곳에는 내가 전투를 벌여서 벌어들일 만한 돈이 충분히 있나요? 내가 보기에는 싸움질이라면 쉽게 발견할 수 있는 것 같던데?"

"물론 쉽다마다."

노인이 맞장구를 쳤다.

"당신이라면 레드 스타의 위스카드 잔당에 가담할 수 있을 거요. 하지만 당신 눈에는 그것이 전투나 해적질로 보일 수도 있지. 아니면 지금 우리의 인자하신 총독에게 갈 수도 있고. 살인, 약탈, 강도질에 인자하다는 말이지만. 총독은 어린 황제를 합법적으로 암살한 것으로도 모자라 황제의 말을 사칭해서 온갖 나쁜 짓을 저지르고 있지."

말을 마친 늙은 귀족의 얇은 볼이 홍조를 띠었다. 그는 눈을 감았다가 다시 떴다. 눈은 생동감 있게 빛나고 있었다.

"당신은 총독에 대해 별로 감정이 좋지 못한 모양이군요, 귀족 양반. 만약 내가 총독의 스파이라면 어쩌시겠어요?"

말로가 말했다.

바가 신랄한 어조로 되물었다.

"당신이 스파이라면 어쩌겠냐고? 만약 그렇다면 당신은 어쩔 작정이오?"

그러고는 말라빠진 팔을 움츠려서 낡은 집 내부를 가리키는 시늉을 했다.

"그거야 당연히 당신 목숨이 날아가겠죠."

"내게서 목숨을 빼앗는 일이야 간단하겠지. 내게는 지난 5년도 지긋지긋할 정도로 길었으니까. 그러나 당신은 총독의 부하가 아니야. 만약 당신이 스파이라면 지금이라도 스스로를 지키려는 본능 때문에 내 입을 틀어막았을 테니까."

"그걸 어떻게 알죠?"

그러자 노인은 소리를 내며 웃었다.

"당신은 수상한 친구야. 이봐, 내기를 걸어도 좋아. 틀림없이 당신은 내가 당신 입에서 정부를 비난하는 소리가 나오도록 미끼를 던진다고 생각하는 모양인데, 천만에! 천부당만부당한 소리지. 나는 정치와는 손을 끊은 사람이오."

"정치와 무관하다고요? 정치와 무관한 사람이 존재할 수 있단 말이에요? 그렇다면 당신이 총독 일당을 묘사하는 데 사용했던 말은 뭔가요? 살인, 약탈, 그 모든 말은 뭔가요? 당신 말은 앞뒤가 맞지 않는데……. 만약 당신이 정치에서 손을 뗐다면 그런 말은 어떻게 된 거예요?"

노인은 어깨를 움츠렸다.

"기억이라는 것은 갑자기 떠오르면 더 아픈 법이오. 당신도 스스로 판단해 보시오! 잘 들어 봐요. 사이웨나가 이 지역의 수도였을 때 나는 사이웨나의 귀족이자 상원의원이었소. 나는 유서 깊은 집안 출신이오. 증조부는……. 아니 그만둡시다. 귀담아듣지 마시오. 흘러간 영광은 처량한 이야기에 불과하지."

"무슨 말인지 알겠어요. 내전이나 혁명이 있었던 모양이군요."

바는 표정이 어두워졌다.

"내란은 요즈음과 같은 쇠퇴기에 거의 만성화되지. 그러나 그 전까지만 해도 사이웨나는 사정이 좀 달랐소. 스태널 6세 치하에서 우리는 고대의 번영에 가까울 만큼 발전을 이루었지. 하지만 나약한 황제가 뒤를 이었고 황제가 나약하면 자연히 강한 총독이 등장하기 마련이오. 그 마지막 총독이 바로 위스카드였소. 그 잔당이 지금도 레드 스타의 상선들을 습격하는 거요. 그리고 그 위스카드가 황제 자리를 노리고 있소.

물론 황제 자리를 노린 사람이 그만은 아니었지. 설사 그가 성공했다 하더라도 황제 자리를 획득한 최초의 사람은 아니었을 거요. 하지만 그는 실패했어. 황제의 제독이 함대를 이끌고 이곳으로 왔고 사이웨나 자체에서 총독에 대항하는 반란이 일어났기 때문이오."

그는 슬픈 표정으로 말을 멈췄다.

말로는 어느새 자신이 의자 끝에 바싹 다가앉아 긴장한 채 그 말을 듣고 있다는 사실을 깨닫고는 서서히 긴장을 풀었다.

"계속하시지요, 노인장."

"고맙소. 늙은이 말을 경청할 줄 아는 걸 보니 당신은 매우 친절한 사람인 것 같군. 그래서 결국 그들은 반란을 일으켰소. 아니, 우리라는 편이 낫겠군. 나도 하급 지휘관이었으니까. 위스카드는 간신히 사이웨나에서 도망쳤소. 그리고 이 행성과 주변 지역의 모든 군주는 황제에 대해 절대적인 충성을 맹세하면서 제독에게 모든 것을 내맡겼소. 우리가 그때 왜 그랬는지는 나도 분명히 설명할 수가 없소. 아마 우리 모두는 잔인하고 못된 소년 황제 개인보다는 황제라는 상징에 충성심을 느꼈던 것 같소. 포위 공격을 두려워했던 것일 수도 있고."

"그래서요?"

말로가 조심스럽게 재촉했다.

"그래서……."

노인은 무의식적으로 말로의 말을 받았다.

"하지만 제독은 그 정도로 만족하지 않았지. 그는 반란을 일으킨 지방을 모두 정복하는 영광을 누리고 싶었고, 부하들은 그 과정에 수반되는 약탈을 원했지. 그래서 사람들이 모두 대도시에서 황제와 제독에게 환호를 보내는 동안 그는 모든 무장 지역을 장악하고 그곳의 모든 주민을 원자총으로 살해하라는 명령을 내린 거요."

"어떤 구실로?"

"황제가 임명한 총독에게 반란을 일으켰다는 것이 구실이었지. 그러고는 1개월에 걸친 학살과 약탈, 그에 따른 암흑 같은 공포 분위기를 틈타 제독은 총독 자리를 차지해 버린 거요. 내게는 여섯 아들이 있었지. 그중 다섯이 죽었소. 갖가지 이유로……. 그리고 딸도 하나 있었소. 나는 그 아이도 죽었기를 바라는 마음이오. 내가 살아남은 것은 너무 늙었기 때문이지. 그래서 결국 이곳까지 올 수 있게 된 거요. 나야 우리 제독님을 성가시게 할 만한 힘이 없는 늙은이에 불과하니까 말이오."

그는 백발이 성성한 머리를 숙이고는 계속 말했다.

"그들은 내게 아무것도 남겨 주지 않았소. 내가 이전 총독을 몰아내는 데 일조해서 결국 제독의 영광을 훼손했기 때문이지."

말로는 침묵을 지킨 채 그의 말이 이어지기를 기다리다가 조용히 입을 열었다.

"여섯 번째 아들은 어떻게 되었습니까?"

"아, 그 아이?"

바는 일그러진 미소를 띠었다.

"그 아이는 무사하다오. 이름을 바꾸고 일개 병사로 제독의 군대에 들어갔으니까. 그 녀석은 총독의 친위 함대 소속 소총수로 있지. 아니, 아니야. 당신 눈빛을 보니 뭔가 엉뚱한 생각을 하고 있군. 하지만 그 녀석은 결코 못된 아이가 아니오. 시간이 나면 나를 찾아오고 뭐든 내게 갖다 주려 들지. 내가 이렇게 살아 있는 것도 그 아이 덕분이라오. 언젠가는 우리의 위대하신 총독 각하도 죽음 앞에서 벌벌 떨게 될 날이 올 것이고 그때 사형집행인은 바로 내 아들이 될 것이오."

"그런데 그런 말을 낯선 사람에게 할 수 있습니까? 당신은 아들을 위험에 몰아넣고 있는 겁니다."

"천만에, 오히려 나는 새로운 적을 끌어들여 그 애를 도와주고 있는 거지. 비록 나는 총독의 적이지만 만약 내가 그의 친구라면 나는 그에게 은하계 끝에 이르는 머나먼 우주까지 우주선을 배치하라고 말하겠소."

"그들이 우주선을 배치하지 않았나요?"

"한 척이라도 발견한 적이 있소? 당신이 이곳으로 올 때 우주 경비대가 당신을 검문한 적이 있소? 우주선도 부족하거니와 경계에 위치한 군주들은 저마다 음모와 부정에만 빠져 있으니 야만적인 외적을 막아낼 수단은 아무것도 남지 않은 셈이지. 당신이 도착하기 전에는 아직 한 번도 은하계 저편에서 위험이 닥친 적이 없었소."

"나요? 나는 위험한 사람이 아닙니다."

"당신 뒤를 따라 더 많은 사람이 올 것이오."

말로는 천천히 머리를 흔들었다.

"당신이 무슨 말을 하는지 이해할 수가 없군요."

"들어 보시오!"

노인의 목소리는 열에 들떠 날카로웠다.

"나는 당신이 내 집에 들어설 때부터 알아봤소. 당신은 몸 주위에 역장 방어벽을 두르고 있지 않았소? 아니면 나를 처음 봤을 때 방어벽을 쳤거나."

잠깐 어색한 침묵이 흘렀다. 그러다가 말로가 입을 열었다.

"네, 당신 말이 맞아요."

"좋소. 그건 당신 실수였소. 당신은 그 사실을 알지 못했지만 나는 알아차렸지. 요즘처럼 멸망으로 치닫고 있는 시기에 군인이 된다는 것은 유행에 뒤진 일이지. 사건은 눈이 어지러울 정도로 꼬리를 물고 이어지고 또 눈 깜빡할 사이에 과거로 흘러가 버리지. 그리고 손에 원자총을 들고 그 흐름과 싸울 수 없는 사람은 나처럼 그 흐름에 쓸려가 버리고. 하지만 나는 학자였소. 따라서 원자력의 전 역사를 잘 알지만 아직까지 휴대용 방어벽이 발명되었다는 말은 들어 본 적이 없소. 물론 우리도 방어벽을 가지고 있기는 하지. 가령 도시나 우주선을 지키는 육중하고 거대한 발전소 형태로 말이오. 하지만 개인을 보호하는 것은 없소."

말로는 아랫입술을 삐죽 내밀었다.

"그래요? 도대체 당신은 무슨 생각을 하기에 그런 이야기를 하는 거지요?"

"그동안 우주에 흘러 다니는 이야기가 많았소. 그 이야기들은 여러 곳을 거치고 무수한 파섹을 지날 때마다 조금씩 변형되었지. 내가 젊었을 때 낯선 사람들이 타고 온 작은 우주선이 한 척 있었소. 그들은 우리 관습을 몰랐고 그들이 어디에서 왔는지에 대해서도 말할 수가 없었소. 그런데 바로 그들이 은하계 끝에 있는 마법사들에 대한 이야기를 해 주었소. 마법사들은 어두운 곳에서 빛을 발하고 아무런 장치도 없이 하늘을 날고 어떤 무기도 그들을 다치게 할 수 없다는 이야기였지. 우리는 그 말을 듣고 모두 웃었지. 나도 마찬가지였고. 나는 오늘까지 그 이야기를 까맣게 잊고 있었소. 하지만 당신은 어두운 곳에서 빛을 발했소. 설사 내가 전자총을 갖고 있었다 하더라도 당신에게는 아무런 해를 끼치지 못했을 거요. 말해 보시오. 당신은 지금 그 자리에 앉은 채로 하늘로 날아 올라갈 수 있는 거요?"

말로는 아주 침착한 어조로 말했다.

"당신 말을 전혀 이해 못 하겠군요."

바는 미소를 지었다.

"그 대답이면 족하오. 내 손님을 시험할 생각은 없으니까. 하지만 만약 마법사가 실제로 존재하고 당신이 그중 한 명이라면 언젠가는 그들이, 또는 당신이 이곳으로 밀려들 거요. 필경 그건 좋은 일일 거요. 왜냐하면 우리에게는 새로운 피가 필요하니까."

바는 천천히 말을 계속했다.

"하지만 그것은 다른 방식으로 작용하기도 하지. 우리의 새로운 총독 역시 이전 총독처럼 꿈을 꾸고 있으니까."

"그 역시 황제 자리를 노리고 있나요?"

바는 고개를 끄덕였다.

"내 아들에게 들은 이야기가 있소. 아들은 총독의 측근으로 일하기 때문에 그 이야기를 들을 수 있었지. 그래서 아들이 내게 해 준 이야기요. 새 총독은 왕관이 주어진다면 거절하지 않을 테지만 만약을 위해 도피로를 확보해 놓았다고 하오. 황제 자리에 오르지 못하면 미개척 오지에 새로운 제국을 만들 계획을 꾸미고 있다는 이야기가 바로 그것이오. 보증할 수는 없지만 그는 이미 지도에도 나오지 않는 외곽성역의 작은 나라 왕에게 자신의 딸을 왕비로 보냈다는 이야기까지 돌고 있으니까."

"여러 가지 이야기를 전부 들었다면……."

"물론 그 밖에도 더 있지. 하지만 나는 늙어서 허튼소리를 많이 지껄인다오. 그런데 지금 뭐라고 그랬소?"

노인의 예리한 눈빛이 그를 스쳐 지나갔다.

무역상인은 잠깐 생각에 잠기다가 말했다.

"아무것도 아닙니다. 그런데 한 가지 물어볼 게 있는데. 사이웨나는 원자력을 가지고 있나요? 물론 원자력에 대한 지식을 갖고 있다는 것은 알아요. 내 말은 원자력 발전소가 파괴되지 않고 남아 있는지, 아니면 최근 공격에 파괴되었는지 하는 거예요."

"파괴되었냐고? 천만에. 그중 가장 작은 것이라도 파괴되었다면 행성 절반 이상이 날아가 버렸을걸. 그것들은 대체 불가능할 뿐만 아니라 함대에 동력을 제공하는 공급처이기도 하지."

그는 한껏 뽐내는 듯한 어조로 말을 이었다.

"우리는 그런 면에서 보면 트랜터에서 가장 크고 훌륭한 발전소를 가지고 있는 셈이지."

"그렇다면 발전소를 보려면 제일 먼저 해야 할 일이 뭐죠?"

"당신은 안 되오!"

노인은 단언했다.

"당신은 어떤 군사시설에도 접근할 수 없소. 그러다간 당장에 사살당할 테니까. 다른 누구라도 마찬가지요. 사이웨나에서는 아직도 시민권이라는 것이 박탈당해 있는 상태요."

"당신 말은 모든 발전소가 군의 관리하에 있다는 건가요?"

"그렇지는 않소. 가정에 난방과 조명을 공급하고 자동차에 동력을 제공하는 소규모 시 발전소도 있지. 이것들은 기술 관리들이 관리하기는 하지만 사정은 마찬가지지. 군인들만큼이나 엄격하니까."

"기술 관리들은 누굽니까?"

"발전소를 감독하는 전문가 집단이지. 그들의 명예로운 직업은 세습되고 젊은이들이 기술 관리의 도제로 들어가는 식이야. 그들은 의무, 명예라는 말의 엄격한 의미 그 자체라 할 수 있지. 기술 관리들을 제외하고는 아무도 그곳에 들어갈 수 없소."

"알겠어요."

"하지만 기술 관리들을 매수하는 경우가 전혀 없다는 이야기는 아니오. 과거 50년 동안에 아홉 명의 황제가 바뀌고 그중 일곱 명이 암살당했소. 모든 우주선의 선장은 총독 자리를 노리고 모든 총독은 황제 자리를 넘보았으니까. 그러니 내 생각으로는 아무리 기술 관리라고 하더라도 충분히 매수할 수 있을 것 같소. 하지만 많은 돈이 필요하겠지. 나는 한 푼도 없소. 당신은 돈이 있소?"

"돈? 난 그런 건 없습니다. 그런데 매수할 때는 항상 돈을 사용하나요?"

"돈 아니면? 돈이면 뭐든 살 수 있는데?"

"돈으로 살 수 없는 것도 많지요. 하여튼 내게 발전소가 있는 가장 가까운 도시를 알려 줄 수 있습니까? 거기까지 갈 수 있는 가장 빠른 방법을 가르쳐 준다면 고맙겠는데."

"잠깐."

바는 여윈 팔을 내밀어 그를 제지했다.

"지금 어딜 가려는 거요? 당신은 이곳에 왔지만 나는 내가 품고 있는 의문 중 아직 아무것도 꺼내지 않았는데. 아직도 주민을 폭도라고 부르는 도시에서는 당신이 도착하자마자 처음 만나는 군인이나 호위병이 당신의 억양과 복장을 보고 대뜸 시비를 걸어올 거요."

말을 마친 노인은 벌떡 일어나서 구석에 놓여 있는 낡은 상자에서 작은 책자를 하나 꺼냈다.

"내 여권이오. 위조 여권이긴 하지만. 내가 빠져나온 것도 이것 덕분에 가능했지."

그는 여권을 말로의 손에 쥐여 주었다.

"여권의 기재 사항이 맞지 않을 거요. 하지만 당신이 연기만 잘한다면 빠져나갈 구멍은 많을걸. 그들은 그렇게 자세히 살펴보지 않는 편이니까."

"그러면 노인장께선 어떻게 하려고요? 노인장에게는 아무것도 없지 않습니까?"

늙은 망명자는 냉소적으로 어깨를 으쓱했다.

"나는 소용이 없어. 그리고 앞으로 더욱 조심해야지. 혀를 더 굴리라고! 당신 억양은 야만스런 억양이고 당신이 자주 쓰는 말은 아주 낯설어. 당신이 입을 열 때마다 놀라 자빠질 만한 고어가 막 쏟아져 나오는군. 그러니까 말을 적게 할수록 의심을 덜 받게 될 거야. 이제 당신에게 어떻게 도시를 찾아가야 하는지를 이야기할 차례구먼."

5분 후 말로는 길을 떠났다.

그는 본격적으로 길을 떠나기 전에 늙은 귀족의 집에 잠시 들렀다. 다음 날 아침 오넘 바가 작은 정원으로 나왔을 때, 그는 발치에서 작은 상자를 하나 발견했다. 그 속에는 식량이 들어 있었다. 우주선에서 볼 수 있는 농축 식량이었다. 맛이나 조리법이 모두 이국적이었다.

하지만 맛은 아주 좋고 오랫동안 먹기에 충분한 양이었다.

## 11

기술자는 키가 작고 통통하며 잘 손질해 윤이 나는 피부를 갖고 있었다. 머리카락은 언저리에만 있어서 머리가 없는 곳은 분홍색으로 빛났다. 손가락에 낀 반지들은 굵고 무거워 보였으며 입고 있는 의복은

향수를 뿌려 냄새가 좋았다. 그는 이 행성에서 말로가 만난 중에 가난해 보이지 않는 최초의 사람이었다.

기술자는 투정을 부리는 듯 입술을 오므리며 말했다.

"자, 빨리 말하시오. 나를 기다리는 중요한 일이 많아. 그런데 당신은 이방인처럼 보이는데?"

그는 말로가 입고 있는 전혀 사이웨나 스타일이 아닌 복장을 알아본 것 같았다. 그와 동시에 눈꺼풀이 상대에 대한 의심으로 무겁게 내리깔렸다.

말로가 조용히 말했다.

"난 이웃 나라 사람이 아니오. 그렇지만 그건 관계없는 문제요. 난 어제 당신에게 자그만 선물을 줄 영예를 누렸소."

기술자의 코가 올라갔다.

"그걸 받았지. 재미난 장난감이더군. 때가 되면 그걸 사용하겠지."

"다른 더 재미난 선물을 가져왔소이다. 장난감 수준을 벗어난 것이라오."

기술자는 생각에 잠긴 듯 웅얼거렸다.

"그래? 난 이미 인터뷰 과정을 알고 있다고 생각하는데. 전에도 이런 일이 있었소. 이제 당신은 내게 사소한 물건들을 주겠지. 몇 크레디트나 한 벌의 코트 또는 이류 보석들, 그런 것들을 말이오. 당신이 얄팍한 판단력으로 기술자를 매수하기에 충분하다고 여기는 그런 것들 말이오."

그는 아랫입술이 호전적으로 튀어나왔다.

"게다가 난 당신이 그 대가로 무엇을 원하는지도 알고 있소. 당신은 우리 일원으로 들어오기를 원하고 있소. 당신은 원자력의 신비를 배우고 기계 다루는 법을 배우고 싶은 거요. 당신은 안전을 위해서 낯선 사람인 양 가장하고 있지만 틀림없이 사이웨나의 개일 거야. 당신은 반역죄로 매일 벌을 받고 있어서 기술자 조합의 보호와 특권에 자신을 맡김으로써 그 모든 것을 모면하려 하고 있소."

말로가 말을 하려고 할 때 갑자기 기술자가 크게 소리쳤다.

"그러니 내가 당신 이름을 시 경비대에 알리기 전에 당장 이곳을 떠나시오. 당신은 내가 조합을 배신할 거라고 생각하오? 사이웨나 반역자라면 그렇게 하겠지! 그런데 지금 당신 앞에 있는 나는 그런 종자가 아니라고. 오, 맙소사, 내가 이 손으로 이 자리에서 당신을 죽이지 않는 게 놀랍군!"

말로는 혼자 웃었다. 그가 지껄이는 말은, 말투와 내용을 모두 억지로 꾸며 낸 게 분명했다. 그래서 위엄을 갖춘 협박은 아무런 감명도 주지 못하는 희극으로 변해 버리고 말았다.

상인은 당장이라도 자신을 죽일 수 있다는 남자의 힘없는 두 손을 재미있다는 듯이 흘긋 보았다. 그러고는 말했다.

"지혜로운 양반, 당신은 세 가지 점에서 틀렸소. 첫째, 나는 당신의 충성심을 시험하러 온 총독의 하수인이 아니오. 둘째, 내 선물은 화려했던 황제조차 결코 가져 본 적도 없고, 가질 수도 없는 그런 것이오. 셋째, 그 대가로 내가 원하는 것은 아주 작은 것이오. 단지 한숨을 돌릴 여유 말이오."

"그렇소?"

그의 말은 비꼬는 투로 변했다.

"이리 오시오. 당신의 전지전능한 능력이 내게 베풀 제국의 물품이란 무엇이오? 황제도 갖지 못한 것이란 대체 뭐요?"

그는 비난조로 말하고 나서 조소를 터뜨렸다.

말로는 일어서서 의자를 한편으로 밀었다.

"난 당신을 보기 위해서 사흘을 기다렸소, 지혜로운 양반. 그렇지만 그 물건을 보여 주는 데는 3초도 안 걸리지. 당신이 당신 손 가까이 있는 총을 꺼내어……"

"뭐라고?"

"날 쏘시오. 그러면 정말 고맙겠소."

"뭐라고?"

"만일 내가 죽는다면 당신은 경찰에게 내가 조합의 비밀을 누설하도록 당신을 매수하려 했다고 말하면 될 거요. 그러면 당신은 크게 칭찬을 받겠지. 하지만 만일 내가 죽지 않는다면 당신은 내 방어벽을 가지게 될 거요."

그제야 기술자는 방문객 주변에서 어슴푸레하게 빛나는 하얀 광채를 알아차리기 시작했다. 마치 진주 가루에 뒤덮인 것처럼 보였다. 그는 놀라움과 의심으로 사팔뜨기가 된 채 권총을 조준하고 방아쇠를 당겼다.

공기 분자들이 원자 분열을 일으켜 작열하는 이온으로 바뀐 듯 가느다란 직선으로 변하여 말로의 가슴을 강타하고는 다시 튀어 나갔다.

말로의 인내심 있는 모습은 조금도 변하지 않았다. 그에게 쏜 원자 광선은 푸른 진주색 광채에 부딪친 후 저절로 흡수되어 공기 중으로 소멸되어 버린 것이다.

기술자는 전자총을 자신도 모르게 마룻바닥에 떨어뜨렸다.

말로가 말했다.

"황제가 개인용 방어벽을 가지고 있습디까? 난 당신에게 이걸 줄 수 있소."

기술자가 중얼거렸다.

"당신, 기술자요?"

"아니."

"그러면…… 그러면 그걸 어디서 구했소?"

"무슨 상관이오?"

말로가 차갑게 경멸하는 투로 말했다.

"당신, 이걸 갖고 싶소? 여기 있소."

가느다란 손잡이가 달린 사슬이 책상 위로 떨어졌다.

기술자는 그걸 집어 들고는 신경질적으로 더듬었다.

"이거 완전한 거요?"

"완전하오."

"동력은 어디 있지?"

말로가 손가락으로 가장 큰 손잡이를 가리켰다. 뭉툭한 것이 납으로 된 케이스에 들어 있었다.

기술자가 고개를 들었을 때에는 얼굴이 상기되어 있었다.

"난 중견 기술자요. 더구나 20년을 감독자로 지냈소. 또 트랜터 대학에서는 위대한 블러 교수 밑에서 배웠소. 만일 당신이 저 작은 좁쌀만한 물체 속에 전자총을 막을 수 있는 원자 동력이 있다고 말도 안 되는 사기를 친다면 난 곧바로 당신을 경비대로 연행하겠소."

"그러면 당신이 직접 시험해 보시오. 나는 전부 다 얘기했소."

기술자는 점차 핏대를 가라앉히더니 그 사슬을 자신의 허리에 둘렀다. 그러고는 말로의 손짓에 따라 손잡이를 눌렀다. 찬란한 빛 무리가 그를 감싸며 빛났다. 그는 총을 들고 머뭇거렸다. 그리고 살이 안 탈 정도로 원자 광선의 세기를 최저로 낮추었다.

경련을 일으키며 방아쇠를 당기자 원자 광선이 뿜어져 나와 그의 손에 명중했으나 전혀 상처가 없었다. 그는 빙글 돌아서서 입을 열었다.

"내가 지금 당신을 쏜다면 이 방어벽은 내 것이 되겠지?"

말로가 대답했다.

"한번 해 보쇼. 설마 내가 하나밖에 없는 시제품을 주었다고 생각하는 건 아니겠지?"

말로 역시 견고하게 빛 무리로 둘러싸여 있었다.

기술자는 신경질적으로 낄낄 웃어 대더니 권총을 책상에 덜그럭 내려놓았다.

"당신이 대가로 원한다는 한숨 돌릴 여유란 뭐요?"

"난 당신의 발전기를 보고 싶소."

"이런, 그건 금지되어 있다는 사실을 모르시오? 그랬다간 우리 둘 다 저 광막한 우주로 추방될 거요."

"아니, 난 원자력 발전기를 손대거나 일부를 가지겠다는 게 아니오. 다만 그걸 한번 보기만 하겠다는 거요. 아주 멀리서라도…….'

"안 된다면?"

"안 되더라도 당신에게 이 방어벽은 주겠소. 하지만 난 또 다른 물건을 가지고 있소. 예를 들면 방어벽을 관통할 수 있게 특별히 제작된 전자총 말이오."

"흠……."

기술자가 눈동자를 굴리다가 말했다.

"갑시다."

*12*

 기술자는 작은 이층집에 살았다. 창문조차 없는 커다란 정육면체 건물이 도시 중앙을 압도하는 외곽에 있는 주택이었다. 말로는 지하도를 차례대로 빠져나와 이윽고 조용한 곳에 이르렀다. 오존 냄새가 희미하게 나는 동력실이었다.

 15분 동안 그는 안내자의 뒤를 따르며 한마디도 하지 않았다. 그의 눈은 무엇 하나 빠뜨리지 않았다. 그렇지만 전혀 손은 대지 않았다. 기술자가 위압적인 목소리로 말했다.

 "이제 됐소? 이런 일에는 부하들을 믿을 수 없지."

 "그럴 만한 일이 있었습니까?"

 말로가 빈정대듯 말을 받았다.

 그들은 사무실로 돌아왔다.

 말로는 골똘히 생각하는 표정으로 말했다.

 "그런데 발전기는 전부 당신이 통제하는 거요?"

 "하나도 빠짐없이."

 그렇게 말하는 기술자 목소리에는 자부심 이상이 깃들어 있었다.

 "그럼 당신이 기계를 가동하고 늘 양호한 상태로 관리하는 거요?"

 "그렇지!"

 "그럼 고장이 생기면?"

 기술자는 성난 사람처럼 거칠게 머리를 흔들었다.

 "고장은 안 나지. 절대로 고장 나지 않아. 영구적으로 움직이도록 만들어졌거든."

 "영구적이란 긴 시간이지. 만일……."

"의미 없는 일을 가정하는 건 비과학적이야."

"좋소. 만일 제가 주요 부품을 완전히 파괴시킨다면 어떻게 되는 거요? 기계 역시 원자력 앞에서 불사신은 아니겠지. 만약 내가 중요한 연결 부분을 녹인다든지 튜브를 부순다면?"

기술관은 격앙된 목소리로 고함쳤다.

"그렇게 된다면 자네는 죽을 거야!"

말로도 역시 소리쳤다.

"그건 알고 있소. 그런데 발전기는 어떻게 되는 거요? 당신이 고칠 수 있소?"

"이봐! 나는 자네한테 충분한 사례를 했어. 요구한 걸 보여 주었잖아. 자, 당장 나가! 이제 빚은 없어!"

기술관 목소리가 꼭 왈왈 짖는 것 같았다.

말로는 비꼬듯 경의를 표하며 인사하고 그곳을 떠났다.

이틀 뒤 말로는 터미너스 행성으로 돌아가기 위해 그를 기다리고 있던 파스타호 기지로 돌아갔다.

그리고 이틀 뒤, 기술자가 몸에 걸친 방어벽은 더 이상 작동하지 않았다. 아무리 머리를 짜내고 욕을 퍼부어도 그것은 두 번 다시 빛나지 않았다.

## 13

6개월 만에 처음으로 말로는 편히 쉬었다. 새로 이사 온 집에 벌거벗고 일광욕실에서 몸을 태우는 중이었다. 햇볕에 검게 탄 건장한 팔을 들어 올리자 근육이 팽팽히 긴장되다가 다시 풀어졌다.

곁에 있던 남자가 말로의 입에 궐련을 물리고 불을 붙여 주었다. 그러면서 자신의 입에 있는 궐련을 질근질근 씹어 댔다.

"자네는 일을 너무 많이 해. 당분간 푹 쉴 필요가 있어."

"그렇겠지, 젤. 하지만 쉰다면 평의원 자리에서 쉬고 싶어. 나는 앞으로 그 자리를 손에 넣으려 하고 자네도 날 도우려 하니까 말이야."

안코 젤은 눈썹을 치켰다.

"어느새 내가 그 일부를 떠맡게 된 건가?"

"그 점은 확실해. 첫째로 자네는 산전수전 다 겪은 노련한 정치가야. 둘째로 조레인 서트에 의해 내각에서 쫓겨났어. 그놈은 평의회에서 나하고 동석하느니 차라리 눈 하나를 잃는 편이 낫다고 생각하는 놈이야. 자네는 내가 평의회에 들어갈 기회가 별로 없다고 생각할 테지, 응?"

전 교육대신은 동의했다.

"별로 많지 않을걸. 자네는 스미르노인이야."

"그건 법적인 장애는 안 돼. 나는 일반인 교육을 받았으니까."

"그럼 잘 생각해 봐. 언제부터 편견이라는 놈이 홀로서기를 그만두고 법률을 따르게 된 건가? 참, 그런데 그 친구는 요즘 어떤가? 제임 튜어라는 친구 말이야. 그 친구가 어떤 말을 하지 않던가?"

말로는 허물없이 말했다.

"1년쯤 전에 나를 평의회에 추대하겠다고 하더군. 하나 뭐 어쩔 도리가 없을 거야. 아무튼 말은 그래도 그 친구가 해내기는 힘들 거야. 충분히 생각하지 않고 한 말일 테니. 좀 방약무인한 데가 있지. 고작해야 사람을 귀찮게 하는 정도일 뿐이지만 말이야. 나는 진짜 쿠데타를 일으키는 일에서는 손을 뗐어. 난 자네가 필요해."

"조레인 서트는 이 행성에서 가장 영리한 자야. 아마 자네하고 맞상대가 될 만하겠지. 그를 거꾸러뜨릴 자신이 없네. 더구나 그가 맹렬히, 비열한 방법으로 싸우지 않으리라고는 장담할 수 없어."

"이쪽은 돈이 있어."

"그건 도움이 되겠지. 하지만 편견을 없애려면 무지하게 많은 돈이 필요해, 이 스미르노 친구야."

"돈은 충분하네."

"그럼 잘 생각해 보지. 그러나 미리 알려 두지만 내가 이 일을 부추겼다는 식으로 나중에 푸념하지 말게. 아니, 저건 누구지?"

말로는 입을 일그러뜨리며 말했다.

"조레인 서트의 행차겠지. 빨리 왔군. 하지만 무리도 아니지. 벌써 한 달이나 놈을 피해 왔어. 어이, 젤. 옆방에 가서 스피커를 낮추어 두게. 자네도 듣는 게 좋겠어."

그는 맨발로 평의원을 옆방으로 안내하고 나서 비단옷을 끌어당겨 몸에 걸쳤다. 인공태양 빛은 점점 약해져 보통 밝기가 되었다.

시장 비서관이 뻣뻣한 태도로 방에 들어왔다. 고지식해 보이는 집사가 발소리를 죽이고 그 뒤를 따라 들어와 문을 닫았다.

말로가 벨트를 매면서 말했다.

"아무 데나 좋은 의자에 앉게, 서트."

서트는 흘긋 미소를 지을 뿐이었다. 그가 골라 앉은 의자는 착석감이 좋았지만 그는 조금도 긴장을 풀지 않았다. 의자 끄트머리에 걸터앉아 말문을 열었다.

"우선 맨 먼저 자네 조건을 말해 주게. 그러고 나서 일 얘기로 들어가지."

"무슨 조건 말인가?"

"나한테 설명을 시킬 참인가? 좋아, 그럼 말하지. 가령 자네는 코렐에서 무엇을 했지? 자네 보고는 매우 불충분해."

"몇 달 전에 자네한테 건네지 않았나? 그땐 분명 만족해 놓고서 그러는군."

"그랬지."

서트는 생각에 잠긴 듯 한 손가락으로 이마를 문질렀다.

"하지만 그 후 자네 활동은 아주 의미심장한 데가 있어. 자네가 무엇을 하고 있는지 우린 알고 있어, 말로. 자네가 공장을 얼마나 세우고 있는지, 얼마나 서두르고 있는지, 그 비용은 얼마인지도 정확히 알고 있네. 게다가 자네가 살고 있는 이 궁전 말인데……."

그는 전혀 감정이 없는 듯 차가운 눈으로 주위를 예리하게 훑어보며 덧붙였다.

"여기는 내 연봉보다 훨씬 많은 비용이 필요할 테지. 자넨 파운데이션의 상류계급보다도 더 엄청난 허세를 부리고 있어. 푼돈으로는 턱도 없을 정도로 펑펑 쓰고 있다, 이 말일세."

"그런가? 자네가 유능한 스파이를 쓰고 있다는 건 잘 알고 있네만, 어떤 사실을 알아냈나?"

"1년 전에 자네한테 없던 돈이 지금은 있다는 점이지. 이건 어느 모로 보나 의미 있는 사실이야. 예를 들면 코렐에서 우리가 모르는 일이 많았다는 뜻이지. 돈은 어디서 난 건가?"

"이봐 서트, 설마 내가 자네한테 말해 주리라고 생각하진 않겠지?"

"그래."

"그럴 줄 알았네. 하지만 그 출처를 알려주지. 돈은 코렐의 콤도 금고에서 직접 보내오는 거야."

서트는 놀라서 눈을 껌뻑거렸다. 말로는 히죽 웃으며 계속했다.

"자네한테는 미안한 일이지만 이 돈은 합법적인 거야. 난 주임 무역 상인이거든. 내가 받는 돈은 우리 쪽에서 콤도에게 공급하는 자질구레한 물건과 교환해서 얻은 강철이나 크롬철광이야. 이익의 50퍼센트는 파운데이션의 빡빡한 계약에 의해 내 것이 되지. 나머지 50퍼센트는 선량한 시민이 연말에 정부에 바치는 소득세인 거고."

"자네 보고에는 무역협정에 관해선 아무 말도 없었어."

"마찬가지로 말하지 않은 점으로는 내가 아침에 뭘 먹었다든지, 요새 내가 어떤 여자를 만난다든지, 기타 번지수가 틀린 세세한 일들이 많이 있지."

말로의 미소는 어느새 조소로 변했다.

"자네 말을 빌리면 나는 파견되었어. 눈을 똑똑히 떴지. 한 번도 감은 적이 없거든. 자네는 포획된 파운데이션 무역선에서 무슨 일이 일어났는지 밝혀내고 싶어 했지. 배는 눈에 띄지 않았고 그것에 관해서 어떤 이야기도 듣지 못했어. 자네는 코렐이 원자력을 가지고 있는지 알고 싶어 했고, 나는 보고서에서 콤도의 보디가드가 원자총을 가지고 있다는 사실을 알려주었어. 그 밖에는 그런 징후나 낌새가 없었네. 그리고 내가 본 원자총은 옛 제국의 유물이고 별로 쓸모가 없는 장식품인지도 모르지."

말로는 벌침을 쏘듯 한 마디씩 힘주어 계속 말을 이었다.

"거기까지는 나도 명령에 따랐어. 그러나 그 이상을 요구하겠다면, 나는 자유로운 상인이고 지금도 그래. 파운데이션 법률에 의하면 주임 무역상인은 가능하다면 어디서든 새로운 시장을 개척해도 상관없고 이익의 절반을 당연히 자기 권리로 가질 수 있어. 자네는 도대체 어떤 점에 이의가 있는 건가?"

서트는 벽 쪽으로 신중히 눈을 돌리고 화를 억누르는 말투로 말했다.

"무역상인은 모두 무역과 함께 종교를 가지고 들어가는 게 일반적인 관습이야."

"난 법률은 따르지만 관습은 따르지 않아."

"관습이 법률보다도 높을 때도 있네."

"그럼 법정에 제소되는 거겠지."

서트는 음침한 눈을 들었다.

"결국 자넨 스미르노인이야. 귀화나 교육을 하더라도 역시 피는 어쩔 수 없는 모양이지? 자, 그래도 내가 말하는 걸 듣고 이해하려고 애써 보게나."

서트는 입술에 힘을 꽉 주었다.

"이건 돈이나 시장 같은 걸 뛰어넘는 이야기야. 우리한테는 위대한 해리 셀던의 과학이 있어. 그건 미래의 은하 제국이 우리 어깨에 달려 있음을 입증하고 있네. 우리는 최고로 지배적인 위치에 이르는 코스에서 벗어날 수 없어. 우리 종교는 그 목적을 달성하기 위해 더할 나위 없이 중요한 수단이야. 이 종교로 우리는 네 왕국이 우리를 무너뜨리려 했을 때조차 그들을 우리 아래로 끌어들였지. 그것은 인간과 세계를 통제하는 가장 강력한 수단이네. ……무역이나 무역상선을 발전시킨 주된 이유는 무역이 종교를 보다 신속하게 도입하고 확장시켰기 때문이야. 또한 신기술과 신경제를 가지고 들어가서 그걸 전면적으로 통제하도록 보장했기 때문이지."

그는 잠시 입을 다물고 숨을 들이마셨다. 그러자 말로가 조용히 운을 떼었다.

"그 이론은 알고 있네. 모조리 이해하고 있지."

"그래? 의외로군. 그렇다면 무역 자체를 위해서 무역을 하는 건, 경제에 피상적인 영향만 주는 잡다하고 무가치한 물건을 대량으로 생산하는 건, 행성간 외교를 무시한 채 개인적인 이익만 추구하는 건, 우리가 종교적으로 통제하는 원자력을 우리한테서 뺏어가는 것을 포함하여 지난 1세기 동안 성공적으로 진행된 우리 정책을 총체적으로 뒤집는 결과가 나온다는 사실도 자네는 알겠군."

말로는 담담하게 대답했다.

"알고 있네. 시대에 뒤떨어진 위험하고 불가능한 정책을 수행할 시기는 이미 지났다는 사실을 말일세. 네 왕국에서는 성공했지만 다른 외곽성역에선 자네들 종교를 거의 받아들이지 않아. 이들 왕국을 우리가 통제할 당시 상당한 망명자가 나왔고 그들은 샐버 하딘이 세속적인 전제군주의 권력과 자립을 뒤엎는 데 성직자 제도와 민간의 미신을 어떤 식으로 이용했는지를 퍼뜨렸지. 그 수가 어느 정도였는지는 아무도 모르지만 말이야. 20년 전 아스콘 사건은 그 사실을 충분히 밝혀 주었어.

현재 외곽성역 통치자들은 대부분 파운데이션 성직자를 자신의 영지에 들여놓느니 스스로 숨통을 끊는 쪽이 낫다고 생각하지. 그들이 바라지 않는 걸 알면서 코렐이나 다른 세계에 무리하게 강요할 수는 없어. 거절하네, 서트. 원자력이 그들을 위험한 존재로 만든다면, 모두가 증오하는 외국의 종교적인 능력에 기댄 불안정한 군주제보다는 차라리 무역을 통해 진지한 우정을 쌓는 편이 몇 배는 바람직할 거야. 이런 종교 권력은 조금이라도 약해질 것 같으면 전면적인 붕괴에 이를 수밖에 없으니 말이야. 그리고 뒤에 남는 건 하등 본질적인 것과 상관없는 영원히 지울 수 없는 공포와 증오뿐이야."

서트는 냉소적으로 반격했다.

"대단한 열변이군. 자, 그럼 이야기 출발점으로 돌아가세. 자네의 조건은 뭐지? 자네 생각과 내 생각을 교환하는 데 뭘 요구하나?"

"내 신념을 매매할 물건이라고 생각하나?"

"왜 살 수 없다는 건가? 그게 자네 일이 아닌가, 말로. 사고파는 것 말이야, 응?"

차가운 대답이었다.

"그거야 이익이 있을 때만이지. 내가 현재 갖고 있는 것보다 많이 낼 건가?"

말로는 언짢아하지 않고 말했다. 곧 서트의 제안이 나왔다.

"자네가 무역으로 벌어들이는 수익에서 4분의 3을 주겠네. 절반이 아니라."

말로는 짧게 웃었다.

"근사한 제안이군, 서트. 이봐, 자네 조건을 적용하면 무역량은 현재의 10분의 1 이하로 줄어들 거야. 더 나은 걸 생각하는 게 어때?"

"평의원 자리를 줄 수도 있겠지."

"자네 도움이 없어도, 아니 어떤 장애가 있어도 그건 나 혼자 힘으로 얻을 수 있어."

갑자기 서트가 경련을 일으키며 주먹을 꽉 쥐었다.

"감옥행도 피할 수 있지. 내가 마음만 먹으면 20년 형이야. 그럼 이익이 어떻게 되는지 계산해 보라고."

"이익은 하나도 없지. 그런데 정말 그럴 수 있겠나?"

"살인죄 재판은 어떤가?"

"내가 누구를 죽였단 말인가?"

말로가 경멸하듯이 물었다.

"파운데이션의 임무를 맡았던 아나크레온 성직자를 죽인 일."

서트는 목소리가 전처럼 크지 않았지만 위협적이었다.

"그렇게 되는 건가? 그럼 증거는 어쩔 셈인가?"

시장 비서관은 몸을 앞으로 쑥 내밀었다.

"말로, 이건 허세가 아니네. 예비 수속은 이미 끝났어. 내가 최종 서류에 서명하면 파운데이션 주임 무역상인 호버 말로의 재판이 시작되지. 자네는 파운데이션 시민의 구조 요청을 거부함으로써 결국 그가 다른 나라 폭도 손에 고문당해 죽게 했어. 그러니까 말로, 자네가 당연히 받아야 할 처벌을 면할 기회를 잡는 데 5초라는 시간을 주겠네. 바로 결정 내리기를 바라는 거야. 자네 같은 친구를 한시도 방심할 수 없는 전향자로 방치하느니, 차라리 적으로 만들어서 파멸시키는 쪽이 훨씬 안전하거든."

말로는 엄숙하게 말했다.

"자네가 원하는 대로 하게."

비서관은 잔인한 미소를 떠올렸다.

"좋아! 사전에 타협하길 바란 건 시장이지 내가 아냐. 내가 악랄한 수단을 쓰지 않았다는 건 하늘도 알아."

문이 열리고 서트는 떠났다.

안코 젤이 다시 방에 들어오자 말로는 얼굴을 들었다.

말로가 먼저 말을 꺼냈다.

"그가 한 말을 들었어?"

정치가는 방을 어슬렁어슬렁 걸으며 말했다.

"내가 저 뱀을 처음 만난 이래로 저렇게 화난 목소리를 들은 건 처음

이야."

"그래, 어떻게 생각하지?"

"종교적 수단으로 지배한다는 외교 정책은 저놈한테 완전히 고정관념이 되어 버렸어. 그러나 이건 내 생각이지만 그의 최종 목적은 종교적인 게 아냐. 자네에게 말할 필요도 없지만 내가 내각에서 쫓겨난 것도 같은 문제를 의논했기 때문이지."

"아, 두말할 필요 없어. 그런데 자네 생각에 비종교적인 목적이란 게 뭔가?"

젤은 진지한 표정을 지었다.

"그래, 놈은 바보가 아냐. 그놈은 우리 종교 정책의 파탄을 알고 있을 거야. 70년 동안 단 하나도 정복하기가 힘들었으니까. 그가 자신의 목적을 위해 그걸 이용하고 있다는 사실은 분명해……. 그런데 말이야, 주로 신앙과 감동에 의지하는 교의는 어떤 교의라 하더라도 아주 위험한 무기가 될 수 있지. 그 무기가 방향을 틀어 사용하는 쪽을 겨누지 않으리란 보증은 없으니까 말일세. 지금까지 100년 동안 우리는 점점 더 낡아져만 가는 인습과 고정된 신화를 지지해 왔어. 어떤 점에서 그건 이제 더 이상 우리 통제 아래 있지 않아."

말로가 물었다.

"어떤 점에서? 얘길 계속하게. 자네 생각을 듣고 싶어."

"그런데 한 사람의 야심가가 종교의 힘을, 우리를 위해서가 아니라 오히려 우리에게 불리한 방향으로 사용했다고 가정해 보는 거야."

"자네가 말하는 야심가가 서트인가?"

"맞아. 서트야. 여보게, 만일 서트가 전통 신앙이라는 명분 아래 파운데이션에 맞서서 행성의 각종 성직자 계급을 동원할 수 있다면 우리한테 승산이 있을까? 신자를 규합하고 그 기치의 선두에 서서, 예를 들면 자네로 대표되는 이교도에 대해 전쟁을 준비하고 마침내 스스로 국왕 자리에 오른다면 말일세. 그런데 하딘은 이렇게 말했네. '원자총은 훌륭한 무기다. 하지만 그 총구는 어느 쪽이든 향할 수 있다.'라고 말이야."

말로는 벌거벗은 넓적다리를 찰싹 때렸다.

"맞아, 젤. 그러면 나를 평의회에 넣어 주게. 그럼 내가 그와 싸우는 거야."

젤은 말이 없었다. 잠시 후 의미심장하게 말을 꺼냈다.

"불가능할지도 모르지. 성직자가 린치당하도록 했다는 이야기는 도대체 어떻게 된 거지? 설마 사실은 아닐 테지?"

"유감스럽게도 사실이야."

말로는 조심스레 말했다.

젤은 휙 휘파람을 불었다.

"그가 결정적인 증거를 가지고 있나, 말로?"

"그럴 거야."

말로는 머뭇거리며 이렇게 덧붙였다.

"제임 튜어는 처음부터 그의 수하였어. 다만 내가 그 사실을 알았다는 걸 두 사람 모두 모르지만 말이야. 튜어가 현장 목격자야, 젤."

젤은 고개를 절레절레 흔들었다.

"아하! 그거 안 좋은걸."

"안 좋다고? 어째서 안 좋지? 그 성직자는 파운데이션 법률로 말하자면 불법적으로 그 행성에 들어갔단 말이야. 그는 코렐 정부의 미끼로 쓰인 게 틀림없어. 본의가 아니었는지는 몰라도 말이야. 상식적으로 봐서 그때 내가 취할 만한 행동은 단 하나밖에 없었어. 그리고 그 행동은 엄밀히 말하면 합법적이었다고. 만일 그가 나를 재판에 끌어낸다면 자신이 바보라는 사실을 세상에 알리는 셈이 될 거야."

젤은 다시 고개를 가로저었다.

"아냐, 말로. 자네는 뭔가 놓치고 있어. 놈의 방식이 아주 더럽다고 내가 얘기했을 거야. 놈은 자네를 처벌하려고 기를 쓰는 게 아니야. 불가능하다는 건 스스로도 알고 있어. 그게 아니라 국민들 사이에서 자네 평판이 나빠지는 걸 노리는 거야. 그가 한 말을 들었겠지? 관습이 법률보다 높을 때도 있다고 말이야. 자네는 아무 거리낌도 없이 법정에서 걸어 나오겠지만, 자네가 성직자를 개들에게 던졌다고 사람들이 믿어 보게, 그럼 자네 인기도 끝이야."

"……."

"그들은 자네가 한 일이 합법적이고 분별 있는 일이라고 인정하겠지. 하지만 동시에 세상 사람들 눈에는 자네가 겁쟁이이자 비정한 짐승, 그리고 무자비한 괴물로 비칠 거야. 정말로 그렇게 되면 자넨 절대 평의원으로 선출되지 못해. 자네 시민권은 투표에 의해 박탈되고 자칫하면 주임 무역상인 자리까지도 잃을 수 있어. 어쨌든 자네는 여기서 태어나진 않았으니까 말일세. 이쯤이 서트가 생각하는 내용이 아니겠나?"

말로는 고집스레 미간을 한데 모았다.

"그랬구먼!"

"자네……."

젤이 말을 잠시 더듬었다.

"나는 자네 편을 들고 싶어, 말로. 하지만 도울 수가 없네. 자네는 공격 목표가 되고 말았어. 과녁 한복판에 섰다는 말이야!"

## 14

주임 무역상인 호버 말로의 공판이 나흘째로 접어들었다. 평의원 회의장은 말 그대로 입추의 여지가 없었다. 유일하게 참석하지 못한 평의원은 병상에 누워 머리 부상을 가냘픈 소리로 저주하고 있었다. 방청석은 인맥을 동원하거나 돈을 쓰거나 또는 단순히 초인적인 인내력으로 입장한 소수의 일반인 무리 때문에 통로나 천장 할 것 없이 빽빽이 들어찼다. 나머지 사람들은 야외에 마련한 입체 영상기 주위에 몰려들어 광장을 뒤덮었다.

안코 젤이 별로 도움이 안 되는 경찰관의 힘을 빌려 관중을 좌우로 밀어 헤치며 회의장에 들어왔다. 그는 계속해서 혼잡한 군중을 헤치고 호버 말로의 자리까지 간신히 도착했다.

말로는 안심했다는 듯이 뒤돌아보았다.

"어휴, 겨우 시간에 맞추었군. 가지고 왔나, 젤?"

"여기 있어. 자네가 요구한 게 다 있어."

"이제 됐어, 젤. 밖에 모인 사람들은 뭐라고 하던가?"

젤은 불안에 떨었다.

"아주 거칠어졌어. 자네는 공청회를 전혀 열지 못하게 했어야 했네. 충분히 막을 수 있었을 텐데."

"그러고 싶지 않았어."

"린치를 하자는 말도 있네, 말로. 그리고 다른 행성에서는 퍼블리스 만리오 부하들이……."

"내가 궁금한 게 바로 그 점일세. 젤. 놈은 성직자 계급을 선동해서 나에게 칼날을 들이대려 하고 있나, 응?"

"그가? 아니야. 지금 서트는 아주 그럴싸한 함정을 완벽하게 파 놓았어. 서트는 외무대신으로 행성간 법률에 문제가 생겼을 때에 검찰을 지휘해. 그리고 수석 사제이자 대주교로서 광신자 떼를 선동해서……"

"됐어, 내버려 둬. 지난날 자네가 나한테 들려준 하딘의 문구를 기억하나? 원자총의 총구는 어느 쪽이든 향할 수 있다는 사실을 깨우쳐 줄 걸세."

시장이 자리에 오르자 평의원은 모두 기립해서 맞이했다.

말로는 속삭였다.

"오늘은 내 차례야. 여기 앉아서 재미있는 구경을 하게나."

그날의 공판 절차가 시작된 지 15분 뒤, 호버 말로는 적의에 찬 수군거림 속을 지나 시장석 앞으로 나아갔다. 한줄기 광선이 그에게 쏟아지자 시 공영 영사기에, 그리고 파운데이션 소속 행성의 거의 모든 가정에 있는 수많은 영상기에 눈을 부릅뜨고 서 있는 한 사람의 모습이 비쳤다.

그는 차분하고 조용한 어조로 말하기 시작했다.

"시간을 아끼기 위해 저는 검찰에 의해 고발된 모든 점이 사실임을 인정합니다. 검찰이 제기한 성직자와 폭도 이야기는 아주 사소한 부분까지 모두 정확한 사실입니다."

순간 회의장이 웅성거리기 시작하고 방청석에서는 일제히 승리를 확신하는 술렁거림이 들려왔다. 그는 그 소리가 조용해질 때까지 참을성 있게 기다렸다.

"그러나 검찰이 진술한 당시의 정황은 완전하다고 할 수 없습니다.

그래서 제 방식대로 설명을 보충하기를 요구합니다. 제 설명이 이 문제와 관계가 없는 것처럼 생각될지도 모르지만 너그러이 들어주시기 바랍니다."

말로는 자기 앞에 있는 기록에 대해서 단 한마디도 언급하지 않았다.

"제 설명은 검찰의 설명과 똑같은 시점에서 시작합니다. 즉 제가 조레인 서트와 제임 튜어를 연이어 만난 날부터죠. 이들 만남에서 무슨 일이 일어났는지는 이미 알고 계신 대로입니다. 주고받았던 이야기는 이미 진술되었고 저로서도 더 이상 덧붙일 게 없습니다. 단지 그날 제 머릿속에 떠오른 생각만은 검찰의 주장과 다릅니다.

그 생각이란 회의적인 것이었습니다. 왜냐하면 그날 사건은 참으로 이상했기 때문이죠. 두 사람 다 얼핏 스치고 지나갔을 뿐, 잘 모르는 사람들이었습니다. 그런 인물들이 부자연스럽고 더구나 믿기 힘든 제안을 했던 겁니다. 그중 한 사람인 시장 비서관은 극비의 일을 제안했습니다. 정부 비밀 정보원으로 일해 주기를 바란다고 하더군요. 그 일의 성격과 중요성은 이미 여러분이 설명했습니다. 또 한 사람인 자칭 정당 영수는 평의원에 입후보하라고 했죠."

말로는 말끝에 힘을 주었다.

"당연히 저는 배후에 숨어 있는 동기를 찾았습니다. 서트의 동기는 분명했습니다. 그는 저를 신뢰하지 않았습니다. 아마 제가 원자력을 적에게 팔아넘기고 반란을 꾀하고 있다고 생각했겠죠. 중요한 점은 그가 별 문제 없이 사건을 매듭지으려고 했거나, 또는 그런 의도에서 말했다는 점입니다. 그러려면 임무를 완수하기 위해서 제 주변에 자신의 스파이를 둘 필요가 있었겠지요. 그러나 이 마지막 추측은 훗날 제임 튜어가 등장할 때까지 현실화되지 않았습니다.

다시 한 번 생각해 주십시오. 튜어는 자신이 무역상인으로 일하다가 은퇴하고 정치에 입문했다고 소개했습니다. 무역에 관한 제 지식은 상당하지만 그가 무역상인으로 일했다는 세부적인 경력에 관해서 저는 하나도 모릅니다. 게다가 튜어는 비종교적인 일반인 대상 교육을 받았다고 자랑했지만 그는 셀던 위기라는 말도 전혀 들어 본 적이 없었습니다."

호버 말로는 지금 진술한 말의 의미가 청중 속에 스며들 때까지 기다렸다. 잠시 후 방청객은 일제히 숨을 삼키고 다시 쥐 죽은 듯이 조용해졌다. 이 내용은 터미너스 주민에게만 전해졌다. 다른 행성 주민들은 종교적 요구에 따라 검열당한 수정판밖에 들을 수가 없었다. 그들이 셀던 위기를 알게 해서는 안 되었다. 그러나 그들도 점차 사안의 중대성을 느끼기 시작했다.

말로는 계속했다.

"도대체, 비종교적인 일반인 대상 교육을 받았는데도 셀던 위기에 관해서 무지할 수 있는 사람이 이중에 있겠습니까? 그런데 파운데이션 교육 중에 오직 한 가지만이 셀던의 계획된 역사에 관해서 전혀 언급하지 않고 인간을 신비한 마법사로 취급합니다. 바로 종교 교육입니다.

저는 그 순간 제임 튜어가 무역상인 출신이 아니라는 사실을 눈치챘습니다. '이 사람은 성직자로서 아마 훌륭한 사제일 거야.'라고 말이죠. 또 그가 의심할 필요도 없이 조레인 서트에게 매수당해 3년 동안 무역상인 정당을 지도하는 척해 왔다는 것을 깨달았습니다. 그때 나는 단박에 깨달았습니다. 서트가 저에 대해 무얼 노리는지는 모르지만 그가 밧줄을 느슨하게 해 놓고 나로 하여금 자유로이 행동하도록 했기 때문에 이쪽도 속셈을 두세 차례 털어놓았습니다. 조레인 서트를 대신하여 비공식적인 감찰관으로 튜어를 이번 여행에 동행시키자는 것이 제 생각이었습니다. 만일 그가 함께 타지 않았다면 반드시 다른 책략이 기다리고 있었을 것입니다. 그러나 그 경우는 책략이 무엇인지 쉽게 발견할 수 없었을지도 모릅니다. 적의 정체를 알고 있는 편이 비교적 안전하죠. 그래서 저는 함께 가자고 튜어를 꾀었습니다. 그는 수락했지요."

말로는 확신에 찬 눈빛으로 말을 이었다.

"평의원 여러분, 이 점은 두 가지 사실을 말하고 있습니다. 우선 첫째로, 검찰이 당신들에게 튜어는 제 친구로서 본의 아니게 양심에 따라 저에게 불리한 증언을 하고 있다고 믿게 만들려 하겠지만 실은 그렇지 않다는 점입니다. 그는 스파이로서 돈을 받고 그 일을 한 겁니다. 둘째로, 제가 죽였다고 하는 문제의 사제가 처음 출현했을 때 제가 취했던 행위를 설명하겠습니다. 이 행위는 잘 알려져 있지 않은 관계로 지금까지 전혀 논의되지 않았습니다."

평의원들 속에서 수군대는 소리가 들려왔다. 말로는 더 놀라게 하려는 듯 일부러 과장된 목소리를 냈다.

"맨 처음에 우리 배로 선교사가 도망쳐 왔다고 들었을 때 제 기분이 어땠는지 말할 생각은 없습니다. 그 기분을 생각하기조차 싫습니다. 기본적으로 반신반의 상태였죠. 순간적으로 이 사건은 서트가 뒤에서 움직인 거라고 생각했지만 그건 제 이해나 계산과는 무관한 것이었습니다. 저는 어떻게 해야 좋을지 몰라 난처했습니다. 정말로…… 저로서는 할 수 있는 일이 하나밖에 없었습니다. 저는 간부들을 불러오라 지시해서 튜어를 5분 동안 내보낼 수 있었습니다. 그가 없을 때 시청기록 수신기를 조립해서, 앞으로 일어나는 일을 죄다 장래에 검토할 수 있도록 보존할 준비를 해 놓았습니다. 그렇게 한 이유는 당장 저를 혼란스럽게 만드는 사건도 나중에 검토하면 보다 분명하지 않을까 하는 희망, 비록 주먹구구이긴 하지만 진정 그런 바람이 있었기 때문입니다.

저는 그 후 50회에 걸쳐 그 기록을 반복해서 검토했습니다. 제가 그 기록을 여기에 가지고 와서 이 자리에 공개할 수 있게 된 것은 정말로 다행스러운 일이 아닐 수 없습니다. 자, 그럼 51회째 검토를 지금 여러분과 함께 해 보도록 하겠습니다."

회의장은 평정을 잃었고 방청석은 온통 술렁거렸다. 시장은 정숙하라고 명령하면서 의사봉을 두드렸지만 터미너스 시민 500만 가정집에서는 흥분한 시청자들이 수신기 앞으로 몸을 내밀었다. 검찰석에서는 조례인 서트가 근심 어린 표정을 짓고 있는 대주교 쪽으로 싸늘하게 머리를 흔들어 보이면서 이글거리는 눈으로 말로의 얼굴을 노려보고 있었다.

회의장 중앙이 비워지고 조명이 어두워졌다. 안코 젤이 왼쪽에 있는 의자에 앉아 준비 스위치를 넣자 화면이 들어왔다. 화면은 컬러 입체 영상이고 생명이 없는 점을 빼면 모두 실물 그대로였다.

영상 속에서는 이성을 잃고 상처받은 선교사가 중위와 부사관 사이에 서 있었다. 튜어는 맨 끝에 있었다. 말로는 말없이 있었다. 잠시 후 부하들이 줄지어 들어왔다.

서로 주고받는 이야기가 자세하게 전개되었다. 부사관은 처벌받고 선교사는 심문당했다. 폭도가 나타나고 그들의 노도와 같은 분노의 함성이 들렸다. 그리고 성직자 조드 파마가 미친 듯이 호소했다. 말로는 총을 뽑아 들고 선교사는 연행되어 나가는 동안 팔을 번쩍 쳐들고 미치광이처럼 마지막 저주를 토해 냈다. 순간, 작은 빛이 확 일어나더니 선교사가 사라졌다. 장교들은 공포스러운 사태에 꽁꽁 얼어붙었고 튜어는 부들부들 떨며 두 손으로 귀를 막았다. 말로가 조용히 총을 거두자 화면은 끝났다.

조명이 다시 들어왔다. 바닥 중앙을 가득 메우던 입체 영상이 완전히 사라졌다. 이번에는 말로가, 실물로 존재하는 말로가, 요지를 설명했다.

"사건은 보신 대로 검찰이 주장한 내용과 완전히 똑같습니다. 표면상으로는 말이죠. 그렇다면 이번에는 제가 사실을 간추려서 설명하겠습니다. 이 사건에서 제임 튜어가 나타낸 감정은 그가 사제 교육을 받았다는 사실을 뚜렷이 드러내고 있습니다.

제가 튜어에게 이 에피소드에서 앞뒤가 맞지 않는 점이 있다고 지적한 건 같은 날 일입니다. 그때 우리는 허허벌판 한복판에 있었는데 선교사가 도대체 어디서 왔을까 하고 저는 튜어에게 물었습니다. 게다가 가장 가까운 도시라도 160킬로미터나 떨어져 있는데 저렇게 많은 폭도가 어디서 몰려왔을까 물었습니다. 검찰은 그러한 문제는 조금도 신경 쓰지 않았습니다.

또한 다른 점에서도 그렇습니다. 예를 들면 기이하게도 조드 파마가 사람들 눈에 띄기 쉽게 요란스러운 복장을 하고 있었다는 점입니다. 그 선교사는 코렐과 파운데이션 양국의 법률을 완전히 무시한 채, 코렐에서 몹시 눈에 띄는 사제복 차림을 과시하듯 돌아다녔습니다. 이건 보통 일이 아닙니다. 선교사가 마지못해 콤도의 공범이 된 건 아닌지, 콤도는 사제를 이용해서 우리에게 난폭하기 짝이 없는 위법행위를 하게 만들고 이를 구실로 우리 배와 인원을 파괴한 후 그런 행위를 '법률적으로' 정당화하려고 하는 건 아닌지, 그때 저는 튜어에게 지적했습니다.

검찰은 제 행동에 관해서 제가 이렇게 변명하리라고 예측하고 있었습니다. 배나 승무원이나 맡은 사명이 위협당하고 있는 판에 한 사람을 위해 그것들을 희생할 수는 없다, 하물며 그 사람이 우리가 함께하든 하지 않든 어차피 살해당할 것 같을 때에는 더더욱 그렇다고 제가 변명하리라고 검찰은 사전에 예상하고 있었던 것입니다. 당시에 검찰은 제 말을 듣고도 파운데이션의 명예라든가 우리의 패권을 유지하기 위해 위엄을 드높일 필요가 있다든가 하는 이야기만을 중얼거렸으니까요."

말로는 자신도 모르게 몸에 힘을 주었다.

"그러나 어떤 이유인지 검찰은 조드 파마의 정체에 별 주의를 기울이지 않았습니다. 한 개인으로서의 그를 말이죠. 당국은 그의 신상에 관해서 어떤 자료도 제출하지 않았습니다. 즉 그의 출생지, 학력, 또는 전력에 관한 어떤 사실도요. 이 점을 설명하는 건, 지금 여러분께 보여 드린 영상 기록에서 제가 지적한 모순점을 설명하기 위해서입니다. 두 가지는 서로 연관이 있습니다. 검찰이 조드 파마에 관한 자세한 자료를 제출하지 않았던 건 그것이 '불가능'했기 때문입니다. 영상 기록에서 여러분이 보신 광경은 아무래도 너무 가짜 같다고 생각될 겁니다. 조드 파마가 가짜이기 때문이죠. 조드 파마라는 사람은 존재한 적이 없습니다. 이 재판은 전혀 존재하지 않았던 문제에 관해서 다루고 있는, 전례를 찾아 볼 수 없는 최대의 사기극입니다."

다시 한 번 술렁거림이 가라앉을 때까지 기다린 다음 말로가 천천히 말을 이었다.

"영상 기록에서 뽑은 확대 사진 한 장을 여러분께 보여 드리겠습니다. 그걸 보면 사실이 자연히 드러납니다. 다시 한 번 조명을 부탁하네, 젤."

회의장이 어두워지고 허공에 다시 허깨비처럼 얼어붙은 모습이 나타났다. 파스타호 사관들은 빳빳하게 굳어 있었다. 말로가 탄탄한 손에

총을 쥐고 과녁을 조준하고 있었다. 왼쪽에서 성직자 조드 파마가 한창 절규하고 있었다. 그가 손가락을 펴고 양팔을 들어 올리자 소매가 반쯤 흘러내렸다.

선교사의 손에 어렴풋한 빛이 보였다. 조금 전의 영상에서 확 빛났다가 사라진 빛이었다. 그 빛이 지금은 꼼짝 않고 계속 빛나고 있었다.

"팔에서 나오는 저 빛에 주목해 주십시오."

말로가 어둠 속에서 소리쳤다.

"저 장면을 확대해 주게, 젤!"

그 부분이 급속히 커졌다. 선교사가 화면 중앙에 가까워지자 그 모습이 커지면서 주위 장면이 점차 사라져 갔다. 이윽고 화면은 머리와 손으로 꽉 채워졌다. 그러다가 이번에는 손만 비추었다. 손은 화면을 가득 채운 채 막연하고 희미한 빛을 내고 있었다. 이윽고 그 빛은 점차로 뿌연 글자로 나타나기 시작했다. 글자는 'KSP'였다.

말로의 목소리가 쩌렁쩌렁 울려 퍼졌다.

"저것! 여러분, 문신입니다. 보통 빛으로는 볼 수 없지만 초자외선을 받으면 아주 선명하게 떠오릅니다. 그들에게는 안됐지만 그 방에는 영상 기록을 찍느라 초자외선을 비추고 있었던 것입니다. 저 문신은 비밀 신분을 증명하는 방법으로, 아주 유치하지만 코렐에서는 그런대로 쓸모가 있습니다. 여기서는 아직까지 사용되지 않았기 때문이죠. 우리 우주선에서 발견된 것도 우연에 지나지 않습니다."

말로는 잠시 말을 끊었다.

"이제 KSP가 무엇의 약자인지 곧바로 맞힐 수 있겠습니까, 여러분? 조드 파마는 사제 용어에 정통하고 자신의 임무도 깨끗이 해치웠습니다. 그가 어디서 어떻게 그것을 배웠는지 저는 모르겠습니다. 하지만

KSP는 '코렐 비밀 경찰'의 약자입니다."

말로는 소란스러운 가운데 한층 더 소리를 높였다.

"제가 코렐에서 문서로 가지고 돌아온 간접증거도 있으므로 요구하신다면 평의회에 제출할 수 있습니다."

청중의 술렁거림이 계속 높아졌다. 말로의 말소리도 점차 커졌다.

"그런데, 이렇게 되면 검찰이 본인을 기소할 이유는 어디에 있는 겁니까? 검찰은 저에게 법률을 무시하면서까지 선교사를 위해 싸우고, 파운데이션의 명예를 위해 제 사명과 우주선과 나 자신을 희생했어야 한다고 수없이 힐난해 왔습니다."

그의 목소리는 뜨거운 불길처럼 청중을 사로잡았다.

"하지만 '사기꾼'을 위해 그런 행위를 했어야 할까요? 아나크레온 망명자에게서 빌렸을 법의와 설교로 치장한 코렐의 비밀 정보원을 위해 제가 그렇게 했어야 마땅하다는 겁니까? 조레인 서트와 퍼블리스 만리오가 꾸민 졸렬하고 역겨운 속임수에 걸려들었어야 할까요?"

그의 잠긴 목소리는 제각기 외치는 군중의 소리에 완전히 묻혀 버렸다. 그는 군중의 어깨에 떠메어 올려져 높은 시장석으로 옮겨지고 있었다. 미친 듯한 인파가 광장을 향해 흘러들어 그곳에 있던 수천의 군중과 합류하는 모습이 창 너머로 보였다.

말로는 안코 젤을 찾아보려 했지만 엄청난 군중 속에서 어느 한 사람을 찾아낸다는 건 이제 불가능했다. 그는 몇 번이나 반복해서 터져 나오는 함성을 차차 느끼기 시작했다. 그것은 작은 소리로 시작되어 이윽고 맥박이 뛰듯 번져 가고 있었다.

"말로 만세! 말로 만세! 말로 만세!"

## 15

안코 젤은 말로의 초췌한 얼굴을 보고 놀라서 눈이 휘둥그레졌다. 요 이틀 동안 잠자는 시간을 빼고 제정신이 아닌 날이 계속된 것이다.

"말로, 자네는 정말 훌륭한 공연을 했어. 하지만 너무 애쓰다가 그걸 망치지 않도록 하게나. 시장 선거에 도전하는 건 생각하지 않는 편이 좋아. 군중의 열광이란 강력하지만 또한 무서우리만치 변덕스러운 것일세."

말로는 엄숙한 얼굴로 말했다.

"그래, 맞아! 그러니까 그걸 신중히 키워야 해. 가장 좋은 방법은 연출을 계속하는 거야."

"무엇을?"

"자네가 퍼블리스 만리오와 조레인 서트를 체포하도록 요구하게."

"뭐라고?"

"자네가 들은 대로야. 시장에게 그들을 체포하게 해! 어떤 협박 수단을 써도 상관없어. 나는 군중을 길들이겠네. 어쨌든 오늘 중으로 해치우는 거야. 시장에게는 시민과 대결할 용기가 없어."

"어떤 죄명으로 고발할 건가?"

"확실한 거야. 그들은 다른 행성의 성직자를 파운데이션 파벌 항쟁에 가담시키려고 부추겼어. 그건 가당치도 않은 위법 행위야. '국가의 안녕을 위태롭게 한 죄'로 고발해. 내가 그랬던 것처럼 녀석들이 유죄가 되든 되지 않든 그런 건 아무래도 좋아. 내가 시장이 될 때까지 녀석들을 따돌려 놓으면 되는 거야."

"선거까지는 반년이나 남았어."

"그다지 긴 시간은 아니야!"

말로가 일어났다. 젤의 팔을 갑자기 낚아챈 손에는 힘이 들어가 있었다.

"들어 봐, 필요하면 힘으로라도 정권을 장악할 거야. 샐버 하딘이 100년 전에 했던 방식이지. 셀던 위기는 여전히 절박해. 그 위기가 찾아왔을 때 나는 시장 겸 대주교여야 한단 말이야!"

젤은 이마에 주름을 모으고 조용히 말했다.

"그럼 어떻게 되는 건가? 결국은 코렐인가?"

말로는 끄덕였다.

"물론이지. 그사이 녀석들은 선전포고를 하겠지. 하지만 앞으로 2년은 걸릴 거라고 예상하고 있네."

"원자력 함대로?"

"당연한 거 아니야? 그들의 우주 구역에서 우리가 잃은 무역상선 세 척이 공기총으로 당한 건 아니야. 젤, 그들은 '제국' 자체에서 우주선을 얻고 있는 거야. 자네는 바보처럼 말하는군. 나는 '제국'을 이야기하는 거야, 이 사람아! 제국은 아직 건재해. 근방 외곽성역에서는 사라졌을지 모르지만 은하계 중심에서는 아직도 건재해. 자칫 실수하면 제국이 우리한테 덮쳐 오는 거야. 그런 점에서 내가 시장 겸 대주교가 될 필요가 있다는 거야. 이번 위기를 극복하는 방법을 알고 있는 사람은 나뿐이거든."

젤은 마른침을 삼켰다.

"어떻게 하려고? 무엇을 할 작정이지?"

"아무 짓도 하지 않을 거야."

젤은 불안스레 웃었다.

"설마!"

그렇지만 말로의 대답은 통렬했다.

"내가 파운데이션의 보스가 되면 아무것도 하지 않을 거야. 100퍼센트 아무것도 하지 않을 거라고. 바로 그게 이번 위기를 극복하는 비결이야!"

## 16

코렐 공화국 제1시민으로 사랑받는 아스퍼 아르고는 빈약한 눈썹을 야비하게 내리깐 채 부인을 맞이했다. 적어도 그녀에 대해서는 스스로 채택한 칭호가 적용되지 않았다. 자신도 그걸 알고 있었다.

그녀는 자신의 머리카락처럼 매끈한 목소리로 거침없이 말을 시작했다.

"전하께서는 오만방자한 파운데이션의 운명에 대해 마침내 결단을 내리신 것 같더군요?"

"그런가?"

콤도는 못마땅한 듯이 말했다.

"그래서, 그토록 빨리 알아차린 당신은 또 무엇을 알고 있지?"

"여러 가지요, 고귀하신 낭군님! 당신은 또 중신들과 결론도 없는 회의를 하고 있지요? 훌륭한 고문들과 말이에요."

그리고 나서 그녀는 무한한 경멸이 담긴 목소리를 내뱉었다.

"우리 아버님께서 불쾌해하시건 말건, 자신들의 메마른 가슴에 사소한 이익이나 잔뜩 품고 있는 눈멀고 어리석은 중풍 병자들의 모임 말이죠!"

"그런데 누구지? 당신에게 대담하게 그런 정보를 알려 준 자는 도대체 누구지?"

차분한 대답이었다.

콤도라는 가볍게 웃었다.

"당신에게 말하면 그자는 죽임을 당하겠지요."

콤도는 등을 돌렸다.

"그럼 평소처럼 멋대로 해 봐. 그리고 당신 아버님의 그 불쾌감 말인데, 그게 과해서 우주선을 추가 공급하지 않게 되면 아주 곤란해."

그녀는 격앙되어 떠들어 댔다.

"우주선을 추가 공급하다니! 다섯 척이나 있잖아요? 숨겨도 소용없어요. 다섯 척 있다는 건 내가 분명히 알고 있으니까. 게다가 여섯 번째 우주선도 예약해 두었잖아요."

"작년에 예약했던 거야."

"그래도 한 척으로, 오직 한 척만으로도 저 파운데이션을 산산조각 낼 수 있어요. 한 척으로도 충분해요! 단 한 척으로 말이에요, 그것이면 난쟁이 배를 깡그리 쳐부술 수 있어요."

"한 다스가 있어도 그 행성을 공격할 순 없어."

"무역이 붕괴되고 완구나 잡동사니를 운반하는 화물선을 파괴한다면 그 행성이 언제까지 버틸 수 있다고 생각해요?"

그는 한숨을 쉬었다.

"그 완구나 잡동사니가 바로 돈이야. 그것도 아주 커다란 돈."

"그래도 만일 파운데이션을 손에 넣는다면 파운데이션이 가진 것도 전부 손에 들어오는 것 아닐까요? 또 우리 아버님의 존경과 감사를 얻는다면 파운데이션이 지금까지 당신에게 준 것보다 더 많은 것이 손에 들어오는 게 아닌가요? 벌써 3년이 지났어요. 아니, 더 지났죠. 그 야만인들이 마술의 여흥을 보여 준 기간이 너무 길어요."

콤도는 뒤돌아 부인의 얼굴을 마주 보았다.

"음, 당신! 나도 늙었어. 지친 거야. 당신의 왕성한 입담을 견딜 힘이 없어. 내가 결단한 사실을 알고 있다고 했지? 그렇다면 나는 결단한 거야. 자, 이제 코렐과 파운데이션 사이에 전쟁이 시작된 거야."

콤도라는 펄쩍 뛰며 눈을 빛냈다.

"어머! 노망만 부리더니 결국 이치를 깨달았군요. 당신이 외곽성역의 군주가 되면 제국에서도 중요한 인물이 되고 충분히 존경받게 될 거예요. 예를 들면, 우리는 이 야만스러운 세계를 떠나서 총독 궁전으로 가게 될지도 몰라요. 정말이에요."

그녀는 얼굴에 미소를 띠고 한 손을 허리에 얹고 발걸음도 가볍게 나갔다. 머리카락은 빛을 받아 은은하게 빛났다.

콤도는 기다렸다가 잠시 후 문이 닫히자 문을 향해 악의와 증오를 실어서 외쳤다.

"그래서 내가 당신이 말한 외곽성역의 주인공이 된다면 당신 아버지의 오만과 당신의 혀가 없어도 충분히 존경받게 되겠지. ……이제 질색이야!"


*17*

다크 네뷸라호의 대위는 공포에 사로잡혀 영상판을 바라보았다.
"이거 놀랍군!"
정상적인 상태라면 커다랗게 외치는 소리였겠지만 지금은 조그맣게 속삭이는 소리에 불과했다.

"뭔가 저건?"

그것은 우주선이었다. 다크 네뷸라호가 작은 물고기라면 갑자기 나타난 우주선은 거대한 고래였다. 측면에는 제국의 '우주선과 태양' 문장이 선명했다. 선내 경보장치는 하나도 빠짐없이 요란스럽게 울렸다.

명령이 떨어졌다. "다크 네뷸라호는 도주할 수 있으면 도주하라. 그게 안 되면 전투 준비를 하라."는 것이었다. 배 밑의 초단파 통신실에서는 초공간을 통해 파운데이션으로 일제히 통신을 쏟아 보냈다. 몇 번이나, 몇 번이나 되풀이해서!

원조를 요청하는 의미도 있지만 주로 위험을 경고하기 위해서였다.

## 18

호버 말로는 보고서를 넘기면서 진절머리가 난다는 듯 발을 질질 끌며 걸었다. 2년 동안 시장 업무를 보는 사이에 방에서 틀어박혀 지내는 것에는 조금 익숙해지고 성격도 부드러워졌으며 참고 견디는 것도 배웠다. 그렇지만 정부 보고서나 거기에 쓰여 있는 진절머리 나는 공문서 문구는 결코 익숙해지지 않았다.

"몇 척이나 잡혔나?"

젤이 물었다. 말로가 투덜거리며 말했다.

"네 척이 지상에 붙잡혀 있어. 두 척이 행방불명. 나머지는 전부 소재가 파악되었고 무사하다고 해. 더 잘했어야 하는데. 하지만 겨우 찰과상 정도야."

대답이 없자 말로가 얼굴을 들며 물었다.

"뭔가 걱정되는 일이라도 있나?"

"서트가 이곳에 오면 좋을 텐데."

전혀 엉뚱한 대답이었다.

"응, 그래. 후방의 방비에 대해서 또 설교를 듣겠군."

젤이 대들듯이 말했다.

"아니, 그렇지 않아. 자네는 완고한 사람이야, 말로. 바깥 상황에 대해서는 끝까지 자세하게 계산했을지 모르지만 바로 코앞에서 벌어지는 일은 전혀 생각하지 않고 있어."

"글쎄, 그건 자네 일이 아니었던가? 자네를 교육 겸 선전 대신으로 임명한 건 무엇 때문이겠는가?"

"나는 초기에 분명히 자네를 어느 정도 도왔어, 말로. 작년에는 서트와 그 종교당이 점점 더 위험하게 나올 때 자네를 지켰어. 서트가 임시 선거를 강행해서 자네를 쫓아내려고 한다면 자네 계획은 무슨 쓸모가 있겠는가?"

"아무 쓸모도 없어. 그건 인정해, 젤."

젤이 다시 물었다.

"게다가 어젯밤 자네의 연설은 웃는 얼굴로 어깨를 두드려 주며 서트에게 통째로 선거를 내주는 것 같았어. 그렇게 솔직할 필요가 있었을까?"

"젤, 서트에게 선수를 칠 수도 있지 않나?"

젤은 격렬하게 반발했다.

"아니야, 말로. 자네가 한 그런 방법은 아니야. 모든 것을 예견한다고 주장하면서도 자네는 3년 동안이나 코렐이 독점적으로 이익을 얻는 무역 거래를 계속하는 이유를 설명하지 못하고 있어. 전투 계획은 오로지 싸우지 않고 퇴각한다는 것뿐이야. 코렐 근방 성역과의 무역은 모두 방기했어. 달리 방도가 없다면서 말이야. 차후 공격에 대해서도 아무 약속도 하지 않고. 말로, 이런 어려운 상황에서 도대체 내가 뭘 할 수 있겠나?"

"매력이 없다는 건가?"

"대중의 감정에 호소하는 게 없어."

"같은 뜻이군."

"말로, 잠에서 깨. 두 가지 길뿐이야. 자네 계획이 어떻든 대중에게 탄력적인 외교 정책으로 보이게 하든가, 그렇지 않으면 서트와 뭔가 타협을 하든가."

"알겠네. 첫 번째 방법이 실패하면 두 번째 방법을 시도하지. 서트가 마침 왔군."

서트와 말로는 2년 전 재판 이래 직접 얼굴을 마주한 적은 없었다. 그 이후 서로 달라진 점은 보이지 않았지만 각각의 분위기에는 약간의 변화가 있었다. 그것은 통치하는 쪽과 반항하는 쪽의 역할 변화를 뚜렷하게 나타냈다.

서트는 악수도 하지 않고 자리에 앉았다.

말로는 담배를 권하며 말했다.

"젤이 있어도 상관없겠지? 그는 타협을 바라고 있어. 분위기가 격해질 때 중개자 역할을 할 수 있겠지."

서트는 어깨를 으쓱거렸다.

"자네에게는 타협이 좋겠지, 말로. 언젠가 내가 자네에게 조건을 얘기해 달라고 부탁했던 적이 있지. 지금은 입장이 바뀐 것 같군."

"자네 말이 옳은 듯하군."

"그러면 이게 내 조건일세. 자네는 경제적 매수 행위나 가전제품 무역 같은 서투른 정책을 버리고 우리 선조가 시험을 끝낸 외교 정책으로 되돌아가야 해."

"선교사를 보내서 이웃 나라를 정복하는 정책 말인가?"

"맞아."

"그것을 제외하면 타협은 없다는 뜻이고?"

"물론."

"흠."

말로는 천천히 담배에 불을 붙이고 깊이 빨아들였다.

"하딘의 시대에는 선교사를 보내서 정복하는 방법이 새롭고 혁신적이었지, 자네 같은 친구들이 반대하긴 했지만. 그 방법은 지금까지 충분히 시도하고 검증했으며 이제 껍데기만 남았어……. 조레인 서트가 좋아할 방법 모두가. 하지만 말해 보게. 자네라면 현재의 혼란을 어떻게 해결하겠나?"

"이건 자네 스스로 불러일으킨 혼란이야. 나하곤 상관없어."

"그래도 적당히 수정한 이 문제를 검토해 보게."

"강력한 공격이 있을 조짐이야. 자네가 만족스러워하는 이 궁지에 빠진 상태가 실은 치명적이네. 그것은 외곽성역에 있는 모든 별에 파운데이션의 약한 모습을 고백하는 것이 될 것이네. 외곽성역에서는 힘을 과시하는 게 가장 중요하지. 어쨌든 상대는 아무래도 욕심 많고 비열하며 이익을 위해 공격에 가담하는 무리들뿐이야. 자네는 그 점을 당연히 이해해야 하네. 자네가 스미르노 출신인 건 분명한가?"

말로는 그 말에 새겨진 의미를 흘려들었다.

"코렐을 이긴다고 해도 제국은 또 어떻게 할 생각인가? 그것이 진짜

적이야."

서트는 입가에 엷은 웃음을 띠었다.

"아니, 틀려. 자네의 사이웨나 방문 기록은 완전했어. 노만 성역의 총독은 자기 이익을 위해서 외곽성역에 불화나 알력을 일으키는 데 관심이 있어. 그렇지만 그게 본론은 아니지. 50개도 넘는 적의에 찬 이웃 별들과 반격의 기회를 노리는 황제가 있는데도 그가 모든 위험을 무릅쓰고 은하계 끝까지 원정군을 보낼 리는 없어. 이건 표현만 다를 뿐 자네가 한 이야기와 같지 않은가, 말로."

"아니야, 그는 그렇게 할 것이네. 우리가 위험할 정도로 강력하다고 생각되면 말이야. 만일 우리 전선을 지키는 주력군이 코렐을 공격해서 깨부수면 그는 정말로 그렇게 생각할 가능성이 많아. 우리는 더욱더 이리저리 뛰어다니며 약삭빠르게 굴어야 해."

"예를 들면, 어떤 방법으로?"

말로는 몸을 뒤로 젖혔다.

"서트, 자네에게 기회를 주지. 나는 자네가 필요하지 않지만 자네를 이용할 수는 있어. 그게 어떤 건지 자네에게 설명할 테니, 나와 손을 잡고 연합내각의 일원이 되든지 아니면 순교자 역할을 하고 감옥에서 썩든지 맘대로 하게."

"두 번째 것은 이미 자네가 한 번 사용했지."

"지금이야말로 셀던 위기가 도래한 거야. 자, 들어 봐."

말로는 눈을 가늘게 뜨고서 말을 계속했다.

"내가 코렐에 처음 상륙했을 때는 무역상인이 보통 지니고 있는 잡동사니나 가전제품으로 콤도를 매수했어. 처음엔 제강소로 들어가는 것만 겨냥했지. 그 이상의 계획은 없었어. 그리고 그런대로 성공했어.

나는 알고 싶은 사실을 알아냈지. 그러나 이 무역을 어떤 무기로 써먹을 것인가를 정확하게 인식한 건 내가 제국을 방문한 뒤의 일이었어. 우리가 직면한 건 셀던 위기일세, 서트. 그리고 셀던 위기란 개개인에 의해서가 아니라 역사적 힘에 의해서 해결되는 거야. 해리 셀던이 옛날 우리 미래를 계획했을 때 그가 믿은 건 훌륭한 영웅이 아니라 경제와 사회의 거대한 흐름이었어. 그러므로 여러 가지 위기는 그때마다 우리가 이용할 수 있는 힘으로 해결해야만 했어. 이번 경우, 그 힘은 바로 무역이야!"

서트는 의심스러운 듯 눈썹을 치키고 말이 끊어진 것이 다행이라는 듯 얼른 이야기를 꺼냈다.

"나는 내 지능이 표준 이하가 아니라고 생각하네. 그럼에도 자네의 애매한 강의는 명확하지 못한 게 사실이야."

"그렇지 않아. 지금까지 무역의 힘이 과소평가되었던 걸 생각해 보게. 무역을 강력한 무기로 사용하기 위해서는 우리가 조종하는 성직자 제도가 필요하다고 생각해 왔어. 그러나 그렇지 않아. 이러한 발견이야말로 은하계 상황에 대한 내 공헌인 거야. 성직자를 제외한 무역! 무역만으로! 그것만으로 충분히 강력한 걸세. 극히 단순하고 명확하게 생각해 보자고. 코렐은 현재 우리와 교전 중이야. 결국 코렐과 무역은 끊겼지. 그러나 자, 보라고. 나는 이 문제를 가능한 한 간단하게 이야기할 거야. 과거 3년간 코렐의 경제는 우리에게서 도입한, 그래서 우리만이 계속해서 공급할 수 있는 원자력 기술을 기반으로 하고 있어. 그런데 만일 작은 원자력 발전기가 움직이지 않게 되고 차례차례로 소도구가 쓸모없게 되면 어떤 일이 일어난다고 생각하나? 그건 작은 가전제품에서 먼저 시작하겠지. 자네가 혐오하는 어려운 상태가 앞으로 반년이나 계속된다면 그곳 부녀자들은 원자력 칼을 사용할 수 없게 돼. 스토브를 못 쓰게 되고 세탁기가 쓸모없어지지. 어느 무더운 여름날, 가정에서 온도 조절기가 멈춰 버려. 자, 어떤 일이 일어나지?"

그는 말을 끊고 대답을 기다렸다. 서트는 차분하게 말했다.

"아무 일도 일어나지 않아. 전시 중이니 국민도 그 정도는 충분히 참을 수 있어."

"그래, 견딜 수 있겠지. 자기 아들을 무한정 전쟁터로 보내 파괴된 우주선에서 공포스러운 죽음을 맞이하게 하겠지. 적의 폭격에도 굴하지 않을 거야. 그것이 지하 800미터 깊이 동굴에서 케케묵은 빵과 오염된 물로 살아갈 수밖에 없는 것을 의미한다 해도 말이야. 그러나 애국심을 고취할 만한 절박한 위험이 없는 경우엔 사소한 일이라도 견뎌 내기가 몹시 어려워지지 않겠나? 궁지에 몰리게 되는 거야. 부상자도 폭격도 전투도 없는 거야. 잘리지 않는 칼, 요리할 수 없는 스토브, 게다가 겨울이 되면 얼어붙는 집이 있을 뿐이야. 이건 정말 곤란한 사태야. 국민들은 불평을 늘어놓을 테지."

서트는 의아하다는 듯 천천히 말했다.

"그것이 자네가 붙잡고 있는 희망인가? 무엇을 기대하는 거지? 가정주부의 반란? 농민의 폭동? 도살자나 식료품 장수가 고기 자르는 칼이나 빵 자르는 칼을 들고 '우리에게 수퍼클리노 자동원자 세탁기를 달라.'라고 외치며 갑자기 봉기하는 것인가?"

"그렇지 않아."

말로는 참을성 있게 이어 말했다.

"그런 건 기대하지 않아. 내가 기대하는 건 불평이나 불만의 배후에 있는 것을 나중에 보다 중요한 인물들이 포착하는 거야."

"그럼, 보다 중요한 인물들이란 누군가?"

"코렐의 제조업자, 공장 소유자, 상인이야. 이 상태로 2년이 지나면 공장 기계들은 차례차례 멈추게 돼. 처음부터 끝까지 우리의 신식 원자력 소도구로 바뀐 이들 산업이 서서히 파멸하고 있다는 걸 그들은 알아차리겠지. 중공업은 도미노처럼 일거에 쓰러지고 쓸모없는 쓰레기만 남았다는 걸 깨달을 거야."

"공장은 자네가 코렐에 가기 전에도 아주 잘 돌아갔어, 말로."

"그래, 서트. 그들은 그렇게 하고 있었어. 그러나 원자력 이전 시대에 맞도록 모든걸 새로 바꾸는 비용은 제쳐 놓는다 해도 현재보다 20분의 1 정도의 이익으로 경제인이나 일반인을 죄다 적으로 만들고서 콤도가 어느 정도 버틸 수 있겠나?"

"원하는 만큼 버틸 수 있어. 콤도가 제국에서 새로 원자력 발전기를 입수한다는 점을 생각해 봐."

여기서 말로는 유쾌한 듯이 웃었다.

"자네는 문제의 중심에서 벗어나고 있어, 서트. 콤도가 실패한 것과 똑같아. 모든 것에서 빗나가고 있는 데다가 아무것도 몰라. 들어 보게, 제국이 바꿀 수 있는 건 아무것도 없어. 제국은 언제나 거대한 자원을 가진 땅이었어. 그들의 계산은 죄다 행성, 항성계, 은하계 전 성역을 단위로 하고 있어. 그들의 발전기는 거대해. 그들 사고방식의 규모가 거대하기 때문이지.

그러나 '우리'는 이 작은 파운데이션, 금속 자원을 거의 갖고 있지 않은 고립된 세계에서, 이런 열악한 경제 조건에서 생존해 나가야만 했어. 우리 발전기는 크기가 엄지손가락만 해야 했어. 그래야만 금속을 공급할 수 있기 때문이야. 신기술이나 새로운 방식을 개발해야 했지.

제국이 따라올 수 없는 신기술이나 새로운 방식 말일세. 제국은 실제로 중요한 과학적 진보를 이룰 수 있었던 단계에서 퇴보해 가고 있어. 제국은 우주선이나 도시, 전 세계를 지킬 거대한 방어벽은 갖고 있으면서도 인간 한 사람을 지킬 수단은 만들 수 없는 거야. 도시에 빛이나 열을 공급하는 데 그들은 6층 건물 높이의 모터를 사용하지. 내가 봤어. 그런데 우리 것은 이 방에 넣을 수 있는 크기야. 그들의 원자력 전문가에게 호두만 한 납 상자에 원자력 발전기를 넣을 수 있다고 이야기하니까 분개한 나머지 숨을 못 쉴 지경이 되더군."

말로는 더욱더 확신에 차서 말했다.

"놀랍게도 그들은 자신들이 사용하는 모든 시설이 거대하다는 사실조차 몰라. 기계는 세대에서 세대로 자동적으로 넘어가고 감독자는 세습 계급이지. 그들은 거대한 건물 어딘가에서 튜브 하나만 타 버려도 어떻게 손쓸 도리가 없어. 이 전쟁은 이러한 두 제도 사이의 싸움이야. 제국과 파운데이션, 거대한 것과 미소한 것 사이의 싸움 말일세. 한 세계를 지배하기 위해 그들은 전쟁을 일으킬 수 있을 만큼 거대한 우주선으로 매수하려 했지만 그것은 아무런 경제적인 의의가 없어. 그렇지만 우린 작은 것으로 매수했지. 전쟁에는 쓸모가 없지만 번영과 이윤에는 결정적인 것으로……. 왕이든 콤도든, 어쨌든 그들 무리는 우주선을 입수해서 전쟁까지 준비해 왔겠지. 역사를 통해 보면 독재자는 국민의 행복을 자신들이 생각하는 명예나 영광이나 정복과 바꾸려 해 왔어. 그러나 힘이 되는 건 역시 생활과 관련한 사소한 부분이야. 그리고 아스퍼 아르고는 이삼 년 안에 코렐 전체를 덮칠 경제 불황의 태풍에 맞설 능력이 없어."

창가에 선 서트는 말로와 젤에게 등을 돌렸다. 해 질 녘, 여기 은하계 맨 끝에서 가냘프게 몸부림치는 몇 개의 별들이 안개가 자욱한 듯 섬세한 렌즈를 배경으로 반짝이고 있었다. 그곳에는 그들과 싸우는, 아직도 광대한 제국의 잔당이 있었다.

서트는 말했다.

"아니야, 자네는 적임자가 아니야."

"내가 말한 걸 믿을 수 없다는 건가?"

"자네를 믿을 수 없다는 얘기야. 자네는 달변가야. 자네가 처음 코렐에 갔을 때 나는 자네를 적당히 내 감독하에 두었다고 생각했어. 그런데도 자네는 감쪽같이 나를 속였어. 재판에서 바짝 몰아붙였다고 생각했는데 그것을 뚫고 나가 민중을 선동하고 마침내 시장 자리에 앉았지. 자네는 마음을 터놓고 이야기하지 않아. 어떤 동기라도 배후에 숨기고 있어. 어떤 이야기라도 의미가 세 가지쯤은 돼. 자네를 배신자라고 가정해 보세. 제국을 방문해서 보수를 받고 권력을 약속받았다면 자네 행위는 현재 보이는 태도와 완전히 똑같을 거야. 적을 강화해 놓은 후 전쟁을 일으키고 파운데이션을 무기력한 상태로 만들겠지. 그러고 나서는 어떤 일에 대해서도 그럴싸한 설명을 할 거야. 누구라도 그대로 믿어 버릴 그럴싸한 설명 말이야."

"타협은 없다는 뜻인가?"

말로가 부드럽게 물었다.

"자발적이든 강제적이든 자네는 사임해야만 해."

"자네에게 경고했네, 나에게 협력하는 게 좋을 거라고."

조레인 서트의 얼굴은 급격한 감정의 고조로 상기되었다.

"그러면 나도 경고해 두지, 스미르노의 호버 말로. 만일 자네가 나를 체포하면 가만있지 않겠어. 내 부하가 자네에 관한 진실을 가는 곳마다 폭로하면 파운데이션 민중은 자신들을 지배하는 외국인에 대해 일치단결하여 대항하겠지. 그들에겐 스미르노인은 절대로 이해할 수 없는 숙명적인 의식이 있어. 그 의식이 자네를 멸망시킬 걸세."

호버 말로는 방으로 들어온 두 호위병에게 조용히 명령했다.

"이 친구를 데리고 가. 그리고 가둬 버려."

서트가 말했다.

"이것이 자네의 마지막 기회야."

말로는 담뱃불을 눌러 끄고 한동안 얼굴을 들지 않았다.

그러고 나서 5분 뒤, 젤이 안절부절못하며 넌덜머리가 난다는 듯이 말했다.

"이로써 자네는 대의를 위해 순직하는 순교자를 만들게 되었네. 다음은 뭔가?"

말로는 재떨이로 손장난하던 짓을 그만두고 얼굴을 들었다.

"저건 내가 알던 서트가 아니야. 마치 발정이 나서 눈이 먼 수소 같아. 거참, 나를 미워하고 있더군."

"그럼 더욱 위험해."

"더욱 위험하다고? 터무니없어! 그는 판단력을 완전히 잃었어."

젤은 실망한 표정으로 말했다.

"당신은 자신감이 지나쳐, 말로. 대중이 반란을 일으킬 가능성을 무시하는 거라고."

말로는 고개를 들고 똑같은 표정으로 말했다.

"한 번만 말해 두지, 젤. 대중이 반란을 일으킬 가능성은 없어."

"자신감이 넘치는군."

"나는 셀던 위기와 그것이 외부적으로도 내부적으로도 해결된다는 역사적 법칙성을 믿고 있네. 사실 서트에게는 알리지 않았던 사실이 몇 가지 있어. 서트는 파운데이션 자체를 외부 세계와 마찬가지로 종교의 힘으로 통제하려고 했지만, 결국 실패했어. 이 사실은 셀던 계획에서 종교의 역할이 끝났다는 가장 뚜렷한 징조야. 경제적인 통제는 다르게 움직여. 자네의 자랑인 그 유명한 샐버 하딘의 대사에 덧붙여 말하자면, 종교는 빈약한 원자총이고 총구는 양쪽을 향하지 않아. 만일 코렐이 우리와의 무역으로 번영하게 되면 우리도 또한 그렇게 돼. 만일 코렐이 우리와 무역을 못 해서 자기네 공장을 못 쓰게 되고 또 외부 세계의 번영이 경제적인 고립으로 인해 사라지면 우리 공장도 못 쓰게 되고 번영도 사라져. 그리고 또 한 가지, 현재 내가 통제하지 않는 공장이나 무역센터나 운송노선은 하나도 없어. 그곳에서 서트가 반항적인 선전을 한다 해도 묵살하지 못할 건 전혀 없네. 그의 선전이 성공하거나 아니면 성공하는 것처럼 보이는 곳에서도 나는 확실히 그자의 숨통을 끊을 수 있어. 선전이 실패하는 곳에서는 번영이 계속될 것이고. 내가 통제하는 공장에는 그전처럼 직원이 충분히 남아 있을 테니까."

말로의 태도는 그의 말만큼이나 자신감에 차 있었다.

"코렐인이 번영을 요구하며 반란을 일으킬 거라고 확신하는 것과 똑같은 이유에서 우리가 번영에 반항하여 반란을 일으키지 않을 거라고 나는 확신해. 승부는 마지막까지 계속되겠지."

젤이 말했다.

"그렇게 되면…… 당신은 이 땅을 무역상인과 대상인의 나라로 만들고 있는 거야. 그러면 미래는 어떻게 되는 거지?"

말로는 우울한 얼굴을 들고 격하게 외쳤다.

"미래가 나와 무슨 상관이 있어? 셀던이 미래를 꿰뚫어 보고 대처한 건 틀림없어. 다음에는 또 다른 위기가 오겠지. 그때는 현재 종교가 무력해지듯이 금력 또한 무력해지겠지. 내가 오늘의 과제를 해결했듯이 내 후계자들도 새로운 과제를 해결해야만 해."

**코렐**

……그리고 3년간의 전쟁, '전혀 기록에 남을 만한 전투가 아닌 싸움'에서 코렐 공화국은 무조건 항복했다. 그리고 호버 말로는 파운데이션 국민의 마음속에 해리 셀던과 샐버 하딘에 뒤이어 자리를 잡았다.

—『은하대백과사전』

**옮긴이** | 김옥수

서울에서 태어나 한국외국어대학교 영어과를 졸업하고 임프리마 코리아 영미권 부장을 지냈다. 도서출판 사람과책에서 편집부장을 지내다가 현재는 전문 번역가로 활동하고 있다. 역서로는 「파운데이션 시리즈」, 『돼지가 한 마리도 죽지 않던 날』, 『푸른 돌고래섬』, 『천상의 예언』, 『레모네이드 마마』, 『행운을 부르는 아이』, 「뱀파이어 다이어리 시리즈」, 「셉티무스 힙 시리즈」 외 다수가 있다.


# 파운데이션

1판 1쇄 펴냄 2013년 10월 4일
1판 26쇄 펴냄 2025년 9월 29일

**지은이** | 아이작 아시모프
**옮긴이** | 김옥수
**발행인** | 박근섭
**편집인** | 김준혁
**펴낸곳** | 황금가지

**출판등록** | 2009. 10. 8 (제2009-000273호)
**주소** | 06027 서울 강남구 도산대로 1길 62 강남출판문화센터 5층
**전화** | 영업부 515-2000 **편집부** 3446-8774 **팩시밀리** 515-2007
**홈페이지** | www.goldenbough.co.kr

도서 파본 등의 이유로 반송이 필요할 경우에는 구매처에서 교환하시고
출판사 교환이 필요할 경우에는 아래 주소로 반송 사유를 적어 도서와 함께 보내주세요.
06027 서울 강남구 도산대로 1길 62 강남출판문화센터 6층 민음인 마케팅부

한국어판 ⓒ ㈜민음인, 2013. Printed in Seoul, Korea

ISBN 978-89-6017-756-7  04840 (1권)
ISBN 978-89-6017-763-5  04840 (set)

㈜민음인은 민음사 출판 그룹의 자회사입니다.
황금가지는 ㈜민음인의 픽션 전문 출간 브랜드입니다.

황금가지

2025

**황금가지 베스트셀러 1**

## 피를 마시는 새 한정판 (전4권) 이영도

세계 메이저 출판사들의 선택을 받으며
세계 17개 언어권 30여 개 나라에서 주목받은
이영도 작가의 『눈물을 마시는 새』의 후속작,
출판 20주년 기념 특별 일러스트 판본 한정판!

- 붓과 먹으로 한국적 색채가 강한 백성민 화백의 삽화 62점 수록
- 이영도 작가의 친필 사인본 (세트만 해당, 1권에 수록)
- 8권 양장본을 4권에 담은 『피를 마시는 새』 전집
- 고급 패브릭 소재 커버 및 고밀도 슬립케이스 (세트만 해당)
- 세트 구매 시 가볍고 핸디한 페이퍼백 4종 무료 증정

지금 예스24, 알라딘, 교보문고 그리고 브릿G(britg.kr)에서 판매 중입니다.

**2025년 11월, 이영도 작가의 7년 만의 신작
장편소설이 돌아온다!**

## 어스탐 경의 임사전언 이영도

자신의 심장에 단도를 꽂아넣은 범인이 밝혀질 때까지,
죽은 채 네 명의 유력 용의자를 등장인물로 한
소설 집필을 4년째 멈추지 않는 어스탐 경.
곧 소설이 완결될 거란 소식에 그의 집필처는 왕국의 수사관,
용의자들, 그리고 기이한 사서들로 혼란에 휩싸인다.

**오디오북**

---

## 드래곤 라자 이영도
**31명의 호화 성우진이 연기하는 한국 환상 문학의 전설, 드래곤 라자 오디오북**

오디오클립 단독 15부작 완결

## 눈물을 마시는 새 (전18장) 이영도
**수백만 독자가 열광한 최고의 걸작 판타지.**
**초호화 성우진이 모든 텍스트를 완독한 총 62시간의 혁명적 오디오북!**

「소묘들」·「너는 나의」 등 이영도 작가의 최신 단편 출시.

## 애거서 크리스티 베스트 12 애거서 크리스티
**애거서 크리스티의 생애 최고 걸작을 귀로 듣는다!**

**전자책**

---

## 네가 없는 나날 서은채
**『내가 죽기 일주일 전』의 후일담을 담은 7년 만의 신작 외전 전자책 단독 출간**

## 열린 문으로 그분이 오신다 소금달 외 11인
 황금가지가 직접 운영하는 온라인 소설 플랫폼
'브릿G' 8주년 기념 특별 단편집

## 리 없는 우주 박성환
**제1회 과학기술 창작문예 수상 작가 박성환의 신작 인공지능 SF 단편**

**황금가지 베스트셀러 2**

"이 책을 펼친 독자 한 분 한 분이,
조금이라도 즐거운 시간을 보내시기를 진심으로 바라고 있습니다."

## 죽은 자에게 입이 있다 다카노 가즈아키

『13계단』,『제노사이드』작가의 신작 전격 출간!
한국에서 최초 공개되는 미발표 작품집

귀가할 때마다 점차 가까워지는 의문의 발소리,
사찰에서 목격되는 유령에 관한 소문,
꿈속에서 보이는 낯모르는 이의 기억……
일본 미스터리의 거장 다카노 가즈아키의
다채로운 작품 세계가 담긴 6편의 단편 수록.

## 13계단 다카노 가즈아키

한국 출간 20주년 기념
리커버판 드디어 출간!

사형 제도의 구조적 모순과 국가의 범죄 관리 시스템을
통렬하게 비판하며 일본 추리 문학계를 뒤흔든 문제작.
제47회 에도가와 란포상 수상작.

## 건널목의 유령 다카노 가즈아키

열차 정지 사고가 거듭되는 대도시의 건널목,
그곳을 포착한 한 장의 사진에 찍힌 유령의 정체는?

탁월한 서스펜스가 빛나는 심령 소설의 걸작.
제169회 나오키상 후보작.

황금가지 신간 1

## 체인 갱 올스타전 나나 크와메 아제-브레냐

**교도소마저 민영화된 미국,
전례 없는 쇼 비즈니스가 펼쳐진다.
《뉴욕 타임스》 선정 올해 최고의 소설!**

"『1984』나 『시녀 이야기』와 같은 충격적인
깨달음을 준다." —《워싱턴 포스트》

## 질문 좀 드리겠습니다 리베카 머카이

**《뉴욕 타임스》 선정 21세기 100대 소설 작가
리베카 머카이가 펼치는 문학적 미스터리!**

그루밍 성범죄와 미투 운동, 교내 성폭력의
본질을 다루며 평단과 독자들의 압도적인
지지를 받은 여성 혐오 범죄 미스터리.

"여성 혐오의 음흉함을 날카롭게 전달한다."
—《더 뉴요커》

## 모로 박사의 딸 실비아 모레노-가르시아

**H. G. 웰스의 SF 고전 『모로 박사의 섬』이
19세기 멕시코를 무대로 다시 태어나다!**

'세상의 끝'에 자리한 위태로운 안식처,
그곳에 생긴 균열을 통해 깨어나는 한 여성의 성장기.

"지적이고 시대 묘사가 탁월한 역사 호러를 좋아하는
팬이라면 놓치고 싶지 않을 작품."
—《퍼블리셔스 위클리》

**황금가지의 한국 소설**

## 내가 죽기 일주일 전 서은채

**김민하&공명 주연의
티빙 오리지널 시리즈의 원작 소설**

오늘, 6년 전 죽은 네가 내 곁으로 돌아왔다.
웹소설의 가독성과 문학의 울림을 함께 담은
감성 미스터리 판타지.

카카오페이지 웹툰 절찬 연재 중

해외 주요
10개국 수출
계약 체결

## 직장 상사 악령 퇴치부 이사구

**지금까지 이런 직장 고민은 없었다!
무당 조수로 변신한 디자이너의
유쾌하고 눈물 나는 수난시대!**

자취방의 벽간 소음과 무능한 상사가 버티는 직장,
크라우드 펀딩 사업과 유튜브에 얽힌 소동 등
21세기 한국을 살아가는 청춘의 애환을 그리며
웃음과 눈물을 동시에 선사하는 신개념 오컬트!

밀리의 서재 '올해의 라이징 작가' 선정
제6회 황금드래곤문학상 수상

출간 전
드라마
제작 확정

## 법의 체면 도진기

**한국의 대표적 추리 작가이자
전직 부장판사 출신 소설가 도진기의 신작 단편집!**

가상현실, 인공지능, 물체 전송 기술 등 SF와
스릴러를 아우르는 다채로운 스펙트럼의 작품 수록.

"법정과 인간을 여러 시선으로 보면서 느꼈던 바를
 작품화한 것입니다. 솔직히 말하면 실망이나
 안타까움을 느낀 때가 계기였습니다."
―「작가의 말」중

**황금가지 신간 2**

## 데드 스페이스 칼리 월리스

**테러로 기계 몸과 막대한 빚을 얻은 AI 연구자,
'거대한 밀실'에서 벌어진 살인 사건 해결에 뛰어들다!**

인공지능이 관리하는 우주 기지를 배경으로
사이보그 탐정의 활약이 속도감 넘치게 펼쳐지는
SF 스릴러. 필립 K. 딕 상 수상작.

## 작은 자비들 데니스 루헤인

『살인자들의 섬』·『미스틱 리버』의 작가
데니스 루헤인의 6년 만의 신작!

《파이낸셜 타임스》,《워싱턴 포스트》,《뉴요커》 선정
올해의 최고 도서. 오바마 전 대통령의 여름 추천 도서.

"데니스 루헤인의 가장 뛰어난 작품임이 틀림없다."
—《월스트리트 저널》

## 유산 시리즈
### 십만 왕국·무너진 왕국·신들의 왕국 (전4권) N. K. 제미신

**신과 인간의 운명을 둘러싼 압도적 스케일의 대서사시
21세기 판타지 소설의 지표 N. K. 제미신의 기념비적 데뷔작**

"마법과 상실, 교합과 비탄을 한껏 담으며 놀랍도록 다양한 인물과
풍경을 창조해 냈다."—《퍼블리셔스 위클리》

**황금가지의 영상화 원작 소설들**

### 듄 (전6권) 프랭크 허버트

**칼 세이건이 극찬한 SF의 영원한 고전,
세계 수십 개의 언어로 번역되어
2000만 부 이상의 판매고를 올린
역사상 가장 많이 팔린 SF**

드니 빌뇌브 감독의 아카데미 6관왕
블록버스터 영화 「듄」의 원작

"『듄』에 견줄 수 있는 건 『반지의 제왕』 외에는 없다."
— 아서 C. 클라크

"『듄』은 내가 미처 비판할 틈도 없이 빠져들게 만들었다."
— 칼 세이건

네뷸러 상
BEST NOVEL
휴고 상
BEST NOVEL

### 듄 그래픽 노블 (전3권) 프랭크 허버트, 라울 앨런, 파트리샤 마르틴

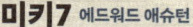

### 듄의 세계 톰 허들스턴

프랭크 허버트에게 영향을 미친 것들을
총망라한 「듄」 세계관의 가이드맵

### 프랭크 허버트 단편 걸작선 프랭크 허버트

세계에서 가장 많이 읽힌 SF『듄』의 작가
프랭크 허버트의 단편집.

### 미키7 에드워드 애슈턴
### 미키7 - 반물질의 블루스

**아카데미 수상작「기생충」봉준호 감독의
「미키17」의 원작!**

죽음의 위기에서 가까스로 생환한 미키7은
자신을 이을 또 다른 복제 인간과 맞닥뜨린다.